RACHEL ELIZA GRIFFITHS

# WAS IHR UNS VERSPROCHEN HABT

ROMAN

*Aus dem amerikanischen Englisch*
*von Jasmin Humburg*

PENGUIN VERLAG

Die Originalausgabe erschien 2023
unter dem Titel *Promise*
bei Random House, New York.



FSC www.fsc.org MIX Papier | Fördert gute Waldnutzung FSC® C014496

Penguin Random House Verlagsgruppe FSC® N001967

1. Auflage

Redaktion: Catherine Beck
Umschlaggestaltung: Sabine Kwauka
Umschlagabbildung: arcangel / Sybille Sterk
Satz: KCFG – Medienagentur, Neuss
Druck und Bindung: GGP Media GmbH, Pößneck
Printed in Germany
ISBN 978-3-328-60365-8

www.penguin-verlag.de

*Für meine Eltern*
*Michele Antoinette Pray-Griffiths*
*Norman Dwight Griffiths*

*»Wie könnte ich nicht ihr Leben erwidern*
*mit meinem, wo sie mich mit ihrem rettete?*

*Und wie könnte ich nicht, umgeben vom Licht*
*ihres Leids, meine Bestimmung darin finden?«*
Natasha Trethewey

*»Echte Götter fordern Blut.«*
Zora Neale Hurston

# EINS

# 1

Der letzte Tag der Ferien markierte stets das Ende der Zeit, die Ezra und ich am meisten liebten. Nicht Zeit im Sinne von tickenden Uhren und klingelnden Weckern; wir wussten, dass *diese* Art von Zeit keinen wirklichen Anfang und kein Ende hatte. Mit Zeit meinten wir ein Glücksgefühl, eine unbeschwerte Freude, die unsere Tage und Träume acht glorreiche Wochen lang mit ihren warmen, sonnengebräunten Armen umfing, bis unsere Lehrer wieder in unser Leben traten und unsere Eltern sich an ihre Regeln in Bezug auf Schuhe, Sauberkeit, Vokabeltests und Hausaufgaben erinnerten.

Wir beteten inbrünstig, dass die Luft noch so lang wie möglich mild bleiben möge, vielleicht sogar bis Mitte Oktober, sodass wir ein Stück unserer sommerlichen Freiheit behalten konnten, um in der Landschaft umherzustreifen, die wir kannten und liebten. Wir waren noch nicht groß, aber selbst die Erwachsenen konnten sehen, dass wir bald nicht mehr klein sein würden.

Wir trauerten um das Ende des Sommers und trafen Vorhersagen über den Herbst und uns selbst. Dabei zählten wir die verschiedenen Dinge auf, die den Sommer echter machten als den Rest des Jahres. Es war die einzige Zeit, in der wir kurze Hosen und bauchfreie Tops tragen konnten und sich unsere Mutter nur wenig daran störte. Ezra und ich durften beinahe überall herumspazieren – während der anderen Jahreszeiten mussten wir schon um Erlaubnis fragen, wenn wir nur zum Hafenbecken im Dorf gehen wollten. Und das Essen! Was wir alles essen durften! Im Sommer ließ Mama bei Salz und Zucker fünfe gerade sein. Es kam uns jeden Tag so vor, als würden wir von der Speisekarte unserer Träume bestellen – frischer Mais, Eisbecher, geschnittene Tomaten mit grobem Salz und Pfeffer, kalter Hummer, *Root Beer Floats*, Wassermelone, Austern, Krebs- und Krabbensalate, frittiertes Hühnchen, selbst gemachtes Zitronen- oder Himbeersorbet, gegrillte Pfirsiche, Kartoffelsalat und rotes Wassereis.

Im Sommer blühten die Wildblumen, sogar auf dem Dorfplatz. Den Platz mit einem kleinen Teich in der Mitte und ein paar Bänken hatte irgendein toter Amtsträger früher für eine gute Idee gehalten. Und es hätte ein ganz charmanter Ort sein können, wäre da nicht das Meer gewesen. Nur wenige Schritte vom Dorfplatz entfernt, am Ende der engen Hauptstraße, befand sich ein schmaler, glänzender Pier, an dem immer viel los war.

Gott schaute in Richtung Wasser.

Eine einsame Kirche, *St. Mary Star of the Sea*, ragte so hoch auf, dass sie während der wunderschönen Sommergewitter zahlreiche Blitze anzog. In die groben Türen waren Fische, Delfine, Engel, Pilger und geplagte Heilige geschnitzt. Das Meer verhöhnte die salzverkrusteten Glocken, die zu jeder Stunde schlugen, während die Dorfbewohner gegen das Klatschen der Wellen anbeteten.

Zu der Kirche gehörte ein gepflegter öffentlicher Garten mit gesprenkelten Bänken und einer Steinstatue der Heiligen Jungfrau, die jedes Jahr neu gestrichen wurde. Der Winter riss die Farbe vom Gesicht der Madonna und hinterließ einen schuppigen alten Stein, der an etwas Primitives erinnerte. Die Dorfbewohner dachten nie daran, die Statue abzudecken, wenn sich Eis und Schnee ankündigten. Stattdessen schienen sie merkwürdig stolz auf das zu sein, was die Elemente der Mutter Gottes antaten.

Unsere Eltern trauten dem Dorf nicht. Nie gingen wir zum Beten oder an Feiertagen in die Kirche *St. Mary Star of the Sea*. Mama und Daddy hatten jahrelang betont, dass wir nur nach Salt

Point in Maine gezogen waren, weil mein Vater hier eine gute Stelle gefunden hatte. Er war Lehrer. Unsere Eltern hatten ein Stück Land kaufen können, das sonst niemand haben wollte, weiter im Hinterland, abseits der Küste.

Doch ich wusste, dass es auch andere Gründe gab. Nach der Geburt meiner großen Schwester Ezra wollten meine Eltern Damascus gegen einen Ort eintauschen, an dem niemand von der Tragödie der Familie Kindred wusste.

In Salt Point würde keiner meinen Vater an die Ambitionen seiner Großeltern erinnern. Niemand würde den Verlust von Daddys linkem Arm hinterfragen, weil es hier im Dorf Fischer gab, die wussten, was es hieß, Beine, Arme, Glauben und Augenlicht zu verlieren. Die tollkühne Jugend meines Vaters irgendwo im Süden würde in Neuengland niemanden interessieren, und man würde diese auch nicht mit der Tatsache in Verbindung bringen, dass er Wut und Ärger jeglicher Art umging.

Daddy glaubte, dass sich ein Mann Gnade und Würde mit dem eigenen Leben verdienen musste. Er lehnte die Vorstellung an einen unbekannten Vater ab, der ihm nie erschienen war, außer im schlimmsten Höllenfeuer. Womöglich wusste Daddy nicht, wie er nach einem solchen Vater suchen sollte, weil er seinen eigenen nie gekannt hatte. Daddy musste nach seinem eigenen Gesicht suchen. Doch er blieb unentschlossen, wenn es um Himmel oder Auferstehung ging. Dort, wo wir lebten, wären wir im sonntäglichen Gottesdienst keine gern gesehenen Gäste gewesen.

Es vergingen ganze Jahre, in denen sich mein Vater weigerte, vor einem Gott niederzuknien, der ihm seinen Arm und seinen jüngeren Bruder genommen hatte, über den er nie sprach. Wir hörten den Namen unseres Onkels nur, wenn mein Vater sich durch die eigenen Schreie aus seinen Albträumen riss. Unsere Mutter sagte, Daddy gebe sich die Schuld, auch wenn jeder andere die Tragödie als Dummheit verbuchen würde. Nur zwischen den Seiten der Bücher, die er liebte und unterrichtete, war mein Vater frei von Angst.

Abgesehen von der Kirche setzte sich das Dorf aus unvollständigen, asymmetrischen Häuserreihen zusammen, hinter denen man sich kleine Gärten mit frei laufenden Hühnern, bunt schillernden Hähnen, an Pflöcke gebundenen Ziegen, durchhängenden Wäscheleinen und kargen Gemüsebeeten teilte. Am anderen Ende der Hauptstraße, in einiger Entfernung zu *St. Mary Star of the Sea*, befand sich eine weitere Gruppe wichtiger Gebäude – die Bar, der Schönheitssalon und ein kleiner Komplex mit vermieteten Büros. Gegenüber von diesen ausgeblichenen Bauten gab es eine freie Fläche, die sich samstags in einen Wochenmarkt verwandelte. Im Sommer wurde die Fläche manchmal für Jahrmärkte, Antiquitätenbörsen und einen Wanderzirkus genutzt, zu dem eine sagenhafte Freakshow gehörte. Wurde die Fläche nicht gerade vermietet, fuhren dort Jugendliche Autorennen und machten finstere Gesichter, in dem Bewusstsein, dass sie höchstwahrscheinlich alle irgendwann miteinander verheiratet sein würden.

Hinter dem leeren Grundstück krümmte sich das Land wie ein knochiger Finger in Richtung Meer. Dieser wilde Boden war Asche und Kies. Abseits der Hauptstraße und der Kirche brachte die raue Luft das wahre Gesicht der Dorfbewohner zum Vorschein. Es war der ideale Ort für Picknicks, Liebespaare, Kinderspiele, Streitgespräche und einsame Stunden des beherzten Angelns und Trinkens. An der Spitze der Landzunge stand ein gedrungener Leuchtturm aus Beton, der nicht mehr in Betrieb war. Schiefe Bäume, vom Meereswind nach hinten gepustet, säumten das Felsufer. Die hinterhältige Landschaft warnte niemanden vor ihren steilen Klippen, was meine Eltern von Anfang an nervös machte.

Dort, wo wir wohnten, war das Land kaum weicher, aber umso verlassener. Unser Zuhause an der Clove Road lag mitten in den

Wäldern, die zu den höchsten Steilklippen führten, und wirkte durch den Teich und die kurvigen Anhöhen ein wenig absonderlich. Jenseits unseres Hauses, noch weiter oben, lag das karge Gelände von Ezras und meiner Schule, an der mein Vater unterrichtete und die von einem Mann namens Benedict Hobart gegründet worden war.

In früheren Zeiten hatte das Anwesen bereits eine opulente Privatresidenz, ein Mönchskloster, ein Nonnenkloster, eine Nervenheilanstalt, ein Kinderheim und ein Militärkrankenhaus verkörpert. Alle Kinder des Dorfes, auf die bei den häuslichen Pflichten verzichtet werden konnte, gingen hier kostenlos zur Schule.

...

Als mein Vater an der Hobart angestellt wurde, hatten viele Dorfbewohner etwas dagegen. Ihnen missfiel der Gedanke, ein Schwarzer solle in der Nähe ihrer Familien wohnen und ihre Kinder unterrichten. Als sie merkten, dass mein Vater für sich bleiben und keinerlei Integration einfordern würde, die über einen knappen Gruß am Lenkrad seines Wagens hinausging, ließ man uns in Ruhe.

Im Jahr 1957 waren wir eine von zwei Schwarzen Familien, die am Rande des Dorfes wohnten. Die andere Schwarze Familie, die Junketts, waren unsere einzigen wirklichen Nachbarn und Freunde.

Caesar und Irene Junkett und ihre vier Kinder, Ernest, Lindy und die Zwillinge Rosemary und Empire, waren nach Salt Point gezogen, als ich neun Jahre alt war. Unsere Familien freundeten sich durch die warme Vertrautheit der Südstaaten miteinander an. Meine Eltern waren in Damascus geboren, einer kaum integrierten Gemeinde mitten in Sussex County, Delaware. Die Junketts stammten aus einem Ort namens Royal, tief im ländlichen Teil Virginias. Beide Orte rühmten sich mit einer Lebensfreude, die wir Kinder nur anhand der Geschichten verstehen konnten, die erzählt oder nicht erzählt wurden, und die uns zeigten, was es hieß, jene üppigen, handgeschnitzten Wiegen der Kindheit hinter sich zu lassen. Mr Junkett, den wir Mr Caesar nannten, hatte einen Job als leitender Schulhausmeister an der Hobart angenommen. Mr Caesar sprach oft über die Entscheidung, in den Norden umzusiedeln, und erklärte, dass er vermutlich nicht so viel hätte verdienen können, wenn er, wie sein Vater, in den Südstaaten geblieben wäre. Ein weiterer Grund, wie Mr Caesar sagte, war die Tatsache, dass die weißen Männer im Norden umgänglicher waren als die weißen Männer im Süden, und ihn und seine Familie eher in Ruhe ließen.

Einige Dorfbewohner mutmaßten, dass die Anstellung von meinem Vater und Mr Junkett etwas mit Mr Benedict Hobarts Ruf als Betrüger und Gewerkschaftsgegner zu tun hatte. Da wir im nördlichsten Teil des Landes lebten, gab es hier keine Organisationen für Schwarze, die bei Problemen rund um Lohn und Arbeit helfen konnten. Selbst wenn es etwas Derartiges gegeben hätte, wäre mein Vater wahrscheinlich nicht beigetreten. Er neigte dazu, alles zu meiden, was sein Bedürfnis nach Ruhe, Logik und Ordnung gefährdete. Ich fand es ironisch, dass er glaubte, Salt Point könne ein Ort sein, der diese Dinge für uns bereithielt.

Unter den gegebenen Umständen hielten mein Vater und Mr Caesar sich gewissenhaft fern von allem, was Aufmerksamkeit erregen könnte. Wenn Mr Caesar verärgert war, nannte er Salt Point eine *sundown town*, eine Sonnenuntergangsstadt, und obwohl ich nie nachfragte, was das bedeutete, wusste ich, dass es nichts Gutes sein konnte. Der Drang der Menschen, ihrem eigenen Rechtsempfinden Geltung zu verschaffen, verwandelte jedes noch so kleine Missverständnis in eine Bedrohung, untermauert von der sichtbaren Munition, die ein Teil des täglichen Lebens war. Mr Caesar lachte dröhnend, weil die Fischer in unserem

Dorf eine Angel in der einen und eine Schrotflinte in der anderen Hand trugen. Und Miss Irene, Mr Caesars Frau, rollte mit den Augen, weil die Frauen im Dorf mit den Pistolen ihrer Großmütter zum Bäcker gingen. Dann erklärte sie uns Kindern, dass die Weißen sich ständig einreden mussten, in Gefahr zu schweben, um ihr eigenes Leben aufzuwerten. *Hier oben können denen höchstens Vögel und Bären und Felsen gefährlich werden*, sagte sie einmal abfällig schnalzend. *Die mussten nie drüber nachdenken, wie sich die Bäume in unserer Heimat fühlen, wenn unsere Leichen an ihren Ästen baumeln.*

Die Bewohner von Salt Point hatten tatsächlich Angst vor der Welt da draußen. Die meisten von ihnen waren hier geboren und würden hier sterben, ohne sich jemals weiter als dreißig oder vierzig Kilometer von den Häusern entfernt zu haben, in denen ihre Familien seit Generationen aufeinander hockten.

So war es in Salt Point lange gewesen. Doch im Spätsommer 1957 veränderte sich etwas. Als in den Nachrichten aus anderen Ecken Amerikas von Kämpfen um Freiheit, Gleichheit und Gerechtigkeit für Schwarze berichtet wurde, beunruhigte unsere Anwesenheit die Dorfbewohner immer mehr. Gleichzeitig hielten erwachsene Männer inne, um Ezra, gerade fünfzehn, und mich, dreizehn, in unseren kurzen Hosen zu beäugen. Mr Caesar und mein Vater sorgten dafür, dass unsere Familien bei Anbruch der Dunkelheit zu Hause hinter verschlossenen Türen saßen.

…

Am nächsten Tag würde die Schule wieder losgehen, und meine Schwester und ich genossen unser letztes Mittagessen in Freiheit. Beim Essen fiel mir auf, dass Ezras Blick immer wieder zur Küchenuhr glitt. Ich wusste, dass ihre Verschwiegenheit etwas mit ihrer besten und einzigen Freundin Ruby zu tun hatte, denn so war es immer. Ruby war weiß, aber arm, wodurch sie nicht viel mehr Ansehen genoss als wir.

Ich folgte Ezra nach oben in ihr Zimmer und bettelte darum, mitkommen zu dürfen, da ich selbst kein Letzter-Tag-der-Ferien-Abenteuer geplant hatte. Die missliche Lage der kleinen Schwestern dieser Welt.

Seufzend nahm Ezra meine Hand und zog mich durch unser gemeinsames Bad in mein eigenes Zimmer.

»Wir haben was vor«, sagte Ezra.

»Was denn?«

»Dann mach schon, Cinthy. Zieh dir ein Kleid an und beeil dich. Trödel nicht so rum.« Sie ließ meinen Namen wie eine Schlange über ihre Zunge zischeln, statt ihn so sanft auszusprechen, wie Mama es immer tat, weil sie mich nach ihren Lieblingsblumen benannte hatte – Hyazinthen.

»Es ist heiß. Ich will Shorts anziehen.«

»Kleid«, sagte Ezra in einem tiefen, nicht verhandelbaren Ton, während sie mich anstarrte und versuchte, ihr wirres Haar zu einem dicken Zopf zu flechten, der zwischen ihren Schulterblättern herabhing.

Mit einem weiteren Seufzer ließ sich Ezra auf ein ausgewaschenes Kissen plumpsen, das auf der Sitzbank vor meinem großen Fenster lag. »Zieh ein Kleid an oder bleib hier und les eins von deinen gigantischen Büchern. Ist mir egal.«

»*Lies*«, sagte ich. »*Lies* eins deiner Bücher.«

Vor dem Fenster sah ich die leuchtend grünen Blätter meiner geliebten Eiche, die mein Zimmer zum Schimmern brachten, als wären wir in einem Unterwasserraum mit geblümter Tapete.

Gegenüber stand ein verkohltes Haus etwas abseits der Straße, die schwarze Front eingebettet im wilden Gras wie ein verrottender Schädel. Wir hatten als Kinder nie ein Baumhaus gehabt, aber ich empfand es als großes Glück, ein Spukhaus zu haben.

Von meinem Zimmer aus konnte ich weiß-grüne Flügel über dem Schmetterlingsstrauch schweben sehen, der den früheren Eingang zu dem zerstörten Haus fast völlig versperrte. Die Veranda und die Haustür waren rußige Haufen aus Holz und Putz, in denen wir manchmal Katzenbabys oder Schlangen entdeckten, oder plötzlich das vor uns sahen, was wir wirklich fürchteten – den Geist der Frau, die ihr Haus absichtlich in Brand gesteckt hatte, eine Geistermutter, die sich weigerte, die Welt zu verlassen, bis sie wieder mit ihren drei Töchtern vereint war. Die Mädchen, gefangen im Rauch, waren in ihren Nachthemden an der Seite des Hauses hinuntergeklettert. Es war niemand aus der Familie mehr übrig, um von der Tragödie zu berichten, die sich lange vor unserer Ankunft zugetragen hatte. Obwohl wir nie etwas mit der Geschichte zu tun gehabt hatten, krönte das Dorf uns trotzdem zu Geistern. Man nannte meine Schwester und mich Nachtgestalten, ruhelose ~~Nigger~~mädchen, denen Flammen, Rauch, nicht einmal der Tod etwas anhaben konnten. Diese Vorstellung erlaubte es den Dorfbewohnern, durch uns hindurchzusehen. Wir konnten für alles verantwortlich gemacht werden. Wir erbten die Furcht des Dorfes vor dem Unerklärlichen. Einige der Älteren, die nichts auf Hörensagen und Ausschmückungen gaben, behaupteten, die Mädchen hätten es nie lebendig aus dem Haus geschafft und wären verbrannt. Anderen Gerüchten zufolge waren sie entweder von der Steilküste ins Meer gestürzt oder, auf der Flucht vor dem Wahnsinn ihrer Mutter, lichterloh brennend über die schmale Clove Road gekrochen, bevor sie in unserem Teich ertranken.

...

Auch wenn ich damit riskierte, dass Ezra ihre Meinung änderte und mich wieder auslud, weil ich so kindische Sachen machte, rutschte ich das Treppengeländer hinunter. Meine Schwester erinnerte mich gern daran, dass sie in meinem Alter nicht so unreif gewesen war. Natürlich musste ich sie dann daran erinnern, dass ich nur wusste, wie man das Treppengeländer hinunterrutschte, weil sie es mir beigebracht hatte. Obwohl ich erst dreizehn war, war ich schon so groß wie sie.

Ezra, barfuß und mit ihren Ledersandalen in der Hand, stieg mit leichten Schritten die Vordertreppe hinunter, wobei sie die Stellen mied, an denen uns das Holz verraten würde. Die Hintertreppe führte direkt in die Küche, also war uns dieser Weg versperrt.

Wenn Mama uns anderen Leuten vorstellte – eigentlich immer Fremde, da wir außer den Junketts keine Freunde im Dorf oder irgendwo sonst hatten –, kommentierten sie sofort unsere Größe. »Deine Mädchen sind groß gewachsen«, sagten sie dann, als würden sie laut aus der Zeitung vorlesen und verkünden, dass man an diesem milden, sonnigen Tag mit vereinzelten Regenschauern rechnen müsse.

Meine Schwester und ich wussten nicht, von wem wir unsere Größe geerbt hatten. Im Gegensatz zu anderen hatten wir keine gerahmten Fotos von unseren Verwandten an der Wand oder auf dem Kaminsims. Anstelle von Familienbildern bewahrte mein Vater glatte Steine oder Vogelschädel als spirituelle Wegbegleiter auf seinem Schreibtisch auf. Immer wenn unsere Großmutter Mama darum bat, Bilder von uns für das Familienalbum zu schicken, lehnte Mama ab. Obwohl mir der Gedanke an eine Großmutter gefiel, die sich über Bilder von meiner Schwester und mir freute, verstand ich doch, dass es für meine Mutter unerträglich schmerzhaft war, sich vorzustellen, diese Frau könne uns besitzen, und sei es nur in Form von Fotografien.

Ginny, die nicht Mutter oder Großmutter genannt werden wollte, rief Mama immer noch an und versuchte, zu ihr durchzudringen, egal, wie oft wir schon gehört hatten, dass Mama ihr mit leiser Stimme sagte, sie solle uns in Ruhe lassen. Wenn Mama sich bei Daddy über unser wildes Benehmen beschwerte, hatte ich manchmal das Gefühl, es ging dabei eher um das, was zwischen ihr und Ginny nicht stimmte. Tatsächlich hatte unser Ungehorsam wenig mit dem zu tun, was wirklich im Argen lag.

…

Mama und Daddy schirmten unser Haus absichtlich vor unserer Vergangenheit ab. Wann immer Ez und ich Fragen zu unserer Größe oder unseren Verwandten stellten, wurden wir ignoriert, das Thema gewechselt oder es wurde darüber hinweggeredet.

Als wir durch das Wohnzimmer schlichen, konnten wir Mama singen hören; eine langsame Ballade tönte aus dem Radio, das auf der Fensterbank über der Küchenspüle stand. Ich hielt inne, denn ich liebte Sam Cooke. Wenn er »You Send Me« sang, war ich wie verzaubert. Ich folgte dem Schatten meiner Schwester und dachte an Mama in unserer sonnenhellen Küche, die braunen Arme hochgestreckt, eine Schürze um die Taille gebunden. Sie hatte sicher ein Gemüsemesser oder einen Holzlöffel in der einen Hand. In der anderen einen eisgekühlten Drink. Ihre Finger waren kalt von dem Glas, in dem die Eiswürfel mit Whisky oder Scotch verschmolzen. Wenn Mama unruhig war, nahm sie gern etwas »Medizin«, wie sie es nannte, und sie schien jeden Tag unruhig zu sein. Ich wusste, dass die Fehde mit meiner Großmutter ein Grund für ihre Traurigkeit war.

Sam Cookes Stimme bestrich unsere Wände mit Honig. Außerdem half sie Mama dabei, sich in einen versteckten Raum in ihrem Inneren zurückzuziehen, den sie nur erreichen konnte, wenn sie getrunken hatte.

Doch heute würde Mama nicht in diesen inneren Raum gehen. Stattdessen würde sie an ihrem wässrigen Drink nippen und dann zu Limonade wechseln, sobald sie mit dem Kochen fertig war. Sie bereitete das besondere Letzter-Tag-der-Ferien-Abendessen zu, das es gab, seit wir kleine Mädchen waren. Es war eine Tradition, auf die wir stolz waren und durch die wir uns geliebt fühlten.

An diesem Abend würden wir Schmorbraten mit Kartoffelpüree und Möhren essen, gewürzt mit frischen Kräutern – Thymian, Rosmarin, Salbei und Lavendel –, die Mama selbst angebaut und getrocknet hatte. Dazu ihre frisch gebackenen Brötchen, die oben gebräunt, aber innen ganz fluffig waren, mit Butter. Um auch den Beginn von Daddys neuem Schuljahr zu feiern, würde es einen Zitronenkuchen mit Glasur zum Nachtisch geben.

Ezra drehte sich an der Haustür um und sah mich böse an. »Ich glaube, ich sollte deinen lahmen Hintern besser nicht mitnehmen.«

Ich legte einen Finger an die Lippen, streckte ihr dann die Zunge raus und gab ihr einen kleinen Schubs, sodass sie auf der Veranda stand. Als ich die Tür hinter mir zuzog, rastete sie laut ein.

Wir rannten los, sausten vorbei an dem Spukhaus, das uns keine Angst machte. Neuerdings sagte Mama oft, wir sollten nicht mehr so viel rennen. *Eine Dame nimmt sich Zeit*, sagte sie. Ez und ich schauten uns dann schulterzuckend an. Wir sahen hier keine Damen außer Mama und Miss Irene, aber wir konnten unserer Mutter nicht verraten, dass wir längst beschlossen hatten, niemals Damen zu sein. Außerdem machte Rennen uns glücklich. Wir näherten uns den langen Schatten, wo der Wald in Steilküste überging, und krümmten uns vor Lachen. Als ich endlich wieder Luft bekam, richtete ich mich auf und betrachtete die Rückseite des Spukhauses, das aufgrund des immerwährenden Verfalls nie gleich aussah. Es war die Zerstörung, die uns daran faszinierte. Im Dach klaffte ein riesiges Loch, durch das ein ganzer Baum wuchs. Wie wir hatte auch das Spukhaus einen Willen und Weg gefunden, um sich von dem freizumachen, was andere denken könnten.

»Was auch immer wir heute hier machen, du musst nicht gleich losrennen und es weitererzählen«, sagte Ezra plötzlich zu mir.

»Wem sollte ich es denn erzählen?«

»Deine eigenen Geheimnisse scheinst du ja gut für dich behalten zu können, Cinthy«, sagte meine Schwester. »Aber wenn es um *meine* Geheimnisse geht, hast du dich nicht unter Kontrolle.«

»Na ja, das hier wird ja *unser* Geheimnis.«

Ez nickte und rollte mit den Augen. »Im Frühling, als wir unsere Perioden bekommen haben, haben Ruby und ich beschlossen, am letzten Ferientag diese Sache zu machen. Wir ändern daran nichts, nur weil du dabei bist.«

»Ruby geht morgen auch zur Schule?«

»Was soll das denn heißen?«

»Hat sie ein Stück Seife und Wasser aufgetrieben?«

»Cinthy! Ich wünschte, du würdest nicht so über sie reden. Du behandelst sie wie alle anderen hier.«

Manchmal kümmerte sich meine Schwester um Rubys Probleme wie um ihre eigenen. Ich musste Ez daran erinnern, dass die Probleme von weißen Mädchen nicht mit denen vergleichbar waren, die wir beide kannten. Das sagten Mama und Miss Irene immer.

Naiverweise dachte Ruby, dass es sich umgekehrt genauso verhielt. Die Probleme der einen gehörten uns allen. Das klang gut und könnte wahr sein, aber meine Schwester und ich wussten, dass es auch noch andere Wahrheiten gab.

Wenn uns jemand wie den letzten Dreck behandelte, war Ruby ebenfalls gekränkt. Wenn sie uns mit erhobenen Köpfen durch das Dorf laufen sah, wie Mama es uns beigebracht hatte, hielt Ruby ihren Kopf genauso hoch, ohne zu verstehen, dass es viele Menschen gab, die uns kopflos, leblos, traumlos sehen wollten.

Wenn Ruby versuchte, sich auf unsere Seite zu schlagen, konnte ich sie nicht leiden. Im Leben von Ruby Scaggs gab es wenige Regeln, und auch wenn ich sie für hinterhältig hielt, hatte sie eigentlich keinen guten Grund, es zu sein.

»Trägst du saubere Unterwäsche, Cinthy?«

Überrascht riss ich den Blick vom Spukhaus los.

»Ez, du weißt, Mama mag's nicht, wenn wir böse Sachen machen.«

»*Mama mag's nicht* ... Herrgott! Warum denkst du überhaupt über Mama nach, wo ich dir doch gesagt hab, die Sache ist geheim. Ich versuch es dir zu erklären, Cinthy. Die Welt *ist* böse. Miss Irene sagt, wenn man das Böse kennt, so richtig kennt, dann ist das echte Weisheit.«

Ezra seufzte, und ich schämte mich. Es gab kaum etwas Schlimmeres als das Gefühl, sie enttäuscht zu haben. Außer das Gefühl, meine Schwester könnte mich langweilig finden.

»Ruby wartet schon im Wald auf mich«, sagte sie.

»Wen kümmert dieses weiße Mädchen? Soll sie doch warten bis zum Tag des Jüngsten Gerichts«, sagte ich, eine Hand an der Hüfte, wie Lindy, das älteste Mädchen der Junketts. Eine Hand an der Hüfte war alles, was ich an Autorität vorzuweisen hatte.

Wann immer Mama oder Miss Irene aufgebracht waren, führten sie den Tag des Jüngsten Gerichts ins Feld und gingen dann weiter ihren Geschäften nach. Wenn ich eine Sache gelernt hatte, dann, dass der Tag des Jüngsten Gerichts den Schwarzen Frauen gehörte, die ihn treu heraufbeschworen, wenn die Welt an ihren Nerven zerrte und ihre Toleranz versiegen ließ. Unsere Großmutter schien ebenfalls ihr Recht auf den Tag des Jüngsten Gerichts einzufordern, denn ich hatte meine Mutter oft mit strenger Stimme am Telefon über genau dieses Thema reden hören: *Mama, du hast kein Recht, über uns zu urteilen! Du wirst nie meine Richterin sein, und du weißt auch, warum.*

Ich legte den Kopf schief und sog dichte, warme Luft in meine Lunge, bevor ich weiterredete. »Hey Schwesterherz, du Schildkröte. Willst du jetzt rennen oder nicht?«

»Ja«, sagte meine Schwester. Ihr Gesicht öffnete sich wie eine lächelnde Blüte, als sie losrannte und dabei rief: »Bin eh schneller als du!«

Wir stolperten durch den Wald am Rande unseres Grundstücks bis zu einem alten Trampelpfad, der von unserem Zuhause bis zu Rubys führte, und dann auf einen weiteren, mit Unkraut überwucherten Weg.

Wir hasteten durch das Gestrüpp, bis sich das Land weitete und wir auf einer Lichtung ankamen, wo uns der Wind ins Haar fuhr und ins Gesicht kniff, wo das gleißende Licht uns blendete. Es war halb eins, und der ganze Himmel strahlte.

Ruby wartete schon auf uns. Anstatt mit dem Wind zu kämpfen, hatte sie die Arme weit ausgestreckt, das Gesicht hielt sie der schonungslosen Sonne entgegen. Ihre Haare, so schwarz wie die ihrer Mutter, hatte sie zu einem festen Zopf hochgebunden, der mich an ein unruhiges Tier erinnerte. Offenbar hatte Ruby beschlossen, ihren Pony als Vorbereitung auf das neue Schuljahr selbst zu schneiden. Ein Fehler.

Ihre Eltern kümmerte es kaum, wann Ruby kam und ging, sofern sie nicht gerade ihre Hilfe im Haushalt brauchten oder ihr irgendeine Lektion erteilen wollten, die sie selbst in ihrer Jugend nicht verstanden hatten. Der Ruf der Familie Scaggs war schon lange vor der Ankunft meiner Familie beschmutzt gewesen. Wir kannten Ruby ungefähr so lange wie die Junketts, also seit vier Jahren. Als kleine Schwester von Ez, immer nach der Aufmerksamkeit meiner großen Schwester lechzend, hatte Ruby mich von Anfang an gestört.

In der heißen weißen Sonne sahen ihre Silhouetten fast wie Spiegelbilder aus. Ruby und Ezra hatten beide lange Hälse, und die geschmeidige Form ihrer Körper zeichnete sich unter dem Stoff der dünnen Kleider ab, die im Wind so an ihnen klebten, als wären die Mädchen gerade aus dem Meer gestiegen. Doch während Rubys wippender Pferdeschwanz blieb, wo er war, flogen Ezras knotige Haare aus dem langen, dichten Zopf und flatterten um ihren Kopf wie rötliche Schlangen, die sie gewaltsam in das mattblaue Himmelsfenster ziehen wollten.

Jetzt rannte Ezra auf Ruby zu. Sie fingen grundlos an zu lachen.

Ich wollte Abstand halten, bis ich wusste, welches Spiel mich erwartete.

Mein Schatten lief mir voraus. Ich streckte die Arme aus, wie sie es taten, und hatte Sorge, der starke Wind könnte mich in die Luft heben. Staub flog unter mein Kleid, dann hoch in mein Gesicht. Ich leckte mir die Lippen, meine Zunge erspürte eine Schicht aus salzigen Sandkörnern. Einzelne Locken befreiten sich aus den geflochtenen Zöpfen auf beiden Seiten meines Kopfes. Die Sonne brannte auf meinen Mittelscheitel, der meinen Kopf in zwei Hälften teilte, auf mein dickes braunes Haar, das Mama jedes Wochenende sorgfältig einölte. Hier draußen schlugen die Enden meiner Zöpfe nach meinen Ohren.

Alles löste sich.

...

Wir stehen in einem Dreieck. Ruby und Ezra sehen mich an.

Ich beobachte, wie Ezra ihre Unterhose auszieht, und gebe dann auch meine an Ruby ab, ohne ihr ins Gesicht zu sehen. Da sonst nur Mama meine Wäsche berührt, scheint meine Unterhose jetzt an einem Ort zu sein, an den sie nicht gehört. Mir ist kühl, und gleichzeitig bin ich verschwitzt. Ich wackele leicht mit den Hüften, drehe meinen Körper, damit der Wind von der Seite kommt.

Ruby knüllt unsere Unterhosen zusammen und schiebt den klammen Stoffball in die Tasche ihres Kleides. Sie dreht den Kopf. Ihr schwarzer Pony sieht aus wie das Visier an einem schief sitzenden Gladiatorenhelm. Ihre Augen, tiefblau, sind dunkler als der blaue Himmel, der mir irgendwie größer vorkommt, jetzt, da ich meine weiße Baumwollunterhose ausgezogen habe.

Ruby setzt sich auf die heißen Felsen. Ezra setzt sich. Ich setze mich.

Ruby streckt die Beine in V-Form aus, und Ezra macht es ihr nach, schiebt und rutscht durch den Staub, bis einer ihrer Füße den von Ruby berührt. Sie wackelt genervt mit dem rechten Fuß, um mich zum Mitmachen zu bewegen.

Ich drücke mich ein Stück nach hinten, schürfe mir die Handflächen an den zerklüfteten Steinen auf. Meine Beine öffnen sich ebenfalls zu einem V. Ich richte meinen linken Fuß so aus, dass er am Fuß meiner Schwester lehnt. Mir wird klar, dass mein rechter Fuß an Rubys Fuß lehnen sollte. Ich will Rubys Füße nicht berühren. Sie trägt nicht einmal Schuhe.

Ich ziehe den Kopf ein, um Ez einen Blick zuzuwerfen, doch sie starrt nur zurück. Ich kann Mama in Gedanken schimpfen hören. Sie verdreht so sehr die Augen, dass sie nach hinten schauen kann. *Hyacinth Kindred, was in Gottes Namen tust du da? Und wenn du darüber nachdenkst, was ich dazu sagen würde, dann weißt du vielleicht schon, dass du es lieber nicht tun solltest. Wo ist meine brave Tochter geblieben?*

Zu Ezra sagt Mama so etwas nie, fragt sie nie, was sie sich gedacht hat, weil Ez sowieso handelt, ohne nachzudenken.

»Mach schon«, sagt Ezra. »Es ist heiß hier.«

Kraftvoll stoße ich mit der Sohle meiner Sandale gegen Rubys nackten Fuß und hoffe, dass es ihr wehtut.

»Ich fass kein weißes Mädchen an.«

»Dumme Kuh«, sagt Ruby.

»Rede nicht so mit meiner Schwester«, sagt Ezra sofort.

»Sie macht hier alles kaputt.« Unter uns sammelt sich die Hitze. Ich frage mich, ob Ameisen zwischen meine Beine und in mich hineinkrabbeln könnten. Ich sehe sie in einer dünnen schwarzen Straße marschieren, eifrig zwischen meinen Organen hindurch, an der schleimigen Bauchdecke entlang, dann durch die Kirche meines Herzens und schließlich durch den Halstunnel direkt in mein Gehirn, das in meiner Vorstellung mit Edelsteinen ausgelegt ist, wie eine Kathedrale. Wie viele Ameisen würden wohl in meinen Kopf passen? Dann stelle ich mir vor, Ameisen in die Toilette zu pinkeln, und fange beinahe an zu lachen.

Rubys und Ezras Gesichter haben sich in der Nachmittagssonne verdunkelt. Sie sind in ihre eigenen Gedanken versunken. Ich weiß nicht, worüber sie nachdenken, aber ich weiß, dass eine Strafe auf uns warten würde, wenn unsere Eltern davon wüssten. Mama und Daddy halten nicht viel von »Rohrstockliebe«, wie Miss Irene es nennt. Aber Rubys Papa, Mr Scaggs, hält viel von Prügel. Das tut er wirklich. Er schlägt Ruby und ihre Mutter immer, wenn er meint, sie wären glücklich und könnten auch ohne ihn leben.

»Kommt dichter ran«, sagt Ezra und beißt sich auf die Lippe.

Ruby grummelt und gehorcht.

Ich bringe meine Beine in Position und drücke mich nach vorn. Mein Bein streift Rubys Haut, die sich heiß anfühlt. Ich habe noch nie über ihre Haut nachgedacht, außer über die Tatsache, dass sie weiß ist.

Ich denke an Mama, was oft vorkommt, und an alles, was sie für uns tut. Um uns zu beschützen. Am frühen Abend, vor dem Essen, wird Mama uns die Haare waschen und für den ersten Schultag frisieren. Ich kann sie jetzt schon fragen hören, wo denn der Staub herkomme und warum meine Kopfhaut so schmutzig sei, ob ich den Verstand verloren und im Dreck gespielt hätte, nur um ihr noch mehr Arbeit zu machen. Frustriert wird sie mit dem Kamm an meinen Haarwurzeln ziehen. Meine Haare speichern den Schweiß, besonders wenn ich lange gespielt habe. Sie sagt *wirr* anstelle von *kraus*, als wüsste ich nicht, dass mein Haar, vor allem am Hinterkopf, undurchdringlich ist, wenn es feucht wird. Mama möchte unsere Haare hübsch machen, weil sie weiß, dass andere, vor allem weiße Menschen, ständig über unsere Haare nachdenken. Als Kind hatte Mama niemanden, der ihr mit den eigenen Haaren half, weil sie bei Ordensschwestern aufgewachsen ist. Daddy meint, es würde Mama aufregen, wenn wir zu viele Fragen über ihre Kindheit stellten. Das meiste davon hat Mama tief in ihrem Inneren vergraben, und wir sehen es höchstens kurz aufblitzen, wenn sie mit unserer Großmutter telefoniert oder sich mit einem Glas Whiskey pur und Sam Cooke in den Raum ihres Herzens zurückzieht.

Vielleicht wenden Ezra und ich uns deshalb so oft an Miss Irene und ihre Weisheit, die, wie sie sagt, von ihrer Mutter, ihrer Großmutter und ihrer Urgroßmutter stamme, die alle noch bei ihr seien. Sie bewahren etwas Mädchenhaftes in Miss Irene, während Mama unsere Großmutter bei jeder Gelegenheit abweist. Es ist schwer, die eigene Mutter nicht zu fragen, wer sie früher war, aber wir wissen, dass solche Fragen sie von uns wegtreiben könnten und sie dann womöglich nicht mehr mit uns teilen würde, was sie erschaffen hat, für sich selbst und uns, ihre Töchter.

...

Ruby lehnt sich zurück, als wäre sie es gewohnt, sich mit gespreizten Beinen und völlig schutzlos hinzulegen. Ihre Beine, die so sonnengebräunt sind wie unsere, werfen einen Schatten. Wo normalerweise die Unterhose zu sehen wäre, ist sie so blass, als würde ihr Geschlechtsteil zu einem anderen Mädchen gehören, mit feiner Haut und noch feinerem Benehmen, zerbrechlich und zu blauen Flecken neigend. Ich denke daran, wie oft ich Ruby verletzt sehe und wie lange es dauert, bis ihre Wunden verheilt sind, weil sie die Finger nicht vom Schorf lassen kann.

Wir machen Rubys Bewegungen nach, die sich hin und her gewälzt hat, um den Saum ihres Kleides mit festem Griff bis zum Bauchnabel hochzuziehen.

»Jetzt ihr«, befiehlt sie. Ihre Stimme schießt wie ein Pfeil nach oben in die Wolken, die sich gesammelt haben, um auf unsere enthüllten Körper hinunterzuschauen.

Unsere drei Vs formen einen eigenartigen Stern.

...

Ezra sagt, sie werde zuerst hinsehen. Dann Ruby. Dann ich.

Der Wind hat sich gelegt, doch die prickelnde Luft fächelt

mein Kleid noch immer über meinen Bauchnabel. Ich frage mich, ob Ruby und Ezra auch die Augen geschlossen haben oder ob sie nach oben starren, unzertrennlich von dem blauen Himmel, der sich gefühlt auch unter unseren Körpern befindet. Ich kann Mamas Stimme nicht mehr hören.

...

Ezra verpasst mir einen Tritt. Die Seite ihrer Sandale ist hart. Ich bin dran. Ohne den Kopf zu bewegen, lasse ich die Augen nach links rollen, wo Ezra sich spreizt. Ihr Unterarm liegt wie ein Schutzschild über ihren Augen. Der grelle Nachmittag färbt ihren schlaffen Zopf dunkelrot. Die unter der Haut gespannten Wadenmuskeln verraten mir, dass sie sich gegen den Untergrund stemmt, sich für das Gesehenwerden wappnet. Ich kann mich nicht erinnern, wann ich meine Schwester das letzte Mal nackt gesehen habe. Allerdings gehört das, was wir hier tun, nicht zu den Dingen, bei denen jemand auf uns zeigen und *Ekelhaft* rufen würde, oder auch nur *Sie waren nackt*. Wir sind so nackt, wie es in der Entstehungsgeschichte geschrieben steht. So nackt, dass es Gott traurig macht.

Ich erschaudere, lasse den Blick zu Ruby wandern, die ihr Gesicht hinter beiden Händen versteckt.

Ihre Hände sehen aus wie eine fleischgewordene Tür – aufgeschrammte Fingerknöchel, bis zum rosafarbenen Nagelbett abgekaute Nägel, zerkratzte Haut. Im Türspalt zwischen Rubys Fingern sehe ich ein Auge aufblitzen. Ihr Blick ist nicht auf mich gerichtet, sondern gerade nach oben, so als läge sie unter einem Trümmerhaufen begraben.

Ezra und Ruby haben die dünne Haut dort unten mit den Fingern auseinandergezogen. Experiment, Streit, Spiel oder Gebet – ich weiß nicht, was wir zu gewinnen versuchen, worum wir bitten oder was wir uns selbst beweisen müssen.

Ich weiß, dass Ruby und Ezra das Gefühl von Scham langweilig finden. Die Lehrer und Lehrerinnen in der Schule nutzen es für ihre Zwecke. Zu Hause setzen Mama und Daddy es sogar gegen Ezra und mich ein, ohne es zu wollen. Ich weiß, dass meine Eltern uns zu anständigen Frauen erziehen wollen, und es ist ein seltsames Gefühl, zu denken, dass sie es falsch machen. Aber das tue ich. Mama lässt eine natürliche Sache wie etwas Schlechtes wirken, verbietet mir, mein eigenes Geschlechtsteil anzusehen oder zu berühren, außer ich sitze in der Badewanne und habe ein Stück Seife in der Hand.

Als ich Rubys Blöße betrachte, schäme ich mich für mein Hinsehen. Ich schäme mich für das, was Ruby und meine Schwester überhaupt dazu verleitet hat, so etwas zu tun. Wieder denke ich daran, wie sich ihr Gang nach ihrer ersten Periode im Frühling verändert hat. Ich beobachtete, wie ihre Augen funkelten, während sie über Schmerzen und Krämpfe klagten. Während sie die Hände auf die Stelle legten, die sie in absurd dramatischem Ton *den Unterleib* nannten. Sie jagten mich weg, wenn ich eines der wilden Spiele vorschlug, die sie früher so gemocht hatten. Sie behaupteten, dass ihr plötzliches Frausein es ihnen erlaube, ernsthaft über ihr zukünftiges Leben nachzudenken, weshalb sie nicht mehr wollten, dass ich ihnen überallhin folgte. Ich würde das alles erst verstehen, wenn ich mich ebenfalls verändert hätte.

Ich wünschte, Ezra würde etwas sagen. Sie muss bestätigen, dass wir für das, was wir tun, keine Strafe verdient haben, sondern es uns zusteht, es von uns erwartet wird. Die Wahrnehmung unserer Körper bringt mich fast zum Weinen – hinzusehen liefert keine Erklärung, aber ich spüre, dass es mehr bedeutet, als wir ahnen. Unsere Haut so nah an Rubys Haut weckt sowohl Angst als auch Verärgerung in mir. Ich will von Ezra hören, dass es ihr genauso geht. Ich will von ihr hören, dass unsere Beine besser sind, stärker, aber ich weiß, sie wird nichts sagen.

Sie hat mich heute mitgenommen, obwohl ich noch nicht zu bluten begonnen habe. Vielleicht weiß ich deswegen nicht, was genau ich sehe, warum ich hinschaue oder was daran so besonders sein soll. Ich frage mich, ob mir die ganze Sache genauso falsch vorkäme, wenn wir alle die gleiche Hautfarbe hätten. Aber Ezra und ich hätten niemals Lindy Junkett zu diesem Spiel herausgefordert.

Dann setzt sich Ruby plötzlich auf, wühlt in ihrer Tasche herum und drückt mir meine zerknitterte Unterhose in die Hand, bevor sie auch Ezra ihre hellgrüne zurückgibt. Ruby zieht ihre eigene zerschlissene Unterwäsche als Letzte an.

»Jungs machen schlimmere Sachen«, sagt sie mit einem durchdringenden Blick.

# 2

Wir gingen von der hohen Steilküste hinunter in den Wald, der unser Haus von der Lichtung trennte. Ruby und Ezra unterhielten sich leise, um uns herum das Sirren von Insekten. Mama würde sicher schon auf uns warten, da sie vor dem Abendessen mit unseren Haaren fertig sein wollte. Ich fragte mich, wie ich ihr in die Augen sehen sollte, ohne preiszugeben, dass ich etwas Beschämendes getan hatte und es sich nicht erklären ließ. Zweige zerkratzten meine Füße. In wenigen Wochen würden goldene Blätter durch die Luft wirbeln und zu Boden trudeln. Der schwache Geruch in den Wäldern würde explodieren, der warme Atem des Verfalls würde in eine würzige Rauchnote übergehen.

»Sie sind wirklich alle gleich«, sagte Ruby, als hätten wir sie mitten im Satz unterbrochen. Ihre Stimme klang gleichermaßen zufrieden und irritiert.

»Wir sind spät dran«, sagte ich zu meiner Schwester. Ich wollte nichts mehr von Rubys Ideen hören und hoffte, sie würde einfach den Mund halten.

»Wie kann das *sein?*«, fragte Ez, als hätte Ruby den ungesagten Satz mit ihr geteilt. »Wir beide sind doch die mit der verfluchten Periode.«

»Ihre sah auch verflucht aus«, sagte Ruby mit einem Kopfnicken in meine Richtung. »Sie blutet nicht wie wir. Noch nicht. Aber vielleicht ist das mit dem Bluten auch egal.«

»Ist nicht egal, wenn's um Babys geht«, sagte Ezra. »Und wenn wir im Dorf sind und die Männer uns anglotzen, die uns sonst nie angeglotzt haben.«

»Stimmt«, sagte Ruby leise. »Wenn ich erst mal meinen Pilotenschein hab, will ich vielleicht auch ein Baby. Mindestens eins, damit ich nicht die Sklavin von irgendeinem Mann werde, das glaubt nämlich meine Ma. Die Frauen im Dorf behaupten, als Mutter ist man frei. Ich versteh das nicht ganz, aber die sagen das seit Jahren. Ma meint, sie ist nicht meine Sklavin und lässt mich ständig alles allein regeln.«

»Was meinst du mit Sklavin, Ruby?«, fragte Ezra mit finsterem Blick.

»Ma sagt, Papa behandelt sie wie eine Sklavin«, sagte sie. »Und da hat sie recht.«

»Du hast doch keine Ahnung, was ein Sklave ist«, sagte ich.

»Halt den Mund, Cinthy«, sagte Ruby. »Ich red doch gar nicht von Schwarzen. Ich red von Männern und Frauen. Du bist so schlau, aber manchmal verstehst du echt überhaupt nichts.«

»Wer soll denn ein Redneck wie dich ein Flugzeug fliegen lassen?«, stichelte Ezra.

Sie unterhielten sich weiter, ignorierten mich und Rubys Beleidigung. Normalerweise nahm Ezra mich vor Ruby in Schutz, aber die beiden waren zu sehr mit dem beschäftigt, was wir gerade getan hatten.

Ruby lachte laut und fröhlich. »Ich warte ganz bestimmt nicht, bis mir einer wie Papa die Erlaubnis gibt. Die Fliegerei muss man selbst in die Hand nehmen.«

»Träum weiter«, sagte Ezra. »Die lassen doch keine Mädchen fliegen. Wäre leichter für dich, ein Baby zu kriegen, als den Flugschein.«

»Ich will aber ein Flugzeug fliegen«, sagte Ruby mit so viel Nachdruck in der kratzigen Stimme, dass sie zu brechen drohte. Ich wusste, sie standen plötzlich kurz vor einer ihrer häufigen Meinungsverschiedenheiten. »Falls du nicht mehr so stur bist wie 'n Esel, wenn ich meinen Schein kriege, nehm ich dich als Erste mit.«

»Ha!«, rief Ezra. »Glaubst du, die lassen ein *Schwarzes* Mädchen in ein Flugzeug einsteigen, wenn wir nicht mal vorne im Bus sitzen dürfen?«

»Ich seh da kein Problem.«

»Natürlich nicht«, sagte ich leise.

»*Verdammt* noch mal«, platzte es aus Ruby heraus. »Keiner hat mit dir geredet.«

Ich wurde rot.

»Es muss noch einen anderen Grund geben, warum die Erwachsenen sich so benehmen. Das kann doch nicht alles nur wegen einem kleinen Pinkelloch sein«, sagte Ruby nachdenklich.

»Und was ist es dann?«, fragte ich. Nach diesem Tag hatte ich nicht vor, mich je wieder bei irgendetwas ausschließen zu lassen. Meiner Meinung nach hatte ich mir heute ein paar Rechte verdient, ob ich nun schon blutete oder nicht.

»Wissen die selbst nicht«, sagte Ezra. Es war offensichtlich, wie sehr sie sich über Erwachsene ärgerte. Sie schnalzte mit der Zunge, als würde sie die Säure einer Zitrone schmecken.

»Was wäre, wenn wir uns wie Jungs benehmen würden?«, fragte Ruby. »Mal ehrlich, Jungs spielen mit ihren Dingern, spritzen ihre Pisse auf alles, als hätten sie Feuerwehrschläuche in der Hand! Und nie gibt's Ärger, weil's ja bloß Jungs sind. Was wäre, wenn wir immer die Wahl hätten, so wie die?«

»Wer will schon wie eine Junge sein? Die können auch nicht *alle* tun und lassen, was sie wollen. Weiße Jungs, klar, aber was ist mit Schwarzen? Daddy sagt, wenn ein Schwarzer Junge kämpft, dann, weil er kämpfen *muss*, um nicht wegen irgendeiner Kleinigkeit getötet zu werden«, sagte ich. »Außerdem ist es öde, nur das zu wollen, was Jungs dürfen.«

Wir waren fast bei dem Pfad, der zur Rückseite des Spukhauses führte. Erleichtert stellte ich mir vor, wie wir uns von Ruby verabschieden, die Clove Road überqueren und die gestrichenen, ordentlich gefegten Stufen vor unserem Haus erreichen würden. Ich überlegte, ob ich Ruby vorher noch kräftig kneifen sollte. Mama würde es nicht gut finden, dass wir zu spät waren. Es musste schon später Nachmittag sein und es dauerte immer eine ganze Weile, uns die Haare zu machen und den Tisch zu decken.

»Glaubst du wirklich, wir haben die gleichen Möglichkeiten wie Jungs?«, fragte Ez und suchte in Rubys Blick nach der Antwort.

»*Noch* nicht«, sagte Ruby. »Eines Tages. Wenn wir Frauen sind.«

»Niemals«, sagte ich. »Das erlaubt keiner. Erst recht nicht unsere Mütter. Erst recht nicht *deine* Mutter, Ruby.«

»Deine Schwester hat nicht so über meine Ma zu reden.« Sie sagte es an Ezra gewandt und ignorierte mich. »Ich mein ja nur, ich hab das Recht, genauso frei zu sein wie 'n Junge. Ich werd mir meine Freiheit nehmen, ich will was Besseres haben als die Erwachsenen. Ich dachte, Freiheit wär auch für euch beide wichtig. Für eure Leute.«

Wenn Ruby mit uns über *unsere Leute* spricht, wenn sie verkündet, unsere Leute seien rechtschaffen und größtenteils gut aussehend, sie seien Königinnen und Könige gewesen, Hochleistungssportler und grandiose Unterhaltungskünstler, vermutlich die ersten Menschen, die auf der Erde wandelten, nachdem die Dinosaurier ausgestorben waren, ist unsere Antwort bloß ein Murmeln. *Natürlich* haben wir Bücher über Sklaverei und die Geschichte der weißen Angst gelesen. Was glaubt Ruby, wer sie ist? Wenn sie im Plauderton von Kampf und Regierung redet, wenn sie uns die Erlösung und den Aufstieg unserer Leute erklärt, ziehen wir uns zurück, pressen die Lippen zusammen, bis sie mit der Ansprache fertig ist und sich endlich wieder daran erinnert, dass sie weiß ist.

»Wie sieht denn diese Freiheit aus, mit der du dich angeblich so gut auskennst? Dein eigener Papa schlägt dich grün und blau, aber du schwafelst meiner Schwester und mir irgendwas von

Freiheit vor. Wir wissen, wie es um unsere Bürgerrechte steht«, sagte Ezra. Ohne ein weiteres Wort warf sie den gespaltenen Ast nach Ruby, den sie seit einer Weile in der Hand hielt. Zischend flog er durch die Luft, bevor er neben Rubys Kopf gegen einen Baum prallte und im Giftefeu landete.

Ruby machte ein Geräusch wie eine Verwundete. Sie sprang auf Ezra zu, grub ihre Nägel in den nackten Arm meiner Schwester. Ich erstarrte, doch Ezra schüttelte sie einfach ab und sah sie an. Mit diesem Blick hatte sie schon andere Weiße abgestraft, aber nie Ruby.

»Weißt du, was los wäre, wenn ich eine weiße Frau packen würde, wie du mich gerade gepackt hast?«

»Plötzlich bin ich das weiße Mädchen? Was soll das?«

»Das ist keine Antwort«, sagte meine Schwester. »Das weißt du. Man muss nicht in diesem kleinen Kaff wohnen, um zu wissen, was ich meine.«

»Ich dachte, du hast mir immer die Wahrheit gesagt«, sagte Ruby. Sie hatte Tränen in den Augen, wie auch meine Schwester. Meine Augen brannten, weil dieser Moment so scheußlich und dennoch unausweichlich war. Mama, Miss Irene – sie hatten das hier schon lange vorhergesagt.

»Dein Papa, deine Ma, mein Daddy, meine Mama«, sagte Ezra. »Glaubst du wirklich, die liegen alle falsch?«

»Wir sind verschieden«, flehte Ruby. »Das war uns doch immer klar.«

Ezra rieb sich die Stelle am Arm, an der Ruby ihre Spuren hinterlassen hatte, und schüttelte verbittert den Kopf. »Sind wir nicht.«

»Aber wir haben doch eben *gesehen*-«

»Ruby, was hast du *gesehen*?«

»Ez, *bitte.*«

»Wir müssen gehen«, sagte ich.

Ezra gab mir mit einem Wink zu verstehen, ich solle ruhig

sein. Aber ich spürte, dass das, was jetzt folgen würde, schon im letzten Frühling in Ezras Herz angekommen war. Sie hatte es mit sich herumgetragen, während Mama und Miss Irene sie ständig davor gewarnt hatten, weißen Mädchen zu vertrauen, die heranwachsen und als Frauen in einer gefährlichen, aber gleichzeitig sicheren Welt leben würden.

»Wir werden nicht zusammen alt. Das *geht* nicht. Du redest dir ein, dass wir die gleiche Art von Freiheit suchen, das gleiche Leben. Aber das tun wir nicht«, sagte Ezra vorsichtig. »Wir sind keine *Schwestern*. Ich hab schon eine Schwester.«

Ruby bewegte sich, als wollte sie Ezra angreifen, wurde jedoch von einer unsichtbaren Kraft zurückgehalten. Vielleicht verstand Ruby es endlich, als ich neben Ezra trat und wir Schulter an Schulter vor ihr standen.

»Ich hab dich nie beschimpft oder so was«, sagte Ruby. »Ich hab dich immer beschützt. Sogar deine eingebildete Schwester. Und jetzt ist alles vorbei, weil ich weiß bin? Willst du das?«

»Wovor hast du mich beschützt? Du brauchst doch Schutz vor deinem eigenen Vater, Ruby«, sagte Ezra. »Und das weißt du.«

»Pa liebt mich«, sagte Ruby kleinlaut. Ihre Schultern zuckten.

Ich wusste, sie liebte Ez, vielleicht sogar mehr, als sie ihre eigene Mutter liebte. Aber Ruby Scaggs hatte noch nie eine Beleidigung auf sich sitzen lassen, nicht einmal im Namen der Liebe. »Noch ein Wort, Ez, und du kannst deine Zähne zum Abendbrot fressen.«

Doch ich wusste, Ruby würde nichts tun. Ihr Herz war, wie das meiner Schwester, so glatt gebrochen, dass es beiden den Atem raubte.

»Lass uns *gehen*«, sagte ich zu meiner Schwester und berührte ihren Arm. Wir standen am Waldrand im Schatten des zerstörten Hauses. »Mama ist bestimmt schon sauer.«

# 3

Ruby sah zu, wie die Schwestern davoneilten. Die beiden Gestalten verwandelten sich in Kleckse und wurden dann von der späten Nachmittagssonne verschluckt. Sie kehrte dem Platz, an dem Ez und Cinthy sie stehen gelassen hatten, den Rücken zu und folgte einem unmarkierten Pfad durch den Wald, der sie zurück zu den Steilklippen führen würde.

Ruby widerstand dem Drang zu weinen. War sie traurig, weil sie etwas in ihrer besten Freundin und in sich selbst erkannt hatte? Es fiel Ruby schwer, es zuzugeben, aber sie hatte gewusst, dass es einen Unterschied gab zwischen dem, was sie hatte, und dem, was die Schwestern hatten. Die ganze Welt hatte es den dreien versichert. Das Innere schien gleich, aber das Äußere war anders. Die Wahrheit lastete schwer auf ihr. Ruby war selten einsam, obwohl sie oft allein war. Sie kämpfte erneut mit den Tränen, stellte sich dann aber ihren Papa vor, der ständig weinte und der der einsamste Mensch war, den Ruby jemals gekannt hatte.

Jonah Reuben Scaggs, nach dem Ruby benannt war, war ein Mann, der noch immer so hager aussah wie die Jungen, die von den Eisenbahnbrücken ins Wasser sprangen, um Fische zu fangen, wenn sie hungrig waren und ihnen das Geld ausging. Ihr Vater konnte die Luft anhalten, selbst wenn er nicht unter Wasser war. Jahrelang hatte Ruby dabei zugesehen, wie er von der Brücke der Erinnerungen in den Trümmerhaufen seiner Vergangenheit sprang.

Die blonden Haare, beinahe weiß, standen ihm vom Kopf ab. Seine Augen waren blau, wie ein Lied, das zum Blues gehören will, doch seine Seele schaffte es nie, die richtigen Töne zu treffen. Heutzutage waren die Augen ihres Papas oft geschlossen. Wenn sie dann auf die schiefe Veranda ihrer Hütte trat, war er in Gedanken versunken, steckte tief in der Vergangenheit, wie ein Mann, der die Wege auf einer verzauberten Schatzkarte mit dem Finger nachzog. Die Vergangenheit spornte ihn an, am Leben zu bleiben. Er war auf der Suche nach dem einen Moment, in dem sein Leben in die Brüche gegangen war. Ruby hatte ihre eigene Karte entworfen, damit seine Angriffe sie nicht unvorbereitet trafen.

Als Ruby nun aus dem Wald kam und ihre Lichtung am Felsufer betrat, konnte sie den Rauch des Fleischgrills riechen. Ihr Vater war nicht zu Hause, aber er räucherte Schweinefleisch hinter der Hütte.

Rubys Papa mochte keine Diebe und ahnte nicht, dass Ruby inzwischen sehr gut darin war, Dinge zu stehlen. Als sie begriffen hatte, dass sie womöglich verhungern könnte, wenn sie sich auf ihre Mutter und ihren Vater verließ, hatte sie angefangen, die Dorfbewohner zu bestehlen. Damit hatte sie ihnen neuen Gesprächsstoff geliefert. Man ließ sich über die Trunkenheit ihres Vaters und die Träume ihrer Mutter aus. Und nun konnte man auch alles Mögliche über Ruby sagen, denn sie war schließlich kein kleines Kind mehr, das es nicht besser wusste. Man war der Meinung, Ruby habe es verdient, ein glückloses Produkt der Scaggs'schen Überheblichkeit zu sein.

Ruby presste die Hände an ihren Körper, während sie an Sommerabende und die letzten Nächte im August dachte, die für sie immer traurig rochen, weil sie wusste, dass sie bald zu Ende gehen würden.

Sie wollte endlose Tage in perfektem Sommerhimmelblau. Dann fiel es ihr leichter zu träumen, sich als Pilotin in ihrem eigenen Flugzeug durch die Lüfte jagen zu sehen.

Ruby überquerte den Vorhof aus hartem Lehm und schimpfte

mit den Hunden ihres Vaters, die hungrig um sie herumwetzten. Ihr fiel ein, dass dieses Schuljahr ihr letztes sein würde. Seit dem Frühling hatte sie Sorge, in Salt Point kleben zu bleiben und gezwungenermaßen einen der sechs Johns aus ihrer Klasse heiraten zu müssen. Das war etwas, worüber Ez und Cinthy sich keine Gedanken machen mussten. Ruby hatte einmal in einer Zeitschrift ihrer Mutter gelesen, dass sich viele Frauen nach neuen Formen der Liebe sehnten und am Ende trotzdem Männer heirateten, die so waren wie ihre Väter. Als sie versucht hatte, Ezra davon zu erzählen, hatte die bloß die Stirn gerunzelt und gesagt, ihr Vater sei ein guter Mann, der ihr und Cinthy alles beibringe, was es über die Sterne, Anatomie, ägyptische Pyramiden und gute Menschenkenntnis zu wissen gebe.

Rubys Papa sah höchstens Sterne, wenn ihn jemand in der Bar bewusstlos schlug. Jonah Reuben Scaggs schenkte Ruby Sterne, die ihre Haut grün und violett färbten. Von ihm konnte Ruby nicht lernen, was einen anständigen Mann ausmachte.

Rubys Mutter tat nichts, außer zu verhindern, dass sie selbst bewusstlos geschlagen wurde. Wie ihr Mann fand auch Mrs Scaggs Zuflucht in der Vergangenheit. Seitdem sie vor vielen Jahren einmal auf dem Jahrmarkt zur Schönheitskönigin gekürt worden war, stolzierte Rubys Mutter noch immer mit dem Gefühl durch Salt Point, die Dörfler seien zu blöd, um ihre Krone zu sehen.

Als Mrs Scaggs noch glaubte, eine gute Mutter sein zu müssen, war sie überaus besorgt um Rubys Wohlbefinden gewesen. Damit hatte sie eine weitere Möglichkeit gefunden, ihren Mann zu ärgern. Als die Dorfbewohner ihre Tochter sahen und Dinge sagten wie »Das Kind sollte schon lesen können« wurde Mrs Scaggs jedoch bewusst, dass sie den Grund für Rubys schlechte Bildung bei sich selbst suchen musste.

Eines Nachmittags war Mrs Scaggs mit Ruby im Ort unterwegs, um Blumen zu kaufen und es alle wissen zu lassen, als sie Mr Hobart sah. Mr Hobart, in seinem maßgeschneiderten Anzug, nahm seinen Hut ab und tätschelte Rubys zerzaustes Haar. Er fragte, wie alt sie denn sei, und sie hatte sich schüchtern zu ihrer Mutter umgedreht, die stolz antwortete: »Sie ist acht oder neun.« Er betrachtete Mrs Scaggs aufmerksam und konnte ihre Krone sehen. Jedenfalls hoffte sie das. Stattdessen fragte er nur, ob Ruby schon lesen könne und ob sie gut darin sei. Mrs Scaggs blinzelte, als hätte ihr jemand Pfeffer in die Augen gestreut, und wartete ab, ob er der kleinen Ruby wohl einen Strauß Gänseblümchen kaufen würde. Sein Unbehagen entging ihr. Mit der Hand am Hut wünschte er Ruby und ihrer Mutter einen angenehmen Nachmittag und fügte noch hinzu, dass die Familie Scaggs aufgrund ihrer offensichtlich sehr ärmlichen Umstände dazu eingeladen sei, ihre Tochter auf seine Schule zu schicken, um ihr eine bessere Zukunft zu ermöglichen.

An diesem Nachmittag hatte Ruby den Stich gespürt, der durch den Körper ihrer Mutter ging.

Ruby erinnerte sich, wie ihre Ma sie vom Dorfplatz weggezerrt und den steinigen Weg zurück zur Hütte eingeschlagen hatte. Die frischen Blumen wurden in dem alten Einkaufsnetz ihrer Mutter platt gedrückt. Unwillkürlich nahm Ruby die ganzen Wildblumen am Wegesrand wahr – kostenlos –, während sich ihre Mutter über die Beleidigung des Mannes aufregte. »Er ist es, der arm dran ist, jawohl. Ein ganz armseliger Mann, wenn er denkt, er ist reich genug, um eine Frau mit Beleidigungen zu bezahlen, anstatt ihr echte Komplimente zu machen.«

»Wofür denn bezahlen?«, hatte Ruby ihre Mutter gefragt, deren Antwort eine Ohrfeige gewesen war.

Ruby hatte auf der Veranda gesessen, die Hand an der Wange, und dem wütenden Weinen ihrer Mutter gelauscht. Als Ruby schließlich die Hütte betreten hatte, cremte ihre Mutter gerade eifrig ihr Gesicht mit Pond's Cold Cream ein und redete von gefährlichen Tränen, die den Teint einer Frau zerstören konnten. »Wenigstens wirst du auf eine gute Schule gehen«, hatte sie immer wieder zu ihrer Tochter gesagt und die zerrupften Blumen zwischen die Seiten eines ramponierten Buches gesteckt.

In Wahrheit konnte Ruby damals schon lesen. Aber die Texte, die ihr zur Verfügung standen, hatten sie abgeschreckt. In den Zeitschriften ihrer Mutter konnte sie keine Abenteuer, Gespenster, Kriege oder Märchen finden. Die einzigen Monster und Bösewichte, die Ruby je auf diesen Seiten gesehen hatte, waren bedrohlich große Wäscheberge, unglückliche Ehemänner, abgeplatzter roter Nagellack, Seidenstrümpfe mit fiesen Laufmaschen. Zu viele Regeln, die man befolgen musste, um eine andere zu sein, um jugendlich auszusehen, obwohl man schon über fünfzig war. Was Ruby jedoch tatsächlich verstörte, waren die Bilder von lächelnden Müttern und rotwangigen Babys, die so sicher umsorgt schienen, wie Ruby es nie erlebt hatte.

Mit acht oder neun Jahren rebellierte Ruby gegen die Glaubenssätze ihrer Mutter.

Sie wollte Abenteuer erleben, die nichts damit zu tun hatten, einem Mann köstliche Steaks zu servieren, während man selbst Diät hielt. Sie distanzierte sich von ihrer Mutter, die sie zwar lieb hatte, aber von der sie sich nicht gesehen fühlte. Obwohl es anfangs wehtat, wusste Ruby, dass sie nur so das Leben bekommen würde, das sie wollte. Wie auch immer es aussehen würde. Ruby überzeugte sich selbst davon, dass sie durch die Vernachlässigung ihrer Eltern mit einer besonderen Rüstung ausgestattet worden war. Sie ließ los, was sie nie besessen hatte, und genoss stattdessen ihre eigene Gesellschaft und die Schöpfung neuer Abenteuer.

Ruby war schon in die Idee vom Fliegen verliebt gewesen, lange bevor sie mit Ezra und Cinthy die jährliche Flugshow in Briggley besuchte. Schon früher hatte sie wie gebannt die Seevögel beobachtet, die am Horizont über Salt Point segelten, und auf ihren Streifzügen durch den Wald Vogelnester erforscht; manchmal hatten die Farben eines Kardinals oder eines Blauhähers sie inmitten der Hausarbeit innehalten lassen. Ruby wusste, dass das Fliegen *in* ihr steckte, dass es bloß gewartet hatte, bis sie es finden und an eine Liebe wie diese glauben konnte.

Wenn sie ans Fliegen dachte, konnte Ruby ihre eigene Seele hören.

Aus Rubys Sicht hatte die Geschichte ihres Traums mit der Flugshow in Briggley begonnen, einem etwas größeren Ort als Salt Point, nur wenige Kilometer entfernt. Ezra und Cinthy hatten Ruby begleitet, doch natürlich machten sie sich die ganze Zeit Gedanken darüber, was ihre Mutter tun würde, wenn sie herausfand, dass sie sich aus dem Haus geschlichen hatten. Ruby hatte ihnen lachend versichert, dass der Besuch jede Bestrafung wert sein würde.

An diesem Tag hatten sie die Schatten von Flugzeugen am blauen Himmel aufsteigen und sinken sehen wie Fischschwärme. Wie eine Gruppe farbenfroher Haie mit polierten Nasen und glänzenden Flanken aus Chrom. Selbst die weniger eleganten Flieger trieben Ruby Tränen der Hoffnung in die Augen. Sie war so gerührt von dieser aufkommenden Sehnsucht gewesen wie die Frauen im Dorf, wenn sie die ersten Tritte ihrer ungeborenen Babys beschrieben. Es klang sowohl übersinnlich als auch körperlich, dieses Wahrnehmen einer unbekannten Regung in einer vertrauten Hülle. Ruby hatte mit den beiden Mädchen in den Himmel geschaut und sich durch und durch *zu Hause* gefühlt.

Bei der Flugshow hatte es Tickets für kurze Rundflüge gegeben. Ruby war auf dem Jahrmarkt in Salt Point schon ein paarmal mit dem Heißluftballon gefahren. Sie war über dem Wasser aufgestiegen und hatte auf die Steilküste hinuntergeschaut. Manchmal hatte sie das Dach ihrer Hütte entdeckt, doch nichts daran war ihr wie ein Zuhause erschienen. Der Ballon war zu langsam. Der Fahrer hatte gelangweilt und lustlos gewirkt, außer er sah ein hübsches Gesicht in der Schlange. Egal, wie viele

Fragen Ruby gestellt hatte, sie wusste, er hatte sie für wertlos gehalten, wertloser als sein eigenes Leben.

In Briggley hatte Ruby die neugierigen Blicke ignoriert, die man ihr und den beiden Schwarzen Mädchen zuwarf. Sie hatte die verächtlichen Gesichter der Männer und Frauen kaum wahrgenommen. Sie war zu sehr damit beschäftigt gewesen, nach oben zu schauen.

Obwohl sie wusste, dass die Schwestern Geld in ihren Schuhen versteckten, hatte Ruby beschlossen, eine Mutter zu beklauen, die ihrem schreienden Kind im taubenblauen Kinderwagen gerade den Mund abwischte. Ezra und Cinthy hatte das nicht überrascht. Nicht mehr. Sie hatten bloß Angst davor gehabt, dass man Ruby erwischen könnte und sie selbst dann die Beschuldigten wären.

Als Ruby von ihrem Vorhaben berichtete, hatte Ezra sie verrückt genannt und gelächelt. »Wir fliegen nicht mit«, hatte Cinthy gesagt. »Das dürfen wir nicht.«

Diese Worte liefen bei Ezras Schwester in Dauerschleife. Die beiden waren losgezogen, um Popcorn und Süßigkeiten zu kaufen, wobei Cinthy schon jetzt davor warnte, wie teuer es werden würde, wenn ihre Mutter sie mit Zahnschmerzen und Karies zum Zahnarzt bringen müsste. »Wir setzen uns hin und sehen zu«, hatte Ezra grinsend gerufen. »Falls der Flieger nicht nach oben fliegt, sondern nach unten.«

Ruby hatte sich allein angestellt. In ihrer Aufregung hatte sie die Kinder vor sich gar nicht wahrgenommen, deren Eltern, ein Elternteil oder beide, sie liebevoll an den kleinen Händen hielten.

Als sie an der Spitze der Schlange angekommen war, stand sie einem Mann gegenüber, der ihrem Vater ähnelte und seine blutunterlaufenen Augen hinter einer Fliegerbrille aus dem Kostümverleih versteckte. Sein runder Körper sah aus wie eine der Bocciakugeln, mit denen die alten Männer in Salt Point manchmal auf dem Dorfplatz spielten.

»Mutter oder Vater dabei?«, hatte er laut genug gefragt, damit alle hören konnten, dass er seine Pflicht tat. »Ohne wird das hier nix.« Er hatte nicht gelacht, aber in den Ohren der ungeduldig wartenden Kinder hinter Ruby hatte es trotzdem lustig geklungen.

Mit finsterem Blick hatte Ruby ihm die gestohlenen Münzen hingehalten. Bei allem, was sie von ihrer Mutter gelernt hatte, ging sie davon aus, er würde das Geld nehmen und ein Auge zudrücken. Aber er hatte sie nicht einmal angesehen. Er war aufgestanden, um die Warteschlange zu überblicken.

»Verschwinde«, hatte er gesagt und Ruby das Geld aus der Hand genommen, als könnte es ihr schaden.

...

Auch wenn Ruby der direkte Weg zu ihrem Traum verwehrt blieb, hielt sie weiter an der Überzeugung fest, für das Fliegen gemacht zu sein.

Kurz nach der Flugshow stahl Ruby eine Zeitschrift aus der Schulbibliothek. Obwohl Zeitschriften mit Flugzeugen und Autos bei den Jungen normalerweise heiß umkämpft waren, hatte noch niemand diese Ausgabe angerührt. Auf dem Titelblatt war eine Pilotin abgebildet.

Harriet Quimby hatte sich ihren Flugschein verdient, lange bevor irgendjemand von Amelia Earhart gehört hatte. Wann immer Ruby Lobeshymnen auf Harriet oder Amelia singen wollte, erinnerte Ezra schnell an Bessie Coleman, die ebenfalls durch die Lüfte geflogen war. Ezra machte das sonst nur, wenn es um Musik oder Sport ging, und Ruby war in letzter Zeit zunehmend verärgert darüber, dass ihre Freundin den Namen einer Schwarzen Frau in den Raum warf, den Ruby für sich allein haben wollte.

Kurz darauf erwähnte ihre Geschichtslehrerin Miss Burden, dass es auch Pilotinnen gab, die noch lebten. Man könne ihre Geschichten nicht in Büchern nachlesen, sagte Miss Burden, aber die Klasse solle wissen, dass auch Frauen in der Lage wären, Flugzeuge zu steuern. Ruby sah das als Zeichen. Es war einer der wenigen Momente, in denen sie dankbar für etwas war, das sie in der Schule lernte.

Davon abgesehen verwirrte die Schule Ruby. Selbst wenn sie ihrer Lehrerin die richtigen Antworten gab, schien trotzdem etwas mit ihr nicht zu stimmen.

...

All das erinnerte Ruby mehr, als sie zugeben mochte, an den Mann von der Flugshow, der ihr das Geld weggenommen und ihr den Zugang zu etwas verweigert hatte, das sie unbedingt wollte, bloß weil sie ohne Mutter und Vater dagestanden hatte. Sie kannte die Spielregeln des Anstands nicht und fragte sich, wie der Mann reagiert hätte – mitleidig vielleicht –, wenn er den betrunkenen Zornesblick ihres Papas kennengelernt hätte.

Sie zweifelte an dem, was die Erwachsenen ihr beibringen wollten, insbesondere Männer. Sie wurde bei jeder Gelegenheit schikaniert. Sei es von dem Mann bei der Flugshow, dessen Blick Gewalt versprach, sollte sie es wagen, Widerworte zu geben, oder von ihrem Papa, der ihr im Namen seiner Liebe tatsächlich Gewalt antat. Ruby wollte neue Geschichten schreiben, in denen *sie* die Heldin war. Sie wollte keine Prinzessin sein, keine Königin und kein armes Küchenmädchen, das in einem magischen Kürbis zum Ball gebracht wurde. Sie wollte echte Geschichten mit Bildern, die ihren Kopf ausfüllten. Sie konnte die Begeisterung ihrer Lehrerin nicht verstehen, wenn diese von der Schönen Helena oder anderen Frauen erzählte, die von Göttern in Tiergestalt umworben und bestraft wurden. Diese Dinge waren nicht real.

Harriet Quimby war für Ruby viel interessanter als Miss Burdens alberne Unterrichtsstunden über Mythologie. Sie hatte alles zum ersten Mal gemacht. Die erste Frau, die über den Ärmelkanal flog. Offiziell die erste Frau, die aus dem Himmel in den Tod stürzte.

Über die Sache mit dem Tod hatte Ruby zugegebenermaßen nicht allzu viel nachgedacht. Es waren die Erfolge und Triumphe der Frau, die einen Platz in Rubys Fantasie fanden. Sie stellte sich vor, wie Harriet Quimby sich am wirbelnden Himmel festhielt, während sie aus dem Flugzeug geschleudert wurde, das in ein Grab aus dickem Schlamm hinabschoss. Vielleicht war ihr Flug den Absturz wert gewesen. Womöglich hatten diese Pilotinnen, die sich mit dem Leben gegen die Lüfte stemmten, weniger Angst davor, dort oben zu sterben, als unten auf dem Boden in einem schrecklichen Leben gefangen zu sein, von dem sie nie geträumt hatten, in dem sie jedoch unweigerlich landen würden.

Ruby war dreizehn Jahre alt, als sie das Titelblatt mit dem Bild von Harriet Quimby in kleine Fetzen riss, das blasse Papier dann zerkaute und die Frau samt ihrer metallenen Schwingen hinunterschluckte. Nur so konnte sie sichergehen, dass ihre beiden Leben miteinander verbunden blieben. Alle Ängste flatterten aus ihrer Brust, wie Tausende Fledermäuse aus einer roten Höhle. Jeder Bissen, jedes Schlucken, jeder Atemzug hob sie höher und näher zur Sonne. Eines Tages würde Ruby Scaggs eigene Schwingen haben.

...

Am Abend vor dem ersten Schultag briet Ruby zwei frische Eier und das Fleisch, das ihr Papa hinter der Hütte abgelegt hatte. Sie aß nur sehr wenig davon, denn er beschuldigte sie oft, sich die besten Stücke zu sichern, was nicht ganz der Wahrheit entsprach. Immerhin ging es oft um Eichhörnchen, Opossum, Ente, Waschbär oder Reh. Wo genau waren da die besten Stücke? Sie hatten noch nie etwas gegessen, worauf Ruby Appetit gehabt hätte, wie zum Beispiel einen Cheeseburger mit Pommes und Ketchup.

In einer alten Zinkwanne hockend hatte sie sich mit einer

Pferdebürste abgeschrubbt und sich die Haare gewaschen. Die sommersprossige Haut war zerkratzt, aber sauber. Sie konnte ihren Pony nicht in Ordnung bringen, aber ihre Haare wuchsen so schnell wie die ihrer Ma; zu Weihnachten würde von dem schrecklichen Haarschnitt nichts mehr zu sehen sein. Sie hatte sich sogar erlaubt, eine kleine Menge von der Pond's Cold Cream zu benutzen, die ihre Mutter so liebte. Sie wurde langsam zur Frau, und vielleicht sollte sie Sonnenschäden vorbeugen. Seit Ruby ihre Periode bekam, hatte sie das Gefühl, sich um alles mehr kümmern zu müssen, auch um ihr Aussehen. *Arm* zu sein, machte ihr nicht viel aus, denn vielen Kindern an der Hobart ging es ähnlich. Doch bei den Klassenkameraden als *schmutzig* zu gelten (natürlich sagten sie es ihr selten direkt ins Gesicht), fühlte sich inzwischen anders an. Ruby wollte nicht mehr mit den anderen Kindern oder den Lehrern streiten, wenn es nicht unbedingt notwendig war. Sie musste sich jetzt auf andere Dinge konzentrieren: die Fliegerei, ein besseres Leben. Nun, da Ruby einen vollen Bauch hatte und ihre Kleider für morgen bereitlagen, konnte sie sich nicht entscheiden, ob sie sich auf den nächsten Tag freute oder eher beunruhigt war. Ihr war klar, dass ihre Eltern den Beginn des neuen Schuljahres wahrscheinlich vergessen hatten. Sie war erleichtert, allein zu sein. Ruby würde ihren Papa und ihre Ma weiterhin in dem Glauben lassen, sie verfolge keinerlei Strategie und werde sie nie verlassen.

Dabei war Ruby bereit, sie zu verlassen. Nur für Ezra würde sie ihre Pläne neu ausrichten.

Ruby hatte Ezra und Cinthy über den Pfad und in ihr Haus gehen sehen. Sie spürte einen stechenden Schmerz, während sie sich fragte, wie es sein musste, eine eigene Schwester zu haben.

Andererseits war sie mit Ezra so eng befreundet, dass es vielleicht sogar besser war, als eine Schwester zu haben. Seit sie sich im Alter von zehn Jahren kennengelernt hatten, war Ruby wie berauscht. Niemand hatte ihr je von dem Lachen erzählt, das

Mädchen miteinander teilten. Ezra Kindreds Lachen war wie Parfum. Ruby hatte so oft darin gebadet, dass sie den intensiven Duft erst bemerkte, wenn sie von Ezra getrennt war. Ruby stellte sich gern vor, dass ihr eigenes Lachen für Ezra ebenso spürbar war. Ihre erste Freundschaft gab ihr das Gefühl von Kraft.

In letzter Zeit war es anstrengend geworden, in Ezras Nähe zu sein. Es gab immer weniger Gründe zum Lachen. Ruby und Ezra vergaßen ihre Streitgespräche nicht mehr so schnell wie früher. Es zählte nur, wer gewonnen hatte. Es gab eine neue Art von Stille zwischen ihnen. Ruby fragte sich, ob es daran lag, dass dies ihr letztes Schuljahr sein würde. Jede von ihnen würde wissen müssen, wo und wie sie in der Welt stehen wollte, und zwar *bald*. Und diese Welt und ihre Mauern schienen darauf zu bestehen, dass Ruby eine Sache war und Ezra eine andere. Doch Ruby weigerte sich zu glauben, dass man diese Mauern nicht einreißen konnte. Konnten sie nach ihrem Schulabschluss nicht immer noch miteinander lachen?

Tief einatmend versuchte Ruby nicht darüber nachzudenken, sondern bloß den Himmel zu genießen, bevor die Sonne ganz hinter dem Horizont verschwand. Den Himmel zu betrachten, brachte sie zur Ruhe. Sie stellte sich vor, wie es sein würde, den Sonnenuntergang von einem Flieger aus zu beobachten, und verlor sich in ihren Gedanken, während die Luft um sie herum abkühlte. Bilder in ihrem Kopf halfen ihr dabei, Leerstellen in ihrem Leben zu füllen.

Als die Sonne untergegangen war, beschloss Ruby, durch den Wald zum Grundstück der Kindreds an der Clove Road zu gehen. Sie machte das jedes Jahr am letzten Ferientag, seit sie zehn oder elf Jahre alt war, damals, als sie Ezra und Cinthy gerade kennengelernt hatte und ihr bewusst geworden war, dass sich die Lebenswelt der beiden sehr von ihrer eigenen unterschied, obwohl sie Schwarze waren.

Ruby wusste, dass Mrs Kindred im Haus ihrer Freundin bügelte, putzte, kochte, wirbelte. Mr Kindred war für das Grübeln zuständig und manchmal, falls er es nicht vergaß, auch für das Schimpfen, allerdings fand er weniger Gefallen am Brüllen und Bestrafen als Rubys Papa.

Die Kindreds lebten so zurückgezogen, dass man fast glauben könnte, es gäbe sie gar nicht. Privatsphäre war ihnen heilig. Mit weißer Haut, schätzte Ruby, wären die vier genau wie sie.

Schon bei der einfachsten Frage über ihre Familie verkrampften sich die Schwestern, also schnitt Ruby das Thema nicht mehr an, besonders weil ihre eigene familiäre Situation alles andere als vorzeigbar war.

Rubys Ma sagte oft, dass die Kindreds die ungewöhnlichsten ~~Nigger~~ waren, die sie je gesehen hatte, allerdings wusste Ruby, dass ihre Mutter in ihrem Leben nicht allzu vielen begegnet war. Deshalb hatte ihre Ma, wie einige andere Dorfbewohner, immer ein wenig Angst vor den Kindreds.

Fröstelnd stand Ruby auf. Sie wollte am Haus der Kindreds sein, bevor diese mit ihrem besonderen Abendessen fertig waren. Sie beobachtete die Familie gern durch das saubere Panoramafenster ihrer Küche. In all den Jahren hatten sie Ruby nie bemerkt. Sie spionierte nicht herum, jedenfalls nicht direkt. Ihr Hunger richtete sich zwar zum Teil auf Mrs Kindreds köstliche Speisen, aber eigentlich wusste Ruby, dass da noch mehr war. Etwas, das sie niemandem erklären wollte, nicht einmal ihrer besten Freundin. Was würde Erza denken, wenn sie wüsste, wie viele Jahre Ruby schon den Müll der Kindreds durchwühlte, um das Ende des Sommers mit einem eigenen Festmahl zu feiern? Ruby dachte sich Geschichten aus, in denen ein böser Bann gebrochen wurde und sie sich endlich als die dritte Schwester zeigen durfte, die sie insgeheim immer gewesen war. Diese Vorstellung gefiel ihr und ließ sie glauben, dass sie, obwohl sie in den Wäldern lebte, die das Zuhause der Kindreds umgaben, eigentlich auch eine Tochter war, die den Platz und die Liebe in diesem Haus verdient hatte.

Am meisten freute sich Ruby auf den Moment, in dem Ez und Cinthy und ihre Eltern zu ihrem geliebten kleinen Teich hinuntergingen, wo sie sich Geschichten erzählten und gute Wünsche in den Sternenhimmel schickten. Ezra hatte Ruby einmal davon erzählt und dann verschämt hinzugefügt, dass es nicht wichtig sei. Doch Ruby wusste, dass es unendlich wichtig für ihre beste Freundin war. Vom Waldrand aus beobachtete Ruby nun, wie die Familie lachte, sich gegenseitig in den Armen hielt und nach oben blickte, ihre ernsten Stimmen schienen gemeinsam zu beten.

Ruby hatte selbst ein oder zwei Wünsche an diesem Abend vor ihrem letzten ersten Schultag. Zuerst wünschte sie sich zu fliegen, wirklich zu fliegen, und mutig genug zu sein, um alles zu tun, was nötig war, egal, wie beängstigend, um die zu werden, die sie sein wollte. Als Zweites wünschte sie sich, dass sie Ezra Kindreds Liebe nicht verlieren würde, was ebenso unmöglich schien.

# 4

»Jetzt seht ihr wieder aus wie meine Töchter«, sagte Mama, als sie sich vom Küchenstuhl erhob. Sie sammelte die Kämme, die Bürsten und die Schleifen zusammen, die sie in einer alten Keksdose aufbewahrte. Ihr Ärger wegen unseres Zuspätkommens war endlich abgeklungen. Ausnahmsweise war ich dankbar dafür, dass das kalte Glas mit braunem Schnaps Mamas Stimme weicher machte. Wir halfen ihr, alles zu verstauen, bewegten uns leise, während sie uns anwies, den Tisch für unser besonderes Abendessen zu decken. Sie schien etwas wackelig auf den Beinen zu sein, doch als ich an ihr vorbeiging, zog sie mich an sich und drückte mir einen Kuss auf die frisch geflochtenen Zöpfe. Ich konnte spüren, wie sauber meine Haare waren, wie die Luft über meinen Nacken und die Ohren strich, und es war so beruhigend wie Mamas Stimme.

Ich mochte Haarschleifen noch immer, auch wenn Ezra zu Mama sagte, wir wären dafür schon zu alt. Ezra meinte, sie würde lieber sterben, als Schleifen im Haar zu tragen, und wie es aussah, wollte sie auch nicht mit mir gesehen werden, wenn ich welche trug, obwohl ich erst dreizehn war.

»Lass die Schleife weg und nimm stattdessen einen hübschen Haarreifen«, riet mir meine Schwester.

»Von Haarreifen bekomme ich Kopfschmerzen, Ez. Die drücken hinter den Ohren und fliegen mir vom Kopf, wenn ich Räder schlage«, sagte ich.

»Du bist eh zu alt zum Räderschlagen. Stimmt's, Mama?«, sagte Ezra und sah mich mit schmalen Augen an, während sie mit dem Geschirrtuch die guten Teller trocknete, die Mama herausgeholt und kurz abgespült hatte.

»Überall auf der Welt tragen Frauen Tücher und binden sie sich in die Haare. In einigen Ländern bedecken die Frauen jedes Mal ihre Haare, wenn sie das Haus verlassen. So wurden sie erzogen. Und ich wette, es gibt Tausende Frauen überall auf der Welt, die älter sind als wir alle zusammen und trotzdem Schleifen tragen. Ihr seht doch auch Irene, die ihre Haare immer in diesen schicken Turban wickelt, wenn sie draußen ist. Ihr solltet nicht so viel Zeit damit verbringen, über eure Haare nachzudenken. Deine kleine Schwester kann tun und lassen, was sie will«, sagte Mama.

Kichernd reichte ich meiner Schwester einen weiteren Teller und schnitt dabei eine Grimasse. Sie hatte schlechte Laune. Sie wusste, sie hätte nicht so über Ruby und ihren Papa reden sollen, bevor wir im Wald auseinandergingen. Auch wenn sie und Ruby sich ständig stritten, konnte Ezra Ruby auf eine Art verletzen, wie es nicht einmal ihrem Vater gelang.

Wie alle an unserer Schule hatten auch Ezra und ich Angst vor Mr Scaggs. Im Laufe der Jahre hatte Ruby uns viele Stellen an ihrem Körper gezeigt, an denen er seine Spuren hinterlassen hatte. Wahrscheinlich gab es auch Stellen, die sie uns nicht zeigte. Ich musste daran denken, dass Ruby klaute, so viel sie konnte, wenn niemand hinsah. Sie konnte es nicht lassen, obwohl sie es besser wusste. Ich fragte mich, ob es Mr Scaggs auch so ging. Er konnte nicht aufhören, Ruby wehzutun, obwohl er es besser wissen musste. Es jagte mir Angst ein, dass Erwachsene sich so verhalten konnten, wo sie doch wussten, was richtig und falsch war.

Ohne es uns wirklich zu erklären, hatten Mama und Daddy uns davor gewarnt, jemals irgendwo mit weißen Männern allein zu sein. Nicht einmal in der Schule. Wären wir doch einmal mit einem weißen Mann oder mehreren Männern allein, selbst wenn es sich dabei um unsere Lehrer handelte, sollten wir so schnell wie möglich das Weite suchen.

…

Mama bat Ezra, ihr mit dem gestärkten Tischtuch zu helfen. Wir deckten den Tisch so ordentlich, als würden wir in einem Nobelrestaurant speisen. Für meine Familie war der Tag vor dem neuen Schuljahr so wichtig wie Weihnachten, vielleicht sogar noch wichtiger.

»Können wir nicht am Teich picknicken?«, fragte Ezra. »Das wäre einfacher.«

Mama hielt inne und verschränkte die Arme vor der Brust. Die Wassertropfen hatten Punkte auf ihrem gelben Kleid hinterlassen. Sie hatte ihre Kochschürze abgenommen, bevor sie uns die Haare einschäumte, und dann vergessen, sie wieder umzubinden. Mama hatte die Traurigkeit hinter sich gelassen und die Gefühle, die der Whisky und Sam Cooke in ihr auslösten, in ihrem inneren Raum abgelegt. Unsere Mutter war wieder da. Wenngleich sie nicht direkt wütend war, war die Stimmung in der Küche angespannt. Mamas Verärgerung war ein Zucken an ihrem Kiefer, dessen Signal ich aus jedem Winkel, aus jeder Entfernung lesen konnte.

»Offenbar hattet ihr zwei heute schon eine Art Picknick.«

»Was meinst du, Mama?«

»Ist lange her, dass ich so viel Dreck von euren Köpfen waschen musste. Wo wart ihr heute?« Sie sah mich an, in dem Wissen, dass ich, im Gegensatz zu meiner Schwester, nicht lügen würde.

»Wir haben gespielt«, sagte Ezra. Sie ging zur Besteckschublade und kramte lärmend darin herum.

»Ich brauchte eure Hilfe und hab euch gerufen. Das ganze Essen kochen, dann noch bis zur letzten Minute die Haare machen, gestern den ganzen Tag putzen und schrubben, bis mein Rücken nicht mehr konnte. Ihr habt Nerven, einfach so zu verschwinden, als hättet ihr ein Dienstmädchen zu Hause. Dieses Haus gehört eurem Daddy und mir. Euch gehört gar nichts, nicht mal der Dreck auf euren Köpfen. Ich will wissen, wo ihr gewesen seid und was ihr getrieben habt. Und ich erwarte eine Antwort, die meine Intelligenz nicht beleidigt.«

Obwohl Mama ihre Worte an Ezra richtete, weil sie älter war als ich und gewieft noch dazu, betrachtete ich meine sauberen, nackten Füße und wünschte, ich könnte draußen durch das wilde Gras am Teich laufen, das zu dieser Tageszeit kühl und feucht sein würde.

Es machte mich traurig, wenn Mama so redete.

Ihre Stimme wurde dann zu Salz, sie klang, als würde jemand anderes durch ihren Mund sprechen. Daddy mochte es auch nicht. Manchmal unterbrach er ihr Geschimpfe, um Mama daran zu erinnern, warum sie Damascus verlassen hatten. Daddy sagte, er wolle nicht in einem Haus leben, in dem seine Frau seinen Töchtern drohte, weil sie nur so zeigen konnte, wie wichtig wir ihr waren. Mama versohlte uns mit Worten, nicht mit dem Gürtel. Es war furchtbar zu sehen, wie müde es sie machte, uns eine Standpauke zu halten. Wut machte sie krank. Mama und Daddy hatten nichts für Schläge übrig. Im Gegensatz zu Ruby oder Lindy Junkett hatten wir noch nie eine Ohrfeige kassiert oder waren in die Arme gekniffen worden. Wir waren nie nach draußen geschickt worden, um einen Stock zu holen, während Mama oder Daddy auf uns warteten. Lindy meinte, genau das wäre das Problem.

»Aber Mama, du weißt doch, dass es *überall* schmutzig ist«, sagte Ezra. »So ist das, wenn man mitten im Nirgendwo wohnt.«

»Hat dieser Schmutz irgendwas mit Ruby Scaggs zu tun?«

Ich blieb stumm, konnte jedoch ihren Blick spüren. Mama wusste Bescheid.

»Ihr seid jetzt in einem Alter, in dem ihr nette Freundinnen braucht. Freundinnen, mit denen ihr aufwachsen könnt. Ezra, du bist jetzt eine junge Frau. Ich bin sicher, du weißt, wovon ich rede. Es ist an der Zeit, Freundschaften zu knüpfen, die dich stärker machen, die dir helfen, dich in dieser Welt zurechtzufinden.«

»Was meinst du damit?«, fragte Ezra. Sie ließ das Besteck in Ruhe. Ihre frischen Zöpfe fielen nach vorn, und sie fixierte einen Punkt hinter Mama.

»Ich meine ein Mädchen wie Lindy Junkett. Auf die ist Verlass. Ich sage ja nicht, dass ich Ruby nicht mag. Aber ihr seid euch nicht ähnlich, egal, was ihr denkt. Mir wäre es lieber, wenn ihr mehr Zeit mit Lindy verbringen würdet, sie ist ein hübsches Mädchen mit einer rosigen Zukunft. Sie entwickelt sich weiter und lässt sich dabei von nichts ablenken. Dafür sorgen Irene und Caesar. Sie bringen ihre Kinder auf den richtigen Pfad.«

Ich seufzte leise, sodass Mama es nicht hören konnte. Wie die meisten Schwarzen Erwachsenen liebte Mama den Pfad. Sie und Daddy redeten schon über den Pfad, solange ich denken konnte. Manchmal war der Pfad ein Berggipfel. Manchmal verlief er dort, wo Moses das dunkelrote Wasser teilte, damit das von Gott erwählte Volk das gelobte Land erreichen konnte. Der Pfad war eine moralische Schnellstraße für Schwarze auf der ganzen Welt. Der Pfad konnte auch zu einer persönlichen Angelegenheit werden, beispielsweise wenn Daddy seufzend sagte: *An deiner Stelle wäre ich vorsichtig. Deine Mutter ist heute Morgen auf dem Kriegspfad.*

Mama strich sich mit der Hand über den Kopf. Ihre dunklen Haare, so tiefbraun, dass sie beinahe schwarz aussahen, waren im Nacken zu einem dicken Knoten gebunden.

Selbst wenn sie schimpfte, sprach Mama oft mit uns wie mit Freundinnen oder Schwestern. Um ehrlich zu sein, hatte Mama trotz ihrer Bereitschaft, Ratschläge zu geben, kaum eigene Freundinnen. Sie war als Einzelkind bei Ordensschwestern aufgewachsen, nachdem man (Ginny, wie sich später herausstellte) sie in eine Babydecke gewickelt und auf den Stufen vor einer Kirche irgendwo in Delaware abgelegt hatte.

Wir wussten, dass Mama uns liebte, Daddy liebte, doch manchmal hatte sie düstere Phasen. Die Liebe zu Daddy war stark, aber in Mamas Innerem gab es einen dunklen Ort, dessen vertraute Schatten stärker waren. Ezra schob es auf den Umstand, dass Mama ihre Kindheit in einem Haus Gottes verbringen musste, wo es nichts gab außer Nonnen, Staub und Jesus. Wenn eine dieser Phasen anbrach, verhielten wir uns ruhig und warteten ängstlich darauf, dass unsere Mutter wieder auftauchte. Sie verschwand immer nur für eine Weile. Eines der Gegenmittel für Mama war die Aufmerksamkeit, die sie uns und unserem Vater schenkte. Die Verantwortung im Haushalt lenkte sie vom Lebensschmerz ab. Heute spürten wir nur einen Hauch ihrer Gereiztheit, denn sie hatte viel zu tun und konnte nicht stundenlang im Bett Musik hören. Heute hatte sie keine Zeit, so zu tun, als würde sie nicht weinen, während sie das Geschirr spülte. Mama versuchte, es vor uns zu verstecken, aber Töchter sehen solche Dinge deutlicher als alle anderen. Jedenfalls fühlte es sich so an.

Mama trocknete sich die Finger an einem sauberen Geschirrtuch ab, steckte sich den kleinen diamantbesetzten Ehering wieder an und seufzte. »Cinthy, hol die Kerzen aus der Vorratskammer. Der Tisch soll hübsch aussehen.«

Ich lächelte, erleichtert, dass Mama uns nicht mehr fragte, wo wir gewesen waren oder was wir mit Ruby gemacht hatten, was ich selbst nicht genau wusste. Wir waren sicher und sauber, und wir halfen Mama, alles für einen schönen Abend vorzubereiten. Ich hoffte, sie würde nicht zu müde sein, um mit uns zum Teich zu gehen, den wir immer nur das Ufer nannten, seit wir klein waren. Wir waren gern in ihrer Nähe, wenn sie gute Wünsche für unser neues Schuljahr aussprach. Neben Mama zu stehen, wenn sie in sich ruhte, war, wie einen Sonnenuntergang zu betrachten. Nur bei einem Sonnenuntergang konnte man direkt in die Sonne blicken, ohne dabei zu erblinden.

Die Vorratskammer war einer meiner Lieblingsorte in unserem Haus. Es gab ein großes, schiefes Fenster zum Teich raus. Die anderen drei Wände waren mit Regalen ausgekleidet, die hinter karierten Vorhängen versteckt waren. Wir nannten die Kammer unseren Laden. In der Ecke stand eine Stehlampe, und die Tür ließ sich mit einem weißen Knauf aus Porzellan öffnen, dessen glänzende Lackschicht gesprungen war. An den hellen Wänden blätterte gelblicher Putz ab. Ich konnte einen Stuhl aus der Küche hineinziehen und die Tür schließen. Dann zog ich an der kleinen Kette, mit der man den behaglichen Schimmer der Lampe einschaltete, und las in Ruhe, oder ich sah einfach dabei zu, wie das Tageslicht an den Vorhängen entlangwanderte, bis es dunkel wurde. Wenn es so weit war, konnte ich bis zu unserem Teich sehen, wo die Sterne wie kleine Silbermünzen ins Wasser fielen.

»Mädchen, musst du die Kerzen da drin erst herstellen? Warum dauert das so lange?«

»Nein, Mama. Ich hab nur nachgedacht.«

»Dann bring die Kerzen und die Halter hierher und stell sie auf den Tisch«, sagte sie. »Zum Teufel, bin ich müde.« Sie sprach mit schwerer Zunge. Ich wusste nicht, ob es am Whisky lag oder ob sie wirklich müder war als sonst. »Vielleicht können wir alle runter zum Ufer gehen, wenn euer Vater seinen Unterricht fertig geplant hat. Das wäre schön. Ich habe auch ein paar eigene Wünsche, die ich loswerden will.« Sie schien wieder sie selbst zu sein, doch dann fügte sie hinzu: »Ihr sagt mir also nicht, wo ihr heute Nachmittag gewesen seid? Was ihr gemacht habt?«

Wir wandten uns von Mamas sanftem Gesicht ab.

»Ihr wollt es mir wirklich nicht verraten?«

»Da gibt's nichts zu verraten«, sagte Ezra sehr leise.

»Jetzt ist es so weit«, sagte Mama kopfschüttelnd, als hätte sie es schon vor Jahren geahnt, als sie uns noch in ihren Armen wiegte. »Ihr werdet zu Frauen mit Geheimnissen. Aber ich bin nicht eine eurer kleinen Freundinnen. Vor mir könnt ihr keine Geheimnisse haben.«

...

Es war nicht verboten, beim Abendessen zu sprechen, aber wir mussten etwas Interessantes zu sagen haben. Beziehungsweise etwas, das ein Erwachsener, insbesondere unser Vater, für interessant erachten würde. Wir wussten nicht, wofür sich Erwachsene interessierten, also blieben wir still und kauten konzentriert, bis wir Nachtisch essen durften.

Wir mochten es, wenn Daddy lange am Tisch saß, anstatt schnell zu essen und sich dann wieder seinen Unterrichtsstunden zu widmen. Wir liebten den Ton seiner Stimme, so rau und schwer. Daddy war ein ernster Mann. Wenn er lächelte, sah es oft aus, als kostete es ihn große Anstrengung, seine Gedankenwelt zu verlassen und sich daran zu erinnern, wo er war und dass das Glück direkt vor ihm saß.

Unser Vater sparte sich seine Worte für das Klassenzimmer auf.

Manchmal sahen Ezra und ich unseren Vater in der Schule vor uns über den Flur schreiten, eine schwache Krone der Autorität über dem Kopf, ein dickes Buch unter dem Arm; dieser Mann kämpfte auf dem Schlachtfeld der Bildung ums Überleben, und wir erkannten in ihm kaum den liebevollen Mann, der er zu Hause war. Im Laufe der Jahre fiel es ihm immer schwerer, diese Distanziertheit abzulegen.

Obwohl er ein Gelehrter war, ging es für Daddy im Leben oft um Kosten und Preise. Es gab Dinge, die ihm zu viel kosteten. Er verabscheute das Gefühl, sein Leben sei verkäuflich. Daddy redete über das Armenhaus, als könnten wir es von unserem Fenster aus sehen. Er misstraute der Welt aus gutem Grund.

Man erzählte uns nur sehr wenig über unsere Urgroßeltern, Theodore und Calliope Kindred. Es hatte die Menschen beunruhigt, dass sie an ihr Recht glaubten, eine eigene Kirche bauen zu dürfen. Bevor meine Urgroßeltern genug Zeit gehabt hatten, um mit Hoffnung und Vertrauen auf ihre harte Arbeit zu blicken, hatten die weißen Männer in Damascus bereits ein Streichholz entzündet und ein Feuer durch unseren Stammbaum geschickt, das noch immer in Daddys Erinnerung brannte, auch wenn er es nie zugeben würde.

Er machte die Religion für die Flammen seiner Kindheit verantwortlich. Im Gegensatz zu Mama hatte Daddy kein schlechtes Gewissen, weil wir nicht jeden Sonntag in die Kirche gingen. Er fuhr uns gelegentlich zu einer Kirche für Schwarze in Gunn Hill, wenn er meinte, wir bräuchten Gott. Aber es war eine unausgesprochene Regel in unserem Haus, dass Religion nicht verwendet werden durfte, um unseren Geist oder unser Verhalten zu kontrollieren. Unser Vater befahl uns nie, zu beten oder Reue für unsere Sünden zu zeigen.

Stattdessen ermutigte er uns, unseren Intellekt zu benutzen, um zu verstehen, warum wir Dinge sagten oder taten. Unser Vater räumte ein, dass Gott nützlich war, aber er sagte eher Dinge wie: »Wenn wir den Ursprung dieser Tränen analysieren wollen …«

An diesem Abend erzählte er uns während des Essens, was er zu Beginn des neuen Schuljahres unterrichten wollte. Meine Gedanken wanderten zu Miss Burden, die seit ein paar Jahren meine Klassenlehrerin war. Ich fragte mich, wie sie ihren letzten Abend in Freiheit verbrachte.

Sie wohnte allein im Dorf, in einer der schäbigen Wohnungen über einer Ladenzeile direkt am Wasser. Miss Burden war vermutlich noch keine vierzig Jahre alt, aber ihr Gesicht sah aus, als wäre es nach ihrer Geburt mit Apfelessig eingerieben worden. Ihr starker Mundgeruch konnte nur von leidenschaftlichen Küssen mit einer Knoblauchknolle stammen. Wenn unsere Lehrerin ausnahmsweise einmal lächelte, musste sie wohl an einen Witz gedacht haben, denn ich konnte nicht glauben, dass Miss Burden uns oder ihr Leben an der Schule besonders lustig fand.

Wir, ihre Schüler und Schülerinnen, waren nur Unterbrechungen zwischen den Stunden, in denen sie lesen konnte. Auf mich wirkte es, als verstecke sie ein heimliches Leben in den Ärmeln ihrer schlichten erbsengrünen Strickjacke. In gewisser Weise hielt Miss Burden Abstand zu uns, Abstand zum Dorf.

Doch ich war sensibel, und Miss Burden hatte diese Eigenschaft in mir erkannt. Sie lieh mir ihre Bücher und erstellte komplexe Leselisten, die meinem Hunger nach Geschichten gerecht wurden. Manchmal, wenn Ezra krank zu Hause war, durfte ich sogar die Mittagspause mit ihr im Klassenzimmer verbringen. An diesen herrlichen Tagen lasen Miss Burden und ich, ohne ein Wort zu sagen, während wir uns unsere Brote und unser Obst schmecken ließen. Denn ohne Ez an meiner Seite konnten die anderen Kinder ziemlich fies werden, und weder Lindy Junkett noch Ruby hätten etwas tun können, um mich vor ihren Gemeinheiten zu schützen. Die Jungen behandelten mich wie Luft und warfen den Football so hart, dass er blaue Flecken auf meinen Beinen hinterließ. *Sie stand im Weg,* war alles, was Miss Burden dann aus ihnen herausbekam. Im Klassenzimmer wurden meine Mitschüler zu Künstlern. Wenn ich meinen Tisch hochklappte oder mein Buch aufschlug, entdeckte ich Zeichnungen von mir, meiner Schwester und meinem Vater als Affen oder Genitalien. Diese Karikaturen waren fast genauso demütigend wie die eintönigen Verse über den fehlenden Arm meines Vaters oder afrikanische Bananenfresser.

Während mein Vater von den Reparaturen erzählte, die Mr Caesar im Laufe des Sommers hatte durchführen müssen, damit das Schuldach nicht einstürzte, fragte ich mich, wie Miss Burden wohl ihren Sommer verbracht hatte. Wir hatten sie den ganzen Juli und fast den ganzen August über nicht gesehen. Vor ein paar Tagen, als Ezra und ich unserem Vater geholfen hatten, die alten Schulbücher in braunes Packpapier einzuschlagen und obszöne Kritzeleien auszuradieren, meinte ich, ihre zwitschernde Stimme auf dem Flur zu hören. Ich war schnell aus der Tür gelaufen, ohne genau zu wissen, was ich zu ihr sagen wollte, doch es war niemand da gewesen.

Das Telefon klingelte und unterbrach Daddys Monolog beim Abendessen.

Wir hatten mit der Zeit gelernt, uns nicht von der Stelle zu rühren, wenn es klingelte. Ich beobachtete, wie der Kiefer meines Vaters eine verschlüsselte Nachricht schickte, als er und Mama sich ansahen. Wie jedes Jahr versuchte unsere Großmutter, uns einen schönen ersten Schultag zu wünschen. Für gewöhnlich hob Mama nicht ab. Sie saß das Klingeln aus, ihre Finger krallten sich am Rand des Tischtuchs fest, bis die Knöchel zu sehen waren. Daddy hatte es aufgegeben, Mama darum zu bitten, Frieden zu schließen, denn Mama bestand darauf, ihren Frieden darin gefunden zu haben, dass sie ihre Töchter vor Ginny Abbott beschützen konnte. *Mich hat niemand beschützt*, hatte sie einmal mit so dünner Stimme gesagt, dass es Ezra und mir wochenlang nicht aus dem Kopf ging. Dann hatte sie etwas davon gemurmelt, dass Ginny eine Knastbraut sei, die sich nicht als Großmutter eignen würde.

*Ginny hat sich große Probleme eingehandelt, was niemanden überraschte. Sie war Sängerin, und der Teufel fand einen Weg in ihre Lunge. Kein Atem war ihr so wichtig wie der eigene, sagen die Alten. Sobald sie Damascus verlassen konnte, hat sie auch eure Mama verlassen. Hat nie zurückgeblickt, hat ihrem Kind nicht eine Träne nachgeweint.* Das erzählte Daddy uns, als wir fragten, warum wir behaupten sollten, keine lebenden Verwandten mehr zu haben. Für uns war es einfach, denn in Salt Point wollte ohnehin niemand etwas über unsere Familie wissen.

In manchen Jahren klingelte das Telefon nur ein einziges Mal, und das machte mir Angst, denn ich dachte, meine Großmutter wäre es leid, Mama und uns hinterherzurennen.

»Sie hat aufgehört«, sagte Mama mit verächtlichem Blick in Richtung Telefon. Dann hustete sie kräftig in ihre Serviette. Mein

Vater bot ihr sein Wasserglas an, das sie dankbar entgegennahm. Nachdem sie einen Schluck getrunken hatte, seufzte sie tief.

»Vielleicht hört sie auf, wenn du mit ihr sprechen würdest«, sagte Daddy.

»Fang nicht damit an«, flüsterte Mama und rieb sich die Augen.

»Denk an unsere Mädchen«, sagte Daddy. Seine Stimme klang geduldig. Er verlagerte sein Gewicht auf dem Stuhl. Unser Vater war etwa einen Meter fünfundachtzig groß. Er sprach weiter. »Denk an das, was du und ich nie hatten. Sie könnten eine Großmutter haben, Lena. Du könntest dich mit jemand anderem unterhalten, statt immer nur mit Irene.«

»Irene ist wunderbar«, sagte Mama, presste die Lippen zusammen, setzte sich aufrecht hin und wies Ezra an, uns noch mehr Zitronenwasser aus der Karaffe einzuschenken.

»Macht mir diesen Herbst keinen Ärger, ihr beiden«, wechselte er das Thema und sah Ezra und mich an. Er nahm einen großen Schluck Wasser und räusperte sich. Meine Schwester und ich bekamen diese Ansprache jedes Jahr zu hören. »Wir müssen einen starken Start hinlegen und ja, auch einen starken Schlussspurt. Das Tempo auf unserem Pfad zieht an. Ihr seid im Begriff, junge Frauen zu werden. Wir können nicht immer wissen, wann wir in Schwierigkeiten geraten, Kinder, aber wenn wir auf der Hut sind und unser Bestes geben, kann man uns nicht besiegen. Wir dürfen uns nicht angreifbar machen. Eine Niederlage beginnt hier«, sagte unser Vater und tippte sich an die Stirn, auf der sich Schweißperlen gebildet hatten.

Ezra und ich genossen keine Sonderbehandlung, nur weil unser Vater an der Hobart unterrichtete. Als würden sich die anderen Lehrkräfte überhaupt für mich und meine Schwester interessieren: Wir waren ja bloß Schwarze. Da kümmerte es auch niemanden, dass ich bereits zwei Klassen übersprungen hatte und Ezra und ich mittlerweile die beiden besten Schülerinnen des Jahrgangs waren.

Ezra, die Kinder der Junketts, und ich waren die einzigen Schwarzen Kinder an der Schule. Unsere Lehrer nahmen uns nur selten dran, außer sie wollten die weißen Schüler bloßstellen und zu besseren Leistungen antreiben. Miss Burden war die Einzige, die uns mit unseren Namen aufrief, statt nur »Ja, du« zu sagen.

»Wir werden keinen Ärger machen«, sagte ich, den Blick auf das Kerzenlicht geheftet, und sprach damit für uns beide. Ich schloss die Augen und stellte mir die goldenen Türen der Schule vor, leuchtend wie zwei imposante Tore aus Feuer.

# 5

Zwei Fischer aus dem Dorf fanden Miss Burden bei Niedrigwasser, mit dem Gesicht nach oben am Ufer treibend, in einem nagelneuen Nachthemd. Als sie zu dem Nachthemd befragt wurden, sagten die Fischer aus, dass das Preisschild noch am Ärmel befestigt gewesen sei und wenige Zentimeter neben den schrumpeligen Fingern der Toten getrieben habe. Sie hätten sich gegruselt, sagten sie, denn das Nachthemd habe sich bewegt, als wäre die Frau schon lange ein Geist gewesen.

Mord wurde von Anfang an ausgeschlossen. Es gab keine sichtbaren Wunden, und Miss Burden hatte niemandem im Dorf je etwas zuleide getan. Sie hatte keine Reichtümer, keine Feinde, keine heimlichen Affären. Es gab kein Erbe und keine Lebensversicherung.

Als man Einsamkeit ins Spiel brachte, zuckten die Männer mit den Schultern. Sie sagten, sie könnten sich keine Gedanken über die Beweggründe unserer Lehrerin machen. Sie seien bloß einfache Männer, die Jahre in der Gesellschaft mondheller Wellen verbracht hatten. Es gebe Dinge in der Einsamkeit eines Mannes, die ihn umbringen konnten. Sie hätten kein Interesse an der Einsamkeit einer Frau. Verzweiflung hinge jetzt in ihren Netzen, beschwerten sie sich, denn die Frauenleiche habe ihre übliche Route unterbrochen und sie um den Verdienst eines halben Tages gebracht.

Es gab zwei Polizisten in Salt Point. Einer von ihnen, der Chief Deputy, war Mr Hobarts Neffe, Charles Hobart. Die Dorfbewohner, die ihn schon lange kannten, nannten ihn Charlie. Der andere, Deputy Howard Walsh, wurde Howie genannt. Er war älter als Deputy Charlie, und seine Stimme wechselte zwischen warmem Sarkasmus und beunruhigend genauen Beobachtungen über das menschliche Dasein, ähnlich denen eines Philosophen. Er war normalerweise für Gunn Hill zuständig, wo es mehr Morde gab als Einsamkeit. Er kam nach Salt Point, um Deputy Charlie zu unterstützen, wie er es immer getan hatte.

Es war der erste Schultag nach den Ferien. Unsere Blicke klebten an den beiden Männern, die auf der Suche nach Hinweisen langsam durch unser Klassenzimmer schritten, bewaffnete Männer, die sich abrupt umdrehten, als könnte jederzeit ein Motiv vor ihnen auftauchen. Wir an unseren Tischen fragten uns im Stillen, ob wir irgendetwas mit dem Kummer unserer Lehrerin zu tun gehabt hatten.

Die Erwachsenen, die in unser Klassenzimmer gebeten wurden, um auszusagen, waren gereizt und sprachen lieblos über Miss Burden, als hätten sie alle mit diesem Tag gerechnet und wunderten sich, dass er nicht schon früher gekommen war. Miss Burden hatte nie versucht, sich im Kollegium beliebt zu machen. Sie hatte sich nicht über die Schüler beschwert, so wie die anderen. Tatsächlich war sie den anderen Lehrkräften gegenüber so distanziert gewesen, dass diese verbittert annahmen, Miss Burden halte sich für etwas Besseres. Ich wartete darauf, dass mein Vater in den Raum kommen und eine Aussage machen würde. Doch mir wurde bewusst, dass Daddy sich auf gar keinen Fall freiwillig in eine so ernste Sache einmischen würde wie den Tod einer weißen Frau, die in den Wellen trieb und von der niemand wusste, wie sie dort gelandet war. Es war besser, sagten er und Mama stets, sich um die eigenen Angelegenheiten zu kümmern.

Abgesehen davon war es nicht das erste Mal, dass Fischer in Salt Point eine Frau aus dem Wasser gezogen hatten. Doch es war das erste Mal, dass jemand, den ich kannte, gestorben war.

Ich schaute meine Schwester an und sah einen seltsamen Ausdruck in ihren Augen. Ich wusste, sie versuchte zu ergründen, ob sie ängstlich war oder ob sie den Erwachsenen diesen Fall überlassen konnte, ohne etwas dazu beitragen zu müssen.

Unsere andere Lehrerin, Mrs Clay, die im Wohnheim auf dem Schulgelände lebte, wurde neben der Garderobe im hinteren Bereich des Raums befragt, wo wir ihr Gesicht nicht sehen konnten. Sie putzte sich geräuschvoll die Nase. Manchmal antwortete sie, wenn Deputy Howie ihr eine Frage entgegenwarf. Manchmal auch nicht. Wenn keiner der beiden Männer etwas sagte, hörte man sie leise mit sich selbst sprechen: »Ich hatte keine Ahnung ich hatte keine Ahnung ich hatte keine Ahnung.« Es war unheimlich, wie sie die Worte wiederholte, sogar für die Jungen in unserer Klasse, die sich normalerweise über ihre hohe Stimme lustig machten und laute Körpergeräusche nachahmten, weil bekannt war, wie sehr Mrs Clay jede Art von Obszönität verabscheute.

Die Polizisten ließen Mrs Clay gehen und unterhielten sich miteinander; ihre Worte schnellten über unsere Köpfe hinweg. Die Lehrkräfte kamen nicht auf die Idee, die Polizisten um etwas mehr Taktgefühl in unserer Gegenwart zu bitten. Sie wussten, Deputy Charlie war der Neffe ihres Arbeitgebers.

»Es muss einen Brief geben.«

»In ihrer Wohnung war keiner.«

»Frauen hinterlassen Briefe.«

»Erinnerst du dich an Maria? 1951? Hat nicht mal ein Komma hinterlassen.«

»Ich erinnere mich verdammt gut an Maria. Ist auch nur im Nachthemd ins Wasser gegangen. Jede Menge Nachthemden auf dem Grund der Bucht.«

»War Maria nicht nackt?«

»Meinst du?«

»Vielleicht. Aber jeder hier weiß, dass es so gut wie unmöglich ist, da einfach reinzugehen. Das Wasser ist zu kalt und so salzig, dass es dir die Haut von den Knochen zieht. Da wär man doch schnell wieder bei Sinnen.«

»Tja, die hier war verrückt genug.«

»Wir können es als Unfall verbuchen, sofern sie nichts Schriftliches hinterlassen hat.«

»Nicht ein Wort. Ich hab ihre Wohnung durchsucht. Da gab's nicht viel zu sehen.«

»Was ist heute das Mittagsgericht bei Linda? Cheeseburger?«

»Man weiß nie, wie einer wirklich lebt, bis er stirbt.«

»Und selbst dann nicht. Dann erst recht nicht. Verdammt, sie können dir ja nichts mehr erzählen. Woher kam sie? Ursprünglich?«

»Südlich von hier – Boston, glaub ich, oder die Gegend. Wir haben die Geburtsurkunde gefunden.«

»Wie ist die denn hier oben gelandet? Die meisten Frauen zieht es nach Süden. Soll da mehr Ehemänner geben, hab ich gehört.«

»Wie es aussieht, hat sie sich für so einen nicht allzu sehr interessiert.«

»Ach ja?«

»Ich glaub, bei Linda gibt's montags Spaghetti und Hackbällchen. Die sind in Ordnung. Meine Großmutter hat die besten Hackbällchen gemacht. Sie war Irin. Bei ihr gab es irische Hackbällchen auf italienische Art.«

»Was, wenn sie Schlafwandlerin war? Weißt du noch, das Mädel von 55, Rosa?«

»Die hier war auf jeden Fall einsam. Ist dir schon mal aufgefallen, dass unsere Frauen nie solchen Blödsinn machen? Das sind immer die, die von woanders herkommen.«

»Verdammt, du hast recht.«

Dann fiel den Polizisten ein, dass es uns gab, und sie passten ihre Worte an. »Kinder, vergesst nicht, dass wir die Guten sind«, sagte Deputy Charlie, während er an dem Strauß aus stumpfen

Bleistiften herumnestelte, der in einem gesprungenen Becher auf Miss Burdens Tisch stand. Sein Ton hatte etwas Heiteres. »Wir machen unsere Arbeit, so wie immer. Wir sorgen dafür, dass euch nichts passiert.« Mit der Handkante wischte er sich den Schweiß von den Wangen bis zu den Ohren. Als er sich in der blauroten Pfütze aus Licht umdrehte, die das hübsche Buntglasfenster auf den Boden warf, quietschten seine Lederstiefel. Dieser Raum war früher eine Kapelle gewesen.

Ich erinnerte mich daran, wie Mr Caesar über die Beziehung zwischen Deputy Charlie und Mr Hobart gesprochen hatte. *Sein Onkel hat ihn an den Eiern*, so hatte Mr Caesar es beschrieben, und unsere Eltern verboten uns, es jemals zu wiederholen, auch wenn es stimmte.

Miss Irene nannte ihn einen Tyrannen. In Anwesenheit seines Onkels sprach er meinen Vater und Mr Caesar mit Nachnamen an: Kindred und Junkett. Doch ansonsten waren sie für ihn nur *Bursche* oder noch Schlimmeres. Deputy Charlie hatte es sich zur Aufgabe gemacht, uns und die Junketts einzuschüchtern, allerdings hatte er an Daddy wenig Freude. Mr Caesar war derjenige, auf den er es abgesehen hatte. Mr Caesar war derjenige, der sich ihm entgegenstellte, wenn der Polizist vor dem Haus hielt und die Familie draußen saß. Mr Caesar war derjenige, der den Polizisten ohne zu zögern warnte, dass auch er bewaffnet war.

Ezra, Lindy und ich starrten die Pistole an, die im Holster von Deputy Howie steckte. Die anderen Kinder waren damit beschäftigt, sich Geschichten über Seeungeheuer auszudenken, die in Miss Burdens Schlafzimmer gekrochen waren und sie mit nach draußen ins Wasser gezogen hatten. Oder vielleicht war sie nach Salt Point gekommen, weil sie irgendeine Straftat begangen hatte und eigentlich auf der Flucht gewesen war.

Ich konnte den Blick nicht von den beiden uniformierten Männern lösen, während ich mir vorstellte, wie man Miss Burden in einem Netz aus dem Meer fischte wie eine Makrele. Es konnte ein Unfall gewesen sein, wie die Polizisten sagten. Doch die Art, wie sie darüber sprachen, verriet mir, dass sie ganz anderer Meinung waren.

...

Die Stimme des Schulleiters knisterte durch die Lautsprecheranlage. Er berief eine Krisensitzung für das Kollegium ein. Gestresste Lehrkräfte drängten an uns vorbei, verscheuchten uns mit wedelnden Händen. Zum ersten Mal freuten wir uns nicht darüber, früher gehen zu dürfen.

Ezra, Ruby und ich standen draußen im sonnenhellen Kreis, der den Eingangsbereich der Schule markierte. Hatten wir unsere Lehrerin so unglücklich gemacht, dass sie sich ins Meer gestürzt hatte? Es machte mich traurig, dass es Miss Burden schlecht gegangen war und ihr niemand geholfen hatte, nicht einmal ihre Schülerinnen und Schüler.

Lindy Junkett kam auf uns zu und musterte Ruby. Lindy sprach selten mit uns, wenn Ruby in der Nähe war. Es passte ihr nicht, dass Ezra mit Ruby befreundet war. Miss Irene hatte ihre Kinder immer davon abgehalten, auch nur die Möglichkeit in Erwägung zu ziehen, weiße Menschen könnten nett sein. Ohne unhöflich zu wirken, sagte Lindy gerade eben genug, um uns zu verstehen zu geben, dass sie nicht offen reden konnte, nicht einmal mit uns, wenn jemand zugegen war, vor dem ihre Mutter sie gewarnt hatte. Obwohl Ruby es gewohnt war, von Lindy ignoriert zu werden, wussten wir alle, dass sie eigentlich von ihr gemocht werden wollte und gern mit Lindy befreundet gewesen wäre.

Wenn Lindy etwas sagte, waren wir oft still. Wie der Rest ihrer Familie sprach auch sie in dem reizenden Südstaaten-Dialekt, den Ez und ich sehr mochten und um den wir sie beneideten. Sie hatte eine Lieblichkeit an sich, die selbst Gott zum Weinen brachte. Sie war vernünftig und hübsch. Ihre Fingernägel waren stets auf Hochglanz poliert, die Handflächen blass und mit schwachen Linien durchzogen. In ihren großen Augen, dunkel wie Mr Caesars, funkelte ein Licht. Lindys Mutter, Miss Irene, hatte ihr beigebracht, sowohl offen als auch geheimnisvoll zu sein. Lindy war tatsächlich die Tochter ihrer Mutter, denn sie hatte eine Bestimmung und war sich dessen bewusst. Lindy wurde nie müde, uns daran zu erinnern, dass sie ein Mamakind war. Es war das Schönste für sie. Nichtsdestotrotz war sie stolz auf ihren Daddy, so stolz wie kein anderes Mädchen, nicht einmal die Mädchen in meinen Büchern. Ihr war es egal, ob Mr Junkett Toiletten putzte oder Kaugummis von den Tischen und Stühlen kratzte. Ihr Daddy liebte sie. Lindy rief uns ständig ins Gedächtnis, dass sie und der Rest der Familie Junkett wunderbar waren und sich nicht darum scherten, wie irgendjemand anderes sie haben wollte.

Lindy nickte uns zu und sah Ruby aus dem Augenwinkel an. »Meine Mama hat gesagt, ich soll euch fragen, ob ihr am Samstag zu uns kommen wollt.«

»Lass uns Daddy suchen gehen«, sagte ich zu meiner Schwester. Ich hatte das Gefühl, mich gleich übergeben zu müssen. Ruby sollte das nicht sehen. Es war seltsam, wie ruhig Lindy wirkte, so als wollte sie tatsächlich nur erfahren, ob sich unsere Familien am Wochenende zum Grillen trafen. In ihrer neuen, gestärkten Bluse und dem Rock sah sie völlig entspannt aus. Sie strich sich über das dicke Haar, das Miss Irene ihr zu einem Pineapple-Zopf hochgebunden hatte. Miss Burden war *tot*. Ich wusste, dass Lindy dem Rat ihrer Eltern folgte und die Angelegenheiten der Weißen den Weißen überließ. Dennoch hatte ich erwartet, dass die Sache mit unserer Lehrerin Lindy mehr mitnehmen würde.

Ezra hatte ihre neuen Schulschuhe ausgezogen und rollte eine ihrer Socken zu einem hellen Donut zusammen. Sie sah uns nicht an.

»Wollen wir gar nicht darüber reden?«, fragte ich. Meine

Augen brannten. Ich weinte ein paar Tränen, obwohl ich mich damit dem Spott von Ruby und möglicherweise auch meiner Schwester aussetzte. »Ich hätte nie gedacht, dass ein Mensch, den wir *kennen*, so was machen könnte. Eine Lehrerin! Glaubt ihr, es war *doch* Mord … oder nicht?«

»Wir kannten die Frau doch überhaupt nicht«, sagte Ruby. »Gibt keinen Grund, deswegen zu heulen, Cinthy, auch wenn du ihr Liebling warst.«

»Ernest kommt am Freitag nach Hause«, sagte Lindy. »Vielleicht wäre Freitag dann besser. Er hat am Wochenende frei. Mama wird jede Menge Essen kochen.«

»Dein Bruder isst ja auch viel«, sagte ich, kurzzeitig abgelenkt. Miss Irene backte köstliche Kuchen, und der Gedanke daran reichte aus, um mich verstummen zu lassen.

»Jungs essen eben viel«, sagte Lindy.

Man spürte ihre Erhabenheit am deutlichsten, wenn sie über ihre Brüder, Ernest und Empire, sprach. Keine von uns, nicht einmal Ruby, hatte Brüder. Doch wir hätten unheimlich gern welche gehabt.

»Cinthy isst wie ein Schwein«, sagte Ruby.

»Nein, tut sie nicht«, erwiderte Ezra und bewarf Ruby mit den zusammengerollten Socken. Dann hob sie sie in aller Ruhe wieder auf und verstaute sie in ihrer Schultasche.

»Egal«, sagte Ruby. »Ist mir zu heiß, um hier rumzustehen. Gehen wir runter ins Dorf. Am Wasser ist es kühler.«

»Ich muss hierbleiben und auf meinen Vater warten«, sagte Lindy.

»Wir auch«, sagte ich. Ich kniete mich hin und zog meine neuen Schuhe ebenfalls aus.

Ezra rollte mit den Augen, als ich mich mit meinen eigenen Socken in der Hand wieder aufrichtete. »Müssen wir gar nicht«, sagte sie. »Daddy ist vielleicht den ganzen Tag da drin.«

»Lass uns nach Hause gehen und Mama helfen«, sagte ich.

»Ich würde gern kurz Hallo sagen«, sagte Lindy.

Ich nickte, denn Mama liebte es, Lindy am ersten Schultag zu sehen, so wie wir alle. Ihre Haltung machte uns stolz. Mir wurde bewusst, dass Lindy ihre Socken nicht ausgezogen hatte. Sie hielt es vermutlich für unanständig, einem weißen Mädchen ihre nackten Füße zu zeigen.

Im grellen Licht schnitt Rubys schwarzer Pony wie eine Klinge über ihre Stirn. Sie hatte ihren Pferdeschwanz mit einer Schleife zusammengebunden. Ich erkannte die Schleife, die früher meiner Schwester gehört hatte. Ruby schlug nach einer Fliege. »Wir könnten gucken, ob die Polizei überall rumläuft.«

»Ich kann nicht glauben, dass sie das getan hat«, sagte Lindy. »Das ist eine Sünde.«

»Wahrscheinlich das Mutigste, was sie in ihrem ganzen Leben gemacht hat«, sagte Ruby.

»Warum ist es eine Sünde?«, fragte Ezra. »Sie konnte doch tun, was sie wollte, es war doch *ihr* Leben. Sie hat nur getan, was sie wollte.«

»Sogar *ich* weiß, dass man nicht tun darf, was sie getan hat. Steht in der Bibel«, sagte Ruby und sah Lindy an. »Ez und Cinthy kennen die Regeln nicht, weil ihre Eltern Gott nicht mögen. Das sind Heiden.«

»Weißt du überhaupt, was das Wort bedeutet?«, fragte ich Ruby. Mein Gesicht wurde warm. »Schau lieber mal ins Wörterbuch. Denn die einzige Heidin hier bist *du*.«

»Das weiße Mädchen hat doch keine Ahnung vom Beten«, sagte Lindy, während sie noch näher an mich heranrückte, um Ruby zu verstehen zu geben, dass sie nicht mit ihr gesprochen hatte.

»Was sollen wir ohne Lehrerin machen?«, fragte Ezra. Sie blickte gedankenverloren in den dunstigen Himmel.

»Wir bekommen einfach eine neue«, sagte Lindy.

»Man kennt niemanden wirklich«, wiederholte Ezra den Satz,

den Mama mindestens einmal am Tag sagte. »Man weiß nie, wie jemand lebt.«

»Burden wusste viel«, sagte Ruby. »War eine kluge Frau.«

»War sie das?«, fragte Lindy stirnrunzelnd.

»Vielleicht müssen wir jetzt keine Bücher mehr lesen«, sagte Ezra. Sie klang hoffnungsvoll.

»Verdammt, ich wollte *Frankenstein* lesen«, sagte Ruby. »Darauf hatte ich mich schon gefreut.«

»Das passt zu dir«, antwortete Ezra. Beide lachten.

Ihr Lachen hatte Lindys Abgang zur Folge. Sie verdrehte die Augen und entfernte sich von uns, rief jedoch noch über ihre Schulter, wir sollten Bescheid geben, ob unsere Familien sich am Freitag sehen würden. Ich wollte ihr folgen. Es war, wie Mama sagte. Lindy Junkett ging immer in die richtige Richtung.

»Sie wäre eh nicht mit ins Dorf gekommen«, sagte Ruby.

»Warum nicht?«, fragte ich.

»Weil sie keine Abenteuer mag.«

»Wovon redest du?«

»Die geht doch nie dahin, wo sie nicht hingehen soll, hält sich für was Besseres. Ich kenn niemanden, der so *langweilig* ist wie Lindy Junkett«, sagte Ruby, wobei sie so langsam sprach wie mit einem Kleinkind. »Cinthy, wenn man loszieht, ohne zu wissen, was auf einen zukommt, dann wird's erst spannend. Das macht einen stark und mutig. Deswegen macht man doch überhaupt verbotene Sachen.«

»Macht es dich nicht traurig, dass sie tot ist? Es ist so schrecklich«, sagte ich. »Wir haben viel von ihr gelernt. Wir haben sie jeden Tag gesehen.«

»Ich will sehen, wo sie angeschwemmt wurde«, sagte Ruby. »Komm schon, Ez. Keiner wird uns vermissen.«

»Was willst du da sehen? Da ist doch nichts«, sagte ich. »Sie ist *gestorben.*«

Doch Ruby spazierte los. Ezra zog den Riemen ihrer Schultasche zurecht, sodass diese beim Gehen wie ein Polster gegen ihren Po prallte. Mit den Fingern stocherte sie in ihren geflochtenen Zöpfen herum, machte Mamas Sorgfalt zunichte. Was auch immer es im Leben zu lernen gab, schienen die ausladenden Schritte der beiden zu sagen, sollte ich inzwischen wissen.

# 6

Wir gingen über einen der alten, steinigen Trampelpfade hinunter ins Dorf. Das wilde Durcheinander der Zweige und Wurzeln zerkratzte unsere Beine und trieb uns die Hitze in die Gesichter. Unsere Schuluniformen waren nass vom Schweiß und der stickigen Seeluft. Als wir auf eine schmale Seitenstraße traten, die zur Hauptstraße an der Uferpromenade führte, traf das blendende Licht des Himmels auf das brausende Wasser. Halb benommen gingen wir durch diesige Schleier aus Sonnenlicht, die über dem Dorfplatz hingen.

Wir konnten kaum ein Wort miteinander wechseln, ohne uns anzufeinden. Ich redete am meisten, da ich noch immer glaubte, meine Schwester überzeugen zu können, dass wir kein Recht hatten, in den Einzelheiten des Todes unserer Lehrerin herumzustochern.

»Auf dich achtet eh keiner«, unterbrach Ruby mich. Sie sprach lauter, um Ezras Aufmerksamkeit auf sich zu ziehen. »Lass uns zu ihrer Wohnung gehen. Das ist interessanter.«

»Und niemand wird uns sehen«, sagte meine Schwester nickend.

»Ezra«, sagte ich. »Das ist Hausfriedensbruch.«

»Cinthy, das gilt doch nicht, wenn jemand tot ist«, sagte Ruby. »Tote haben keine Rechte und auch kein Eigentum. Für so was kriegt man keinen Ärger.«

»Du hast leicht reden«, sagte ich. »Du hast ja keine Ahnung, wie wir angeguckt werden, wenn wir bloß auf der Straße rumstehen.«

»Du denkst echt, dass jeder sich für alles interessiert, was du tust«, sagte Ruby. »Du machst dir Sorgen um Gott und die Welt.«

»Halt die Klappe, Ruby«, sagte Ezra. »Die Welt hat jede Menge Macht.«

»Und sie kann uns umbringen«, sagte ich.

»Bei dir geht's immer gleich ums Sterben«, sagte Ruby kopfschüttelnd, als sie mit dem Fuß einen Stein wegschoss, der wiederum andere Steine anstieß. »Du kannst nie was Normales sagen.«

»Glaubst du, wir haben ein normales Leben? Mama sagt, dass Schwarzen Mädchen kaum irgendwas zufällt. Alles ist mit Anstrengung verbunden. Es ist anstrengend, überhaupt geboren zu werden, und es ist anstrengend zu sterben.«

»Was zum Teufel soll das überhaupt heißen, Cinthy?«, seufzte Ruby. »Und Miss Burden hatte auch kein normales Leben, oder was?«

»Diese Mücken gehen mir auf die Nerven«, sagte Ezra und wedelte frustriert mit den Händen vor ihrem Gesicht herum. »Ich schwör's euch, wenn ich mehr als drei Stiche kriege, geh ich nach Hause.«

»Es bringt doch nichts, weiter darüber zu reden«, sagte Ruby zu mir. »Wenn du Schiss hast, zeigt das nur, dass die Frau dir nicht wichtig war. Du tust so, als hättest du sie so gerngehabt. Wenn das stimmt, versteh ich nicht, warum du nicht mehr über ihr Leben rausfinden willst, bevor sie morgen unter die Erde kommt.«

»Es reicht«, sagte Ezra. »Cinthy sind andere Menschen wichtig. Sie ist bloß respektvoll. So wurden wir erzogen.«

»Und wie wurde *ich* erzogen?«

Schulterzuckend ging Ezra weiter, ließ ihre Schritte auf der abschüssigen Straße schneller werden. Ich merkte, dass sie vorsichtig mit Ruby umging. Vielleicht fühlte sie sich noch immer schuldig wegen dem, was sie über Rubys Papa gesagt hatte. Ezra hatte auch mit mir nicht darüber gesprochen, was wir mit Ruby auf den Felsen gemacht hatten. Ich wartete darauf, dass sie mir erklärte, warum es für sie und Ruby von Bedeutung gewesen war, sich auf diese Weise zu testen. Sie schien erleichtert, dass wir uns auf unsere Lehrerin konzentrieren konnten, anstatt uns gegenseitig zu bekämpfen. Falls sie irgendwelche Bedenken wegen Rubys Vorschlag hatte, uns Miss Burdens Wohnung anzusehen, schluckte sie diese hinunter. Seit wir klein waren, erlebte ich mit, wie sich meine Schwester in einen Zustand der Teilnahmslosigkeit versetzen konnte, der an Dummheit grenzte. Wenn sie eine Entscheidung getroffen hatte, änderte sie ihre Meinung nicht mehr.

Die Statue der Heiligen Jungfrau war in geschmolzenes Sonnenlicht gehüllt, das mir in den Augen schmerzte. Ein kräftiger, salzhaltiger Wind trocknete den Schweiß auf meinem Gesicht. Es war wunderschön, in der Nähe der Kirche zu stehen und den Blick zu dem Punkt schweifen zu lassen, an dem das Land in das wogende Rauschen des dichten Wassers überging. Schatten von Seemöwen zogen über den Boden, auf dem wir standen. Ich spürte, wie etwas in mir aufbrach. Wenn ich auf das Wasser hinausblickte, war alles möglich.

»Perfekt«, sagte Ruby. »Es ist so heiß, dass alle drinnen sind. Keiner wird sich einen Dreck um uns scheren. Wir können uns in Ruhe umgucken, und dann verschwinden wir wieder.«

Als mir klar wurde, dass Ezra sich Rubys simpler Logik nicht widersetzen würde, sagte ich: »Ich komme nur mit, damit du nichts kaputt machst. Ich will nicht, dass meine Schwester deinetwegen Ärger bekommt.«

»Die Toten kann man nicht kaputt machen«, sagte Ruby stirnrunzelnd.

…

Miss Burdens Tür stand offen. Ich war noch nie in einer der Wohnungen über der Ladenzeile gewesen. Der Raum war so trist, es war furchtbar. Doch der Ausblick war sagenhaft. Ein schmaler, dunkler Felsrücken und dahinter grüne Wellen, die schlugen und schäumten, und Regenbogengischt in die Luft stießen, während das Wasser immer wieder an die alten Holzpfähle klatschte.

»Da hätte man doch ein Warnschild aufstellen können«, sagte Ezra. »Es sieht aus wie immer.«

»Sie ist ja auch nicht hier ertrunken, Dummerchen«, sagte Ruby, bevor sie sich umsah. Doch ich bemerkte ihre vorsichtigen Schritte, als könnte sie jeden Moment einen Stolperdraht auslösen. »Außerdem ist es nicht gegen das Gesetz, sich das Leben zu nehmen.«

»Halt die Klappe, Ruby«, sagte ich und verdrehte die Augen, weil sie mich nervte und auch, weil mir ein wenig übel war. »Wir wissen nicht, was genau passiert ist.«

»Macht das einen Unterschied? Tot ist tot.«

Eine feuchte Brise zog an den blassen, hauchdünnen Vorhängen.

Ich schaute mir Miss Burdens Schreibtisch am Fenster an. Darauf lag ein ledergebundenes Tagebuch mit ihren Initialen. Ich war nicht sicher, ob ich damit Beweise verfälschen würde, aber ich schlug es trotzdem auf. Meine Lehrerin hatte ihren Namen auf die Innenseite geschrieben, *Lilac Marie Burden*, darunter ihr Geburtsdatum mit einem Querstrich, der ins Leere führte.

Der Wind wurde kräftiger, drückte die zarten Stoffbahnen bis zur Decke.

Lilac war ein weicher Name, ein Wort, das Romantik, Trost und Fürsorge heraufbeschwor. Ich hatte nicht gewusst, dass meine Lehrerin nach Flieder, also auch nach einer Pflanze benannt war. Wie meine Mama musste auch Miss Burdens Mutter ihre Tochter lieb gehabt haben, so sehr, dass sie sie nach etwas

Natürlichem benannte, nach etwas Echtem. Der Name unserer Lehrerin trug einen ganz eigenen, vollkommenen Duft. Wie Zimt, Basilikum oder Orangen konnte er nicht mit etwas anderem verwechselt werden.

»Seht euch das an«, sagte Ezra. Sie saß auf dem akkurat gemachten Doppelbett und hielt einen Bilderrahmen in den Händen.

»Wer ist das?«, fragte Ruby, die gerade aus Miss Burdens Badezimmer kam und sich neben Ezra auf das Bett setzte.

»Was hast du da drin gemacht?«, fragte ich.

»*Gepisst*«, fauchte Ruby. »Was dagegen?«

»Bringt das nicht Unglück?«, fragte Ezra. »Im Badezimmer einer Toten pinkeln zu gehen?«

»Ach Ez, *halt die Klappe.*«

»Könnte doch sein«, sagte Ezra.

»Dann hätten ja alle Menschen Unglück!«

»Hör auf damit, Ruby. Das ist gottlos«, sagte ich. »Sag nicht zu Ezra, sie soll die Klappe halten, wenn sie versucht, dir zu helfen.«

»Ihre Mama?« Ruby ignorierte mich und betrachtete das Foto in Ezras Händen.

»Glaub ich nicht«, sagte meine Schwester. »Guck mal, wie dicht ihre Gesichter beieinander sind. Die berühren sich fast.«

Ich stellte mich daneben und tat meine Meinung kund. »Auf dem Bild ist sie noch jung.«

»Burden war nicht gerade alt«, sagte Ruby. »Ungefähr so alt wie meine Ma, vielleicht sogar jünger.«

»Miss Burden sieht glücklich aus«, sagte ich. »So habe ich sie in der Schule nie lächeln sehen.«

»Sie lächelt so, als wäre sie in die Frau verliebt.«

»Vielleicht war sie das ja auch«, sagte Ruby.

Wir verstummten und sahen uns genauer an, wie die andere Frau im Bild ihre Arme um unsere Lehrerin schlang, die lachend den Kopf nach hinten warf.

»Da liegt ein Koffer unterm Bett«, sagte Ezra. Sie stieß mit dem Fuß dagegen.

Ich beugte mich vor, um einen Blick darauf werfen zu können – ein himmelblauer Pappkoffer mit Messingbeschlägen. Er war bedeckt mit Reiseaufklebern. Der Griff war aus elfenbeinfarbenem Plastik.

»Den nehmen wir mit«, sagte Ruby.

»Das ist Diebstahl«, sagte ich.

»Wen bestehlen wir denn?«

»Es ist ein Beweisstück.«

»Wofür?«

»Es ist nicht deiner, Ruby. Er gehört dir nicht.«

Sie seufzte und funkelte mich an. »Der *gehört* überhaupt keinem. Siehst du ihre Familie hier Schlange stehen, um die persönlichen Sachen abzuholen?«

»Du mochtest sie gar nicht«, sagte Ezra.

»Sie hat mich wie Dreck behandelt.«

»Halt die Klappe, Ruby!«

»Das ist die Wahrheit, so wahr mir Gott helfe, Ez, sie hat mich behandelt wie einen Fußabtreter.«

»Seid doch mal leise!« sagte ich. »Da ist jemand auf der Treppe!«

»Scheiße!« Ezra sprang auf und packte mich am Handgelenk.

Wir hasteten zusammen zum Wandschrank. Darin hingen drei Kleider auf Drahtbügeln. Ich sah ein Paar Schuhe. Ich hätte weinen können.

»Scheiße, Scheiße, *Scheiße,* Scheiße!« zischte Ruby, als wir Stimmen vor der Tür hörten.

»Kann man sich nicht erklären«, sagte eine Frauenstimme. »Aber sie hat die Miete für diesen und nächsten Monat gezahlt. Pünktlich. Sie hat immer pünktlich gezahlt.«

»Hol Judy, damit sie hier alles schrubben kann«, antwortete eine Männerstimme. »Henry sagt, er kann für wenig Geld die

Wände streichen. Irgendjemand wird die Bude schon haben wollen. Bei dem Ausblick.«

»Der Ausblick ist wirklich schön«, sagte die Frau.

»Offenbar nicht schön genug.«

»Charlie hat gesagt, sie haben versucht, Verwandte zu finden.«

»Wo kam sie her? Lila, richtig?«

»Ja, Lila«, sagte die Frau seufzend. »Mir hat sie nie was von Familie erzählt. Hatte nie Besuch von Freundinnen. Keinen festen Freund. Sie war anständig. Deshalb hab ich Charlie auch gesagt, dass sie sich das selbst angetan haben muss. Keiner hat für sie gebrannt.«

»Dafür wird sie jetzt in der Hölle schmoren.«

»Herrje, ich weiß nicht, ob sie das verdient hat«, sagte die Frau. »Sieh mal, eine Packung Zigaretten und eine Flasche Scotch. Also hat sie doch ein bisschen Spaß gehabt.«

»Sieht nicht aus, als hätte sie die hier in der Gegend gekauft«, sagte der Mann mit nachdenklicher Stimme. »Das ist teures Zeug. Verdammt, wär doch schade drum. Behalt es, wenn du willst, außer du bist abergläubisch bei solchen Sachen. In der Küche steht eine Schüssel auf dem Boden. Katze?«

»Hund, glaube ich.«

»Hat sie dafür mehr gezahlt?«

»Nein. War bloß ein Streuner, der ihr ein bisschen Gesellschaft geleistet hat.«

»Aha.«

»War ein ruhiger Hund. Ich habe ihn nur ein paarmal zu Gesicht bekommen, aber ist gut möglich, dass sie ihn einige Jahre bei sich hatte.«

»Ich hab sie nie mit einem Hund spazieren gehen sehen. Eigentlich hab ich sie generell kaum gesehen, außer manchmal in der Kirche. Wenn sie gläubig war, hätte sie doch wohl wissen müssen, dass man in der Hölle landet, wenn man sich das Leben nimmt.«

»Ein Onkel von mir hat sich umgebracht.«

»Wie?«

»Schrotflinte.«

»Judy kann die Sachen in Kisten packen. Ist ja nicht viel.«

»In Ordnung«, sagte die Frau. »Fred gibt eine Anzeige in der Samstagszeitung auf.«

»Howie meint, das Grab ist morgen früh fertig.«

Durch den Spalt unter der Schranktür konnten wir erahnen, wie sie sich in der Wohnung bewegten. Ich wollte raus. Ich mochte es nicht, dass die Säume von Miss Burdens Kleidern meinen Kopf berührten.

»Lass die Fenster offen, damit es gut durchlüften kann, bis ich vom Mittagessen zurückkomme. Ich sag Judy, sie soll einen Ventilator hochbringen, wenn sie mit dem Kochen fertig ist.«

»Gut.«

»Gibt es irgendwelche Hinweise, dass sie es absichtlich gemacht hat? Ich hab Charlie versprochen, noch mal nachzusehen.«

»Nein, hier ist gar nichts. Sag ihm das.«

Die Muskeln in meinen Armen und Beinen verkrampften sich. Ich drückte die Knie fest an meine Brust. Wir konnten den Wandschrank nicht verlassen, denn es ging noch immer jemand vor der Tür auf und ab. Das trockene Husten einer Frau durchbrach jeden langsamen Schritt.

Meine Haut nahm die Wärme von Ezra und Ruby in sich auf. Ich musste an Lindy denken, die selbst in der prallen Sonne niemals schwitzte. Sie hatte immer Körperpuder in ihrer Handtasche, nur für den Fall. Es tat mir leid, dass ich Lindy nicht gefolgt war, oder bis zum Ende von Daddys Konferenz gewartet hatte, oder sogar allein durch den Wald nach Hause zu Mama gegangen war. Doch weil ich beschlossen hatte, meine Schwester zu begleiten, war ich nun im Wandschrank meiner toten Lehrerin gefangen, die nie wieder irgendjemandem irgendetwas beibringen würde. Ich leckte mir den Schweiß von den Lippen, der von meiner Nasenspitze rann.

Die Frau, die durch Miss Burdens Wohnung lief, öffnete und schloss nun laut verschiedene Schranktüren. Wir hörten fließendes Wasser aus dem Badezimmer und beobachteten, wie ihr Schatten in der Küche verschwand. Dann hörten wir erneut Wasser aus dem Hahn in die Spüle plätschern.

Wahrscheinlich handelte es sich um die Ehefrau von Miss Burdens Vermieter. Sie gab keinen Ton von sich. Dennoch spürte man ihre Anwesenheit – still in ihre Gedanken versunken, ahnte sie nicht, dass drei dumme Mädchen im Wandschrank festsaßen. In einem Wandschrank, den sie jeden Moment aufreißen könnte, um ihn genauer unter die Lupe zu nehmen. Ausnahmsweise gaben Ruby und Ezra keinen Mucks von sich.

Ich musste immer wieder an den Tag zuvor denken. Ich sah den hässlichen Stern vor mir, den unsere Beine gebildet hatten. Vielleicht hatten wir das Dorf mit einem Fluch belegt, weil wir uns auf diese unerlaubte Weise angesehen hatten. Vielleicht war es unsere Schuld, was mit Miss Burden passiert war.

Mein Gesicht glühte im Dunkeln. Ich presste meine Fersen auf die Dielen. Ich konnte spüren, wie meine Unterhose am splittrigen Holz hängen blieb und meine Oberschenkel am Boden klebten. Ein hervorstehender Nagel bohrte sich in meine Haut. Mein Steißbein prickelte. Verstecken tat weh.

Plötzlich erfüllte ein leises Geräusch den Raum, das allmählich lauter wurde. Die Frau auf der anderen Seite der Tür schluchzte. Ihr Weinen, tief und kehlig, erinnerte mich an den Laut einer Gans. Vielleicht hielt sie sich die Hände vor das Gesicht. Hatte sie Miss Burden näher gekannt, oder war sie bloß aufgewühlt, weil die Geschichte der Lehrerin so verstörend war, ihr Schicksal so tragisch?

Wir hörten sie husten und seufzen. »Genug«, sagte sie mit gedämpfter Stimme, als hätte sie noch immer die Hände vor dem

Gesicht. Der Holzboden knarzte, während sie mit dumpfen Schritten in Richtung Wohnungstür ging. Das Geräusch des Schlüssels im Schloss jagte mir einen Schauer über den Rücken.

»Sie ist weg«, zischte Ruby. »Nichts wie raus hier!«

Ezra trat so kräftig gegen die Tür, dass sie aufflog und dann zurückschnellte, bevor sie sich knarrend wieder ein Stück öffnete. Ich kroch auf allen vieren aus dem Wandschrank, Ezra fluchte. Der Wind hatte sich gelegt, und die Temperatur in der Wohnung war gestiegen. Es war, als öffneten wir einen Backofen, dessen Hitze uns augenblicklich umschloss.

Ruby kniete bereits vor Miss Burdens leerem Bett und kämpfte mit dem himmelblauen Koffer, der darunter lag. Entweder war er sehr schwer, oder er hatte sich hinter den kaputten Sprungfedern des Bettgestells verhakt.

Obwohl sie Angst davor hatte, dass es Unglück bringen könnte, ging Ezra ins Badezimmer. Ihr Pinkeln war laut zu hören.

Ich musste auch mal, aber ich weigerte mich, Miss Burdens Toilette zu benutzen. Ich hörte, wie Ezra sich die Hände wusch. Als sie wieder herauskam, hatte sie ein Funkeln in den Augen.

»Guckt mal«, sagte Ezra, einen roten Lippenstift und eine Packung Zigaretten in den Händen haltend. Die geriffelte Lippenstifthülse war vergoldet, und das leuchtende, wachsweiche Rot war an der Spitze abgerundet. Ich hatte Miss Burden nie Lippenstift tragen sehen. Ich hatte sie nie rauchen sehen.

»Die schmeißen die Sachen doch alle weg«, sagte Ruby grinsend, während sie die ordentlich auf Miss Burdens Schminktisch aufgereihten Cremetiegel und Ohrringe untersuchte. Ruby nahm einen Parfumflakon aus Kristall in die Hand, drückte den kleinen paillettenbesetzten Ballon und besprühte sich Gesicht und Hals.

»Ist wohl besser so«, sagte Ez.

»Ich hätte gern ihr Tagebuch«, sagte ich. Meine feste Stimme überraschte mich selbst. Ich dachte an die Essays, die ich geschrieben und wie sorgfältig Miss Burden ihre Gedanken und Fragen dazu formuliert hatte. Ich bewahrte diese Aufsätze in einem besonderen Ordner auf und las sie mir gelegentlich noch einmal durch, als führten meine Lehrerin und ich eine Unterhaltung, die wir in der Schule nie führen konnten. Ich konnte den Gedanken kaum ertragen, dass sie nie wieder etwas für mich aufschreiben würde. Dann dachte ich an meine eigenen Tagebücher. Sie waren überall in meinem Zimmer versteckt. Falls jemand danach suchen sollte, müsste sich die Person sehr anstrengen und schwere Dinge heben. Vielleicht würde Miss Burden es befürworten, wenn ich ihre innerste Gedankenwelt vor neugierigen Dorfbewohnern schützte.

»Die Mücken werden dich auffressen«, sagte ich. »So wie du in dem Zeug badest. Du riechst wie eine Lady.«

»Sie ist aber keine«, sagte Ez kichernd. »Egal, wie gern sie eine wäre.«

»Warum geht ihr zwei nicht nach Hause?«, fragte Ruby abwesend. »Cinthy, ich kann ihr Tagebuch in den Koffer packen, und dann bring ich es dir vorbei.«

»Bring den Kram nicht zu uns nach Hause«, sagte Ezra. »Wir kriegen garantiert Ärger, wenn du mit den Sachen einer toten weißen Frau bei uns auftauchst.«

»Hat doch keiner gesehen, die Sachen.«

»Aber wir müssten Fragen beantworten«, sagte ich. »Mama und Daddy würden Fragen stellen.«

»Darauf möchte ich wetten«, sagte Ruby trocken. »Aber du willst das Tagebuch doch haben, oder nicht? Glaubst du etwa, du kannst rausfinden, was passiert ist? Glaubst du, dass sie ihrer kleinen Musterschülerin den Schlüssel zu ihrem Leben vermacht hat?«

Ruby warf lachend den Kopf zurück. Ich überlegte, wie schnell ich ihr einen Schlag gegen den Hals verpassen könnte. Im Gegensatz zu Ruby war ich keine Diebin. Ich wollte das Tagebuch, weil die Erwachsenen Miss Burdens Leben entsorgen wollten, anstatt herauszufinden, wer sie wirklich war.

»Ich mein, wir können doch alles in dem Spukhaus auf der anderen Straßenseite bunkern«, sagte Ruby als würde sie bei uns wohnen. So sehr sie sich auch bemühte, sie gehörte nicht zu unserer Familie. Sie wohnte nicht bei uns, und sie wohnte nicht in unserer Straße.

»*Du* kannst die Sachen bei *dir* verstecken, Ruby«, sagte ich. »In dem Plumpsklo, das du ein Zuhause nennst. Du weißt doch gar nicht, was in dem alten Koffer drin ist.«

»Schade, dass es nicht dein Kopf ist«, sagte Ruby. »Ich würde deinen dummen, hirnlosen Schädel gleich da drüben vom Steg werfen.«

»Schluss jetzt«, sagte Ezra und gab Ruby den Lippenstift und die Zigarettenpackung. »Wir hauen ab, bevor noch jemand kommt. Wir wollen nichts.«

»Ich will das Tagebuch«, sagte ich.

»Dann steck's ein, du Blödi«, sagte Ruby. »Ich soll hier wohl für alles das Risiko tragen. Wenn du was willst, dann steh dazu.«

Zögernd ging ich zum Schreibtisch und ließ dann das Tagebuch zwischen meine neuen Schulbücher gleiten. Es kam mir vor, als würde ich Miss Burden ohne Erlaubnis eine Haarsträhne abschneiden. Als ich meine Tasche zugemacht und über die Schulter gehängt hatte, fegte plötzlich ein Windstoß durch den Raum, der Briefumschläge und Quittungen überall verteilte. Als hätte Miss Burden selbst die Papiere vom Schreibtisch gestoßen.

»Cinthy, wir *gehen* jetzt«, sagte Ezra.

Meiner Schwester folgend, warf ich einen kurzen Blick zurück und sah, wie Ruby sich erneut neben das Bett kniete. Sie verzog das sommersprossige Gesicht unter den spitzen Fransen ihrer Ponyfrisur. Den Koffer hatte sie inzwischen fast vollständig unter dem Bett hervorgezogen.

Das Blau leuchtete so hell, dass ich mich fragte, wo Miss Burden einen solchen Koffer gefunden hatte. Meine unscheinbare Lehrerin musste einmal eine andere Frau gewesen sein, eine Frau, die in ein Kaufhaus spaziert war und auf die gewagte blaue Farbe gezeigt hatte, als wolle sie das Meer kaufen.

# 7

Erleichtert, dass sie Deputy Charlie nicht auf seiner abendlichen Runde um den Dorfplatz begegnet war, verlangsamte Ruby ihre Schritte auf dem Pfad, der zu ihrer Hütte an der Steilküste führte. Der Polizist behandelte sie mit ebenso viel Verachtung wie ihren Vater. Obwohl sie ein junges Mädchen war, redete Deputy Charlie mit Ruby, als könne aus ihr nur ihr Vater werden – eine traurige, aber gewalttätige Schnapsdrossel. In letzter Zeit war er ihr immer öfter durch den Ort gefolgt, hatte sie »beschattet«. Niemand beschützte sie vor seinen anzüglichen Kommentaren und Gesten. Niemand betrachtete sie als unschuldig. Ruby wusste, wenn sie versuchen würde, ihren Ruf zu verteidigen, würde es nur noch schlimmer für sie, ihren Vater und ihre Mutter werden. Deputy Charlie erinnerte sie an den Mann von der Flugshow, der ihr Geld genommen und sie herausfordernd angesehen hatte. Der Polizist war wie die Männer im Dorf, die sie zu begrapschen versuchten, wenn die Bar schloss und sie ihren Papa einsammeln musste. Schon ihr ganzes Leben hatte sie Angst vor dem, was Deputy Charlie tun würde, sollte er ihren Vater in die kleine, erbärmliche Gefängniszelle in Salt Point stecken. Er hatte mehr als einmal angedroht, sie ebenfalls dort einzusperren.

Ruby erreichte den altbekannten Weg, auf dem niemand sehen konnte, was sie aus der Wohnung der toten Frau mitgenommen hatte. Bei jedem Schritt musste sie das Gleichgewicht halten, damit der Koffer und der Beutel mit allem, was Miss Burdens Leben noch so hergab, sie nicht zu Boden rissen. Die Ecke des Koffers hatte schon eine Schramme an ihrem Knie hinterlassen.

Sie war noch geblieben, nachdem Ezra und Cinthy gegangen waren, und hatte mitgenommen, so viel sie konnte – Schmuck, einen Morgenmantel aus Satin, zwei hässliche Kleider, Silberbesteck, ein fast voller Flakon von *Nina Ricci L'Air du Temps*, den sie in die Kleidung der toten Frau gewickelt hatte, und sogar ein paar Sandaletten. Die hatten sie überrascht.

Miss Burden hatte Ruby etwas Besonderes geschenkt, auch wenn sie nichts davon wusste. Manchmal tat ein Mensch erst etwas für einen, wenn er gestorben war.

…

Ruby wollte den Beutel gerade im Gebüsch verstecken – sie würde ihn später holen –, als jemand ihren Namen rief. »Ruby? Bist du's, Mädchen? Haste morgen keine Schule?«

»Papa?«

»Welcher Tag ist heute?«

»Montag, Sir«, sagte Ruby. »Ich hab die ganze Woche Schule.«

»Hilf mir hoch, Mädchen.«

Ruby folgte seiner Stimme und fand den Schatten ihres Vaters unter einem Busch, wo er erschöpft am Boden lag und die Arme von seinem schlaffen Körper wegstreckte. Er klang wie ein Reibeisen und wand sich wie eine Nachtschlange, auch wenn ihr nie eine Schlange begegnet war, die so stank wie ihr Papa. Sein Rausch war abgeklungen, und er hatte seine Sinne beisammen. Ruby traute sich nicht, den Beutel abzulegen, auch wenn es dunkel war. Sie konnte nicht sehen, wie viele Zweige auf dem Boden unter dem Gewicht brechen würden. Er würde ihr Gepäck bemerken.

Als sie ihm half, sich hinzusetzen, spürte Ruby seine langen Fingernägel an ihrer Schulter. Er zog sie beinahe zu sich herunter.

»Gut so«, sagte ihr Vater und drückte sich an ihr hoch, bis er aufrecht stand. »Biste im Dorf gewesen?«

»Ja, Sir«, sagte Ruby. Sie hörte die messerscharfe Bedrohung in seiner Frage.

»Schwachsinn«, sagte er. »Du hast eben gesagt, du hattest Schule. Wo biste gewesen?«

»Ich war heute Morgen in der Schule, aber wir hatten früher Schluss.«

»Hm«, sagte er. »Was schleppst du da?«

»Sachen für die Schule«, sagte sie. »Wir müssen echt viel für den Abschluss tun. Früher war der erste Schultag ein Witz, das ist jetzt anders.«

»Is deine Ma bei den Tanten?« Die Schwestern ihrer Mutter wohnten auch auf dem Grundstück der Scaggs, das so etwas wie eine chaotische Wohnanlage war.

»Ja, Sir«, sagte Ruby. Ihre Muskeln schmerzten, als würden sie sich von den Knochen lösen. Vom Zentrum in Salt Point hatte sie eine schwierige Strecke zurücklegen müssen, da sie den prall gefüllten Beutel und den Koffer bergauf durch wildes Gestrüpp den ganzen Weg bis zum Steilufer getragen hatte. Ruby hatte nicht damit gerechnet, ihren Papa dort zwischen den harten Wurzeln zu finden, aber irgendwie hatte er in seinem Rausch den Pfad seiner Tochter intuitiv erahnt. Sie war dankbar, dass der Kater ihren Vater langsamer machte. Der blaue Koffer war ihm nicht aufgefallen, weil sie ihn seitlich am Körper hielt.

Ruby und ihr Vater traten vom Wald auf die Lichtung, wo der Mond auf ihre Hütte schien; die nicht zueinander passenden Schindeln glänzten im Lichtschleier, der über den festen, rostigen Wellen lag. Drinnen brannte kein Licht. Wenn ihr Papa sich betrinken ging, und besonders wenn er mürrisch und streitlustig zurückkam, machte Rubys Ma keinerlei Anstalten, sich wie seine Ehefrau zu benehmen. Über dem Dach konnte Ruby zahlreiche Sterne sehen, verstreut auf dem weiten Feld der Nacht wie silberne Sporen.

Als sich Rubys Vater mit den Fingern durch das weißblonde Haar fuhr, betrachtete sie sein Gesicht. Sie konnte sehen, wie es in seinem Kopf ratterte, und sie wusste, dass er über die Vergangenheit und das Sterben nachdachte. Jeden Moment würde er anfangen, jammernd von einem Erlebnis aus seiner Kindheit zu berichten.

Er fummelte in seiner Hosentasche herum, bis er eine Zigarette und ein Feuerzeug in der Hand hielt. In seinem rechten Mundwinkel klebte etwas Blut. Sein Hemd war zerrissen. So kannte Ruby ihn. Er flog ständig aus der Kneipe *Thirsty Lad*, wo er zu viel trank und Schlägereien anzettelte, die er nicht gewinnen konnte. Sie sah es förmlich vor sich, wie Dreckskerl Charlie – sie hatte ihn nie Deputy genannt – ihren Vater am Kragen gepackt, nach draußen gezerrt und durch die Straßen geschubst hatte, damit das ganze Dorf es sah. Dreckskerl Charlie benahm sich, als spielten er und ihr Papa in einem Stummfilm mit, ihre grotesk verzerrten Körper Teil einer Slapstick-Nummer inmitten einer stummen, maritimen Kulisse.

Sie wusste, dass sie im Dunkeln beide seine Wut, seine Verbitterung spüren konnten. Er zog an der Zigarette, die Wangen wurden schmal, einmal, zweimal, dann legte er den Kopf in den Nacken, um in den Himmel zu blinzeln, als sei er schon dort gewesen und hätte es langweilig gefunden. »Was soll das Ganze, Ruby? Die Lernerei? Dieser Kotzbrocken Hobart is noch schlimmer als ich. Der is ein Gauner, und seine Frau is so dumm wie Brot. Willste so werden wie die?«

Einige Minuten lang sagte keiner der beiden ein Wort. Dann verstand Ruby, was er sie fragte. Ihr Vater wollte wissen, ob sie vorhatte, ihn zu verlassen.

»Weiß nicht«, sagte Ruby. Immerhin log sie nicht, aber sie würde sich hüten, ihm von ihren Träumen zu erzählen.

Er nickte und schien zufrieden mit ihrer Antwort. »Du hast nich das ganze Fleisch verdrückt, oder? Hilft gegen meine Kopfschmerzen.«

»Nein, Papa, ist noch genug da«, sagte sie. Seine Bedrohlichkeit formte einen Kloß in ihrem Hals.

Bevor Ruby das Fleisch zubereiten und ihrem Papa ein paar Spiegeleier braten würde, schlich sie davon, um die Sachen aus der Wohnung ihrer Lehrerin zu verstecken. Miss Burden hatte sicher nicht gedacht, dass ihr Leben so enden würde. Oder, noch schlimmer, vielleicht hatte sie es doch getan? Sie sah eine lächelnde junge Frau mit blassem Gesicht vor sich, die sich im Leben umschaute, nur um festzustellen, dass alle Fenster ihres Traumhauses zugemauert wurden, bevor sie überhaupt einziehen konnte.

…

Nachdem ihr Vater gegessen hatte, füllte Ruby die Zinkwanne, die sie am Tag zuvor benutzt hatte, damit er baden konnte. Sie half ihm aus seiner nassen Jeanshose, doch er fluchte und schimpfte, er würde krank werden, wenn sie sich weiter so dumm anstelle. Ein nacktes Bein zitterte im warmen Licht des Feuers, das andere war noch immer in dunklen Stoff gehüllt. Sie musste an den einarmigen Mr Kindred denken und fragte sich, ob Ezra ihren Vater jemals so ansah, vor der Asymmetrie seines Körpers zurückschreckte. »Hol ein Handtuch und mach es nass, damit ich mich obenrum waschen kann«, zischte er. »Haste mir nich schon oft genug geholfen, um zu wissen, wie es geht, ohne dass ich schimpfen muss?«, fuhr er mit weinerlicher Stimme fort.

Ruby wusste, jetzt kam die Phase, in der ihr Vater anfing, sich zu hassen.

Als sie umherlief, um herauszufinden, wo die Hunde das gestreifte Handtuch hingeschleppt hatten, bemerkte sie, dass die Tiere vor Hunger heulten. Sie waren seit gestern nicht gefüttert worden.

»Ruby, beweg deinen Arsch hier rüber«, sagte er. Er stand regungslos mit nacktem Oberkörper da, hob erneut den Kopf und atmete tief ein. »Was zum Teufel ist das? Ruby?«

»Papa?«

»Wo zur Hölle bist du gewesen?«

Sie standen vor dem Lagerfeuer, dessen Flammen bis zur Zinkwanne loderten. Ruby hatte Angst, der Rand könnte zu heiß werden. Wenn ihr Vater ihn berührte, würde er sich die Handflächen verbrennen. Er würde den Schmerz an sie weitergeben. Die Hunde witterten seine Wut und kauten darauf herum, bis sie schäumte. Ihr Bellen war kehlig, männlich.

»Tut mir leid«, sagte sie. »Ich gebe ihnen gleich was zu Fressen.«

»Mädchen, ich red nich von den beschissenen Hunden«, sagte er. »Ich hab *gefragt*, wo du *gewesen bist*?« Er hielt sein Gesicht dicht an Rubys Haare. »Is das Parfum? Haste dich mit wem getroffen? Ich merk das. Du weißt, ich merk das.«

Ihre Haut spannte sich so fest über die Knochen, dass sie beinahe erstickte. Er würde sie für schuldig halten, wenn sie stumm blieb. Doch Ruby antwortete nicht. Wenn sie jetzt losrannte, konnte sie ihm vielleicht entwischen, bevor seine Finger die Gürtelschnalle fanden.

Ruby konnte sich jetzt selbst riechen. Verflucht. Die Rosen in dem mädchenhaften Duft ihrer toten Lehrerin hatten sich auf Rubys Haut mit den Verlockungen von Gardenie, Bergamotte, Pfirsich, Tuberose, Orchidee, Zeder und blühendem Jasmin vermischt. Das gestohlene Parfum hüllte Ruby in einen Blütenmantel, vom Scheitel bis zu den nackten Füßen, die der steile Heimweg aufgeraut hatte.

»Du verheimlichst mir was, todsicher« sagte er. »Wie heißt der Typ?«

Ruby schüttelte den Kopf. »Papa, ich *schwöre.*«

Alle Luft wich aus ihrem Körper. Der Schlag ihres Vaters verwandelte Ruby in etwas Flüssiges, als sie zu Boden fiel. Das Gewicht des Beutels hatte sie so müde gemacht, dass sie nicht weglaufen konnte. Ruby keuchte, die Haarsträhnen vor ihrem Gesicht bewegten sich, ihr Vater beugte sich über sie. Er seufzte und weinte, während er ihr wieder und wieder mit der Faust in den Bauch schlug.

Als er fertig war, strich er sich die Haare glatt und zündete sich eine Zigarette an. Seit er so alt war wie seine Tochter jetzt, rauchte Jonah Reuben Scaggs Marlboro. Ruby konnte die Schnalle seines Gürtels hören, als er versuchte, das zweite Bein aus der Hose zu befreien. Fluchend kämpfte er mit dem Leder. Dann schnellte der Gürtel durch die Luft.

# 8

Am Freitagabend fuhren Ezra, Daddy und ich zu den Junketts, um Miss Irenes berühmte Kochkünste zu genießen. Seit Jahren nahmen wir das Essen von Miss Irene so ehrfürchtig in den Mund wie das Wort *Sonntag*. Manchmal war es ein Picknick bei Kerzenschein. Dann war es ein üppiges Grillfest, das an Sünde grenzte. Jedes Mal, wenn Miss Irene und Mr Caesar uns zum Essen einluden, hatten wir es schön, und aus einem gewöhnlichen Treffen, bei dem wir gemeinsam aßen, wurde etwas Heiliges. Unsere Familien waren an keinem anderen Tisch in Salt Point willkommen. Miss Irene nahm diese Freitagabende sehr ernst. Sie verordnete Fröhlichkeit und schenkte unseren Körpern gewürztes Fleisch, frisches Gemüse, selbst gebackene Kuchen und wilde Tanzeinlagen.

Zwischen Kartenspielen und Geburtstagsliedern diskutierten die Erwachsenen auch ernste Themen, und wir Kinder waren oft uns selbst überlassen, warfen Bälle und sprangen Seil auf der staubigen Straße vor ihrem schlichten Haus, das nur wenige Kilometer von unserem entfernt stand. Das Gefühl von Glück und Sicherheit war so spürbar wie ein Geschmack auf der Zunge. Zeit mit den Junketts zu verbringen, bereitete mir genauso viel Vergnügen, wie die Schule und das Meer. Miss Irenes Vorstellungskraft und ihre Fähigkeit zu lieben waren etwas ganz Natürliches. Sie gab all das an ihre Kinder weiter, an uns, an sich selbst.

An diesem Freitagabend kam es mir vor, als wollte sie uns sogar noch mehr geben als sonst.

Als wir ankamen, waren die Kinder der Junketts schon draußen im Vorgarten, makellos gekleidet stellten sie die Pracht der von ihrer Mutter handgenähten Kleidungsstücke zur Schau. Die Zwillinge, Rosemary und Empire, trugen Seersucker in Blassgrün und Rosa. Ihre Haut schimmerte vor Kokosöl und Unschuld. Lindy war dabei, Teller und Kerzen auf dem Tisch zu verteilen. Auf ihrem hellgrünen Sommerkleid waren dicke weiße und goldene Blumen abgebildet, die mich an Gemälde erinnerten, auf denen junge, lächelnde Mädchen Obstschalen balancierten. Ernest stand am Grill. Er trug ein hellblaues Hemd und eine gemusterte Hose, die Miss Irene sicher selbst geschneidert hatte, so wie sie es oft tat. Sie kaufte ungern in Kaufhäusern ein. Sie hatte ein Auge dafür, wie Kleidungsstücke sitzen mussten, und ihre Farbauswahl war ungewöhnlich; man konnte den Blick kaum von ihren Kreationen lösen.

Als wir parkten, bemerkte ich, dass Ezra ihr eigenes goldgelbes Kleid glatt strich. Sie betastete ihre Zöpfe und trug ein wenig Lippenbalsam auf, indem sie sich flink mit dem Finger auf den Mund klopfte, bevor sie die hübsch geformte taubenblaue Puderdose zuschnappen ließ, die sie kürzlich von Mama zum Geburtstag bekommen hatte. Zufrieden verstaute sie die Dose in ihrer kleinen perlenbesetzten Handtasche, die ein Geschenk von Miss Irene gewesen war. Ich trug violette Shorts und eine weiße Sommerbluse, die man an den Schultern mit zarten Schleifen festband. Meine Haare waren zu einer weichen Frisur hochgesteckt. Ich hatte die Fahrt durch die Bäume bis hierher sehr genossen. Es war schön, die Finger aus dem Fenster zu strecken und den Wind meine Hand halten zu lassen. Mein Vater lenkte den Wagen sicher über die Straße, sein Profil sah hübsch aus. Sein weißes Hemd war gestärkt und die dunkelgrüne Hose frisch gebügelt. Er trug ein paar Wildblumen in der Brusttasche über seinem Herzen. Er sah aus wie ein Filmstar oder ein Dichter. Das Radio lief, und er summte leise mit. Ich konnte sehen, dass sein

Kiefer entspannt und auch die Muskeln rund um seine Augen weniger fest waren.

Mama war zu Hause geblieben, weil es ihr nicht gut ging. Sie hatte die ganze Woche über Müdigkeit geklagt und nicht genau sagen können, woher ihre Schmerzen rührten. *Manchmal haben Frauen Schmerzen*, hatte sie gesagt, als ich sie danach fragte. Sie war sogar zu müde für ihren Whisky. Am Ende der Woche hatte Daddy ihr befohlen, sich auszuruhen. Er sagte, wir würden nicht so lang bei den Junketts bleiben wie normalerweise, was Ezra störte, da sie sich mit Ernest und Lindy noch einige neue Platten anhören wollte.

Ich stieg aus dem Auto, und als ich die Düfte aus Miss Irenes Küche einatmete, löste sich der Knoten in meinem Bauch.

»Hallo Familie Kindred«, sagte Mr Caesar, als er aus dem Haus trat und die Stufen hinabstieg. Das Tablett in seinen Händen reichte er an Ernest weiter, begleitet von einem Lächeln und der strikten Anweisung, behutsam mit Miss Irenes gewürzten Rippchen umzugehen.

Mr Caesar und mein Vater umarmten sich auf der Straße und lachten. Lindy legte die Teller beiseite und schwebte auf uns zu. Strahlend küsste sie meinen Vater auf die Wange und umarmte uns. Die Zwillinge, süß wie kleine Vögel, kamen hüpfend und quietschend dazu und redeten wild durcheinander: »Cinthy, es gibt Kuchen. Mama hat einen dicken, fetten Kuchen gebacken! Wir essen unser Gemüse zuerst, dann haben wir es hinter uns, okay? Wenn wir die anderen Sachen gegessen haben, dürfen wir Kuchen.«

Ich strich über Empires Kopf und tat dann so, als würde ich mir Zucker von den Fingern lecken.

Beim Umdrehen sah ich, dass Ernest seinen Posten am Grill verlassen hatte, um meinen Vater und Ezra zu begrüßen. Obwohl er mit meinem Vater sprach, waren seine Augen auf meine Schwester mit ihrem goldgelben Kleid und der glänzenden Haut gerichtet. Dieses neue Verhalten, intensive Blicke ohne ein Wort, hatte im Frühling begonnen. Es war uns allen aufgefallen, auch wenn die beiden ahnungslos oder schüchtern oder abwehrend reagierten, wann immer unsere Eltern die geringste Anspielung auf junge Liebe machten. Ernest war siebzehn und nahezu das Ebenbild von Mr Caesar, aber er hatte die Augen seiner Mutter und geschwungene Wimpern. Seine Stimme hatte sich im vergangenen Jahr so stark verändert, dass ich manchmal, wenn ich nicht hinsah, meinte, Mr Caesar sprechen zu hören. Ich konnte Ernests Muskeln unter dem dünnen Stoff seines Hemds sehen und beim Anblick seiner eng anliegenden Hose wurde mein Gesicht ein wenig warm.

Ich betrat das Haus, hungrig nach Miss Irenes Stimme und ihren stürmischen Umarmungen. Die Wände im Wohnzimmer waren hellblau und gelb gestrichen. Familienmitglieder lächelten mir von Fotografien entgegen, die in selbst angefertigten Holzrahmen steckten. Daneben waren einige von Miss Irene gemalte Bilder zu sehen: Blumenschalen, Seestücke, Bleistiftzeichnungen von ihren Kindern im Babyalter. Andenken aus Royal – Silberlöffel, handbemalte Teller, Miss Irenes Babyschuhe und ihr Taufkleid – verwandelten das Wohnzimmer in ein fröhliches Museum des Lebens. Es gab sogar eine Machete, glänzend und imposant, die Mr Caesar zufolge seinem Urgroßvater gehört hatte.

Miss Irene tanzte in der Küche umher, während sie in ihre blubbernden Töpfe spähte. Hier war sie meistens anzutreffen, ihre Hände hatten viel zu tun und ihr Mund noch mehr, weil sie von ihrer Kindheit in Royal erzählte. Wenn ihr Heimweh zu stark wurde, lenkte sie ihren Enthusiasmus auf das neue Amerika, das ihrer Meinung nach im Begriff war, sich als Gegenstück zum ermüdenden Verhalten der weißen Menschen selbst zu erschaffen. Heute begrüßte sie mich, ohne aufzublicken, mit ihrer klangvollen Stimme.

»Miss Irene«, stieß ich hervor und sprang ihr geradezu in die Arme. Ihr Duft war üppig und warm, wie das Paradies einer anderen Welt. Kokosöl, Pfeffer, Minze, Zitrone, Obstbäume, Babypuder, Schweiß.

Sie drückte mich an ihren Körper und schaukelte sanft hin und her, bevor sie mich losließ und mir tief in die Augen sah. »Wie geht's dir, meine Kleine?«

»Das war nicht die erste Schulwoche, die ich mir gewünscht hatte«, sagte ich in dem Wissen, es ihr erzählen zu können, ohne dass sie es mir zum Vorwurf machen würde, wie meine Eltern es täten.

Nickend gab sie mir eine Kostprobe ihrer neuen, himmlischen Barbecue-Sauce. Sie warf den Löffel in die Spüle, zeigte auf eine Schüssel voller perfekt geformter Zitronen und reichte mir eine Karaffe. Ich wusste, wenn ich mit Miss Irene reden wollte, würde ich ihr in der Küche zur Hand gehen müssen. Dagegen hatte ich nichts einzuwenden.

»Du hast sicher viele Fragen«, sagte sie, das Radio leiser drehend. »Ich wünschte, ich hätte Antworten für dich, Herzchen. Aber die hat niemand, wenn so etwas passiert. Seltsame Todesfälle können das Leben überschatten, obwohl das Leben an sich noch seltsamer und viel wichtiger ist. Wir vergessen, wie sich das Leben anfühlt, wenn wir von dem frühzeitigen Tod eines Menschen erfahren. Es fühlt sich an, wie von einem Sturm weggepustet zu werden, nicht wahr? Bis die Sonne wieder auftaucht und uns daran erinnert, dass sie die ganze Zeit da war, wir sie nur vor lauter Wolken und Regen nicht sehen konnten. So ist das mit dem Leben und dem Tod – sie gehören zusammen, auch wenn wir denken, dass sie Gegensätze sind. Ich möchte, dass du herausfindest, wie du mit dem glücklich sein kannst, was diese Frau dir geschenkt hat. Wenn du traurig bist, weil sie fort ist, versuch dich an das Gefühl zu erinnern, das sie dir gegeben hat.«

»Es gibt eine Liebe, die man nicht sehen kann«, sagte Miss

Irene wie zu sich selbst. »Man muss sie nicht sehen, aber man spürt sie.«

In diesem Moment kamen Ernest und Ezra mit einer Ladung Gemüse durch die Hintertür. Beide lächelten, während sie die bis zum Rand gefüllten Blechschüsseln in die Küche trugen. *Kein Gemüse bringt einen so zum Lächeln*, dachte ich.

Ezra begrüßte Miss Irene mit einem Wangenkuss. Es war kein Geheimnis, dass Miss Irene Ezra besonders gern mochte. Vielleicht weil sie beide die ältesten Schwestern in ihren Familien waren. Oder weil sie die Welt mit denselben Augen sahen, es ablehnten, sich oder ihre Familien jemals aufzugeben. Ernest stand da, gut aussehend und unbeholfen. »Geh schon«, sagte Miss Irene, und er verzog sich mit linkischen Schritten aus der Küche.

Ezra drehte das Radio exakt auf die Lautstärke, die eingestellt gewesen war, bevor ich in die Küche kam.

»Wir lassen das jetzt köcheln, Mädchen«, sagte Miss Irene. »Und so lange die Würze in meinen Töpfen richtig schön durchzieht, machen wir etwas anderes.«

»Was denn?«, fragte ich, während ich eine halbe Zitrone auspresste. Ich drehte mich um, weil ich Miss Irenes Armreifen rasseln hörte. Sie hatte einen Arm in die verführerisch duftende Luft gestreckt und wirbelte Ezra herum. Das Lächeln meiner Schwester packte mich, und ich bewegte mich tanzend auf die beiden zu, schwang die Hüften und nickte im Takt der Musik, die ich nicht sehen, aber in meinem Herzen spüren konnte.

…

Das Abendessen mit den Junketts half mir zu verstehen, dass die Ereignisse der ersten Schulwoche bereits Vergangenheit waren und ich entscheiden konnte, ob ich sie festhalten oder loslassen wollte.

So eine Woche hatte ich nie zuvor erlebt. Ich war noch immer benommen von allem, was passiert war. Ich wollte, dass meine

Lehrerin lebte. Ich wollte, dass Miss Burden mir in die Augen sah und mich nach der richtigen Antwort fragte. Ich wollte ihre Würdigung meiner Intelligenz, die stillen Mittagspausen, bei denen Lesen unser gemeinsames Festessen war. Was würde ich tun, wenn die neue Lehrerin mich nicht mochte, so wie es offenbar bei allen anderen Lehrkräften der Fall war? Ich wollte mich gern als das Mädchen sehen, das Nein sagte, wenn sie etwas tun sollte, das sich falsch anfühlte. Zum Beispiel, sich von einem weißen Mädchen unter den Rock schauen lassen.

Kurz vor der Heimfahrt sah ich, wie Miss Irene Ezra beiseite nahm und sie von dem langen Tisch wegführte, an dem wir gesessen hatten. Sie hielt Ezras Gesicht zwischen ihren Händen und redete bedächtig auf sie ein. Auf einer kleinen Holzbank lagen Rosemary und Empire zusammengerollt und schliefen diesen besonderen, himmlischen Zwillingsschlaf, so süß wie das selbst gemachte Schokoladeneis, das sie verputzt hatten.

Mr Caesar öffnete das Tor, Daddy ging neben ihm her. Miss Irenes Essen war wie Balsam für ihre warmen Baritonstimmen. Ich liebte es, Daddy und Mr Caesar zuzuhören. Es war, als hätte ich zwei Väter. Ich fühlte mich doppelt so sicher und geliebt. Obwohl mein Vater ernst war und Mr Caesar verschmitzt, ergänzten sie sich wie Brüder.

In den Händen hielt ich einen schweren Teller voller Essen für Mama.

»Wir müssen heutzutage alles und jeden im Blick behalten, sogar unseren Schatten«, sagte Mr Caesar. »So sieht's aus. Eisenhower hat das Dokument unterzeichnet. Es ist, wie es ist. Hast du schon was darüber in der Zeitung gelesen? *Jim Crow, Jim Cat, Jim Monkey, Jim Mule.* Die Weißen wollen nicht glauben, dass der Präsident sie zwingen wird, uns nicht mehr wie Tiere zu behandeln.«

»Immerhin ist es ein Anfang. Es geht voran. Meistens haben wir es doch ganz gut hier oben. Stell dir mal vor, wir würden direkt in der Schusslinie in Alabama stehen und müssten Gewaltlosigkeit predigen, während die Bullen auf uns zukommen. Das würde ich vermutlich nicht überleben. Geduld habe ich erst durch die Kinder gelernt. Gott segne unsere Gemeinschaft. Diese Schwarzen Männer und Frauen werden der Grund dafür sein, dass meine Kinder irgendwann nicht mehr hinten im Bus sitzen müssen. An jedem beliebigen Wasserspender trinken dürfen, wenn sie Durst haben. Wie verkorkst muss man sein, um sich ein Gesetz auszudenken, das einem Schwarzen verbietet, dasselbe *Wasser* zu trinken wie ein Weißer? Was zum Teufel hat Wasser mit Farbe zu tun? Verrat mir das mal.«

»Die Weißen müssen doch gewusst haben, was auf sie zukommt. Das habe ich immer schon gedacht. Zu oft musste ich mit ansehen, wie ein Weißer ohne Grund einen ~~Nigger~~ abknallt. Ich habe mitbekommen, dass weiße Männer unsere Kirchen anzünden, nur weil wir nicht so beten wollen, wie sie es uns angeblich beigebracht haben. Als kleiner Junge habe ich gesehen, wie ein weißer Mann einem Pastor in den Kopf geschossen hat, weil er den Kerl nicht mit *Sir* angesprochen hatte.«

»Heron, mein Freund, wir müssen uns bereithalten. Die Front wird bald überall sein. Sie ist es schon.«

Daddy nickte und fuhr leise fort: »Lena macht sich in letzter Zeit solche Sorgen um die Mädchen. Sie wachsen zu jungen Frauen heran. Sie macht sich Sorgen, weil es hier keine Gesetze gibt, Caesar. Nicht wirklich. Und falls es welche gibt, sind sie Teil des Problems. Es ist, als würde das ganze Dorf bei unserem Anblick vor Wut kochen, von diesem Deputy bis zu den Fischern. Wie sie uns anstarren. Lena und ich überlegen, ob wir das Dorf verlassen sollten, sobald die Mädchen im Frühling mit der Schule fertig sind.«

»Ach wirklich?«, sagte Caesar. »Wo wollt ihr denn hin? Du bräuchtest einen guten Job, wo sie dich und deine Familie anständig behandeln. Vielleicht an einer von diesen neuen Schulen für Schwarze. Die werden gerade überall im Land eröffnet. Schulen und Universitäten, in denen weitergegeben wird, was wir für unser eigenes Leben brauchen. Das wird gut. Es wird uns helfen.«

»Bestimmt«, sagte mein Vater. Ich sah zu, wie der Zahnstocher gleichmäßig zwischen Daddys Zähne fuhr.

»Vielleicht schicken wir auch nur die Mädchen weg. Auf ein Internat oder so, weißt du? Wir wollen nicht, dass sie im Dorf bleiben müssen. Selbst wenn unser Haus abbezahlt ist. Ich glaube, ich habe dir mal erzählt, dass wir es gegen sofortige Bezahlung gekauft haben. Ich halte nichts von Krediten, nicht als Schwarzer Mann. Mir gefällt der Gedanke nicht, einer kilometerweit entfernten Bank zu vertrauen, damit wir ein Dach über dem Kopf haben. Amerikanische Hypotheken sind der reinste Schwindel. Lena und ich haben einen Bogen darum gemacht und unser Erspartes für das Haus genommen. Jetzt können wir machen, was wir wollen. Das Haus verkaufen oder es niederbrennen.«

So hatte ich meinen Vater noch nie reden hören. Ich hatte offensichtlich die Zeichen übersehen, die darauf hindeuteten, dass sich unser Leben in eine neue Richtung bewegte und wir nicht für immer in Salt Point bleiben würden.

Doch offenbar konnte der Ort die Verbitterung meines Vaters spüren, denn als Daddy und Mr Caesar auf der Straße standen und gedankenverloren ins Leere blickten, tauchte plötzlich ein Streifenwagen auf.

Deputy Charlie war allein unterwegs und trug Uniform. Der Wagen rollte noch, da beugte er sich vor und starrte uns durch das offene Beifahrerfenster an. Mit seiner riesigen Hand formte er eine Pistole. Grinsend spannte er den unsichtbaren Hahn immer wieder mit seinem dicken Daumen, als würde er an einer Schießbude auf Clowns zielen.

»Scheißkerl«, sagte Mr Caesar leise und biss die Zähne zusammen. Wir bekamen es nur selten mit, dass Mr Caesar ein Schimpfwort benutzte, aber in diesem Moment klang es genau richtig. Er erhob die Stimme, damit seine Warnung bis zu dem Deputy schallte. »Scheiß*bulle*.«

Der Streifenwagen hielt an.

Verzweifelt wandte ich den Blick ab, so als würde es nicht passieren, solange ich es nicht sehen konnte. Ernest hatte Lindy an sich gedrückt, um sie zu beschützen. Ich ließ den Teller für Mama in den Staub fallen. Meine Angst war so groß, dass etwas Nasses aus mir herauslief. Vor meinen Augen tanzten Punkte, die wie rote Funken aussahen. Es kam mir vor, als könnten die Finger des Deputy echte Kugeln abfeuern. Niemand sagte ein Wort, bis er schließlich davonfuhr. Die Reifen des Wagens rollten über den Kies, und es klang wie Zähne, die von etwas Schwerem zermalmt wurden.

»Herr im Himmel«, sagte mein Vater und atmete aus. »Was zum Teufel *sollte* das?«

»Diese Scheiße macht der ständig. Fährt regelmäßig hier vorbei. Ihr wohnt weiter draußen, also kümmert er sich nicht um euch. Jedenfalls noch nicht«, sagte Mr Caesar leise. »Es ist lange her, dass er diese Nummer vor den Kindern abgezogen hat. Wenn dieser Scheißkerl nächstes Mal wieder mit dem Finger auf mich zielt, mach ich ihn fertig.«

»Es sollte kein nächstes Mal geben, Caesar. Das kann er nicht machen«, sagte Daddy. »Er kann euch doch nicht so terrorisieren. Ihr *wohnt* hier. Dazu hat er kein Recht.«

Mr Caesar gab ein tiefes Glucksen von sich.

»Verdammt, du bist witzig, Heron«, sagte er. »Du glaubst doch nicht ernsthaft, diese Polizisten würden uns nicht in einer Reihe auf dem Dorfplatz aufstellen und uns eiskalt erschießen? Uns ins Meer werfen, wie alle anderen Afrikaner? Die sind wütend, weil es uns gibt. Wir müssen bloß *atmen,* und die haben den Finger am Abzug.«

»Caesar?«

Es war Miss Irenes Stimme. Sie war aus der Küche nach

draußen gekommen und schaute mit einem Gesichtsausdruck zu uns herüber, den ich noch nie an ihr gesehen hatte. In der einen Hand hielt sie eine Pistole. Mit der anderen klammerte sie sich an Ezra. Im Dunkeln konnte ich die Augen der beiden glühen sehen. Ich erwartete beinahe, dass Ezra auch eine Waffe bei sich hatte, doch sie drückte einen Lederbeutel an ihre Brust, den sie von Miss Irene bekommen haben musste.

»Ernest, Lindy, bringt sofort die Zwillinge ins Haus.«

»Ja, Mama.«

»Es tut mir leid, Miss Irene«, sagte ich. Die Worte klebten auf meiner Zunge wie trockenes Brot. »Ich hab Mamas Essen fallen lassen. Der schöne Teller ist kaputt. Das wollte ich nicht.«

»Cinthy, mach dir deswegen keine Gedanken«, sagte Mr Caesar und legte eine Hand auf meine Schulter. »Irene kann deine Mama morgen besuchen. Sie bringt etwas zu Essen mit. Dann kann sie auch gleich nachsehen, ob Lena sich besser fühlt.« Er nickte meinem Vater zu.

»Ezra, wir fahren nach Hause«, sagte Daddy. Er trat auf die Straße, hielt inne, als er in die Richtung blickte, in die der Streifenwagen gefahren war.

»Ist er noch da?«

»Ja, Caesar, er ist nur ein Stück weitergefahren. Ich kann seine Rücklichter sehen.«

»Scheiße«, sagte Mr Caesar. Mit vier großen Schritten durchquerte er den Vorgarten und verschwand im Haus. Miss Irene folgte ihm wortlos.

Ezra und Lindy stürzten zum Tisch und fingen an, Teller und Gläser zu stapeln. Ernest ging auf Lindy zu. Er flüsterte ihr etwas ins Ohr, bevor er sich hinunterbeugte und die beiden Zwillinge schwungvoll hochhob. Vorsichtig trug er sie ins Haus.

»Ezra, Cinthy, holt eure Sachen und steigt jetzt sofort ins Auto.«

»Ja, Daddy«, sagte ich. Ich brauchte einen Moment, um mich

von dem zerbrochenen Teller und den verschwendeten Lebensmitteln zu lösen und auf den Rücksitz zu klettern. Ich versuchte, mich von dem nassen Fleck zwischen meinen Beinen abzulenken, und war erleichtert, weil niemand ihn bemerkt zu haben schien.

Die Nacht hatte das Gold der Abenddämmerung verschluckt. Ezra umarmte Lindy fest, bevor sie zu unserem Auto kam. Überall vor dem Haus standen Einmachgläser mit brennenden Kerzen. Das schimmernde Licht auf dem Gras, das mir vorhin noch so romantisch vorgekommen war, wirkte jetzt unheimlich. Ezra öffnete die Beifahrertür. »Hey«, sagte sie. »Komm, setz dich zu mir nach vorne.«

»Okay, Ez.« Ich stieg aus, um zwischen meiner Schwester und meinem Vater zu sitzen. Die Wärme von Ezras Körper überraschte mich. Der Lederbeutel auf ihrem Schoß verströmte einen kräftigen Duft.

»Miss Irene sagt, das beschützt uns.«

»Wovor denn?«

Ezra sah mich kurz an, doch dann wanderte ihr Blick zwischen Daddy und dem Garten hin und her, wo Lindy in Windeseile die Reste unseres wunderschönen Abendessens beseitigte. Wir konnten die Bewegung ihrer Lippen im flackernden Kerzenlicht sehen. Lindy betete.

Dann kam Mr Caesar wieder aus dem Haus. Ernest war direkt hinter ihm. Er sagte etwas zu Lindy, und sie ging hinein. An der Seite der Veranda ging eine Lampe an.

Mr Caesar und Ernest waren allein. Sie kamen auf die Straße, ihre Hemden waren dunkel vor Schweiß und Zorn. Ezras Hand hing locker aus dem offenen Autofenster. Ernest beugte sich vor, um uns eine gute Nacht zu wünschen. Er wollte es wohl geschickt anstellen, doch ich beobachtete genau, wie seine Hand sanft über die meiner Schwester strich.

Vor dem Lärmen der Frösche, Insekten und Nachtvögel, und

dem Herumschleichen unsichtbarer Tiere im Hintergrund, klang Mr Caesars Stimme tief und deutlich. »Weiße Männer können sich alles erlauben, vom Dummkopf bis zum Präsidenten«, sagte Mr Caesar. »Für uns gilt das nicht. Nimm die Waffe mit, mein Freund. Falls der Scheißkerl dich anhält, dann schießt du zuerst, Heron. Ich will dich noch nicht begraben müssen, und meine Zeit ist sicher auch noch nicht gekommen.«

# 9

Zwischen meinem Vater und meiner Schwester fühlte ich mich sicher, dennoch rauschte das Blut durch mein Herz, umströmte meine Knochen. Der magische Duft aus Ezras Beutel erfüllte das Auto, die Nachtluft trug andere unsichtbare Gewürze herein. Daddys Hand hielt das Lenkrad fest umklammert, doch seine Stimme war weich. Ich konnte die Waffe in seinem Schoß nicht sehen, aber ich wusste, dass sie da war. Der Zwischenfall mit dem Deputy hatte etwas in meinem Vater wachgerüttelt. Er öffnete sich uns im dunklen Wageninneren. Die Vergangenheit war lange vom Licht ferngehalten worden, aber nun, sagte Daddy, wolle er uns etwas über die brennende Kirche in Damascus erzählen.

»Ich war noch nicht auf der Welt«, sagte er.

Wie wir schien auch er überrascht, dass seine Stimme uns trug, dass sie die Geräusche der Insekten an den Rand des Hörbaren drängte. »Ich war noch nicht auf der Welt, als das alles passiert ist, aber ich weiß davon«, sagte er, beinahe zu sich selbst. »Ich erzähle es euch, damit auch ihr davon wisst. Vielleicht wird es euch die Stärke geben, die mir fehlte. Ich habe mich erdreistet zu glauben, ich könnte es ausradieren, indem ich mich zwang, es zu vergessen. Aber so funktioniert das nicht mit dem Blut in uns. Eure Mutter und ich – wir wollen nicht, dass ihr euch jemals allein fühlt. Die Geschichten in uns werden in euch weitererzählt. Vielleicht könnt ihr mir helfen, nicht zu vergessen, wie die Liebe mich vor dem Schmerz bewahrt hat.«

»Wie können wir dir helfen, Daddy?«, fragte Ezra. Sie klang

alt, als hätte sie vor langer Zeit gelebt, noch vor der Geburt unseres Vaters. Auch wenn wir die Stimmen unserer Großeltern nie gehört hatten, kam es mir vor, als säßen sie mit uns in der gedämpften Stille des Autos.

»Das Zuhören könnte helfen«, sagte er. »Das Erinnern auch.«

Der Wagen segelte über dunkle Flächen. Die Schatten der Äste huschten undeutlich an den Scheiben vorbei. Der Mond warf Lichtsplitter auf unsere Arme und unsere Gesichter. Ich beugte mich vor, lauschte meinem Vater so verzaubert, wie wenn er mir vorlas. Ich dachte an all die Geschichten, Hunderte, die er mir schon geschenkt hatte. Wenn er eine Geschichte vorlas, war man in dem Moment genau dort. Meine Schwester hielt meine Hand, gab ihren regelmäßigen Herzschlag an mich weiter.

Ich schloss die Augen, und die Stimme meines Vaters verschmolz mit meiner eigenen, die ich in meinem Kopf hörte und mit deren Hilfe ich mir vorstellen konnte, was ich eigentlich gar nicht wusste. Die Geschichte meines Vaters gehörte mir und meiner Schwester. Nur durch sie konnten wir uns mit unserem eigenen Blut an das erinnern, was mein Vater sich zu vergessen gezwungen hatte.

# Theodore und Calliope Kindred

Es ist ein warmer Abend im Jahr 1902, und mein Urgroßvater, Theodore Kindred, ist ein freier Mann.

Er folgt einem matschigen Pfad am Ufer des Delaware River zu der Kirche, die er mit seinen eigenen Händen erbaut. Neben der Kirche hat er das Fundament für eine Schule gelegt. Die Bildung und Bewahrung von Körper und Geist waren für ihn immer miteinander verbunden. Mein Urgroßvater ist noch jung, auch wenn er seine Geburtsurkunde nie gesehen hat und die Jahre seines Lebens nur anhand der Lieder in seinem Herzen nachzeichnet. Er stammt von freien Menschen ab, also ist auch sein Glaube immer frei gewesen.

Das Gotteshaus, namenlos, doch fast fertiggestellt, steht auf einem kleinen Hügel inmitten eines Landstrichs aus gelben und olivgrünen Flicken, für den er jahrelang gearbeitet und Geld beiseitegelegt hat. Das Stück Land liegt in einem Ort, den seine Frau, meine Urgroßmutter Calliope, auf den Namen Damascus taufte, und es ist so klein, dass es ihnen nie offiziell zugesprochen wird.

Ich sehe vor mir, wie die rotbraunen Augen meines Urgroßvaters den Boden begutachten. Meine Schwester und mein Vater haben dieselben erdfarbenen Augen. Mein Vater, der erst viele Jahre später zur Welt kommt, wird das Bedürfnis seines Großvaters erben, das Land zu besitzen, auf dem er lebt. Deswegen hat er unser Haus in Salt Point sofort bezahlt und sich der emotionalen Unterjochung durch Darlehen und Kredite verweigert. Dieses Bedürfnis nach Unabhängigkeit lässt sich bis zum Grund des Atlantiks zurückverfolgen, wo die Knochen unserer Vorfahren zu Muscheln von unschätzbarem Wert geworden sind. Mein Vater und sein Vater und die Väter, deren unsichtbare Stimmen sie leiten, bilden einen inneren Kompass für uns. Für die Männer der Familie Kindred wird es immer von Bedeutung sein, zu wissen, wo sie später begraben werden, denn sie verehren nichts so sehr wie diese Erde.

Theodore streichelt sein Pferd, Canaan, während er auf die unfertige Kirche zureitet. Es hat gerade aufgehört zu regnen, und die großen Pferdehufe stampfen schmatzend durch den schweren, klumpigen Schlamm. Mein Urgroßvater sorgt sich wegen der Stellen im Dach, die nicht ordentlich geflickt sind. Der Altarraum muss gelüftet werden, bevor Calliope die Chorprobe und den Bibelkreis mit ihren zwölf geliebten Schulkindern dort abhält. Meine Urgroßmutter hat bereits die Grundlagen des Lernens an die Kinder weitergegeben, die sie zu ihrer ersten Klasse auserkoren hat. Ihr Klassenzimmer ist die Natur, die Küche, der Garten und ein Zimmer in ihrem Haus mit Bücherregalen an den Wänden und einem Pianino, auf dem sie den Freudengesang der Kinder begleitet. Obwohl sie mit keinem der Kinder blutsverwandt ist, hat sie das Vertrauen und die Liebe der Familien gewonnen. Die Eltern sind von überallher gekommen, voller Hoffnung und Entschlossenheit für die Zukunft ihrer Kinder in einer Welt, die sowohl Potenzial als auch Herausforderungen für ihre Unabhängigkeit birgt. Diese zwölf Kinder wurden meiner Urgroßmutter anvertraut, wie wertvolle Samen einer aussterbenden Pflanze, die man heimlich nach Übersee schickt, damit sie in unbekannten Gefilden gesät, gewässert und geerntet werden können.

Sie heißt zwar Calliope, doch in dem neuen Städtchen Damascus ist sie immer und für immer Callie. Mama erzählte mir, dass sich meine Urgroßeltern ineinander verliebten, als sie fünf oder sechs Jahre alt waren. Beide wuchsen irgendwo in Georgia auf – Mama war der Name des Ortes entfallen, und Daddy hatte ihn absichtlich vergessen. Als mein Urgroßvater gerade eben sprechen konnte, sagte er zu Callie: »Ich werde dich heiraten.« Die Alten hatten gelacht, als diese mit der Stimme eines entschlossenen kleinen Mädchens antwortete: »Ist gut!«

Während mein Urgroßvater so friedlich unterwegs ist, denkt er also an Callie und sein großes Glück und daran, wie ihr bestimmtes *Ist gut!* sein Leben durchdrungen und besser gemacht hatte. Bald würde der süße Gesang seiner Frau und der Kinder im Altarraum zu hören sein. Nach der Chorprobe und dem Bibelkreis würden sie gemeinsam Abendbrot essen. Begleitet von den ersten Sternen würden meine Urgroßeltern die Kinder nach Hause bringen, wobei sie ihnen einen sicheren Weg durch die dunklen Wälder zeigen würden. Sobald sie dann allein wären, würde meine Urgroßmutter die Hand ihres Mannes auf ihren Bauch legen, in dem sich neuer Sternenstaub verband und ein zweites Kind entstehen ließ.

Ihr erstes Kind, eine Tochter, die später meine Großmutter Alma Elizabeth Kindred werden sollte, befindet sich zu dieser Zeit in der Obhut einer Nachbarin. Mein Urgroßvater baut die Schule für Alma, der Traum von ihrem Glück treibt ihn bei der Arbeit an. Als Nächstes will er eine Bibliothek im Ort errichten.

Wie Alma ist auch Damascus drei Jahre alt und im Wachstum begriffen.

Meine Urgroßeltern waren es leid gewesen, nach einem Zuhause zu suchen, also hatten sie beschlossen, Damascus zu ihrem eigenen Paradies zu machen, irgendwo zwischen der Plantage und dem Gelobten Land. Damals kamen sofort Schwarze Familien nach Damascus, bereit, in einen Traum zu investieren, der sie nicht umbringen würde, und im Jahr 1902 kamen immer noch neue hinzu. Durch Mundpropaganda erfuhren sie, wie sie den rückwärtsfließenden Fluss finden und zu einer kleinen Siedlung für Schwarze gelangen konnten, die an der Grenze zu Maryland, nicht weit entfernt von Bucktown, entstand. Diese Familien konzentrierten sich darauf, ein Leben jenseits der Brutalität zu finden, die sie und ihre afrikanischen Vorfahren über den Atlantik getrieben hatte.

Ich sehe Theodores Hand friedlich am muskulösen Hals seines Pferdes ruhen. Gerüchten zufolge soll mein Urgroßvater fast zwei Meter zehn groß gewesen sein, weshalb er ein so eindrucksvolles Tier benötigte.

An diesem Abend mag die Gesellschaft seines Pferdes und der Anblick seiner gut gebauten Kirche für Theodores Seelenfrieden ausgereicht haben. Da sein Grundbesitz wuchs, waren einige Weiße in der Gegend auf ihn aufmerksam geworden und hatten die kleine, unterentwickelte Siedlung anfangs mit Gelächter und wegwerfenden Handbewegungen quittiert. Als diese Männer den Ort bald darauf erneut inspizierten, dem sie keine Überlebenschancen, geschweige denn Erfolgschancen ausgerechnet hatten, setzten sie einen nicht enden wollenden Sabotagefeldzug in Gang. Verblüffung und Spott wurden durch die Wut dieser christlichen Männer ersetzt, die ihr göttliches Recht und ihre wirtschaftliche Überlegenheit gefährdet sahen.

Theodore hatte diese schreckliche Wut sein ganzes Leben lang gesehen. Jeder Schwarze Mann in Amerika musste, gegen seinen Willen und seine Seele, diese erbärmliche Ausbildung durchlaufen. Kürzlich hatte er Callie um ihre verwüsteten Blumenbeete und den zertrampelten Gemüsegarten weinen sehen. Kein Tier außer einem weißen Mann hatte die Zähne und den Hunger, um alle Wurzeln und Setzlinge so erbarmungslos aus der Erde zu reißen.

An einem anderen Abend standen Mann und Frau in ihrem Haus hinter der Tür, die Blicke auf die gesichtslosen Männer in dunklen Kapuzen gerichtet, die bewaffnet über den Hof schritten. Ein waberndes Gewirr aus gedämpften Stimmen drohte meinem Urgroßvater mit Strick, Kugeln, Flammen oder schlimmeren Dingen. Mein Urgroßvater überflog sein inneres Verzeichnis weißen Terrors und wusste, dass auf ihr feiges Gerede irgendwann Taten folgen würden.

All jene, die sich im Glauben meines Urgroßvaters versammelten, fanden Gott in der alltäglichen Würde ihrer eigenen Gesichter. Viele von ihnen hatten vergessen, wie sich Stolz anfühlte, bis sie in der halb fertigen Kirche der Kindreds standen. Wer diesen Stolz für sich entdeckt hatte, wollte nicht mehr fort von dem, was in Damascus erschaffen wurde.

Trotzdem fragt er sich an diesem Abend, ob er Callie und die Kinder nicht allein durch den halbdunklen Regenschauer hätte gehen lassen sollen. Doch Callie hatte gesagt, die Weißen hielten sonntags ihren Gottesdienst ab, so wie alle anderen. Hoffentlich ruhten sie dann auch wie alle anderen.

Alma war quengelig gewesen, als er sie geküsst und an ihrer samtweichen Stirn geschnuppert hatte, bevor er sie an Mrs Whitaker übergab, deren sanftes Gurren seiner Tochter ein breites Lächeln und Grübchen ins Gesicht zauberte.

Er und Canaan waren allein dem rückwärtsfließenden Fluss gefolgt und hatten den Wald durchquert, bis zu dem Hügel, wo der Anblick der schlichten Kirche sein Herz stets mit Freude erfüllte. Bald war es an der Zeit, einen Namen für sie auszuwählen, und Theodore vertraute darauf, dass Callie eine weise Entscheidung treffen würde. In ihm sprudelten Visionen, wie ihre beiden Kinder aufwachsen würden, in dieser neuen Kirche, an diesem jungen Ort, benannt von ihrer Mutter.

Nach Calliope Kindreds Tod sollten die Bewohner des Ortes einen Zettel in ihrem Tagebuch finden, auf dem sie ihren Namenswunsch für die Kirche notiert hatte: *Hinder Me Not – Haltet mich nicht auf.*

...

Als Theodore das Pferd anbindet, hört er Callie und die Kinder kommen.

Er ruft den Namen seiner Frau und geht dann um die Kirche herum, um sie am Eingang zu begrüßen, wo die nass geregneten Kinder bereits ins Trockene drängen.

Callies Haare sind locker hochgeflochten. Sie trägt ein grünes Tuch um ihre schmalen Schultern. Die schwarzen Augen, die ihm aus dem ovalen, sommersprossigen Gesicht entgegenschauen, sind klug, sinnlich und warm.

Theodore presst ihr Handgelenk an seine Lippen. Dann legen beide ihre Hände auf Callies runden Bauch. Sie fragt nach Alma, und er sagt, dass es der kleinen Tochter gut gehe. Sie würden sie auf dem Heimweg bei der Nachbarin, Mrs Whitaker, abholen. Als er das Gesicht meiner Urgroßmutter zu sich dreht, um sie zu küssen, sieht er alle Momente vor sich, in denen er Callie schon hatte küssen dürfen. Er erinnert sich deutlich an das erste Mal, als er einen Versuch wagte und prompt einen Schlag auf die Nase kassierte, bevor sie den Kuss erwiderte.

An diesem Abend im Jahr 1902 kann Theodore die volle, feuchte Unschuld von Callies Lippen in ihrer Jugend spüren; er erinnert sich an den Geschmack von Buttercreme auf ihren Lippen, als sie in ihrer Hochzeitsnacht ein Stück Torte teilten – eine Frühlingsnacht, in der Magnolienblüten durch die Fenster des Hotelzimmers wehten, für das er lange gespart hatte. Die Blüten landeten auf den kühlen weißen Laken, auf denen sie sich zum ersten Mal liebten. Er erinnert sich auch an ihre salzigen Lippen während der Wehen, die sechzehn Stunden andauerten; sie küsste ihn, als sie ihre Tochter Alma endlich in den müden Armen hielt. Er kann sich den festen, fröhlichen Kuss ins Gedächtnis rufen, den er ihr gab, als sie einwilligte, ein Zuhause mit ihm zu erschaffen, einen Ort, an dem sie in Freiheit zusammen alt werden konnten.

Calliope ist seine Kirche, viel mehr als das vor ihnen aufragende Gebäude.

Er hört das Kichern ihrer geliebten Schulkinder, die die beiden beobachten. Er lächelt, winkt den zwölf schüchternen Gesichtern zu. Er sagt, er werde die Laternen anzünden, um die Mücken von ihrem süßen Blut wegzulocken. »Lieber Mücken als der Teufel«, fügt er hinzu, und Callie knufft ihn in die Rippen, genau dorthin, wo sein Herz schon sein ganzes Leben lang für sie brennt.

…

Am Geräusch erkennt Theodore, dass Canaan plötzlich auf den Hinterbeinen steht, steigt und wieder landet, eine Warnung in den Boden tritt. Das Stampfen ist erschütternd, ängstlich, so intensiv, dass er sein großes Pferd trotz des Pianinos hören kann, an dem Callie wegen ihres dicken Bauchs seitwärts sitzt.

Mein Urgroßvater legt seine Bibel beiseite. Seine Augen nehmen das Stirnrunzeln meiner Urgroßmutter wahr. Er steht auf und bittet die Kinder, die mit großen Augen mitten im Lied innegehalten haben, mit der Musik fortzufahren.

Allein schreitet er die rauen, unlackierten Stufen am Eingang der Kirche hinunter, die später *Hinder Me Not* heißen wird.

Hastig geht er über den matschigen Untergrund an der Seite des Gebäudes entlang. Ein wildes Tier muss sein Pferd aufgeschreckt haben. Er bereut, kein Gewehr dabei zu haben, um einen Warnschuss abzufeuern, aber er trägt seine Waffe nicht gern ohne Grund mit sich herum, wenn Callie und die Kinder in der Nähe sind.

Mein Urgroßvater sieht den Mann im Schatten nicht. Der Pistolengriff trifft auf Theodores Hinterkopf und schickt ihn zu Boden. Ein Kreis aus roten Sternen brennt in seinen Augen, als er mit einiger Anstrengung auf die Beine gehievt wird.

»Hinstellen, Pastor«, sagt die Stimme eines anderen Mannes, der seine Pistole in Theodores Seite drückt. Mein Urgroßvater stolpert vorwärts. Tränen steigen ihm in die Augen, als er Canaan schnauben und ängstlich wiehern hört. »Hattest die Wahl, oder?«, sagt die Stimme dicht neben seiner Schläfe. »Jetzt nich mehr, nach so vielen Denkzetteln. Ich wette, du hättest lieber gleich auf uns gehört, du sturer Drecksprediger.«

Theodore fragt sich, wie viele von ihnen sich in der Dämmerung verbergen. Ihm läuft der Schweiß in die Augen. »Macht schon«, sagt mein Urgroßvater, den Geruch von Kerosin in der Nase. »Verbrennt mich. Hängt mich. Erschießt mich. Schneidet mir die Eier ab, wenn ihr wollt. Aber bitte lasst sie in Frieden. Sie sind unschuldig.«

Er sieht, wie die Männer seinen treuen Freund mit dem Kerosin übergießen. Theodores Stimme wird heiser, so laut schreit er sie an, damit sie das Tier am Leben lassen: »Nehmt ihn einfach mit, ja? Lebendig ist er mehr wert, ihr könnt ihn verkaufen. Verschont ihn! Er hat euch nichts getan. Lasst ihn leben, er ist noch etwas wert! Mein Gott, hört auf, lasst ihn in Ruhe!«

»Bringt ihn her, Jungs«, sagt die Stimme. »Soll er ihn doch fressen, seinen verdammten Gaul.«

Als er das Streichholz hört, senkt mein Urgroßvater nicht den Kopf, sondern blickt direkt in die gebrochenen, blutenden Augen seines Freundes und bittet um Vergebung.

Das große Pferd schreit, springt wie ein Mensch, während das Feuer auf seinem Rücken reitet. Weiche Ohren legen sich flach an den Kopf. Hitze verschlingt das Tier von den Nüstern bis zum Bauch, bis Canaan geschlagen in die Knie geht, in einem einzigen Bogen auf die Seite kippt. Dunkle Flammen ziehen über den wundervollen Körper. Theodore sieht die Freundschaft der beiden in den sterbenden Augen der Kreatur verschwinden.

Als er sich entsetzt von Canaans verbranntem Körper abwendet, entdeckt er Callies Gesicht am Fenster. Mit den Lippen formt er das Wort *Lauft*, doch einer der Männer sieht es.

»Zunder«, sagt er lachend.

...

Sie schleifen Theodore zurück zur Kirche. Sie müssen ihn zu viert oder fünft durch den Eingang zerren, weil er sich so sehr wehrt. Als sie es geschafft haben, lachen sie und verriegeln die Tür von außen.

Callie presst die Hände auf ihren Bauch, sinkt auf die Knie und ruft die Schulkinder zu sich, versammelt sie in der Mitte des Altarraums.

Theodore will die Fenster auf der gegenüberliegenden Seite der Kirche einschlagen. Er könnte die Kinder hinausklettern lassen, eins nach dem anderen, damit sie weglaufen und sich im Wald verstecken können. »Dreht nicht um«, sagt er zu ihnen, und sie weinen.

Gerade zertrümmert er eines der Fenster mit einem Besenstiel, als eine Kugel durch seinen Kopf schlägt.

Dann fliegen Fackeln durch die zerbrochenen Scheiben. Sie landen in grüner und roter Wut, die lodernden Flammen fangen augenblicklich an, die Kirche zu verschlingen.

Schluchzend kriecht meine Urgroßmutter von den Kindern weg und versucht, den Körper ihres Mannes zu sich in den Kreis zu ziehen. Die Ärmel ihres Kleides reißen an den Schultern ein. Noch nie hat sie Theodores ganzes Gewicht getragen. Callie schließt die Augen und zieht mit aller Kraft. Sein gebrochener Schädel hinterlässt einen glatten Schweif aus Blut. Einige der größeren Jungen stehen auf, weinend und hustend, und helfen ihr, ihn zu bewegen, während die Deckenbalken vor Schmerzen aufheulen.

Sie hustet, spürt die wilden Tritte des Babys in ihrem Bauch. Callie legt sich neben ihren Mann auf den Fußboden. Im gläsernen Blick seiner toten Augen sieht sie den Glutofen ihrer gemeinsamen Träume und ihres Glaubens. Callie küsst ihn innig, wie sie ihn immer geküsst hat, und schmeckt all die wunderschönen Jahre. Dann schließen ihre Finger seine stillen Augen.

…

Bei ihrem Übergang vom Leben in den Tod denkt Callie an ihre Mutter und ihren Vater, die auf Zuckerrohrfeldern mitten in Georgia knieten. Sie erinnert sich, wie ein weißer Mann ihre Mutter eines Abends vom Tisch wegzerrte und wie ihr Vater gezwungen war, seine Frau gehen zu lassen.

Callie kann ihre Mutter jetzt sehen, sie verlässt das düstere Mondlicht, um ihre Tochter zu sich zu winken. Ihre Augen sind rot wie Rubine. Sie hält eine Art Korb in der Hand.

Darin liegt der Kopf ihres Masters.

Das Feuer klettert an Callies Haaren empor. Es leckt an ihren Ohren, teilt Haut und Schädel, wie ein Prophet einst das blutrote Meer teilte, um sein unterdrücktes Volk zu befreien. Später wurden die Geflohenen zu Stämmen. Die Hände von zwölf Kindern halten sich an Callie fest. Die brennenden Hände von zwölf Kindern werden zu Millionen.

Dann denkt sie an ein Kind: ihre Tochter Alma.

Der letzte Atemzug meiner Urgroßmutter ist der Name ihrer Tochter.

Das gesamte Dach der Kirche stürzt ein. Die unschuldige Nacht zeigt sich. Callie atmet ein einziges Wort, bis es in ihrer Erinnerung singt – Alma?

*Alma!*

*Alma?*

*Alma! Alma!*

Al-

Wie ein Schrei begleitet dieses eine Wort sie auf ihrem Weg in die Unterwelt.

…

Mit zwölf verbrannten Kindern im Arm trifft meine Urgroßmutter Callie ihren Mann Theodore am Fluss der Ewigkeit.

Er erklärt ihr, wo sie sich befinden und was sie tun müssen, so

wie er es immer tat. »Wir müssen jetzt hinübergehen, Liebes«, sagt er. »Die Kinder sind zu jung. Ihnen bleibt nicht so viel Zeit wie uns, bevor sie verloren sind.«

»*Alma?*«, ruft Callie. Sie weigert sich noch immer zu sterben, obwohl ihre Seele bei Theodore und den Kindern ist.

»Wir haben keine Zeit mehr, um uns zu verabschieden«, sagt mein Urgroßvater, außerstande, an ihr anderes Kind zu denken, ihr ungeborenes Kind, das nicht hinübergehen kann, verloren in der Asche dunklerer Erde.

Meine Urgroßeltern stehen an der Mündung eines tosenden Flusses. Theodore sitzt im Sattel seines geliebten Pferdes, Canaan, aus dessen Augenhöhlen grünes Feuer scheint. Mein Urgroßvater nimmt einige Kinder in die Arme, setzt andere auf seine breiten Schultern. Ein paar von ihnen waren noch zu klein für den Übergang. Auch sie sind verloren. Den Übrigen muss er helfen, damit ihre Vorfahren sie umarmen, ihre kurzen Lieder in Sternsymphonien verwandeln können.

Bevor sie in den Fluss steigen, drehen sich Theodore und Calliope um, werfen einen letzten Blick auf ihre alte Welt und sehen, darin eingebettet, einen kleinen, wunden Punkt namens Damascus, an dem sie ihre eigene Freiheit leben wollten.

# 10

Es war Samstagmorgen, und außer Ruby saß nur eine Handvoll Menschen im Bus. Das Sonnenlicht blendete, und sie schloss die Augen, genoss die Schatten, die den roten Schimmer ihrer Augenlider sprenkelten. Sie war nicht schläfrig, ganz im Gegenteil. Sie umklammerte den Stoffbeutel, der auf ihrem Schoß lag. Ihre Haut war sauber geschrubbt und die Haare frisch gewaschen, auch wenn es unwichtig war, da niemand sie sehen konnte. Ruby trug das verschwitzte Haarnetz, unter dem Ma für gewöhnlich ihre schwarzen Haare versteckte, bevor sie die wippende blonde Perücke aufsetzte, die sie die Sexbombe nannte. *Damit könnte ich Jayne Mansfield Konkurrenz machen*, sagte Rubys Mutter immer. Sie hatte die Perücke gekauft, nachdem sie und Ruby *Schlagerpiraten* im Kino von Gunn Hill gesehen hatten.

Rubys Kopfhaut juckte, doch sie mochte sich nicht kratzen, aus Angst, ihre Fingernägel könnten Mas gut erhaltene Frisur zerstören. Sie hatte ihre Mutter dabei beobachtet, wie sie ihr Gesicht an die Perücke schmiegte, als schmuste sie mit einem Kätzchen.

Ruby dachte an das Geld, das sie in Briggley durch den Verkauf einiger Sachen ihrer Lehrerin zu verdienen hoffte. Sie hatte wertvoll aussehende Ohrringe und Halsketten dabei. Außerdem eine alte Uhr, die Miss Burden vielleicht von ihrem Vater oder einem anderen Verwandten geerbt hatte. Dann war da noch das Scheckbuch, aber Ruby wusste, dass sie nicht herausfinden konnte, was passieren würde, wenn sie sich selbst einen Scheck ausstellte, jedenfalls noch nicht. Sie müsste überhaupt erst lernen, wie man einen Scheck schrieb. Und womöglich wusste die

Bank bereits, dass Miss Burden gestorben war. Sie wollte ihr Glück lieber mit den Wertgegenständen der Frau versuchen. Niemand in Briggley konnte ahnen, wie die Sachen in Rubys Besitz gelangt waren und, was noch wichtiger war, einem Pfandleiher wäre es vollkommen gleichgültig.

Wenn Ruby Geld hätte, könnte sie anfangen, für die Pilotenschule zu sparen. Doch vorher bräuchte sie einige grundlegende Dinge – bessere Kleidung, drei warme Mahlzeiten am Tag, ein Zimmer in einer Pension, wo sie als anständige, arbeitsame junge Frau gelten würde. Sie schüttelte das Bild ihres entblößten Körpers auf den Felsen ab.

Die Landschaft vor dem Fenster verschwamm und Rubys Gedanken glitten in wilde Tagträume ab. Sie stellte sich vor, in den Bus zu steigen und am Ende des Ganges ein unscheinbares blondes Mädchen zu sehen, das verträumt aus dem Fenster schaute. Das Kleid des Mädchens war alt, aber sauber. Da sie die Arme an den Körper gedrückt hielt, blieben die Löcher unter den Achseln verborgen. Ihre zerzausten Strähnen sahen aus, als hätten sie eben noch auf einem Kissen gelegen (nicht in einer Perückenschachtel). Sie wollte, dass alle um sie herum sie für die Hauptfigur in einer Liebesgeschichte hielten. Vielleicht hoffte sie, ihr Angebeteter könne ihre Liebe erwidern. Die verfilzten, dunkleren Haare in ihrem Nacken waren nicht auszumachen, weil sie den Kopf ganz gerade über den knochigen Schultern hielt. Ihre Entschlossenheit war greifbar, berauschend wie der schwere Duft von Ringelblumen. Sie hatte etwas Liebreizendes und gleichzeitig etwas Schreckliches an sich.

Ruby stand auf, blinzelnd und schwankend, als sie bemerkte, dass sie den Busbahnhof in Briggley erreicht hatten, wo es bereits vor Müttern und ihren brüllenden Kindern wimmelte. Ruby fiel ein, dass die meisten normalen Familien am Samstag auf den Markt gingen, ein Picknick mit ihren Verwandten machten oder gemeinsam die Nachmittagsvorstellung im Kino besuchten.

Es gefiel ihr, dass sie von anderen Frauen angelächelt wurde, als sie aus dem Bus stieg. Sie kam sich vor wie Cinderella, doch anstatt verzauberte Glasschuhe zu tragen, hatte sie die magische Perücke ihrer Mutter gestohlen. Und warum sollte sie nicht beides sein können, Prinzessin und Pilotin?

…

Sie saß allein auf einer roten Sitzbank im Cedar Street Diner. Sonnenstrahlen fielen durch das große, quadratische Fenster. Der Tisch sah alt aus, da half auch kein Wischen. Auf einer dünnen Serviette lag stumpfes Blechbesteck. Kellnerinnen in narzissengelben Uniformen tanzten zwischen der Küche und dem Sitzbereich hin und her, während es ständig klingelte und eine schmierige, gelangweilte Männerstimme Bestellungen ausrief.

»Du siehst ja bildhübsch aus, Schätzchen! Kommen deine Eltern auch gleich?«

»Die erledigen ihre Einkäufe«, sagte Ruby hastig. »Aber sie haben mir Geld fürs Mittagessen mitgegeben.«

Die Kellnerin nickte lächelnd. Sie hielt einen zerknitterten Notizblock in der Hand. Ohne zu zögern, legte sie eine klebrige Speisekarte vor Ruby auf den Tisch und zwinkerte, bevor sie sich wieder in Bewegung setzte. »Ich kann den Milchshake empfehlen, Schätzchen. Wir haben die beste Malzmilch, da kannst du fragen, wen du willst.«

Ruby schaute sich die Speisekarte an, doch das Kompliment der Frau klang noch in ihr nach. Sie sah *tatsächlich* bildhübsch aus, nicht wahr? Mit den Haaren ihrer Ma und dem neuen Kleid, dass sie in der kleinen Boutique nebenan gekauft hatte, die aussah wie ein Puppenhaus? Alles war so glattgelaufen, wie sie gehofft hatte. Der Mann im Pfandleihhaus hatte den Schmuck sorgfältig begutachtet. Das einzige echte Stück war ein feiner Saphirring, bei dem sie kurz überlegte, ihn für sich zu behalten, weil der Mann meinte, er passe so gut zu ihren Augen. Stattdessen hatte sie das Geschäft mit fünfundsiebzig Dollar verlassen. Ein Vermögen.

Als sie auf die Cedar Street abgebogen war, gedanklich ganz bei ihrem knurrenden Magen, hatte sie plötzlich ihr strohblondes Spiegelbild im Schaufenster eines Ladens entdeckt, in dem prächtige Kleider in Edelsteinfarben und Kostüme aus Tweed verkauft wurden. Das Geld, das Ruby in ihren Büstenhalter gesteckt hatte, machte sie zu einer richtig feinen Dame. Wenn sie mit einer Perücke schon so viele lächelnde Blicke auf sich zog, was könnte dann erst ein anständiges Kleid bewirken? Zu einem hübschen Kleid brauchte man auch neue Schuhe, ein neues Haarband, vielleicht ein gemustertes Halstuch. Das Kleid könnte die Farbe ihrer Augen haben, die sie insgeheim immer besonders hübsch gefunden hatte. *Das bist nicht du*, knurrte eine Stimme in ihr. *Mach dir nichts vor, Ruby. Nichts von diesem schicken Krempel hat irgendwas mit dir zu tun.* Eine andere Stimme entgegnete: *Tja, vielleicht stimmt das nicht mehr. Ich kann kein gutes Leben haben, wenn ich nicht nach einem guten Leben aussehe.*

»Komm doch rein, Liebes.« Eine Frauenstimme war zu ihr herübergeschwebt. Ruby hatte den Blick von ihrem wundersamen Spiegelbild gelöst und sich von einer schlanken Frau mit rotbraunen Haaren begrüßen lassen, deren Sommerkleid noch grüner als dollargrün leuchtete. Beim Anblick des eleganten, schmalen Goldgürtels, den die Frau mittleren Alters um ihre Taille trug, war der Neid in Ruby hochgekrochen, bevor die Verkäuferin den sommersprossigen Arm und die Finger mit gepflegten pinken Nägeln ausstreckte, um Ruby an die Hand zu nehmen.

»Ich helfe dir, Liebes«, hatte sie gesagt, und Ruby hatte sich leise seufzend von der klimatisierten Luft und dem Rosenduft umarmen lassen. Doch es war das Wort *Liebes*, das ihr das Gefühl gab, dem Himmel nah zu sein, so viel Wärme und Hoffnung in einem einzigen, höflichen Atemzug. *Damit bin ich gemeint*, dachte sie. *Ich bin lieb, lieblich, liebenswert.*

Nun ließ Ruby die Einkaufstüten neben sich los, damit sie mit dem Zeigefinger die Preise auf der Speisekarte entlangfahren konnte. Heute war ein besonderer Tag. Sie konnte es nicht in Worte fassen. Anstatt auf die Zeichen eines neuen Lebens zu warten, hatte sie diese Zeichen selbst erschaffen.

Sie wollte den Milchshake, oh ja. Aber sie musste sich entscheiden zwischen einem Cheeseburger mit Pommes und einem Käse-Sandwich mit Tomatenscheiben und Gürkchen. Würde die Kellnerin sie für gierig halten, wenn sie einen Milchshake *und* eine Cola bestellte? Ruby tippte mit dem Finger auf die Speisekarte. Sie hatte in der Boutique bereits mehr ausgegeben, als sie geplant hatte.

»Ich nehme einen Cheeseburger, Pommes, einen Erdbeer-Milchshake und eine Cola«, sagte sie zur Kellnerin und war beeindruckt, wie rasant die Frau ihre Bestellung notierte.

»Wo willst du das alles lassen?«, sagte die Kellnerin grinsend, bevor sie verschwand.

Lächelnd stützte Ruby die Ellenbogen auf den Tisch und legte sich die Hand an die Wange, ganz weich von der Rosencreme, die die Verkäuferin ihr für die sonnenverbrannte Haut empfohlen hatte. *Lieb, lieblich, liebenswert.* Ruby hatte eine Probe geschenkt bekommen, aber sie musste daran denken, wie ihr Papa reagiert hatte, als ihm ein Hauch von Miss Burdens Parfum in die Nase gestiegen war. Er hatte sie beschuldigt, es für einen Jungen zu tragen, und nichts hatte ihn davon überzeugen können, dass sie in dieser Hinsicht vollkommen unschuldig war. Ihr Papa hatte gedroht, sie ab sofort zur Schule und zurück zu begleiten, damit sie sich nicht heimlich mit diesem Jungen treffen konnte, wer auch immer er war. Ruby blinzelte die Erinnerung weg und dachte daran, wie sie es verhindert hatte, dass die nette Verkäuferin ihr in der Umkleidekabine behilflich war. Der Anblick ihrer blauen Flecken hätte alles ruiniert.

Statt weiter an ihren Papa zu denken, stellte sie sich vor, wie es wäre, gemeinsam mit Ezra hier zu sitzen. Zwei Mädchen, gut gekleidet, in der Rolle junger Frauen und voller Vorfreude auf ihre Zukunft. Ruby schloss für einen Augenblick die Augen und hörte ihr Lachen. Sie würden etwas aus der Jukebox spielen und sich ein Stück Kirschkuchen teilen, nur um noch an ihrem Platz verweilen und sich Geschichten über die anderen Gäste ausdenken zu können. Früher hatten sie sich Geschichten über die Bewohner von Salt Point ausgedacht, aber irgendwann hatte sich Ezra darüber beschwert, dass es für Ruby nur ein lustiger Zeitvertreib war. Ezra hatte es sattgehabt, sich auszumalen, wie das Leben der Weißen aussah. Die Geschichten bewegten etwas in Ezra, das Ruby nicht spürte, weil sie genauso aussah wie die Menschen, deren ausdruckslose Gesichter sie zu den Leinwänden ihrer Stimmung machte. Es war seltsam für Ruby, jetzt Geschichten über ihr eigenes Leben, ihre eigene Realität zu spinnen, wie auch immer diese ohne ihre Freundin aussah.

Ruby öffnete die Augen und bemerkte, dass ein Mann sie von der Theke aus beobachtete. Sie zog die Ellenbogen vom Tisch und drehte ruckartig den Kopf zur Seite. Als sie sicher war, dass er sich wieder seinem Teller zugewandt hatte, neigte sie den Kopf und riskierte einen Blick. Selbst von hinten konnte sie sehen, dass er jung war, vermutlich kein Teenager mehr, aber auch noch lange nicht so alt wie ihr Papa. Trotz der Hitze trug er eine Bomberjacke aus Leder. Sein dunkelblondes Haar sah aus wie vom Wind zerzaust. Mit gesenktem Blick sah sie, dass er eine saubere Jeanshose und Arbeitsstiefel trug.

Die Kellnerin stellte Rubys Bestellung vor ihr ab und wünschte ihr einen guten Appetit. Bevor sie sich umdrehte, schob sie einen schmalen Zettel unter den Salzstreuer und sagte, Ruby könne die Rechnung vorne an der Theke bezahlen. »Das Trinkgeld kannst du einfach auf den Tisch legen, Schätzchen.«

Nickend nahm Ruby ihre Serviette und legte sie sich auf den Schoß. *Schätzchen, Liebes, Schätzchen, Liebes*. Plötzlich sorgte sie sich um ihr Kleid bei dem ganzen Fett – die Pommes, der Burger. Sogar das Brötchen war glitschig. Und der Ketchup – sie konnte doch nicht auf den köstlichen Ketchup verzichten. Vorsichtig beugte sie sich vor, um ihren Erdbeer-Milchshake zu probieren. »Herr im Himmel«, flüsterte sie, als ihr der kalte Zucker in den Kopf schoss. Diese Mahlzeit versprach göttlicher zu werden als jede Religion.

Als nur noch wenige Pommes übrig waren, zog Ruby den Busfahrplan aus ihrer alten Tasche. Die Verkäuferin hatte Ruby bekniet, eine neue Handtasche zu kaufen, und ihr sogar Ratenzahlung angeboten. Beinahe hätte Ruby Ja gesagt, verzaubert von der Vorstellung, die Tasche für jeden sichtbar mit sich herumzutragen. *Eine anständige Handtasche verrät der Welt alles und nichts*, hatte die Frau erklärt, als Ruby fragte, ob man mit einem solchen Stück nicht womöglich Diebe anlockte.

Der Mann, der sie vorhin beobachtet hatte, drehte leicht den Kopf und lächelte sie an, während er zur Kasse ging. Sein Gesicht war wie ein Traum. Ruby wurde warm. Sie hielt inne, als hätte man ihr befohlen, still zu sitzen. Dann riss sie die Serviette von ihrem Schoß und versuchte, sich das Fett von den Lippen und vom Kinn zu wischen.

Der Mann lachte über etwas, das die Kellnerin sagte, als sie ihm das Wechselgeld gab. Er war größer, als Ruby gedacht hatte. Die Luft, die von ihm abzuprallen schien, kühlte den ganzen Raum. Er reichte der Kellnerin etwas, das wie ein Stapel Werbebroschüren aussah..

Nachdem er sich von seinen Freunden an der Theke verabschiedet hatte, grinste er sie erneut an. Ruby schob ihre Essensreste beiseite und wünschte, sie hätte ein Käse-Sandwich bestellt. Sie hatte das Gefühl, rülpsen zu müssen.

Als er an ihrem Tisch vorbeiging, wurde er langsamer und blickte zu ihr hinunter.

»Ich bin Cullen«, sagte er. »Kommst du hier aus der Gegend?«

Ruby zuckte schwach mit den Schultern und räusperte sich. »Kann sein.«

»Du weißt nicht, woher du kommst, Sonnenschein?«, fragte er lachend. »Das ist mal was anderes.«

Sie starrte in seine funkelnden grünen Augen. Sein Hemd stand oben offen, und sie sah eine Goldkette mit einem kleinen Anhänger in Form eines Heißluftballons, der sich gegen die blassen Haare auf seinem Schlüsselbein zu behaupten versuchte. Sie fürchtete, er könnte gesehen haben, wie sie die Ketchupflasche und den Zuckerstreuer mit dem geschwungenen Deckel in ihre Tasche gesteckte hatte. Er beugte sich zu ihr herunter, sodass sein Atem ihr über die Wange glitt. »Wir haben hier was Neues in der Stadt, falls du was darüber lesen willst. Du siehst aus wie ein Mädchen ohne Höhenangst.«

Ruby nickte, während er eine Broschüre neben ihre tropfende Colaflasche legte. Sie konnte es kaum glauben, als sie die farbige Illustration eines Flugzeugs sah, das am Horizont über dem Meer schwebte. Sie wusste, es war ein Zeichen. So musste es sein; und es tat nichts zur Sache, dass es nicht von ihr selbst kam. *Sonnenschein, Schätzchen, Liebes.* Mit stolzem Kinn legte Ruby ihre raue, nach Rosen duftende Hand auf das Papier.

»Du weißt, wo der Flugplatz ist, oder?«, fragte Cullen.

Sie nickte, die Hand fest auf der Broschüre, aus Sorge, er könne sie ihr wieder wegnehmen.

»Bei Walton's gibt es übrigens gerade Ketchup und Zucker im Angebot«, flüsterte er ihr ins Ohr, bevor sie fragen konnte, was ein Flug in einer dieser Maschinen kosten würde. »Da gibt es auch Senf und bessere Manieren, alles spottbillig.«

…

Nachdem die meisten Passagiere in Gunn Hill aus dem Bus gestiegen waren, war Ruby wieder fast allein. Sie hatte sich in der hintersten Reihe ganz klein gemacht und die Sexbombe abgenommen. Sie stopfte die Perücke in eine ihrer Tüten und fragte sich besorgt, wo sie die Einkäufe vor ihren Eltern verstecken könnte. Die Broschüre vom Flugplatz in Briggley steckte sie zu den klammen Geldscheinen in ihren Büstenhalter. Sie machte sich auch wegen des Kleides Sorgen. Sie wusste nicht, wohin mit ihrem Münzgeld, und sie konnte sich nicht umziehen, da sie der Verkäuferin erlaubt hatte, ihre hübschen, gepflegten Finger durch die Löcher in ihrem Kleid zu stecken und mit missbilligendem Blick den kaputten Reißverschluss zu begutachten, der ein Stück von Rubys Rücken preisgab. *Da ist ja Hopfen und Malz verloren*, hatte die Frau gesagt und das Kleid nach hinten getragen. Ruby hatte nicht nachgedacht, so fasziniert war sie von ihrem neuen Ich gewesen, das in dem Trio aus Wandspiegeln unendlich weit in die Ferne geschickt wurde.

Nun fuhr sie sich mit den Fingern durch die verschwitzten Haare; kleine Tropfen regneten herab. Die Perücke war klitschnass und roch schlecht, doch das ließ sich nicht ändern. Ihr Gesicht wurde wieder heiß, als sie an Cullen dachte und daran, wie er ihr ein Kompliment gemacht und sie gleichzeitig beleidigt hatte, als wüsste er genau, wer sie war. *Sonnenschein*, hatte er sie genannt. Es war eigenartig, ihn wiedersehen zu wollen. Es war mehr als nur die Vorstellung, er könnte ein Pilot sein. Er hatte ihr das Gefühl gegeben, gesehen zu werden. Sie wusste nicht, ob das gut oder schlecht oder etwas ganz anderes war. Ruby dachte an Ezras Augen und daran, wie sie und ihre Freundin die Gedanken der jeweils anderen lesen konnten. Sie hatten sich immer voneinander gesehen gefühlt. Ganz ohne die Beschreibungen »schlecht« oder »gut« – ihr Miteinander war nah an der Schmerzgrenze, rau und natürlich, wie der Wind, den sie auf der Haut spürten. Ruby fragte sich, wie Ezra reagieren würde, wenn sie ihr beschreiben könnte, wie sie sich selbst sah. Es wäre, als würde sie in das Haus der Kindreds stürmen und ihre Schwester rufen, um ihr ein Geheimnis zu verraten. Sie müsste nicht mehr aus der

Mülltonne essen. Stattdessen würde sie etwas zu sagen haben, auf das Ezra stolz sein könnte. Sie vermisste es, mit ihr zu lachen. Und sie wollte das neue Kleid vorzeigen.

Sie würde durch den Wald hinüber zur Clove Road gehen. Die Wut wegen Ezras Kommentar über Rubys Papa war endlich verflogen. Vielleicht würde Ezra sich entschuldigen, Ruby würde die Entschuldigung annehmen, und alles wäre wieder wie früher. Sie hätten darüber reden sollen, was es mit ihnen machte, dass sie sich gegenseitig so nackt gesehen hatten, wie sie sich nie zuvor nackt gesehen hatten. Vielleicht hatte Ezra das Bedürfnis, darüber zu reden, oder sie hatte Gefühle, die sie Ruby erklären wollte. Ruby wollte sie bloß umarmen, ihr sagen, dass für sie ein Leben beginnen würde, das anders war, als sie es sich ausgemalt hatten.

Allerdings war Ruby nicht sicher, ob Ezra mit dem Einsatz der Sexbombe einverstanden gewesen wäre, oder mit dem Pfandleihhaus.

Sie musste einfach darauf vertrauen, dass Ezra sehen würde, wie bemüht Ruby war, es besser zu machen, die Hilfe zu bekommen, die Ezra und ihre Schwester bereits hatten, weil ihre Eltern sich auf eine Art um sie kümmerten, wie Rubys Eltern es nie getan hatten. Vielleicht würden sie den Tag zusammen verbringen, und sie könnte die neue Ruby sein, ohne die alte loslassen zu müssen.

...

Als Ruby aus dem Wald auf der anderen Seite der Clove Road kam, war sie überrascht, dass die breite Haustür der Familie Kindred, die hinter dem Fliegengitter für gewöhnlich offen stand, geschlossen war. Immerhin waren die Fenster geöffnet, sodass sich die hübschen handbestickten Vorhänge im sanften Wind bauschten. Ruby wusste, dass es trotz all der offenen Fenster nie Fliegen in diesem Haus gab.

Auf der Veranda saß Mrs Kindred in einem hölzernen Schaukelstuhl. Miss Irene hatte in dem anderen Platz genommen. Die beiden bewegten sich wie verschwommene Farben in einem Gemälde. Ihre Stimmen wurden von der matten goldenen Luft getragen.

»Sie kann nicht rauskommen«, sagte Miss Irene, bevor Ruby oder Mrs Kindred auch nur ein Wort sagen konnten. Miss Irene hielt eine Pistole in der Hand. Sie hatte sich nicht die Mühe gemacht, aufzustehen und irgendetwas Freundliches zu sagen. Ruby musste an die Frauen im Dorf denken, die Waffen dabeihatten, wenn sie ihre Besorgungen machten. Doch Miss Irene, so hatte Ezra oft zu Ruby gesagt, war eine andere Sorte Frau. Was war passiert, nachdem Ezra und Cinthy Miss Burdens Wohnung verlassen hatten? Die Anspannung trieb Ruby noch mehr Schweiß auf die Stirn, was sie ärgerte, denn die Schminke, die die Verkäuferin aufgetragen hatte, würde jetzt sicher zerfließen.

Höflich ging Ruby bis zu den Stufen und lächelte zu Mrs Kindred hinauf, die halb im Schatten der Eiche saß. Ruby entdeckte zwei Glasteller mit Rosenmuster auf einem niedrigen Tisch zwischen den beiden Frauen. Sie konnte das himmlische Maisbrot riechen. Mrs Kindred sah sie durchdringend an, bevor sie sprach.

»Wie geht es deiner Mutter, Ruby?«

»Ganz gut, denk ich.«

»Und wo ist dein Vater?«, fragte Miss Irene.

Wie immer war ihre Stimme Ruby gegenüber feindselig, und das ohne ersichtlichen Grund. Außerdem rollte sie genauso mit den Augen wie ihre Tochter Lindy, wenn Ruby auch nur einen Laut von sich gab. Sie fragte sich, ob es Miss Irenes Schuld war, dass sich Ezras Einstellung zu ihrer Freundschaft in letzter Zeit spürbar verändert hatte. Die Weisheit dieser Frau hatte Ezras Meinung in vielerlei Hinsicht stark beeinflusst, so sehr, dass es manchmal wirkte, als könne Ezra keinen eigenen Gedanken fassen. *Sei niemals mit weißen Männern allein. Vertrau keiner weißen Frau, besonders, wenn sie vorgibt, dir helfen zu wollen. Du kannst nur auf Gott vertrauen und auf Pistolen. Wenn du den Mund zu lange offen stehen lässt, werden die Fliegen ihre Eier auf deiner Zunge ablegen. Bete jeden Abend dafür, am nächsten Morgen weiterbeten zu dürfen.* Und dann dieses Gerede über Vorfahren, mit dem sie Ezra in den Ohren lag, obwohl die Kindreds nicht viel für Gespenstergeschichten übrig zu haben schienen.

Bisher hatte Ruby Miss Irenes Haare nur geflochten gesehen, doch nun waren sie offen und ringelten sich wie eine dichte Krone vom Kopf bis zu ihren Brüsten. Das Sonnenlicht fing sich in dem Öl, das Miss Irene benutzte, sodass ihre Haare glitzerten.

Ruby antwortete mit einem Achselzucken auf Miss Irenes Frage. »Ich glaube, er schläft noch, Ma'am. Schätze, er wird heute einen gehörigen Kater haben.«

»Dieses Kind treibt sich überall rum«, sagte Miss Irene zu Mrs Kindred. »Und wenn sie verloren geht, taucht die Polizei als Erstes bei uns auf und droht damit, auf *meine* Babys zu schießen, oder sie kommen hierher und bedrohen deine. Fahren die Straße rauf und runter, um das Mädchen zu suchen. Aber lass mal eins meiner Kinder verloren gehen, und unser Deputy des Teufels würde keinen Finger rühren.«

»Dieser Dreckskerl Charlie würde auch für mich keinen Finger rühren«, sagte Ruby.

»Die Kleine ist Teil unseres Problems«, schimpfte Miss Irene. »Das sieht doch ein Blinder.«

Ihre Worte waren schlichtweg böse, doch Ruby sagte nichts mehr, und ihr stiegen die Tränen in die Augen. Ihr Tag war nahezu perfekt gewesen, bis sie nach Salt Point zurückgekehrt war und feststellen musste, dass sie noch immer die alte Ruby war. Sie war zur Clove Road gekommen, weil sie eine Freundin brauchte, und war mit Beleidigungen empfangen worden. Außerdem wusste Ruby alles über das Problem, denn Ezra hatte ihr die Zeitungen für Schwarze gezeigt. Sie hatten zugehört, wenn Mrs Kindreds Küchenradio lief. Wenn ihr Papa nicht da war, lauschte Ruby stundenlang den nationalen Nachrichten, saß mit geschlossenen Augen draußen auf der Veranda und versuchte, sich die Schwarzen in Alabama vorzustellen, die gejagt und mit dem Wasserstrahl abgeschossen wurden, weil sie Gleichberechtigung forderten. Sie sah knurrende Hunde vor sich, die jedem Schwarzen Menschen, der sich weigerte zu schweigen, die Freiheitslieder aus der Kehle rissen. Sie wusste, ihre Vorstellung reichte nicht an das heran, was gerade in Wirklichkeit in Little Rock, Arkansas passiert war.

Ruby hatte mit eigenen Augen gesehen, wie die Schwarzen in Gunn Hill behandelt wurden, besonders in Sweet Bay, einem schäbigen Viertel, auf das besser gestellte Schwarze herabblickten. Dort gab es so gut wie jedes Wochenende im Jahr eine Beerdigung. Wenn die Schwarzen genug hatten und sich wehrten, gab es auch mal zwei oder drei Beerdigungen an einem Sonntag. Den ganzen Monat nichts als Beerdigungen, mit singenden Familien, die Schaufeln, Blumen und Schrotflinten bei sich trugen.

Ruby konnte sich an einen Tag vor zwei Jahren erinnern, an dem Ezra ihr in einer Zeitschrift gezeigt hatte, wie der Staat Mississippi den Jungen Emmett Till zu seiner Mama nach Chicago zurückschickte. Ruby wusste also, was Mrs Kindred und Miss Irene von der Veranda aus sahen: Sie sahen Carolyn Bryant und ihre Krokodilstränen, unten in Money, Mississippi. Sie sahen die flüsternden Schatten von Bäumen und Ästen. Verflucht. Es machte Ruby wütend, dass sie ihr keine Chance gaben. Es machte sie wütend, dass sie verstand, warum sie es nicht konnten.

»Darf ich heute Abend noch mal wiederkommen, Ma'am?«, fragte Ruby. »Um mit ihr zu sprechen?«

»Ich denke nicht, Ruby«, sagte Mrs Kindred schließlich, legte sich die Hand vor den Mund und hustete. Ihre Haare waren straff zurückgebunden. Die Haut unter ihren Augen war dunkel, trocken wie farblose Blütenblätter über den hohen Wangenknochen. Obwohl es warm war, zog sie ihr Tuch enger um die Schultern.

Mrs Kindred sah gar nicht gut aus. Vielleicht war Miss Irene deswegen so herablassend. Mrs Kindred sah aus wie ein Gespenst.

Ruby fragte sich, warum Ezra ihr nicht erzählt hatte, dass ihre Mama krank war. Sie wusste, dass einige Schwarze hier auf dem Land Angst vor Ärzten hatten, aber es gab doch ein Krankenhaus in Gunn Hill. Jemand sollte sich diesen Husten ansehen.

»Ma'am, ich wusste nicht, dass Sie angeschlagen sind«, sagte Ruby. »Dann hätte ich Sie gar nicht gestört.«

Kopfschüttelnd rollte Miss Irene erneut mit den Augen.

»Sie ist bloß ein Kind«, sagte Mrs Kindred mit sanfter Stimme. »Armes Mädchen.« Mrs Kindred kam auf wackeligen Beinen die Stufen der Veranda herunter. Ihr Gesicht hatte die wunderschönen, selbstsicheren Züge, in die Ezra eines Tages hineinwachsen würde, und Ruby erkannte darin die Wahrheit: Ruby Scaggs und Ezra Kindred würden nicht zusammen alt werden, weil Ezras Mama und Rubys Mama und alle anderen Mamas es nicht erlauben würden.

Mrs Kindreds Mitgefühl war deutlich spürbar. Aber es war auch beleidigend. Die alte Ruby und die neue Ruby kochten gemeinsam vor Wut. Sie konnte es nicht ausstehen, von jemandem bemitleidet zu werden, besonders wenn derjenige den Dorfbewohnern zufolge genauso schlimm dran war wie Ruby, wenn nicht sogar noch schlimmer. Warum musste sie *betteln*, um ihre einzige Freundin sehen zu dürfen? Warum hatten diese Schwarzen ihr nicht einmal ein Glas Wasser angeboten, wenn sie zu Besuch kam? Miss Irene war nicht die Einzige, die unschöne Dinge von sich geben konnte.

»Ma sagt, keiner auf der Welt könnte ärmer dran sein als ihr ~~Nigger~~«, antwortete Ruby, wischte sich über den Mund und spuckte dann auf die Stufen, wobei sie die müden Füße von Mrs Kindred nur knapp verfehlte.

# 11

Es war ein ruhiger Sonntagmorgen, bis Miss Irene anrief und darauf bestand, dass wir mit ihrer Familie zum Gottesdienst gingen. Daddy hatte mit einem Seufzer auf Mamas fragenden Blick reagiert, bevor er uns darum bat, das Frühstück aufzuessen und unsere Kleider für die Kirche anzuziehen.

Wir gingen nur in die Kirche für Schwarze in Gunn Hill, *New Hope of Rising Star*, wenn Daddy und Mama sicher waren, dass die Junketts auch da sein würden. Mit eingecremter Haut und gestärkten Kleidern beobachteten meine Schwester und ich verkniffen die freudig lärmende und pulsierende Gemeinde der Junketts.

Mr Caesar ließ sich jedes Mal so mitreißen, dass er einen Satz in den Mittelgang machte und rhythmisch hüpfte, als ließe er ein unsichtbares Springseil über seinen Kopf und unter seinen Füßen hindurchsausen. Miss Irene warf ihr schneeweißes Taschentuch wieder und wieder in die Luft, denn sie wusste, dass Lindy oder Empire oder die kleine Rosemary über den Boden kriechen und es aus der Masse anderer Damentaschentücher herausfischen würden, die wie Tauben durch den Raum segelten.

Bei der Kollekte redete und tanzte der Pastor auf geradezu explosive Art. Einmal hatte er zwei seiner eigenen Scheckbücher in den Klingelbeutel geworfen, als Zeichen dafür, was er Jesus schuldig war. Daddy beschwerte sich über die Possen des Pastors, doch Mama neckte Daddy und sagte, er würde sich bloß daran stören, weil wir nur ein einziges Scheckbuch besaßen, über das meistens *sie* verfügte.

Am besten gefiel uns das Ende des Gottesdienstes, wenn die Symphonie der stampfenden Fußsohlen das kleine Gebäude vibrieren ließ und sich dem Chor verzückter Schreie anschloss, begleitet vom Rasseln der goldenen Tamburine. In der Kirche war kaum genug Platz für hundert Menschen, doch es standen immer einige draußen und riefen *Amen* und *Lobet den Herrn* durch die schlichten offenen Fenster. Währenddessen rührte sich meine Familie nicht vom Fleck, aber es gab keinen anderen Ort in unserem Leben, an dem Ezra und ich andere Schwarze Menschen beten sehen konnten.

Nach dem Gottesdienst heftete sich unsere Familie an die Junketts, während sich alle Kirchgänger lächelnd und schwitzend durch den kleinen Flur zum Empfang drängten, wo wir gar nicht erst versuchten, einen der reservierten Klappstühle zu ergattern, da wir keine regulären Gemeindemitglieder waren. Stattdessen ließen wir uns von den herzlichen Helferinnen begrüßen, deren Aufgabe darin bestand, Kaffee in Pappbechern und Kekse zu verteilen, die schmeckten, als hätten sie schon hier gelegen, als der gute Jesus selbst noch das Wunder der Backwaren zu schätzen wusste.

Es war so schön, als *kleine Schwester* angesprochen zu werden, und zu hören, wie auch unsere Eltern *Bruder* und *Schwester* genannt wurden. Wir bekamen Komplimente, wurden jedoch ignoriert, sobald die Anwesenden, die sich tatsächlich alle kannten, anfingen zu tratschen und sich über die Weißen auszulassen, über ihre Jobs, ihre Nachtschichten, die komplizierte Ansammlung von Dingen, die ihrer Jugendlichkeit entgegenwirkten, darunter entzündete Fußballen, Hühneraugen, Hammerzehen, eingeklemmte Nerven, blank liegende Nerven und lockere Zähne. Wenn die Junketts in der parfümierten und gepuderten Menschenschar verschwanden, wurde es uns zu viel – dann huschten wir hinaus und fuhren in stiller Erleichterung zurück nach Salt Point.

Das letzte Mal war schon eine Weile her, aber wenn der Gottesdienst Mama besonders optimistisch stimmte, konnte es sein, dass sie sogar unsere Großmutter anrief und sich einige Minuten mit ihr unterhielt, bevor ihr einfiel, dass sie ihrer Mutter nicht verzeihen konnte.

Daddy verlor kaum ein Wort über die Predigten des Pastors oder darüber, dass Mr Caesar manchmal an Daddys Sonntagshemd zerrte, damit er aufstand und sich ebenfalls den Weg in das Gelobte Land freitanzte.

...

Das Radio lief leise, während Ezra und ich das Geschirr des sonntäglichen Abendessens abtrockneten. Die Küchentür stand offen, sodass wir die kühler werdende Luft riechen konnten.

Beim Essen hatten wir Mamas Erschöpfung bemerkt. Mitten im Satz hatte sie die Wange in die Hand gestützt und die Augen geschlossen, anstatt zu überprüfen, ob wir auch alles aufaßen. Nach dem einfachen Abendbrot blieben wir nicht lange am Tisch sitzen. Mama hatte Daddy sofort gebeten, ihr ins Bett zu helfen. Vielleicht hatte der Gottesdienst sie müde gemacht.

»Oder sie ist schwanger«, sagte Ezra. Obwohl ich kein Wort gesagt hatte, wusste sie, dass wir beide über Mama nachdachten.

»Das kann doch nicht sein.«

»Cinthy, *na klar* kann das sein. Sie ist *jung.*«

»Oh«, sagte ich und versuchte, Mama mit einem Baby im Arm vor mir zu sehen, mit einer Schwester oder einem Bruder. Ich seufzte. Ich konnte es mir nicht vorstellen.

»Miss Irene hat mal gesagt, dass sie ständig erschöpft war, als sie mit den Zwillingen schwanger war. Das ergibt Sinn, immerhin hatte sie *zwei* Babys im Bauch. Aber ich glaube, auch mit einem Baby kann eine Frau ziemlich müde werden.«

»Oh«, sagte ich, dieses Mal in dem Bewusstsein, dass ich in allem weniger Bescheid wusste als meine Schwester. Tatsächlich hatte ich alles, was ich über Babys und ihre Entstehung wusste, von Ezra gelernt.

Ezra schnalzte mit der Zunge. »Kannst du dir das *vorstellen*, einen kleinen Bruder zu haben?«

Ich stopfte mein Geschirrtuch in ein Glas und drehte es, damit es die Feuchtigkeit aufsaugte. »Ein Bruder wäre in Ordnung«, sagte ich. »Ich weiß nicht, ob es unbedingt noch ein Mädchen sein muss.«

Ezra kicherte. »Was stimmt denn nicht mit dir?«, sagte sie. »Man kann doch nie genug Schwestern haben.«

Lachend wischte ich mir die Augen. Ezra sang zu dem Lied im Radio, und ich hörte zu, wie sich ihre Stimme mit den Geräuschen von Insekten, dem hellen Klang der Zimbeln und zarten Streichern mischte. Dann waren wir beide eine Weile still und konzentrierten uns darauf, die Küche so zu putzen, wie Mama es tun würde. Falls Mama sich in der Nacht ein Glas Wasser oder Whisky holte, sollte sie nicht denken, dass die Küche nicht sauber genug war, und sich selbst ans Werk machen.

Ich kam gerade aus der Speisekammer, das Geschirrtuch in der Hand, als ich Rubys Gesicht hinter dem Fliegengitter sah.

»Hey ihr zwei. Hey, Ez, ich bin's.«

Ezra warf mir einen schnellen Blick zu. Ich hatte nicht vor, die Tür aufzuschließen.

»Was habt ihr denn?«

Ezra und ich sahen uns an. Meine Schwester lehnte sich über die Spüle voller Seifenwasser, um das Radio leiser zu drehen. Die wilden Geräusche der Abenddämmerung wurden augenblicklich lauter, drohten in unser Haus einzudringen. Wir gingen näher zur Tür, damit Ruby hören konnte, was wir zu sagen hatten.

»Mama sagt, du bist hier nicht mehr willkommen.«

»Was soll das heißen, Ez?«

»*Wir* sollen *dir* das erklären?«, fragte ich, nachdem ich meine Zunge unter Kontrolle gebracht hatte.

»Warum seid ihr denn jetzt schon wieder beleidigt?«, fragte Ruby seufzend. »Wegen dieser blöden Sache mit eurer Mama gestern? Hatte schlechte Laune. Nehmt's nicht persönlich. Ist ja nicht so, als hätte euch noch nie einer ~~Nigger~~ genannt. Mir ist bei der Hitze vielleicht 'ne Sicherung durchgebrannt. Das ist alles.«

»Wenn du denkst, meine Mama und Miss Irene zu beschimpfen, ist nichts Persönliches, dann kannst du nicht mehr meine Freundin sein«, sagte Ezra. Sie kniff die Augen zu Schlitzen zusammen und ihre Stimme war eiskalt. »Jetzt nicht und auch sonst nie wieder. Denkst du, es wäre in Ordnung, *mich* so zu nennen? Wie würdest du es finden, wenn ich zu dir marschieren und auf die Bruchbude spucken würde, in der du wohnst? Wie schnell würden deine Mutter oder dein Vater *mich* bestrafen?«

»Mein Gott«, sagte Ruby. »Ich hab's doch nicht so gemeint, aber diese Miss Irene kann mich nicht leiden. Und das zeigt sie mir auch. Ich hab der Frau nie was getan.«

Ich seufzte kopfschüttelnd. Ezra hob die Hand und sah mich an.

»Was du zu ihnen *gesagt* hast …«, sagte Ezra. »Und man spuckt keine Mütter an, egal, welche Hautfarbe sie haben. Ich wünschte, ich wäre dabei gewesen. Du kannst von Glück reden, dass wir uns eben nicht sofort auf dich gestürzt haben, um dich grün und blau zu schlagen.«

»Ihr tut so, als ob ihr nie gemeine Sachen über meine Ma sagen würdet. Glaubt ihr, das ist in Ordnung, nur weil sie *weiß* ist?«

Ruby legte die Hand an die Tür, als wollte sie sie öffnen und unser Haus betreten.

»Wir wollen nichts mehr mit dir zu tun haben«, sagte ich.

»Ich hab doch gesagt, dass es mir *leidtut*«, sagte Ruby langsam und biss dabei die Zähne zusammen.

»Mama wollte nur nett zu dir sein«, sagte ich. »Du hast Glück, dass Miss Irene nicht einfach auf dich geschossen hat.«

»Cinthy, sei still«, sagte Ezra.

Ich machte mir Sorgen, dass Daddy herunterkommen und Rubys Gesicht und ihre Hände am Fliegengitter sehen würde. Wir durften nicht so kräftig gegen das Netz drücken, weil es empfindlich war. Es zu ersetzen, war teuer. Wenn Ruby es einriss, würden wir Ärger bekommen. Wenn Mama oder Daddy Ruby auf unserem Grundstück erwischten, bekämen wir aus Prinzip eine Strafe aufgebrummt. Mama hatte Daddy nicht im Detail erzählt, was mit Ruby vorgefallen war, doch Miss Irene war noch eine ganze Stunde bei uns geblieben. Ihr Kriegspfad war anders als der von Mama. Miss Irenes Kriegspfad war ein galaktisches Schlachtfeld. Wir hatten mit anhören müssen, wie ihre Stimme bis zur Kernschmelze anschwoll, sodass wir dachten, das Limonadenglas in ihrer Hand könnte jeden Moment zerspringen. Irgendwann hatte Mama ihr sanft die Pistole abgenommen, mit der sie herumfuchtelte. Miss Irene war in Gedanken noch bei den Geschehnissen des vorherigen Abends, als der Deputy an dem Haus der Junketts vorbeigefahren und uns mit der unsichtbaren Waffe bedroht hatte. Offenbar war er später zurückgekehrt und die ganze Nacht die Straße entlanggefahren. Die Familie hatte kein Auge zugetan. *Die gönnen uns nicht mal den Freitagabend*, hatte Miss Irene immer wieder gesagt, während sie über unsere Veranda schritt. *Dieser Teufel wird meine Kleinen nicht erschrecken. Das Böse hat nichts Besseres zu tun. Aber ich habe keine Angst vor dem Bösen. Hört ihr?*

Wir hörten es. Den ganzen Samstagnachmittag, bis Mr Caesar kam, um Miss Irene abzuholen und sie nach Hause zu ihren Kindern zu fahren, die sie vermissten.

Ezra stand inzwischen nur noch wenige Zentimeter von dem Fliegengitter entfernt, das sie von Ruby trennte. Sie schloss die Haustür. Dann verriegelte sie sie. Ihre Hände zitterten, während sie die Gardine an dem kleinen quadratischen Fenster zuzog. Als Ez sich zu mir umdrehte, fielen keine Tränen. »Machst du den Rest, Cinthy?«, fragte sie und klang dabei so erschöpft wie Mama.

Nickend schaute ich zu den Pfannen hinüber. Ich wusch nicht gern Pfannen ab, aber heute würde ich mir besonders viel Mühe geben. Ohne ein weiteres Wort stieg Ezra die Hintertreppe hinauf, ihr Gang ließ sie älter wirken als unsere Eltern. Eine unsichtbare Last zog die Schultern meiner Schwester nach unten, so wie bei alten Leuten mit chronischen Schmerzen, die sich bewegten, als würden sie gleich fallen. Ich hatte ebenfalls das Gefühl, zu fallen.

Allein in der Küche stehend, hörte ich die sinnliche Musik aus Mamas Radio, und ein Schauer überlief mich. Es lag nichts Schönes mehr in der Luft. Ich schaltete das Radio ab. Stille brach über mir herein, ich nahm plötzlich den tropfenden Wasserhahn und das Ticken des Sekundenzeigers unserer Wanduhr wahr, der mich immer an zirpende Grillen erinnerte. Blinzelnd legte ich mein Geschirrtuch beiseite und schloss die Haustür auf, um den Blick über das hohe Gras schweifen zu lassen und zu sehen, ob sich Ruby noch auf unserem Grundstück befand.

Ich spürte, dass Ruby abgehauen war, also ging ich nach draußen und schlich durch das Gestrüpp am Spukhaus. Blätter und Insekten streiften mein Gesicht, bis ich auf der Rückseite des Hauses ankam. Der Mond leuchtete schwach, doch ich brauchte ihn gar nicht. Ruby und ihr chaotischer Kopf waren durchschaubar genug. Ich wusste genau, wo sie Miss Burdens Koffer versteckt hatte.

Wenige Minuten später hatte ich ihn aus einem Loch in der Wand gezogen, in dem Ezra und ich früher unser Spielzeug versteckt hatten. Nach den Ereignissen der letzten Woche war ich überzeugt, dass das Gepäckstück Unglück brachte, ein böses Omen war. Mama krank und müde. Die Belästigung durch den Deputy. Rubys Grausamkeit, die meine Schwester so sehr verletzt hatte. Ich dachte an die drei Töchter aus dem verbrannten Haus, deren Leichen nie gefunden werden konnten, an das Dorf, das uns für ruhelose Geister hielt. Vielleicht würde Miss Burden nicht zur Ruhe kommen, bis die gestohlenen Dinge zurückgegeben wurden. Ich wollte unser ruhiges Leben zurück, das mir sicher und endlos vorgekommen war. Wenn ich den Koffer zerstörte, würde vielleicht alles wieder irgendwie so sein wie vorher. Einen Augenblick drückte ich ihn an mein pochendes Herz, dann drehte ich mich um und rannte im Dunkeln die zerklüftete Böschung zur Straße hinauf.

In weniger als fünf Minuten erreichte ich unseren Teich, wo ich eilig bis zum Ende des kleinen Holzstegs ging. Er bebte und knarrte bei jedem Schritt, doch das Wasser nahm den Koffer stillschweigend an.

# 12

Eine neue Lehrerin zog in Miss Burdens frühere Wohnung am Meer. Offenbar war das Vorstellungsgespräch ziemlich kurz gewesen. Als Daddy nach Hause kam und Mama von Miss Dinah Alley erzählte, rollte Mama so sehr mit den Augen, dass es schmerzhaft aussah.

Niemand fragte nach unserer Meinung zu Miss Dinah Alley, deren merkwürdig klingender Name so verlockend war wie eine reife Frucht und es den Jungen in unserer Klasse leicht gemacht hätte, ihr Streiche zu spielen, doch dazu sollte es nie kommen, denn der Großteil unserer Klasse, wenn nicht der gesamten Schule, hatte sich bereits in sie verliebt.

Das galt allerdings nicht für mich. Als ich in dieser Woche im Klassenzimmer an meinem Tisch saß, wurde mir bewusst, dass Hobart nicht mehr mein Zufluchtsort war. Vielleicht war es das nie gewesen. Ich hing oft meinen Gedanken nach und merkte gar nicht, wie Ezra mich anstupste und kniff, um mich aus meinen Tagträumen zu reißen. Anders als bei Miss Burden, von der ich glaubte, sie hätte etwas Besonderes in mir entdeckt, weil ich lesen und schreiben liebte, gehörte ich nun, neben Lindy und meiner Schwester, zu der anonymen Gruppe der »Schwarzen Mädchen.« Jeden Tag wurden wir von unseren Lehrkräften übersehen und von unseren Mitschülern geärgert. Im Gegensatz zu Miss Burden unterbrach unsere neue Lehrerin meine Klassenkameraden nicht, wenn sie Affenlaute von sich gaben, sobald ich aufstand, um meinen Bleistift anzuspitzen. Wenn die Jungen mir Papierkügelchen in die Haare spuckten, dauerte es manchmal eine ganze Schulstunde, bis ich bemerkte, dass mein Kopf voll davon war, während die Mädchen mit ihren kecken, glatten Pferdeschwänzen Tränen lachten. Unsere Lehrerin runzelte jedes Mal die Stirn, wenn sie einen unserer Namen aussprechen musste. Manchmal schien sie es absichtlich zu machen. Hyacinth war genauso leicht auszusprechen wie Rose oder Lily – die Namen der weißen Mädchen, die hinter mir in der zweiten Reihe saßen, weil sie es kaum schafften, die Klassenarbeiten zu bestehen.

Miss Burdens Koffer in den Teich zu werfen, hatte die alte Ordnung nicht wiederhergestellt – wie man deutlich an der Ankunft unserer neuen Lehrerin erkennen konnte.

Wenn Miss Alley mich aufrief, konnte ich nie sicher sein, ob sie mir eine Frage stellen oder mir befehlen würde, ich solle aufhören zu existieren. Mein Schamgefühl war ein Parkettboden, eine gebohnerte Fläche, auf der meine neue Lehrerin tanzte und wirbelte und mit ihren Lackschuhen so lange über mein Selbstvertrauen rutschte, bis ich mir ganz stumpf vorkam.

...

In unserem Klassenzimmer roch es nach Schweiß, Socken und Sonnenlicht. Ein rostiger Ventilator wälzte die Luft um, während wir mit gespitzten, gelben Bleistiften über unsere Hefte gebeugt dasaßen und Miss Alleys Diktat folgten.

Aus dem Augenwinkel sah ich, wie sie vorsichtig an ihrem Kaffee nippte. Ihr glänzender roter Mund berührte den Rand des Keramikbechers, und dann, ohne den geringsten Anschein eines Missgeschicks, ließ sie ihn fallen. Als die Flüssigkeit auf den Boden klatschte, legte sich ihre Stirn in Falten.

Es war Miss Alleys zweite Woche an der Schule, und sie hatte bereits mehrere Becher zerbrochen, Kreide verlegt und sich über Mäuse sowie Schimmelflecken in den Ecken unseres Klassenzimmers beschwert. Diese Dinge gehörten zu Mr Caesars vielen

Aufgaben. Er hatte keine Mitarbeiter. Manchmal kamen Ernest oder andere Schwarze Jungen aus Gunn Hill zur Schule, um ihm beim Streichen oder bei schwierigeren Tätigkeiten zu helfen. Doch um die meisten Dinge kümmerte sich Mr Caesar selbst.

Ich mochte es immer, wenn Mr Caesar in unser Klassenzimmer kam. Groß und in frischer Arbeitskleidung stand er da und zwinkerte oder nickte Ezra, Lindy und mir zu, wenn er seine Aufgabe erledigt hatte und mit Eimer oder Werkzeug weiterschwirrte. Sein Kommen und Gehen lud die Luft um mich herum auf, als hätte ich gerade einen echten Superhelden gesehen, einen starken Mann, den die anderen nicht als das erkennen konnten, was er wirklich war. Bisher hatte ich nicht weiter darüber nachgedacht, dass er häufig in unser Klassenzimmer kommen musste.

Doch es war der sechste, siebte, oder zwölfte Becher, den Miss Alley hatte zu Boden fallen lassen. Was wollte sie von Mr Caesar? Er konnte nicht offen über Miss Alley lachen oder sich über sie beschweren. Er konnte nicht mit ihr schimpfen. Miss Irene konnte nicht hier auftauchen, kampfbereit, ohne Ohrringe, mit hochgekrempelten Ärmeln und glänzenden Kaurimuscheln im Haar.

Als Mr Caesar dieses Mal den Raum betrat, war sein Gesicht eine Maske. Er sah aus wie die Zeichnung eines Pharaos in dem Geschichtsbuch, das Daddy mir einmal in seinem Arbeitszimmer gezeigt hatte. Mr Caesar nickte nur angespannt, als Miss Alley ihr Skript abspulte, mit übertriebener, Shirley-Temple-ähnlicher Stimme über ihre Tollpatschigkeit klagte und auf die Stelle zeigte, wo eine dampfende Pfütze ihre heißen schwarzen Finger über den Boden gleiten ließ, der in dieser Woche bereits viele Male gewischt worden war. Der verschüttete Kaffee hatte die Form eines dunklen Tiers angenommen.

Ezra, Lindy und ich wechselten Blicke. Es war das erste Mal, dass er uns nicht ansah oder lächelte. Dunkle Punkte tauchten am Rande meines Blickfelds auf.

Ein schwaches Lächeln umspielte Rubys Mund, sie schien unsicher zu sein, was sie mit ihrem Gesicht anstellen, ob sie interessiert oder entrüstet aussehen sollte. Mir fiel auf, dass sie in ihrem sauberen weißen Kleid und mit Schleife im Haar genauso aussah wie die anderen gewöhnlichen weißen Mädchen und weniger wie Ruby Scaggs, das Mädchen, das einmal die Pilotin der Freiheit werden wollte.

»Die Nerven, schätze ich«, sagte Miss Alley gerade.

Mr Caesar zog den Wischmopp mit harten Bewegungen über den Holzboden, als hätte sie kein Wort gesagt.

»Bist du der einzige Bursche, der sich um diese große Schule kümmert?«

»Ich –«

Sie lächelte ihn ermutigend an.

»So ist es«, sagte er mit einem deutlichen Stirnrunzeln.

»Du siehst sehr fähig aus«, sagte sie.

Mr Caesar antwortete nicht.

Meine Schwester, Gott steh ihr bei, beschloss, für Mr Caesar zu antworten. Mit den Händen an der Hüfte und Augen, die funkelten wie Pfeilspitzen, sah sie Miss Irene ähnlicher als Mama.

»Wenn *Sie* fähig wären, hätten sie nicht zum *hundertsten* Mal so eine Schweinerei angerichtet.«

Fassungslosigkeit brutzelte in Miss Alleys blassem Gesicht wie ein Spiegelei in der heißen Pfanne. Lindy schlug sich die Hände vor das Gesicht, und ich wusste nicht, ob ich sie nervös kichern oder weinen hörte. In meinem eigenen Gesicht stand die Gewissheit, dass Ezra die ersten Schläge ihres Lebens bekommen würde. Meine Schwester war zu weit gegangen. Obwohl ich stolz auf sie war, musste ich die Augen vor Übelkeit schließen.

»Ezra«, sagte Mr Caesar. Mit einer sanften Handbewegung wies er sie an, sich wieder hinzusetzen.

»*Fass* mich nicht an!« kreischte Miss Alley. Es überraschte uns, dass sie ihre Wut gegen Mr Caesar richtete statt gegen Ezra. Sie sprang zur Seite und schrie. »Du hast versucht, mich *anzufassen*! Das versuchst du schon die *ganze* Woche!«

Lindy und ich kamen gleichzeitig in Bewegung. Ezra konnte sich nicht mehr einmischen, da ihr bereits eine Strafe blühte, und wir wussten, wie hart sie ausfallen würde. Also sprangen wir auf und warfen Miss Burden unsere hohen Stimmen entgegen, wie schreiende Fäuste.

»Gemeinheit! Das hat er *gar nicht*! Keiner will Sie anfassen!«

»Hat er *nicht*! Er hat sie überhaupt nicht berührt!«

Unsere Lehrerin eilte zur Gegensprechanlage. Wie wild drückte sie die Knöpfe, die unser Klassenzimmer mit anderen Räumen, einschließlich dem Schulbüro, verband.

»Entschuldigen Sie«, sagte Mr Caesar in ruhigem Ton. »Ma'am, ich wollte die Mädchen beruhigen. Es gibt hier kein Problem. Ich habe alles aufgewischt, sehen Sie?« Mr Caesar riss den Eimer hoch, und graues, seifiges Wasser schwappte heraus. Auf seinem Rücken und unter den Armen waren Schweißflecken zu sehen.

»Daddy!«, sagte Lindy und schob ihren Stuhl zurück, um zu ihm zu gehen.

Er drehte sich ruckartig zu ihr um. »Bleib da, Kleine«, sagte er. »Setz dich hin, Lindy. Schlag das Buch auf, pass im Unterricht gut auf. Das musst du für mich tun.«

Eine Männerstimme plärrte aus dem Lautsprecher. Mr Caesar rollte den Wagen mit Eimer und Wischmopp aus dem Raum, bevor unsere Lehrerin ihn daran hindern konnte.

»Guten Tag, Miss Alley, benötigen Sie Unterstützung in ihrer Klasse?«

Sie drückte den Knopf und sprach wieder mit ihrer künstlichen, übertrieben süßen Zuckerstimme. »Es ist alles in bester Ordnung, ich danke Ihnen, Mr Mitchell«, sagte sie, den Blick auf den Fußboden gerichtet, wo Mr Caesar das schwarze Tier beseitigt hatte, bevor es bleibende Spuren hinterlassen konnte.

…

Damit war klar: Miss Alley war eine Tyrannin. Ez und ich beschlossen, unserem Vater nichts von diesen Situationen zu erzählen. Inzwischen waren es zu viele geworden.

In der Pause standen Ezra, Lindy und ich abseits und sagten wenig, während wir den anderen Kindern dabei zusahen, wie sie Gummibälle über den Kiesplatz schossen.

»Heute geht sie mir *wirklich* auf die Nerven«, sagte Lindy schließlich. »Dieser Frau sollte man einen ordentlichen Arschtritt verpassen! Cinthy ist schlauer als die! Cinthy könnte die ganze Stunde *alleine* unterrichten, und das wisst ihr. Ich *hasse* solche Fieslinge! Miss Alley hat doch keine Ahnung. Die sollte sich schämen.« Lindys Stimme war kontrolliert. Trotz des staubigen Winds sah ihre Kleidung makellos aus. Staub konnte ihr nichts anhaben.

»Die war von Anfang an schrecklich«, sagte Ez.

Als ich daran dachte, wie Miss Alley mich in der letzten Stunde grundlos angefahren hatte, brannten meine Augen. Aus ihrem Mund hatte mein Name geklungen wie etwas Hochgewürgtes.

»Die wurde von Weißen ausgesucht«, sagte Ez.

»Ja.«

»Aber auf meiner Schwester rumhacken?«, sagte Ezra. »Nein, das kommt nicht infrage.«

»Nein«, sagte Lindy. »Das kann die nicht machen. Das ist doch nicht mal eine *echte* Lehrerin.«

»Allerdings. Mal ehrlich, hast du gesehen, wie die rechnet?«

Lindy kicherte. »Mein Vater sagt, sie ist eine Nichte oder irgendeine entfernte Verwandte von Mrs Hobart. Deswegen hat sie den Job bekommen.«

»Na, das erklärt vieles«, sagte meine Schwester. »Miss Irene würde ihr den Kopf abschlagen und damit Ball spielen.«

Diese tröstende Vorstellung ließ uns wieder verstummen.

Die Pause würde bald enden. Nicht dass mich das besonders

störte. Unsere Eltern hatten uns schon vor Jahren Regeln dafür mitgegeben: Die Pause war für die weißen Kinder. In dieser Zeit sollten Ezra und ich lesen oder die Tafeln für unsere Lehrer putzen. Wir hatten eh keine Freunde, mit denen wir hätten spielen können, besonders jetzt, da wir nicht mehr mit Ruby redeten. In all den Jahren hatte uns nicht eine Mitschülerin zu sich nach Hause oder zu einer Geburtstagsparty eingeladen. Wir selbst durften auch nie solche Partys feiern, denn dann hätten wir unsere Klassenkameraden zu uns nach Hause einladen müssen. Wir wollten die Häuser der Weißen nicht betreten, weil es weder sicher noch spaßig für uns wäre. Und wir wollten keine Weißen in unserem Haus haben, weil sie sich benehmen würden, als gehöre es ihnen.

Wir beobachteten die anderen Kinder, mit denen wir nicht spielen wollten und die nicht mit uns spielen wollten. Dann kam Ruby hinter einem grünen Busch hervor, der am Rande des Kiesplatzes stand. Als sie näher kam und ich begriff, dass sie vorhatte, mit mir zu sprechen, hielt ich die Luft an und verschränkte die Arme vor der Brust. Ich konnte nicht kontrollieren, was Miss Alley mir antat, aber bei Ruby Scaggs sah die Sache anders aus.

»Ich weiß, dass du ihn hast«, sagte sie, ohne Ez oder Lindy auch nur eines Blickes zu würdigen.

»Nicht mehr.«

»Was hast du damit gemacht, Cinthy?«

»Erstens«, sagte ich, »gehört er nicht *dir*.«

»Du bestimmst nicht, was mir gehört, verdammte Scheiße«, sagte Ruby.

»Verschwinde einfach«, sagte Ezra und warf den Stock weg, mit dem sie herumhantiert hatte.

»Ich kann mich nicht auf die Flugschule vorbereiten, wenn ich mein Geld nicht habe. Davon war einiges im Koffer, und du hast das hundertprozentig gefunden, als du ihn genommen hast. Ich brauch mein Geld.«

Als ich sie anstarrte, konnte ich mein Blut rauschen hören. »Ist das mein Problem?«

Lindy lachte laut auf. »Mädchen, ich bitte dich! Hat sie gerade *mein Geld* gesagt? Niemand auf der Welt kann *Geld* und *Scaggs* in einem Satz sagen, ohne zu lachen, und das ist die Wahrheit. Süße, ich hoffe, jemand schnappt sich das ganze Geld. Stehst hier rum und redest dummes Zeug, als ob wir nicht wüssten, wie viel du klaust. Du bist viel zu *dumm*, um eigenes Geld zu haben.«

Ruby schubste Lindy. Oder versuchte es jedenfalls.

»Oh ja, bitte«, sagte Lindy. »Schubs mich noch mal und warte ab, was passiert.«

»Du hast bis heute Abend Zeit, mir meine Sachen zurückzugeben.«

»Sonst was?«, fragte Lindy und lachte Ruby ins Gesicht.

Meine Schwester zischte leise. »Cinthy hat nichts genommen, was *dir* gehört.«

»Was weißt du denn schon davon?«, fragte Ruby. Sie wischte sich Tränen der Wut aus den Augenwinkeln. Ich bemerkte eine helle Schleife in ihrem Haar, aber keine von uns. Sie trug eine goldene Halskette mit einem kleinen Anhänger in Form eines Heißluftballons, der auf ihrer Haut strahlte, und einen eigenartigen goldenen Gürtel um die Taille, den auch die Großmutter von irgendwem hätte tragen können. Er passte nicht zu ihr. »Ich weiß nur, dass du *feige* bist, Ezra Kindred. Du hast es nie verdient, meine beste Freundin zu sein. Deine Mama schreibt dir vor, mit wem du befreundet sein darfst, als könntest du nicht selbst denken. Egal, was du glaubst, ich bin nicht deine Feindin. Ich hab dir nie was getan!«

Wir hörten das Pfeifen zum Ende der Pause, und dann klingelte die Schulglocke am Eingang dreimal.

»Ruby, du hast keine Ahnung, was Leid ist«, sagte ich.

»Komm meiner Schwester zu nahe«, sagte Ez, »und du kannst was erleben.«

Ich spielte mit dem Gedanken, zur Schulkrankenschwester zu gehen und mich früher nach Hause schicken zu lassen. Mir war schwindelig und in meinem Magen drehte sich alles. Ich würde Mama erzählen, was ich mit Miss Burdens Koffer angestellt hatte. Ich würde ihr erzählen, dass Ezra und ich uns vor Ruby ausgezogen hatten. Denn vielleicht war das der Grund für Miss Burdens Tod und den Deputy, der meinte, er könne am Haus der Junketts vorbeifahren und so tun, als würde er grundlos auf uns schießen. Ich würde Mama alles erzählen. Mama würde dafür sorgen, dass ich einfach Cinthy sein konnte, statt in eine Frauenrolle hineinzuwachsen, die so seltsam war, so verwirrend, und für die ich ganz sicher nicht gemacht war.

# 13

Als sich die Klasse am Ende des Schultages aus dem Raum schob, bat Miss Alley Ruby, noch zu bleiben. »Ich möchte mit dir reden«, sagte sie.

Ruby nickte überrascht und bemerkte, dass Ezra und Lindy ihr argwöhnische Blicke zuwarfen. Cinthy war aus irgendeinem Grund früher nach Hause gegangen, vermutlich, um sich wieder an Miss Burdens Koffer zu schaffen zu machen.

Die Nachmittagssonne tauchte das Klassenzimmer in gleißend helles Licht. Ruby konnte das zarte Flaumhaar auf Miss Alleys Gesicht ausmachen. Einige feine Härchen waren der gipsartigen Puderschicht ihres Make-ups entkommen. Ihre alte Lehrerin, ihre tote Lehrerin, hatte nie so dicht bei ihr gestanden.

»Ruby Scaggs«, sagte Miss Alley mit sanfter, geheimnisvoller Stimme, während sie um den Schreibtisch herumschritt. Ihre blonden Haare federten an den Schultern ab, und Ruby musste an die Sexbomben-Perücke ihrer Ma denken, die nach Rubys Ausflug nie ihre ursprüngliche Form und ihren Glanz wiedererlangt hatte. Miss Alley war auch nicht naturblond.

»Wie ich sehe, trägst du heute ein sehr hübsches Kleid und eine Schleife. Hat deine Mutter das Schnittmuster in einer Zeitschrift entdeckt?«

»Von Ma krieg ich gar nichts«, sagte Ruby. »Und ich interessier mich nicht für diese öden Hefte, die sie Tag und Nacht liest. Die sind doch schlimmer für den Kopf als Süßigkeiten für die Zähne.«

Miss Alley lachte vergnügt auf. »Ruby, ich glaube, du bist klüger als wir alle!«

Ruby gefiel diese Anerkennung. Es war ungewohnt – von einer Lehrerin zu hören, dass sie *klug* war. *Sonnenschein, Schätzchen, Liebes.* Noch nie hatte eine andere Frau, nicht einmal Ezra, sie für besonders gehalten.

»Ich kann dir genau sagen, was du tun musst, um all deine Ziele zu erreichen. Es ist nicht so schwer, wie es aussieht, Liebes«, sagte Miss Alley und ließ den Blick durch den Raum schweifen, als stünden sie auf einem dieser berühmten Wolkenkratzer in New York.

»Was willst du wirklich, Ruby? Wenn ich fragen darf.«

»Ma'am?« Ruby fiel es schwer, ihre eigene Stimme zu hören, da Miss Alleys Worte in ihrem Kopf herumschwirrten.

»Was willst du im Leben erreichen?«, fragte sie.

*Ich will das Gefühl, das ich habe, wenn ich ans Fliegen denke*, hätte Ruby beinahe gesagt. Sie wollte Miss Alley die Wahrheit sagen. Doch sie wusste nicht, wie man jemandem vertraute, außer Ezra Kindred, der sie nicht mehr vertrauen konnte.

»Du bist etwas Besonderes, Ruby«, sagte die Lehrerin, als keine Antwort von Ruby kam. »Aber du musst dich ab sofort in der Schule mehr anstrengen. Kümmere dich zuerst um deine Anwesenheit. Es ist noch nicht zu spät, um im Frühling den Abschluss zu machen und dein Leben so zu gestalten, wie es sein sollte. Ich war früher auch wie du, doch dann habe ich mich *angestrengt*. Ich kann gern einmal zu dir nach Hause kommen und mit deinen Eltern über dein Potenzial sprechen.«

Als sie *nach Hause* sagte, packte Ruby das eiskalte Grauen. »Oh, das ist nicht nötig«, sagte sie rasch. »Meine Familie lebt weit draußen an der Steilküste. Ist eine ziemlich raue Gegend. Wenn man sich nicht auskennt, kann man leicht auf eine Schlange treten oder plötzlich vor einem Rudel Wölfe stehen. Vielleicht könnte ich Sie im Dorf besuchen?«

»Gut, Liebes, das halten wir fest«, sagte Miss Alley. »Trotzdem brauche ich die Erlaubnis deiner Eltern für einige meiner Ideen.

Sie sollen nicht denken, dass ich dich zu sehr beeinflussen oder ihre eigenen Pläne durchkreuzen will.«

Ruby schlug sich die Hand vor den Mund, um nicht laut loszulachen. Auf ihre Lehrerin wirkte es vermutlich, als müsse Ruby weinen.

»Hinter dieser scheinbar so harten Schale steckt doch eine vernünftige junge Frau, die etwas Besseres aus ihrem Leben machen will. Überlass das mir, Ruby.«

Ruby stieg die Hitze ins Gesicht, als sie den goldenen Anhänger an Cullens Halskette berührte. Er forderte sie oft auf, über ihr Potenzial nachzudenken. Er sagte, er glaube an sie, weil sie anders sei als die Mädchen, die er bisher geküsst habe. Ruby dachte an ihre Freiheit, zufrieden mit der Tatsache, dass sie Ezra in etwas geschlagen hatte, jedenfalls fühlte es sich so an.

»Warum wollen Sie mir helfen?«

Miss Alley nickte, als habe sie mit dieser Frage gerechnet. »Abgesehen von meiner Tante habe ich niemanden. Keinen Ehemann, keine Tochter, keine Schwester, keine Cousinen. Ich kam hier an, und ich schätze, dein Mut hat mir imponiert. Ich hätte gern eine Tochter wie dich, oder eine jüngere Schwester, um die ich mich kümmern könnte, einen Engel zum Behüten.«

Ruby lächelte, ohne nachzudenken. Diese Frau löste ein Kribbeln in ihr aus, genau wie Cullen, als er sie zum ersten Mal geküsst hatte. Überall in Rubys Leben tat sich schwindelerregende Zuneigung auf, gab es plötzlich Menschen, die sie wollten und erkannten, was in ihr steckte.

»Da ist es ja!«, rief ihre Lehrerin. »Ein strahlendes Lächeln von Ruby Scaggs! War doch gar nicht so schwer, oder?«

Miss Alley ging flink zu ihrem Schreibtisch, um ihre Handtasche aus der Schublade zu nehmen, und sprach in einem freundschaftlichen Ton mit Ruby, als würden sie sich schon ewig kennen. »Ich begleite dich nach draußen, Liebes.«

Ruby starrte auf die Geldbörse, die aus der Handtasche der

Lehrerin hervorschaute. Sie dachte an all die zerbrochenen Kaffeebecher. Diese Frau war unachtsam, ein leichtes Ziel. Grinsend ließ Ruby sich von Miss Alley unterhaken.

»Auf geht's«, sagte ihre Lehrerin fröhlich.

…

Draußen stand Rubys Vater allein auf dem Schulhof. Er kniff nervös die Augen zusammen, als ein hübsches, gut gekleidetes Mädchen, das seiner Tochter ähnelte, gemeinsam mit ihrer Lehrerin die Treppe hinunterschwebte. Er war zur Hobart gekommen in der Hoffnung, seine Tochter mit einem pockennarbigen Kerl davonschleichen zu sehen. Ruby ließ sich seltener blicken als sonst, und sie sollte nicht auf die Idee kommen, tun und lassen zu können, was und mit wem sie wollte.

Da niemand anderes zu sehen war, der Rubys Vater hätte sein können, winkte Miss Alley dem großen Mann mit krummer Haltung zu. Sie rief seinen Namen, hielt jedoch inne, als sie bemerkte, dass Ruby stehen blieb und in sich zusammensank.

Am Himmel brach plötzlich ein Lichterkrieg aus. Eine Hälfte des Horizonts drohte mit einem Wolkenbruch, während die andere noch strahlte, ungeachtet der rasant näher kommenden dunklen Wolken, die vorwärtspreschten wie Pferde auf einem grauen Schlachtfeld.

Ruby war auf den Stufen vor der Schule wie angewurzelt stehen geblieben und beäugte ihren Vater, voller Sorge, dass Miss Alley ihr Angebot überdenken könnte, sobald sie seinen gewohnten Mangel an sauberer Kleidung und Körperpflege wahrnahm. Doch zu ihrer Überraschung trug er ein schlichtes blaues Hemd ohne Flecken oder Löcher und seine gute graue Hose. Sein weißblondes Haar saß ordentlich. Er hatte sich rasiert. Ruby wusste nicht, was sie davon halten sollte. Spielte ihr Papa jetzt den liebenden Vater, um vor ihrer Lehrerin besser dazustehen? Oder hatte er sich darauf vorbereitet, dem Liebhaber, den er

Ruby andichtete, Gewalt anzudrohen? Als Miss Alley Rubys Papa die Hand hinstreckte, schüttelte er sie höflich. Bis auf den fehlenden Hut wirkte er wie ein einfacher, geradezu gut aussehender Mann.

Miss Alley stellte sich vor und setzte ein oberflächliches Gespräch in Gang. Freundlich lächelnd erzählte sie von Rubys gutem Betragen und bauschte kleine Dinge auf, die Ruby gesagt oder getan hatte, machte sie zu einer Anführerin, einer der Klassenbesten. Sie verglich Ruby mit einem Familienmitglied. »Sie ist wie die Tochter, die ich nie hatte«, sagte ihre Lehrerin. »Sie ist so eine Musterschülerin!«

Das Bild eines sagenhaften Mädchens, dem keiner von ihnen je begegnet war, tauchte vor Rubys geistigem Auge auf. *Sonnenschein, Schätzchen, Liebes.*

»Ruby hat eine Mutter«, sagte ihr Vater. »Hat auch nie Schwestern oder Brüder gebraucht. Keine Ahnung, was für Geschichten sie wieder erzählt, aber sie ist kein Waisenkind. Nur damit das klar ist – Ruby lässt sich leicht den Kopf verdrehen, und ich bin hier, um ihn wieder geradezurücken«, sagte ihr Vater. »Auch anständige Mädchen können im Nullkommanichts in die Hände des Teufels geraten. Ich war selber mal jung. Wenn sich irgendein Dreckskerl nehmen will, was Ruby nur ihrem Ehemann geben sollte, muss der erst an mir vorbei.«

»Nun, das verstehe ich natürlich«, sagte Miss Alley in bekräftigendem Ton und wandte sich Mr Scaggs zu. »Ich käme nicht im Traum darauf, ein liebes Mädchen wie Ruby allein herumlaufen zu lassen, vor allem, nachdem dieser Schwarze Bursche sich so aufgespielt hat. Ganz zu schweigen von den ~~Nigger~~mädchen.«

»Ach ja?«, sagte Papa und fuhr sich mit den Fingern durch die Haare. Danach griff er in seine linke Hosentasche und zog eine Zigarette heraus. Er bot Miss Alley auch eine an. Nach einem Blick über die Schulter in Richtung Schule zog Miss Alley schüchtern den Kopf ein und nahm das Angebot an. Mr Scaggs verstand ihre Vorsicht und deutete auf die andere Seite der imposanten Rasenfläche. Die drei entfernten sich ein Stück vom Haupteingang. Ruby sah zu, wie ihr Papa der Lehrerin ein brennendes Streichholz hinhielt, bevor er seine eigene Zigarette anzündete.

»Ist der Bursche in Rubys Alter?«

Miss Alley schüttelte den Kopf. »Der ~~Nigger~~ putzt hier.«

»Oh«, sagte Mr Scaggs. Ruby sah, dass er aufmerksam zuhörte.

»Letzte Woche hätte er mich fast angegriffen«, sagte Miss Alley. »Ich hatte meinen Kaffee verschüttet, also ließ ich ihn kommen. Ich hätte es auch selbst aufwischen können, so lange wie es dauerte, bis er endlich da war.« Sie senkte ihre Stimme. »Ich respektiere die Grundrechte der Schwarzen, die Rechte *aller* Menschen, so bin ich erzogen worden. Aber es hat mich schockiert, wie er mich angestarrt hat. Diese offene Verachtung. Kein anständiger Mann hat mich je so angesehen. Als ob ich nackt wäre.« Miss Alley wusste nicht, dass sie mit ihrem Gerede über Mr Caesar einen Nerv bei Mr Scaggs traf. Ruby traute sich nicht, sich einzumischen.

»Aha.« Mr Scaggs schob sich die Haare aus dem Gesicht. Sein Blick wanderte hoch in die Äste des Baumes über ihnen. Die beiden verhielten sich, als gäbe es Ruby gar nicht. »Ich kenn diesen eingebildeten Mistkerl«, sagte ihr Vater. »Die Frau von dem stolziert hier rum wie die Königin des Dschungels.«

»Die muss wohl wirklich aus dem Urwald kommen«, sagte Miss Alley, »wenn sie sich von diesem Wilden lieben lässt.«

Weiche Sommerluft umbrandete ihre Gedanken. Sie rauchten stumm ihre Zigaretten.

»Was macht man in dieser Gegend, wenn ein ~~Nigger~~ aus der Reihe tanzt?«, hakte Miss Alley nach. »Die müssen wissen, wo ihr Platz, sonst denken die, sie können sich alles erlauben. Sie greifen doch sicher hart durch?«

»*Gar* nichts tun wir«, platzte es aus Ruby heraus, bevor sie darüber nachdenken konnte.

»Ruby, halt einfach den Mund«, sagte ihr Vater. »Du hast schon genug Ärger am Hals. Ich hab dich heute nicht erwischt, aber das werd ich noch. Du und dieser Typ – ich werd euch noch zu fassen kriegen. Da kannste verdammt sicher sein.«

Miss Alley drehte sich um und sah Ruby an, bevor sie Mr Scaggs einen sanften Blick zuwarf. »Macht Ruby Probleme?«

»Nicht mehr als jede andere Frau«, sagte Papa ohne eine Spur Humor.

Miss Alley hustete. »Diese Schwarzen Mädchen in der Klasse sind geradezu *unverschämt*«, sagte sie, als hätte sie seine Bemerkung nicht gehört. »Hätte ich gewusst, dass man hier ~~Nigger~~ mit Mädchen wie Ruby in ein Klassenzimmer setzt und so tut, als könnten sie lernen, was Ruby lernt, hätte ich mich woanders beworben.«

»Was lernt Ruby denn genau?«

Inzwischen wusste Ruby, dass Miss Alley eine Lügnerin war. Sie versuchte, für sich zu entscheiden, ob es ihr etwas ausmachte. Sie konnte noch hören, wie freundlich Miss Alley im Klassenzimmer mit ihr gesprochen hatte. Sie stellte sich vor, so etwas wie eine Schwester oder eine gute Freundin für Miss Alley zu sein, und malte sich ihr Leben mit einer Mutter wie ihr aus. Ruby war noch nicht bereit, diesen Traum aufzugeben.

Im nächsten Moment riss der Himmel sie aus ihren Gedanken.

Warme Tropfen fielen durch die Äste über ihnen, trommelten auf ihre Gesichter und Arme. Miss Alley quiekte und lachte, woraufhin sich auch Mr Scaggs ein Lächeln nicht verkneifen konnte.

»Da wird man ja klatschnass«, sagte Mr Scaggs und sah Miss Alley auf den Mund, als er seine Zigarette wegschnippte. Ihre Lippen waren kandiert mit Regen, Licht und glockenhellem Lachen. Rubys Blick wanderte wieder zu der klobigen Handtasche, die Miss Alley sich unter den nackten Arm geklemmt hatte.

»Oje!«, sagte Miss Alley und schob die Handtasche noch weiter unter die Achsel. »Der Himmel öffnet seine Schleusen!«

Miss Alleys Puder und Make-up waren zerlaufen. Ihre blonden Haare fielen zu einem beigen Helm zusammen. Ruby konnte Farbe und Material des BHs ihrer Lehrerin durch die Bluse erkennen. Er war so rot wie ihre Lippen.

»Ich muss in diesem Regen runter ins Dorf laufen, weil ich den Bus verpasst habe«, sagte Miss Alley. »Ich gebe zu, alleine fühle ich mich nicht ganz sicher.«

»Wenn Sie wollen, gehen wir mit. Sie sollten keine Angst haben«, sagte Rubys Vater und strich sich die Haare glatt.

Sobald Miss Alley den Kopf bewegte, flogen Glitzertropfen in alle Richtungen. Eine Frau im Platzregen war immer ein besonderer Anblick. Selbst wenn sie nicht allzu hübsch war.

Miss Alley nahm Mr Scaggs am Arm, und Ruby wechselte auf ihre andere Seite. Die Lehrerin nahm ihre Handtasche ab, damit sie näher an Rubys Vater heranrücken konnte, und reichte sie Ruby, ohne lange zu überlegen. Ruby bemerkte, dass sie nicht allzu schwer war, und sie musste an Miss Burdens Koffer denken, der etwas mehr gewogen hatte. Beinahe zärtlich dachte sie an die Geschenke der toten Lehrerin und rätselte, wie viel Geld wohl in Miss Alleys Geldbeutel steckte. Es versetzte Ruby einen Stich, wie ihre Lehrerin ihren Papa dazu gebracht hatte, auf ihre Lippen zu starren, und sie dachte an Cullens Anspielungen bei ihrer ersten Begegnung. Wenn sie sich mit ihm traf, was gelegentlich vorkam, gab sie sich Mühe, ihn in ihren Bann zu ziehen, wie Miss Alley, die es auf so mühelose Art schaffte, dass es jedem, der sie einmal ansah, ganz natürlich erschien. Sie konnte Menschen in Spiegel verwandeln. Sie hatte das Gesicht einer Frau, die von Millionären abstammte. *Lieb, lieblich, liebenswert.*

Ruby wurde bewusst, dass Miss Alley ihr tatsächlich einiges würde beibringen können.

# Jonah Reuben Scaggs III

Ihr ganzes Leben lang hatte Ruby den Albträumen ihres Vaters gelauscht, den Bruchstücken seines Lebens, die er schreiend preisgab, kurz bevor die Morgendämmerung ihn von den Schrecken erlöste. Um ihren Vater zu verstehen, hatte Ruby ihre Fantasie gebrauchen, Nähte und Verschlüsse einsetzen müssen, wo Löcher klafften. Ruby versuchte sich zusammenzureimen, was ihrem Vater widerfahren war, weil sie ihn liebte. Doch Liebe war nie etwas gewesen, das Jonah Reuben Scaggs glücklich gemacht hatte.

Jonah war erst dreizehn Jahre alt gewesen, als sein Vater bei einem Bootsunfall starb, verloren in den Wellen, die an die gestreiften Ufer von Salt Point schlugen. Weniger als einen Monat, nachdem sein Vater ertrunken war, sprang seine Mutter von den Klippen ins Meer. Ihre Trauer machte die Dorfbewohner wütend, und sie schoben die Verzweiflung und die übertriebene Zurschaustellung von Leidenschaft auf ihren satten olivfarbenen Teint. Man weigerte sich, ihre Leiche zu bergen, und behauptete, der Wind habe sie fortgetragen, fort von den Klippen ins offene Meer zu ihrem Ehemann, und damit ließ man es auf sich beruhen.

Der junge Jonah war ein halb leeres Kind, in dessen unreife Form sich jeglicher Einfluss gießen ließ. Ruppige Männer, Freunde seines Großvaters, dessen Namen er trug, nannten ihn *Bengel* und packten ihn mit schwieligen Fingern bei den Schultern. Eines Tages stand er mit diesen Erwachsenen auf einem grünen Platz in einer gewöhnlichen Kleinstadt auf dem Land, weit südlich von Salt Point, sah den Körper eines Schwarzen Mannes brennen und verstand, zu welcher Art Mann er heranwachsen sollte.

Während die Männer Jonah versicherten, dass er ein gutes Leben haben würde – *ihr Leben* –, begriff er, dass er überhaupt kein Mann werden wollte.

Er würde nie vergessen, wie die Freunde seines Großvaters, die *Brüder*, wie sie sich nannten, lautstark Erinnerungen des Tötens miteinander teilten, die durch diesen Mord wieder zum Leben erweckt wurden.

*Wisst ihr noch, dieser Bastard Willie, bei dem das Genick erst beim dritten Anlauf gebrochen ist? Oh ja, wie könnte man den stotternden Dreckskerl vergessen! Hat geheult und nach seiner Mama gerufen. Hatte Eier so groß wie meine ganze Hand. Wisst ihr noch, Esau? Paul hat Frau und Kinder eingepackt, und sie haben Eis mitgebracht. Das war ein Spaß, oder? Damals, wisst ihr noch? Die guten alten Zeiten, wie unsere Daddys sagen würden. Und das Gute ist noch nicht ganz verschwunden, das sag ich euch. Das versprech ich euch.*

Jonah sah dabei zu, wie sich diese gottesfürchtigen Männer fröhlich pfeifend über ihren Viehbestand, ihre Ernte, den Herrn, kaputte Maschinen, verbitterte Ehefrauen, passable Geliebte und die Nachrichten in der Zeitung – Krieg, Krieg, Krieg – unterhielten, während der eine oder andere zum Scheiterhaufen schlenderte und mit glänzenden Augen die Hose aufknöpfte, um auf das zu pissen, was ebenfalls einmal ein Mann gewesen war. Dann besprachen sie vergnügt, wo sie Grillfleisch bekommen könnten, das tatsächlich genießbar war, vielleicht drüben bei Regina's. Sie war ein ~~Nigger~~ aus Texas und machte das beste Barbecue im Umkreis. Bevor sie sich auf die Suche nach knusprigem Schweinebauch, Brötchen mit Sauce und geräucherten Rippchen machten, tätschelten sie Jonahs Kopf und luden seinen Großvater für später zu Poker und Prostituierten ein.

Der alte Mann wandte sich von der schwelenden Leiche ab und fragte Jonah, ob er Lust auf ein Eis hätte. Jonah zwang sich zu einem Lächeln und antwortete, ein Eis wäre eine feine Sache, vielen Dank, Sir. *Das ist mein Junge. Aus dir wird mal ein guter Mann, stammst ja aus einer ordentlichen Familie.*

Jonah stand mit brennenden Augen an der Glastheke, wo man ihm ein Zepter aus Erdbeere und Vanille überreichte. Er lehnte nicht ab, auch wenn er sich fragte, was wohl passierte, wenn er es wegschlagen würde. Doch sein Unwohlsein löste sich auf, als er das süße, kalte Eis mit der Zunge aufschleckte. Er schaffte es beinahe, sich davon zu überzeugen, dass die Geschehnisse auf der anderen Straßenseite nichts mit ihm zu tun hatten. Wenn es bei den Schwarzen verschiedene Hauttypen gab, dann galt das auch für seine weiße Haut und seine eigene Familie, schlussfolgerte Jonah. Er hatte nicht die gleiche Farbe wie diese Männer und ihre Scheiterhaufen.

Er sah seinen Großvater etwas auf eine Postkarte schreiben. Als der alte Mann grinsend den Kopf hob, konnte Jonah den Schädel des Großvaters unter dem Venengitter erahnen, das sich durch die glänzende, fleckige Haut zog wie eine Galaxie in Braun und Rosa. Sein feiner Hut lag neben einem Postkartenständer: primitiv nachgedruckte Fotografien von Seil, Hals, Oberkörper, Hüften, ausgehöhltem Unterleib, schlaff über dem Boden schwebenden Füßen. Lange dunkle Zehen, eingerollt wie Blüten. Jonah leckte weiter an seiner Eiswaffel. Er war wie benommen, als sein Großvater die Postkarte zu ihm herüberschob. Er nahm das Eis in die linke Hand, damit er mit der rechten seinen Namen neben die prachtvoll geschwungene Unterschrift seines Großvaters setzen konnte. Die Karte würde zurück nach Salt Point geschickt werden, wo Jonahs Großmutter sie zu den vielen anderen Andenken in ein geheimes Album steckte, das sie ganz hinten in einer großen Schublade aufbewahrte.

Als der Verkäufer die Stille mit Klatsch und Tratsch aus der

Gegend zu füllen versuchte, machte Jonahs Großvater eine Handbewegung, mit der er den Jungen aufforderte, sein Eis auf der Straße weiterzuessen.

Jonah stand draußen in einer kleinen Gasse, sodass er dem Platz den Rücken zudrehen konnte. Als das nicht ausreichte, kniff er auch noch die Augen zu und konzentrierte sich auf das schmelzende Erdbeereis. Schließlich öffnete er die Augen wieder, weil seine Zunge den festen Rand der Waffel erreicht hatte, der zu einem schmierigen Wall aus groben, unebenen Furchen aufgeweicht war. Zufrieden biss er hinein. Jonah liebte es, die Reste in Ruhe zu zerkauen. Deshalb erschrak er, als er merkte, dass jemand ihn beobachtete.

Die schwarzen Augen des Mädchens am anderen Ende der Gasse hielten seinem Blick stand.

Sie war in der Kirche gewesen. Der Saum ihres weißen Kleides umspielte die tiefschwarze Haut ihrer Beine. Sie trug weiße Lackschuhe mit niedrigen Absätzen. Sie war größer als er. Ihre Finger waren vor seinen Blicken geschützt, da sie in schneeweißen Handschuhen steckten. Jonah hätte gern ihre Fingernägel gesehen, ob sie gepflegt oder abgebrochen waren. Daran hätte er erkennen können, welche Arbeit sie verrichtete. Um die schmale Taille trug sie eine weiße Satinschärpe, auf der ein einziges, mit lavendelblauem Faden gesticktes Wort stand: *Lily*.

Wartete sie darauf, dass er ihr Platz machte und sie durch die Gasse gehen ließ? Hatte sie nicht einen anderen Weg zu finden? Jonah kannte die Regeln nicht, noch nicht. Er sah die schillernden Regenbögen in den Ölpfützen am Straßenrand und dachte an ihre guten Schuhe, aber er rührte sich nicht.

Sie legte den Kopf schief, weder verärgert noch fügsam. Jonah beobachtete, wie das Mädchen – Lily musste ihr Name sein – stumm in die Tasche ihres weißen Kleides griff und ein blaues Taschentuch herauszog. Sie hielt sich das leuchtende Stück Stoff, blau wie der Himmel, vor die Nase und den Mund, wo Schweißperlen glitzerten. Den Blick weiter auf ihn gerichtet, stand sie da. Dann ging sie an ihm vorbei.

Es war, als ginge Lily durch ihn hindurch, wie durch eine Wolke aus üblem Geruch. Was war er denn, wenn sogar ein ~~Nigger~~mädchen selbstsicher an ihm vorbeigehen konnte?

Mit einer Wut, die er sich nicht erklären konnte, schubste Jonah das Mädchen und ihr Schweigen in Richtung Straße. Sie stolperte, zeigte sich jedoch kein bisschen schockiert oder überrascht. Sie machte einen Schritt auf ihn zu, als wollte sie ihn schlagen, doch sie tat es nicht, und vielleicht war es das, was ihn für den Rest seines Lebens schmerzte. Sie hatten nicht das gleiche Recht, andere zu verletzen. Jedenfalls dachte er das damals.

Er war nie auf die Idee gekommen, dass Lily das Taschentuch womöglich benutzt haben könnte, um sich vor dem elenden Gestank brennenden Fleisches zu schützen. Vielleicht war der Geruch seines Geburtsrechts zu abscheulich, um ihn einzuatmen.

Doch Jonah Reuben Scaggs III würde sich nie genug von diesem Tag erholen, um ein Junge zu bleiben oder ein Mann zu werden. Es war nicht der Tote, der die endlose Scham in Jonah aufsteigen ließ, sondern die lebendigen Augen, in denen keine Träne des Schmerzes oder der Angst zu sehen war, als er ihren Körper mit aller Kraft auf die Straße gestoßen hatte. Jonah konnte noch immer spüren, wie sich die Finger seines Großvaters mit giftiger Wärme in seine jugendlichen Schulterblätter drückten. Hätte Jonah laut ausgesprochen, dass er sie für das schönste Mädchen hielt, das er je gesehen hatte, wäre ihm der ewige Hass seines Großvaters sicher gewesen.

An einem Herbstnachmittag viele Jahre später entdeckte Rubys Vater eine attraktive Brünette auf einem Jahrmarkt, die mitten in einem Schweinepferch zur Schönheitskönigin gekrönt wurde, während die Besucher um sie herum Karamelläpfel verschlangen, Roggenwhiskey tranken, die wohlgeformten Schnauzen ihrer Nutztiere anpriesen und die Unschuld ihrer Kinder bewunderten.

Er heiratete Rubys Mutter und wartete – Tage, Wochen und schließlich Jahre – auf den Moment, in dem sie ihm sagen könnte, dass sie ihn liebte, etwas von ihrem Inneren preisgeben würde. Doch seine Frau hatte gelernt, Männern, die derartige Geständnisse forderten, nicht zu vertrauen. In dem üppigen, samtweichen Körper, den Jonah bis ans Lebensende zu achten geschworen hatte, steckte ein verwöhntes, zügelloses und manipulatives Kind.

Natürlich war Jonah kein bisschen besser. Er konnte kein Ehemann sein, schließlich verwirrte es ihn immer noch, überhaupt ein Mann zu sein. In seinem erwachsenen Körper steckte ein Junge, der an seiner Eiswaffel leckte und den stummen Schatten eines Schwarzen Mädchens am Straßenrand beobachtete.

Von all den Männern, die Rubys Vater hätte sein können, entschied er sich für den traurigen, wütenden Säufer. Jonah lernte zu brüllen, bitterlich zu weinen, zu torkeln, zu fluchen und zu zerschmettern.

Er tauchte kurz aus seinem Nebel auf, um in jeder schwieligen Hand ein Baby zu halten, die Zwillinge mit seinem Schnapsatem zu taufen – eine Tochter und einen Sohn. Der Sohn war tot geboren, ein geronnener blauer Traum, und sein Körper erinnerte Jonah an ein himmelblaues Stück Stoff, das ein Mädchen namens Lily sich einst vor den Mund gehalten hatte. Obwohl Jonah noch weinte, war er erleichtert, seinem Sohn nichts mit auf den Weg geben zu müssen.

Rubys Eltern wählten das Meer als Grabstätte und ließen das stumme Bündel ins Wasser fallen. Als sie wieder in Richtung Ufer ruderten, waren sie immer noch verheiratet und doch vollkommen getrennt. Jonah gab seinem Vater und seinem Großvater die Schuld für den Tod seines Sohnes. Er dachte daran, wie sein Vater ertrunken war und wie egoistisch es von seiner Mutter gewesen war, ihm in die tosenden Wellen zu folgen, ohne einen Gedanken an Jonahs Zukunft zu verschwenden. Sie alle waren schuldig. Er machte auch den dunklen Blick eines ~~Nigger~~-

mädchens verantwortlich, das an ihm vorbeigegangen war. Jonah glaubte, sie habe ihn verflucht, mit Impotenz gestraft. Deswegen war der kleine Junge gestorben, bevor Jonah ihm ein anderes Leben hätte zeigen können.

Diese Augen hatten ihn aus ihrem Leben ausgeschlossen – und aus seinem eigenen. Wie sie ihr Gesicht bedeckt hatte – durch die Geste war Jonah klar geworden, dass er kein Recht hatte, sie anzusehen. Damals nicht und auch sonst niemals. Doch es ließ ihn nicht los. Im Laufe der Jahre sah Jonah ihre schwarzen Augen, wo immer er hinging. Eine stumme Heimsuchung. Manchmal spürte er ihre Wimpern an seiner Wange, voller Tränen vom stimmlosen, spöttischen Lachen. Oder er träumte, dass sein Blut an ihren Wimpernspitzen klebte. Dann waren die Augen wieder trocken, der Blick hart und gnadenlos wie der einer Richterin. Doch am meisten zu schaffen machte es ihm, wenn die Augen geschlossen waren, als hätte sie keinerlei Interesse, ihn überhaupt anzusehen.

Jonah hasste sein Verlangen nach der Erinnerung, die so viele Jahre später zu einem Sinnbild seines Scheiterns geworden war. Es war ihm nicht gelungen, das Erbe anzunehmen, das man ihm zugeschrieben hatte. Er hatte keine Arbeit, und die Männer um ihn herum weigerten sich, ihr Klagen über das Mannsein mit ihm zu teilen. In ihrer Anwesenheit konnte er nicht über Hypotheken jammern, über die vielen hungrigen Mäuler, die es zu stopfen galt, über die angesammelten Feindseligkeiten zwischen ihm und seiner Frau oder seine verlorene Jugend. Seine Liebeslust war schwach, und er war ständig pleite, was es unmöglich machte, Frauen nur zum Spaß zu treffen, wie sein Großvater es getan hatte. Er bekam keine Kredite und dümpelte wie ein leeres Fass in einem See aus Schulden dahin. Sein Leben war wie ein frühes Grab, das Vatersein hinterließ einen sauren Nachgeschmack in seinem Mund, als er begriff, dass es mehr kostete, als er sich leisten konnte, zumindest, wenn man eine Tochter hatte.

Als sein Großvater starb, lehnte Rubys Vater das Testament ab und wollte nichts von all dem hören, was darin geschrieben stand – die Bestätigung, dass der Erbe Jonah Reuben Scaggs ein weißer Mann war, der allen Annehmlichkeiten und Sachgütern würdig war, die rechtmäßig anzeigten, zu welcher Gruppe Mensch mit welcher Hautfarbe er gehörte. Bei der Beerdigung hatten die Verwandten wutschnaubend zugesehen, wie der Anwalt seines Großvaters ihm einen dicken Umschlag überreichte, auf dem in Blockschrift sein Name stand. Er hatte sich das dünne Papier vor die Nase gehalten und es dann zerrissen. Das Testament flatterte in den Staub, die letzten Wünsche seines Großvaters wurden stumm davongetragen wie Blütenblätter.

Da er sich weigerte, die Zukunft, die sein Großvater für ihn vorgesehen hatte, mitzugestalten, lebte Rubys Vater irgendwo zwischen Feigheit und Mut. Es machte ihn widersprüchlich. Sein Leben verrann langsam, wurde durch den ständigen Wechsel aus Hingabe und Ablehnung aus ihm herausgesaugt.

Dementsprechend groß war die Überraschung, als Rubys Vater seiner Tochter mitteilte, die Familie Scaggs werde Miss Alleys freundliches Angebot annehmen und die Herbstferien im Hause der Hobarts in Amity, außerhalb von Salt Point, verbringen.

# 14

»Kartoffeln haben es verdient, genauso sorgfältig geschält zu werden wie Pfirsiche«, sagte Miss Irene und drehte die Hitze unter einem ihrer Töpfe auf dem Herd herunter. Sie hatte Daddy gebeten, Ezra und mich zu ihr zu bringen, damit sie »ein paar Worte mit uns wechseln« konnte. Wir nahmen diese Einladung so ernst, als hätte sie damit gedroht, einen langen Rohrstock zu suchen, mit dem sie uns beiden gleichzeitig den Hintern versohlen konnte.

Daddy sagte, er werde uns in etwa einer Stunde wieder einsammeln. Als wir die Küche der Junketts betraten, war ich überrascht, wie still es im Haus war. Die Schlafzimmertüren waren geschlossen, und man hörte weder ein Lachen der Zwillinge noch einen Kommentar von Ernest, der mit einer Bibel in der Ecke des Wohnzimmers saß und sich so intensiv auf das Lesen konzentrierte, dass er uns dabei ganz sicher belauschte und für uns betete, besonders für Ezra, die nach der Sache mit Miss Alley am meisten Ärger erwarten durfte.

Ich sah mich nach einer Schüssel mit Kartoffeln um, die Miss Irene geschält haben wollte, konnte jedoch keine entdecken.

»Setzt euch, meine Damen«, sagte Miss Irene. Sie winkte Lindy heran, der es zweifellos davor graute, sich zu uns in die Küche zu gesellen. »Ich werde keine Schimpftirade auf euch abfeuern, falls ihr das gedacht habt. Das überlasse ich den Weißen. Das ist nicht meine Art, versteht ihr? Ich möchte meine Worte, meine Hoffnung vielmehr in euch *einwirken* lassen, denn wenn ich euch drei Mädchen anschaue, hoffe ich inständig, dass ihr zur Vernunft kommt, und zwar schnell, bevor ich euch verhaue, bis ihr nicht mehr wisst, wo vorne und hinten ist.«

»Sie wollte, dass Mr Caesar ihren Dreck wegmacht, und hat ihn behandelt, als würde er ihr *gehören*«, sagte Ezra.

»Mädchen, wenn ich dich aufgefordert hätte, in meinem Haus zu sprechen, dürftest du sprechen«, sagte Miss Irene. »Habe ich dich aufgefordert zu *sprechen*? In diesem *Haus*?«

Ezra schüttelte den Kopf, und ich wusste, sie hätte am liebsten geweint, weil auch *ich* am liebsten geweint hätte. Lindy tat es schon.

»Es ist meine Aufgabe, euch zu *lieben*«, sagte Miss Irene. »Ihr macht es mir nicht schwer, aber euch selbst, wenn ihr nicht begreift, dass die Welt da draußen euch nur zu gern in Stücke reißen und ein Lagerfeuer aus euren Knochen errichten würde. Wisst ihr, ich kann verstehen, dass ihr meinen Ehemann vor der kleinen, dummen Lehrerin verteidigen wolltet, aber Caesar ist ein erwachsener Mann. Drei Schwarze Mädchen gegen eine schäbige weiße Frau, das klingt ziemlich erbärmlich, aber glaubt mir, das ist nichts Neues.«

»Wenn Irene Junkett etwas liebt, gibt sie es niemals auf, habt ihr das verstanden? Und Lena Kindred hat ihre Töchter nicht so groß bekommen, nur um sie dann wegen irgendeiner verrückten weißen Frau zu verlieren. Wenn ihr in der Schule seid, dann heißt es *Mund zu* und *Augen auf*. Die Schule ist nicht euer Zuhause. Der Schule ging es nie darum, euch zu *lieben*, nicht einmal euch zu *mögen*. Folgt weiter dem Pfad. Er ist nicht ansatzweise so gut besucht, wie wir glauben. Bleibt würdevoll, meine Damen. Bleibt euch selbst treu. Diese Welt wird jeden eurer Träume im Keim ersticken, bevor ihr auch nur euren Namen buchstabieren könnt. Eine wunderbare Lyrikerin hat einmal gesagt: ›Wie sie dich nennen, ist eine Sache. Auf welchen Namen du hörst, ist eine andere.‹ Ihr besinnt euch besser auf eure eigenen Namen, denn sonst wisst ihr am Ende nicht, worauf ihr hören sollt.«

»Es tut mir so leid«, flüsterte Ezra. Sie vergrub das Gesicht in den Händen.

Miss Irene ging zu ihr und schob die Hände beiseite, damit sie Ezras Tränen sehen konnte. »Du solltest dein Gesicht nicht vor uns verstecken, vor *niemandem*. Denk einfach daran, wer dein Gesicht liebt. Euer Leben schreibt meine liebsten Geschichten. Könnt ihr bitte daran denken, wenn ihr euch das nächste Mal wie Erwachsene benehmen wollt? Keine von euch kann es schon mit so einer Frau aufnehmen. Zu viele von unseren Frauen mussten gehen, damit ihr das nächste Kapitel schreiben könnt. Und das hat nichts mit Schuld oder Verpflichtung zu tun, sondern mit Liebe.«

Wir umarmten Miss Irene. Ich konnte spüren, wie sie unter ihrem wallenden Kleid zitterte. Es machte mich traurig, dass unser Benehmen so viel in ihr auslöste. Ich machte mir Sorgen um Ezra, der es immer schwerer fiel, loszulassen. Ezras Temperament kannte kein Maß, es sei denn, sie ahnte, dass wir verletzt werden könnten. Und selbst dann, erkannte ich, konnte meine Schwester nicht immer aus ihrer Haut.

Miss Irene bat uns, den Tisch mit ihren besonderen Holzschüsseln und Löffeln zu decken. Sie habe einen heilenden Eintopf gekocht, sagte sie, dessen Nährstoffe unsere Selbstachtung wiederherstellen würde. Ich hatte mich so vor dem gefürchtet, was Miss Irene zu uns sagen würde, dass ich den würzigen Duft der auf dem Herd köchelnden Suppe gar nicht wahrgenommen hatte.

»Da sind Kartoffeln und Pfirsiche drin«, sagte sie.

Ohne wirklich zu wissen, was sie damit meinte, nickten wir und brachten eilig die Schüsseln und Löffel und Becher zum Tisch, bevor unser Vater kommen und uns abholen würde.

…

Mein Vater verspätete sich. Ezra und Ernest saßen im Sommergarten an der Seite des Hauses. Miss Irene hatte die Tür offen gelassen, um alles sehen und hören zu können. Während ich half, die glatten Holzschüsseln zu spülen und abzutrocknen, beobachtete ich die beiden, für den Fall, dass Ernest meine Schwester zu einer Dummheit überreden wollte, wie ihn zu heiraten oder seine Freundin zu werden. Ich war sicher, dass meine Eltern Ezra das mit fünfzehn noch nicht erlauben würden, auch wenn er anständig war und sehr gut aussah. Der Abendwind trug Ernests Worte in die Küche seiner Mutter, wo sie herumwirbelten wie zarte, süße Reiskörner.

»Darf ich dir ein Lied schenken? Ich hab es aber nicht geschrieben.«

»Ach komm«, sagte meine Schwester, und dann klang sie plötzlich so schüchtern, wie ich sie noch nie gehört hatte. »Wie meinst du das?«

»Na ja, ich denke schon eine Weile darüber nach«, sagte er. »Ich will dir ein echtes Lied schenken, es ist Musik, die kein Ende hat.«

»Man kann doch nicht singen und immer weiter singen«, sagte Ezra herausfordernd. »Ich wusste nicht, dass du an Zauberei glaubst. Außerdem, wer will schon für immer und ewig denselben Song hören. Junge, das klingt ziemlich kitschig.«

»Erstens, ich bin ein Mann«, sagte er. »Also ein *junger* Mann.«

»Sagt deine Mama!«

»Stimmt«, sagte er lachend. »Das sagt meine Mama. Aber sie kennt mein Herz.« Es wurde zu still, also rückte ich näher an die Tür. »Ich will, dass auch du mein Herz kennst, Ezra. Wenn du das auch möchtest.«

Ich hätte mich übergeben können, aber es wäre schade um den Reis und den Eintopf und das von Miss Irene frisch gebackene Brot gewesen, das köstlich geschmeckt hatte.

»Erzähl mir mehr über unser Lied«, sagte sie zu ihm.

Ich stellte mich so hin, dass ich in den Sommergarten springen könnte, falls Ernest schneller wäre als Miss Irene. Ich sah, wie er Ezra etwas in die Hand drückte. Dann berührte er ihre Haare, strich sie nach hinten, und sie legte etwas an ihr Ohr. Ihre Augen waren geschlossen, als würde sie etwas probieren, das süßer schmeckte als Rohrzucker.

»Es ist nie zu Ende, egal, wohin du es mitnimmst«, sagte er im Flüsterton. »Es ist kleiner als mein Herz und doch viel größer. Ich fand es schön, und ja, wahrscheinlich ist es etwas kitschig. Ich hoffe, das macht dir nichts aus, ich hab nämlich den ganzen Sommer danach gesucht. Jedes Exemplar ist einzigartig.«

Als sie ihre Hand öffnete, konnte ich eine wunderhübsche Muschel darin liegen sehen.

...

Es war der erste Tag von Ezras Beurlaubung, die zwei Wochen andauern würde. Direkt nach dem Aufwachen fiel es mir ein, und ich konnte es immer noch nicht glauben. Der Schulausschuss hatte ein Urteil über meine fünfzehnjährige Schwester verhängt, weil sie Miss Alleys Umgang mit Mr Caesar »hinterfragt« hatte. Nach ihrer Beurlaubung würden sie entscheiden, ob Ezra das Schuljahr beenden durfte. Wenn sie ihre Rückkehr verhinderten, war es unwahrscheinlich, dass wir den Abschluss gemeinsam machen konnten. Ezra schien meine Angst zu spüren und überraschte mich, indem sie in mein Bett stieg und mir sanft die Haare flocht. Der Geruch des Haaröls an ihren Finger war sehr angenehm. Als sie behutsam mit dem Kamm über meine Kopfhaut fuhr, seufzte ich zufrieden. »Du bist das klügste Mädchen in der ganzen Klasse«, sagte Ezra, als hätten wir uns gerade über genau dieses Thema unterhalten. »Deshalb hat diese Hexe es auf dich abgesehen. Vergiss das nicht.«

Ich kaute auf meiner Lippe herum, bis ich schließlich antwortete. »Es wird sich komisch anfühlen. Ohne dich macht das alles keinen Spaß.«

Sie lachte. »Cinthy, weißt du was? Mama wird mich hier alles so gründlich schrubben lassen, dass du das Putzmittel noch oben in der Schule riechen kannst. Eines Tages musst du lernen, auch ohne mich zurechtzukommen. Ich werde vielleicht nicht immer da sein, um dir gut zuzureden. Du musst deinen Gefühlen vertrauen, sie lieben und um jeden Preis verteidigen. Kannst du das tun, wenn dir jemand was will?«

»Ich werd's versuchen«, sagte ich mit einem Lächeln, damit meine Tränen nicht fielen. Ezra konnte ihre Tränen schon immer an einem tieferen Ort aufbewahren, weit unten, wo sie sie nicht verrieten.

»Wenn Mama mich hier wochenlang herumkommandiert hat, werde ich so was von bereit sein, wieder in diesem stickigen, alten Klassenzimmer zu sitzen«, sagte Ezra grinsend.

Ich lächelte und wurde dann wieder still. Ich musste Ezra die Frage stellen, die mich seit einer Weile beschäftigte. »Mama ist krank, oder?«

»Sie wird wieder gesund. Mach dir keine Sorgen, okay? Wenn wir erst wissen, was ihr fehlt, dann können wir ihr helfen, wieder gesund zu werden.« Ezras Augen wurden dunkler, doch sie blinzelte ihre Gefühle weg, bevor sie ihr die Wangen hinunterlaufen konnten.

»Daddy sagt, wir müssen sie nach Gunn Hill zu diesem Arzt für Schwarze bringen«, sagte ich. »Ich habe Miss Irene und Daddy reden hören. Hier kümmert es doch keinen, ob Mama lebt oder stirbt.«

»Sag so was nicht«, sagte Ezra in scharfem Ton. »Mama ist voller Leben. Sie muss sich bloß ausruhen. Miss Irene sagt, Schwarze Frauen müssen sich ausruhen, wann immer sie können, weil sie ständig schuften. Miss Irene sagt, eine Schwarze Frau schuftet sogar, wenn sie lächelt. Ich glaube, das stimmt. Miss Irene muss es ja wissen.«

»Mama ist aber nicht wie Miss Irene, auch wenn du das glauben willst.«

»Ich weiß, wie stark Mama ist, weil ich weiß, wie stark ich bin«, sagte sie. Sie hing ihren Gedanken nach und wandte den Blick von mir ab. »Ich weiß, wie stark ich bin und was meine Aufgabe ist. Ich werde uns beschützen, koste es, was es wolle«, sagte Ezra. »Wir müssen mutig sein. Schau dir an, was gerade in diesem Land passiert, okay? Man hört es im Radio, liest es in der Zeitung, jeden Tag. Mama und Daddy sind vielleicht zu müde, um über Mississippi nachzudenken, aber ich bin es nicht.«

»Ja«, sagte ich. Dann fiel mir ein, dass Ezra angefangen hatte, sich bei uns zu Hause und bei den Junketts die Reden von Martin Luther King Jr. im Radio anzuhören. Vor zwei Jahren, als die über uns hinwegsausenden Flieger bei der Flugshow Rubys Leidenschaft entfacht hatten, war meine Schwester völlig gefesselt gewesen vom Busboykott in Montgomery. Doch damals war ich erst elf Jahre alt und konnte nicht verstehen, wie sehr die Ereignisse sie beeinflusst hatten. Und Ezra hatte sie kaum je erwähnt, wenn meine Eltern dabei waren. Ich glaube, sie wusste, dass der Gedanke sie beunruhigte, Ezra könne Maine verlassen und in Richtung Süden aufbrechen, um ihre Verbundenheit unter Beweis zu stellen.

»Hey«, sagte sie, »geh runter und hol uns eins von den frischen Brötchen, die ich rieche. Ich hoffe, ich darf die essen, auch wenn ich Ärger bekommen habe. Und wenn du wieder in diese blöde Schule gehst, lass sie wissen, wer du bist.«

»In Ordnung«, sagte ich, ohne wirklich zu wissen, wer ich war, außer eine brave Tochter, die ihren Eltern gehorchte, weil sie schließlich erst dreizehn Jahre alt war.

»Es ist immer besser, jemandem das Hirn zu versohlen als den Hintern. Beim Hirn hört es nämlich nicht auf wehzutun. Das hat Miss Irene mal zu mir gesagt.«

»Aha«, sagte ich. Ich stand am Schreibtisch und steckte meine Bücher in die Schultasche.

»Warum liegt *das* hier?«

Ezra zeigte auf Miss Burdens Tagebuch auf meinem Schreibtisch.

»Weißt du nicht mehr? Ich hab's mitgenommen –«

»Ich kümmer mich drum«, fuhr Ezra mir ins Wort. Ich wünschte, sie hätte es nicht gesehen, aber ein Teil von mir war auch erleichtert. Ich wollte nicht mehr an Miss Burden denken. Ich sprach es nicht aus, aber Ezra konnte sehen, dass ich an uns – sie, Ruby und mich – auf den Felsen dachte. Ich hatte mitgemacht, weil ich wollte, dass meine Schwester mich für furchtlos hielt, so furchtlos, wie sie es war. Für mich war es dabei nie um Ruby gegangen, aber mir wurde bewusst, dass dieser Nachmittag die beiden verändert hatte. Meine Schwester hatte sich verändert, und das hieß, auch ich hatte mich verändert.

»Überlass das alles mir«, sagte Ezra, die den Schatten in meinem Gesicht sah. »Wenn Ruby dir zu nah kommt, knöpf ich sie mir vor. Kümmere du dich um deine *Seele*, Cinthy. Alles, was wir tun, ist richtig, verstehst du? Miss Irene sagt, unsere Vorfahren haben schon für unser Leben bezahlt. Wir sind nicht versklavt. Wir lassen uns nicht bestrafen. Wir sind nicht dumm oder falsch. Miss Alley ist die Sklavin, und Ruby, genau wie ihr Papa und ihre Ma und dieses ganze verdammte Dorf.« Ez legte ihre Hand auf meine Schulter. »Komm nach Hause und erzähl mir, was du gelernt hast, damit ich nicht zu viel verpasse. Bring mir die blöden Hausaufgaben mit.«

»Wir sind doch um Längen voraus«, sagte ich.

»Stimmt«, sagte meine Schwester lächelnd und führte mich aus dem Zimmer. »Siehst du? Das Wichtigste weißt du schon.«

Ich nickte, auch wenn ich nicht wusste, was das für mich bedeutete. Die gesamte Schule beäugte uns – Ezra, Daddy und mich –, als würden wir uns endlich wie die ~~Nigger~~ benehmen, für die sie uns immer gehalten hatten. Ich konnte den Triumph in den Augen meiner Lehrer und Mitschüler vor mir sehen.

Am Abend zuvor, als unser Vater ans Telefon gegangen war,

dachte ich, unsere Großmutter würde wieder anrufen, um Mama zu behelligen. Daddy war außerordentlich höflich zu der Person am anderen Ende der Leitung gewesen, so wie er es immer war, wenn Ginny anrief. Doch das Gesicht meines Vaters hatte sich verdunkelt, als er zu seinem Platz zurückgekehrt war und über die Kaffeetasse hinweg in Mamas verwundertes Gesicht geblickt hatte. Wir hatten keine Zeit gehabt, um unseren Nachtisch bei den Junketts zu essen, deshalb hatten wir große Stücke von Miss Irenes Red Velvet Cake mit zu uns nach Hause nehmen dürfen.

»Ezras Beurlaubung könnte Auswirkungen darauf haben, ob sie ihren Abschluss mit Auszeichnung machen kann«, hatte Daddy verkündet. »Im Moment ist es ihr untersagt, das Schulgelände zu betreten. Sollte sie sich dem widersetzen, kann sie der Schule verwiesen und festgenommen werden.«

Ich war erstaunt gewesen, dass Daddy Ez gar nicht fragte, was passiert war. Mich fragte er auch nicht. Abgesehen von Mamas unfreiwilligem Husten hatte Stille am Tisch geherrscht, als hätte man uns dicken, nassen Baumwollstoff in die Münder gestopft.

Verwirrt hatte ich dabei zugesehen, wie Ezra ihr Besteck ruhig neben ihren Teller legte. Sie hatte sich den Mund mit einer Serviette abgewischt, war aufgestanden und in ihr Zimmer gegangen.

»Sie hat nichts getan«, hatte ich Mama und Daddy erklärt und mich dabei gefragt, warum ich nicht beurlaubt worden war. Oder Lindy. Falls unser Schuldirektor mit Mr Caesar und Miss Irene über eine Strafe für Lindy gesprochen hatte, wusste ich nichts davon. Auch wir beide hatten unsere Lehrerin angeschrien. Dann war mir eingefallen, dass Miss Alley ihre Freude daran hatte, mich zu demütigen, wohingegen Ezra sie offensichtlich nervös machte. Jegliche Bestrafung von Lindy Junkett hätte eine Konfrontation mit Miss Irene zur Folge. Doch Daddy würde keinen Streit anzetteln. Es ärgerte mich, dass Daddy nicht für Ezra kämpfen würde, dass es durch sein Nichtstun so aussah, als sei er mit Ezras Beurlaubung einverstanden.

»Sie hat *nichts* getan«, hatte ich wiederholt.

»Ruhe, Cinthy«, sagte Mama, die ihren Kuchen unberührt gelassen und vom Tisch aufgestanden war. »Das spielt keine Rolle.«

…

Als ich mit Daddy zur Schule fuhr, ging die Enttäuschung über sein Verhalten in meinem Bauch auf wie Hefeteig. Ich rupfte kleine Stücke von dem warmen Brötchen, das in ein Tuch gewickelt auf meinem Schoß lag, und betrachtete das Profil meines Vaters, der ständig in den Rückspiegel blickte. Das Einzige, was uns auf der Schotterstraße verfolgte, war eine Staubwolke. Er fuhr nicht so gut wie Mama. Er ließ seine Gedanken schweifen und abdriften, wie die uralten Boote unten am Pier. Heute Morgen war sein Kopf überall nur nicht am Steuer. Mein Vater drückte seinen Budapester auf das Gaspedal. Er fuhr zu schnell.

»Fahr langsamer«, sagte ich zu ihm. »Du musst mit mir reden. Ich versteh das alles nicht, okay?«

Er räusperte sich, und ich lehnte mich in Erwartung einer Antwort etwas zu ihm hinüber.

»Daddy?«

»Ich fahre, Schatz«, sagte er mühsam schluckend. In seiner Stimme schwang sowohl Verärgerung als auch Niedergeschlagenheit mit.

»Warum hast du *uns* nicht gefragt, was gestern in der Schule passiert ist? Willst du nicht unsere Version der Geschichte hören?«

Ich drehte meinen Oberkörper ein Stück, damit ich mehr von ihm sehen konnte.

»Dieser Job ist der einzige, mit dem ich uns das Leben ermöglichen kann, das deine Mama und ich uns für unsere Familie gewünscht haben.«

»Aber willst du nicht wenigstens versuchen herauszufinden, was wirklich passiert ist? Kannst du nicht Mr Caesar fragen? Er war dabei. Lindy war dabei. Ich war dabei. Wir haben es alle gesehen.«

Mein Vater drehte das Lenkrad mit der flachen Hand und fuhr rechts ran. Er ließ den Motor laufen, stellte aber den Fuß auf die Bremse, bevor er mich ansah. Sein gestärktes weißes Hemd und die schmale schwarze Krawatte leuchteten.

»Es tut mir leid, dass deine Schwester eine Grenze überschritten und sich eine Beurlaubung eingehandelt hat. Das ist alles. Ich weiß, sie hatte einen guten Grund, und es ist mir bewusst, dass Miss Alley eine gefährliche, törichte und inkompetente Frau ist. Das sind Fakten«, sagte Daddy. »Aber um Himmels willen, Ezra ist alt genug – und du bist es auch –, um zu begreifen, dass unsere Taten in dieser Welt Konsequenzen haben. Wenn du mich also nach der Logik fragst, dann ist das die Logik. Wenn du mich fragst, wie es mir damit geht, dann ist das eine andere Sache. Ja, ich bin enttäuscht von deiner Schwester. Aber ich bin auch frustriert, weil ich nicht in der Position bin, und es nie sein werde, gegen die Menschen aufzubegehren, die meinen Lohn zahlen, ohne eine noch härtere Strafe zu riskieren als die, die Ezra bekommen hat. Ich muss Demütigungen über mich ergehen lassen, die ich ganz sicher nicht an dich oder deine Schwester weitergeben will – oder an eure Mutter. Falls es dir noch nicht aufgefallen sein sollte, ein Schwarzer Mann kann in dieser Welt keine Gefälligkeiten erwarten. Ich kann mich nicht darauf verlassen, dass jemand für mich spricht oder handelt. Ich kann mich nicht darauf verlassen, dass jemand meine Frau und meine Kinder ernährt oder den Strom für mein Haus bezahlt. Es gibt andere Jobs an anderen Orten, aber zu welchem Preis?«

»Daddy, Miss Alley hat *gelogen*«, sagte ich trotz seiner Worte. Tränen brannten in meinen Augen. »Sie ist *gemein* zu mir.« Ich schluchzte. »Das ist doch keine – keine Lehrerin.«

»Natürlich nicht!«

Ich wich überrascht zurück.

»Deine Schwester wusste *genau*, was auf sie zukam. Mr Caesar wusste es auch, und wenn diese Frau beschließen sollte, jedes Glas, jeden Becher und jeden Teller in der ganzen verdammten Schule zu zerschmettern, wäre es *trotzdem* noch sein Job, die Scherben mit einem gottverdammten Lächeln aufzufegen. Verstehst du? Mr Caesar kennt seine Aufgaben, also *erledigt* er sie. Vielleicht ist es meine Schuld, weil ich so große Ziele für meine Töchter habe, aber ich sage dir, und Herrgott noch mal, wir kommen zu spät, aber ich hoffe sehr, dass *du* so klug bist, den Kopf einzuziehen, damit diese verfluchte Person nicht dafür sorgt, dass du auch noch beurlaubt wirst!«

Ich sagte nichts.

»Cinthy, ich werde nicht beurlaubt, sollte ich mich euretwegen gegen Miss Alley wehren. Stattdessen wird Mr Hobart mit seinem kümmerlichen Finger auf die Tür zeigen. Und er wird dabei lächeln. Der Mann wird nach Hause gehen, sich einen Drink einschenken und die Füße hochlegen, mein Liebling.« Mein Vater stieß einen tiefen, verbitterten Seufzer aus. »Ein ganz normaler Tag für einen weißen Mann.«

Ich war verwirrt, und die Tränen liefen weiter. Ein ganz normaler Tag für einen weißen Mann war etwas, das ich mir nicht vorstellen konnte. Aber ich wusste, dass er mehr wert war als meiner oder der meines Vaters.

»Meine Kleine, die Wahrheit ist, dass die uns hier nicht haben wollen. Wollten sie nie. Sie wollen uns hier nicht haben, aber sie haben keinen guten Grund, um uns zum Gehen zu zwingen. Noch nicht. Gebt diesen Leuten keinen Grund, uns aus der Schule, aus Salt Point zu vertreiben, bevor ihr beide euren Abschluss gemacht habt. Dann wären all die Opfer, die wir gebracht haben, umsonst gewesen. Wir haben keine Zeit, um woanders von vorne anzufangen. Nicht jetzt, wo deine Mutter –«

Das Brötchen hatte sich in Krümel verwandelt, weil ich es so fest zusammendrückte. Daddy strich mir über die Wange. »Bitte hör auf zu weinen, Schatz«, sagte er. »Hilf mir und benimm dich wie die junge Dame, zu der wir dich erzogen haben. Kopf einziehen, ja? Entschuldige, dass ich so deutlich werden musste, aber du musst es besser wissen. Kannst du das für mich tun?«

»Was ist mit Mama?«

Er legte die Stirn in Falten, nahm die Brille ab und presste sich die Finger auf die Augen.

»Daddy, was fehlt Mama denn?«

»Ich weiß es nicht, Schatz.«

Die Ehrlichkeit meines Vaters war so schrecklich, dass ich schnell die Tür öffnen musste, um mich nicht im Auto zu übergeben. Der Wind wehte die salzigen, fettigen Brötchenkrümel von meinem Schoß, während ich den sauren Inhalt meines Magens in den Staub spuckte. Mein leerer Bauch sehnte sich nach dem Gefühl von Sicherheit, das Mama und Daddy für uns aufgebaut hatten und dessen Geschmack ich schon mein ganzes Leben kannte.

Was auch immer am Ende des Sommers vom Meer in unser Dorf getrieben worden war, schien fest entschlossen, alles zu verschlucken, woran wir glaubten.

Daddy hatte mir seine Machtlosigkeit mit vier einfachen Worten bewiesen: *Ich weiß es nicht.* Vielleicht konnte er uns tatsächlich nicht vor der Welt beschützen.

...

In der Schule wurde mir bewusst, dass das vor mir auf dem zerkratzten Holztisch liegende Notizbuch und der angespitzte Bleistift meine einzigen Freunde waren. Ich hielt den Stift umklammert wie ein Ruder, mit dem ich mich von diesem unsäglichen Ort entfernen konnte.

Lindy war nicht da. Vielleicht hatte Miss Irene einfach entschieden, dass Lindy keiner weiteren Unterrichtsstunde mit Miss Alley ausgesetzt werden sollte.

Ich war also allein.

Die hellen Augen der anderen Kinder zuckten in meine Richtung, offenbar waren sie erleichtert, dass nur noch eine von uns übrig war. Die Ordnung im Klassenzimmer schien sich umgekehrt zu haben. Ruby saß zum Beispiel nicht hinten, sondern in der ersten Reihe. Ihr Kleid war sauber und ihre Haut ebenfalls. Sie kaute auf ihrem Bleistift herum und nicht an ihren Fingernägeln. Sie meldete sich sogar, als Miss Alley eine Frage stellte.

Als sie sich zu mir umdrehte, rollte ich so übertrieben mit den Augen, dass sie sofort wieder herumschoss und ihren Blick nur noch nach vorne richtete.

Ich stellte mir vor, wie Ezra unser Haus schrubbte und jammerte, weil sie Mama helfen musste, die Zwiebeln zu hacken. Das Küchenradio würde vibrierend davon berichten, was an anderen Orten in Amerika passierte – neun Schwarze Schüler und Schülerinnen waren durch eine Gruppe wütender Weißer zum Eingang einer Schule in Little Rock geschritten. Ich stellte mir vor, wie meine Schwester innehielt, um die Liste der Namen zu hören – Ernest, Elizabeth, Jefferson, Terrence, Carlotta, Minnijean, Gloria, Thelma und Melba. Vielleicht würde Ezra nach einer Weile genug davon haben, über die Welt außerhalb unseres Dorfes nachzudenken. Stattdessen würde sie lieber von Ernest Junketts schüchternem Lächeln träumen und »The Very Thought of You« oder »You Go to My Head« summen. Mit geschlossenen Augen konnte ich Ezra im Türrahmen stehen und winken sehen, während ich mit unseren Hausaufgaben die Clove Road hochkam. Für einen Moment vergaß ich, wie furchtbar die Schule war, denn durch die Augen meiner Schwester fühlte ich mich gesehen und geliebt. *Meine Schwester wartet auf mich* waren die fünf Worte, die ich für den Rest des Tages wiederholte. Jede Wiederholung war ein Stück Rüstung, Rettung. In der Pause saß ich allein, aß einen wunderschönen Apfel, den Mama mir mitgegeben hatte, und fühlte mich schon etwas besser.

Die Klingel zum Ende der Pause kam zu früh. Miss Alley stand an der Tür zum Klassenzimmer, wo sie unsere Gesichter und Hände kontrollierte. Einige der Jungen drehten um, bevor sie überhaupt bei der Lehrerin angekommen waren. Doch als ich an der Reihe war, ließ Miss Alley den Blick sorgsam über meine ausgestreckten Hände gleiten.

»Hyacinth, geh deine Hände waschen.«

Blinzelnd betrachtete ich meine Handflächen. Wo war der Schmutz? Ich hatte den Apfel sehr vorsichtig gegessen, damit mir der klebrige Saft nicht über die Finger lief.

»Entschuldigung, Miss Alley«, sagte ich. »Ich habe gar nicht gespielt. Ich habe nichts angefasst.«

»Du bist dreckig«, sagte sie abgespannt und verschränkte die Arme vor der Brust. Wir wussten beide, dass sie mit *dreckig* etwas anderes meinte. »Dein nächster Fehltritt wird eine Beurlaubung nach sich ziehen.«

Ruby schwebte an mir vorbei und verlangsamte nur kurz ihr Tempo, um meine Schande auszukosten. Sie präsentierte der Lehrerin ihre Hände.

»Vielen Dank, Ruby«, sagte Miss Alley so liebevoll, dass man meinen konnte, die beiden wären miteinander verwandt.

...

Miss Alley beachtete mich an diesem Nachmittag nicht mehr. Sie diktierte uns einen leichten Vokabeltest, und meine Gedanken trieben dahin, in meinem Kopf flatterte eine krächzende Einsamkeit.

Ein Junge durchbrach die abgestandene Stille im Raum.

Er sprang von seinem Platz auf und stolperte zu unserem Fenster, durch das die Sonne hereinfiel. Brüllend schwang er die geballte Faust. »Die haben den ~~Nigger~~ festgenommen! Die nehmen ihn mit!« Seine Worte segelten durch die Luft und zogen eine Armee aus Jungen zum Fenster, wo sie sich auf die breiten Holzfensterbänke knieten.

Ich stand auf und ging ebenfalls zum Fenster. Als ich näher kam, machten die anderen Platz und schoben mich nach vorn, bis ich direkt vor der Scheibe stand. Mir fiel auf, dass weder Ruby noch Miss Alley eine Regung zeigten.

Vom zweiten Stock aus war es schwierig zu erkennen, doch ich war ziemlich sicher, auf den Kopf von Deputy Charlie hinunterzublicken. Er schubste Mr Caesar grob vor sich her, wodurch dieser ins Straucheln geriet. Er trat Mr Caesar bei jedem Schritt, stieß und schlug ihm mit einem schwarzen Schlagstock in den Rücken. Ich wusste nicht, wie Mr Caesar sich trotz dieser Gewalt auf den Beinen halten konnte.

»O mein Gott«, sagte ich und drehte mich um. »Er wird ihn *umbringen.*«

Ruby saß ruhig auf ihrem Platz und starrte Miss Alley an, als könnte sie wortlos mit dieser Frau kommunizieren, so wie ich und Ezra es konnten. Ich begriff, dass sie vermutlich verantwortlich für das waren, was Mr Caesar gerade durchmachte. Ruby saß ungewöhnlich gerade auf dem harten Stuhl, sie sah eingebildet und ordinär aus. Eine unbestimmte Absicht umspielte ihre Miene. An Rubys harten Kiefermuskeln erkannte ich, dass sie endlich verstanden hatte, wozu ihre weiße Haut fähig war.

In diesem Moment stellte ich mir vor, wie meine Schwester mit gestrafften Schultern in unserer Küche stand, eine Kriegerin mit einem tropfenden Putzlappen in der Hand. Ihre Brust hob und senkte sich im gleichmäßigen Rhythmus, das Gesicht voller Schweiß und Ungehorsam. Ezra hatte die Wahrheit ausgesprochen, als Miss Alley Lügen über unseren Mr Caesar erzählt hatte. Damit hatte sie die Konsequenzen akzeptiert.

Mit dem Mut meiner Schwester rannte ich aus dem Raum, so schnell ich konnte. Ich rutschte um die scharfen Kurven, schubste

Lehrkräfte beiseite, die mich festhalten wollten, stieß die Eingangstüren der Schule mit meinem ganzen Körpergewicht auf. Wie im Rausch sprang ich von der obersten Stufe und ließ die Treppe hinter mir.

Ich entdeckte Mr Caesars Gesicht hinter dem Fenster des Streifenwagens. Er drückte die mit Handschellen gefesselten Hände gegen das Glas. Als er mich kommen sah, wurden seine Augen groß. Ich wusste nicht, wie ich ihn befreien sollte, wie ich zu ihm gelangen sollte, aber ich würde es schaffen. *Ich musste zu ihm*. Mr Caesar schüttelte heftig den Kopf. Sein Mund bewegte sich, aber ich konnte seine Stimme nicht hören.

Weinend schlug ich mit den Fäusten gegen die Scheibe, spürte, wie sie klapperte. Seine Finger lagen auf dem Glas, doch wir konnten uns nicht berühren. Blut strömte aus Mr Caesars Nase und der Seite seines Kopfes.

Der Deputy saß bereits auf dem Fahrersitz des Streifenwagens. Er drehte sich schwerfällig zu mir um. Warnend schüttelte er den feisten Kopf, und in seinem glänzenden Blick lag so etwas wie Langeweile.

In einer fließenden Bewegung zückte er seinen Schlagstock und ließ ihn gegen Mr Caesars Kopf krachen, wodurch dieser ohnmächtig wurde. Seine Hände hingen schlaff am Fenster. Ohne nachzudenken, bückte ich mich schreiend und griff nach einem Stein, der auf der Erde lag. Damit versuchte ich, das Fenster einzuschlagen. Wenn es doch nur brechen würde. Erneut schlug ich gegen das Fenster, und durch die Wucht des Steins gab das Glas nach. Überall waren glitzernde Scherben. Kleine Glasstücke trafen mein Gesicht, als ich zu Mr Caesars blutigen Händen durchdringen wollte, die wie meine eigenen mit Glas bespickt waren. Schmerz schoss durch meine Fingerspitzen, meine Fingerknöchel, die Knochen meiner Hände. Seine Finger entglitten mir in unserem Blut. Ich wollte ihn nicht loslassen.

»Was zum *Teufel*?«, rief der Deputy und verbog sich, um auszusteigen. Schwer atmend eilte er um den Wagen herum. »Was zum Teufel machst du da? Du bist eine von Kindreds ~~Nigger~~mädchen, stimmt's?«

Als Daddy auftauchte, hatte der Deputy schon seine Waffe gezogen und auf mich gerichtet. Mein Vater riss mich zurück und schlang seinen einen Arm um mich. Das hier war keine geisterhafte Geste mehr, kein Schattenspiel der Gewalt: Der Deputy hielt meinem Vater seine Pistole dicht vor das Gesicht. Ich konnte spüren, wie sich Daddys gesamter Körper anspannte; er war bereit, sich schützend vor mich zu stellen, mich aus der Schusslinie zu schubsen. Sein Arm drückte mich, so fest er konnte, als könnte er damit eine Kugel abwehren.

Ich blickte starr in das Gesicht des Deputy.

*»Sie haben nicht das Recht, diesen Mann festzunehmen oder eine geladene Waffe auf meine Tochter zu richten.«* Seine Stimme klang härter, als ich sie je zuvor gehört hatte. Mit festem Griff zog Daddy mich hinter sich, und wir wichen zurück, einen Schritt, dann noch einen. »Wir werden das verfluchte Gefängnis umstellen, bis ihr Beweise dafür habt – und ich bin sicher, die habt ihr nicht –, dass Caesar Junkett ein Krimineller ist.«

Deputy Charlie warf einen Blick über die Schulter auf das zermatschte Gesicht des ohnmächtigen Mr Caesar. Einen Augenblick später steckte er seine Pistole wieder in das Lederholster. Dann stieg er lässig in den Streifenwagen und startete den Motor.

Meine Knie wurden weich, und ich sank zu Boden, wo sich Steine in meine Haut gruben. Irgendwo über mir hörte ich die Stimme meines Vaters. *Cinthy, er hätte dich umbringen können! Umbringen! Was hattest du vor? Mein Gott, du hättest sterben können. Ihr beide! Oh, deine schönen Hände. Meine Kleine, geht's dir gut? Bleib bei mir, Schatz. Kannst du mich hören? Cinthy, bleib bei mir. Ich bin's, Daddy, Schatz, ich hab dich lieb.*

Ich spürte, wie mein Vater mich hielt. Mich mit so viel Kraft und Bedacht hochhob, dass mein Körper erschlaffte.

Als kleines Mädchen hatte ich einen wiederkehrenden Traum gehabt, in dem ein großer Mann mit rötlichen Augen mir versprach, mich eines Tages, wenn ich bereit wäre, auf seinem Pferd über einen unbekannten Fluss zu tragen. Ich hatte diesen Traum schon lange nicht mehr gehabt, und doch füllte er mich aus.

Zum ersten Mal begriff ich, dass der Mann mein Urgroßvater Theodore Kindred war und dass seine Liebe mich und meinen Vater trug, uns immer getragen hatte, damit wir in den Feuern dieser Welt nicht allein brennen mussten.

# ZWEI

# 15

Deputy Charlie forderte, dass mein Vater die Kosten für das neue Fenster des Streifenwagens übernahm. Mr Hobart würde Daddys Gehalt kürzen, bis die Scheibe ersetzt war. Zu Hause beklagte sich mein Vater nicht darüber, doch wir konnten alle sehen, wie besorgt er war. Wenn er in irgendeiner Form widersprach, würde Mr Hobart ihn mit Sicherheit feuern. Es war Winter, und Weihnachten stand vor der Tür; mein Vater gehörte nicht zu der Sorte Mann, die darauf vertraute, dass sich alles fügte oder Gott für uns sorgte, wenn er selbst kündigen würde, was ein Teil von ihm zweifellos tun wollte.

Trotz seiner Besänftigungsversuche hatte sich die Atmosphäre an der Schule verändert. Das Kollegium war stillschweigend übereingekommen, dass ich mich nicht mehr frei in der Schule bewegen sollte. Meine Anwesenheit galt als gefährlich, da man mir jetzt Aggressionsprobleme und Schwierigkeiten im Umgang mit Autoritätspersonen nachsagte. Es war mir weiterhin erlaubt, am Unterricht teilzunehmen, doch ich durfte mich nicht mehr ohne Aufsicht auf dem Schulgelände aufhalten.

Für meinen Vater war es noch schlimmer. Er musste seine Mittagspausen allein im Klassenzimmer verbringen, statt wie sonst abseits von den anderen in der heruntergekommenen Mensa zu sitzen. Manchmal lud Mr Caesar Daddy zu sich in den Holzschuppen ein, den er sich mit einem kleinen Ofen, einem Sofa, einem Tisch und Stühlen gemütlich eingerichtet hatte. In einem großen angrenzenden Raum verwahrte er Werkzeug, Petroleumlampen, Kanister mit Terpentin und Farbe, Ammoniak und jede Menge Material, das er ordentlich aufgereiht hatte. Meistens verbrachten die Kinder der Junketts, Ezra und ich ebenfalls unsere Mittagspausen dort. Die ganze Schule schien erleichtert aufzuatmen, weil wir endlich verstanden hatten, wo wir hingehörten.

Was mich am meisten verstörte, war die Tatsache, dass das Leben einfach weiterging.

Es ließ mich daran zweifeln, ob die Sache zwischen Mr Caesar, Daddy, mir und dem Deputy überhaupt stattgefunden hatte. Ich fand bald heraus, dass Mr Caesar festgenommen wurde, weil man ihm vorwarf, Miss Alleys Handtasche geklaut zu haben, die nie gefunden wurde. Wenn unsere Familien zusammenkamen, sprachen wir kaum darüber. Ich tat es den Erwachsenen gleich, blickte so gut es eben ging nach vorn und war dankbar, dass niemand ums Leben gekommen war. Mr Caesar hatte drei gebrochene Rippen und eine Wunde am Kopf, wo ihn der Schlagstock des Deputy mit Wucht getroffen hatte. Um ein Haar hätte er vier Finger an seiner rechten Hand verloren. Daddy und Mama unterbrachen mich, wann immer ich fragte, warum man den Deputy nicht für das, was er Mr Caesar angetan hatte, zur Rechenschaft ziehen konnte. Es ließ mich nicht los.

Mr Hobart hatte seine Nichte gezwungen, die Anzeige wegen Diebstahls zurückzuziehen, und überraschenderweise wurde Mr Caesar nicht gefeuert. Der Vorfall wurde nicht weiter untersucht. Tatsächlich rief Mr Hobart bereits am nächsten Tag bei Mr Caesar an, um sich zu erkundigen, wann dieser wieder in der Schule sein würde, um sich um die Mäuseplage in der Mensa zu kümmern. Gerüchten zufolge hatte Mr Hobart seinen Unmut über das Verhalten seines Neffen zum Ausdruck gebracht und damit gedroht, seine eigene Waffe einzusetzen, sollte Deputy Charlie seinen Pflichten nicht auf zivilisierte Art nachkommen. Wir wussten nicht, ob das der Wahrheit entsprach, doch der Deputy fuhr nicht mehr so oft am Haus der Junketts vorbei.

Als mein Vater vorschlug, Mr Caesar solle sich eine neue Stelle in Gunn Hill suchen, lehnte dieser ab. Er wollte nicht in einer Fabrik arbeiten, wo ihm irgendein weißer Vorgesetzter ständig auf die Finger schauen würde. *Wird nicht das letzte Mal gewesen sein, dass so ein Feigling versucht, mir den Schädel einzuschlagen*, sagte Mr Caesar. *Ich muss mich um meine Kinder kümmern. Ich muss Gott ehren und Irene lieben.* Er faltete die ganze Begebenheit sorgsam zusammen und verstaute sie in seinem Inneren, wie ein Mann, der einen seltenen Zweidollarschein in seine Geldbörse steckt.

Vielleicht war es naiv von meinen Eltern zu glauben, dass wir der Bedrohung durch den Deputy entkommen könnten, wenn wir uns nur um unsere eigenen Angelegenheiten kümmerten, doch unsere Zeit in Salt Point ging weiter: Tage, die sich nicht voneinander unterschieden, hoben und senkten sich in der kühlen Luft. Der Winter ließ die hellen Stunden schwinden. Ich dachte kaum noch an Miss Burden. Das »Spiel«, das wir auf den Felsen gespielt hatten, war etwas, das Kinder miteinander taten, ohne sich des Schadens bewusst zu sein, den es noch Jahre später anrichten konnte. Der Schaden zwischen Ezra und Ruby war sehr viel schneller entstanden. Auch ich hatte ich an diesem Tag etwas von meiner Unschuld verloren, das nichts mit meiner Periode zu tun hatte.

Jeden Abend warfen unsere vergilbten Lampenschirme pudrige Lichtkreise auf die dicken, ovalen Teppiche, auf denen Ezra und ich saßen, während sich die kalte Luft von außen an die Fensterscheiben drückte. Nat King Coles Stimme erfüllte unsere Herzen, und wir spielten Mamas Lieblingsplatten von Sam Cooke, um sie aufzuheitern. In unserer Festung lief oft das Radio, und wir versuchten vorherzusagen, wie es mit unserem Land weitergehen würde. Eisenhower erholte sich von einem leichten Schlaganfall, der Kalte Krieg wurde immer hitziger. Dicht beieinandersitzend versuchten meine Schwester und ich uns vorzustellen, wie man Maschinen von der Erde ins Weltall schießen konnte. Eines Tages, informierte uns das Radio, würde die Menschheit den Mond erreichen. Ezra und ich saßen auf der Erde fest und fanden neue Radioprogramme mit den Stimmen Schwarzer Prediger und Aktivisten, wie etwa Medgar Evers, der unter Zurufen und Beifall darauf pochte, dass Schwarze auch Menschen waren. Da es bei uns oben in Maine so wenig Schwarze gab, wurde kaum darüber gesprochen, dass auch wir in Salt Point und Gunn Hill, sogar in Briggley, von er Polizei bedroht wurden. Dennoch verband das Radio unsere Familie mit einem Ruf zu den Waffen. Wir fragten uns, wie uns die mutigen Taten der NAACP jemals erreichen sollten.

Dort draußen marschierten furchtlose Schwarze Menschen in Scharen durch ein Land, das wir nicht verstehen konnten. Sie sangen von Freiheit, erhoben ihre herrlichen Körper im Streik, tanzten im tödlichen Kreuzfeuer und redeten nicht über die Gunst der Weißen. In wessen Gunst wollten wir stehen, wenn nicht in unserer eigenen und in der Gunst derer, die vor uns gesungen hatten?

Ezra und ich lauschten den Freiheitsgeschichten, und als meine Eltern in das mehr als achtzig Kilometer entfernte Piney Hollow fuhren, wo Mama einen Termin bei einem Spezialisten hatte, schnappten wir uns die Zeitungen unseres Vaters, bevor er sie verbrennen konnte. Er hatte Sorge, dass jemand im Dorf die Wahrheit ahnen würde, nämlich dass mein Vater und Mr Caesar sehr viel mehr über ihre Bürgerrechte wussten, als alle annahmen. Eisenhower hatte den *Civil Rights Act* von 1957 im September unterzeichnet. Durch die Nachwirkungen dieses Gesetzes bewegte sich die Nation am Rande des Abgrunds.

Wenn wir alle zum Essen zusammenkamen, studierten meine Eltern und Mr Caesar Ausgaben der Zeitschrift *The Crisis*, während Miss Irene Flugblätter herumreichte, die in Gunn Hill verteilt wurden. Diese Gespräche fanden überall an den Tischen

Schwarzer Familien statt. Wenn wir es wagten, die Erwachsenen zu unterbrechen, um ein Glas Wasser oder etwas anderes zu Essen zu verlangen, trafen uns die strengen Blicke der Geringschätzung härter, als es ein Gürtel oder eine Haarbürste je hätten tun können. Doch während die aufkeimende Bewegung Mr Caesar und Miss Irene zum Handeln anspornte, machte sich mein Vater noch immer Sorgen um seinen Job. Mama, die bei diesen lautstarken Diskussionen zunehmend müde wurde, zog sich ihrer Gesundheit zuliebe früh ins Schlafzimmer zurück.

Nach diesen hitzigen Abenden saß ich in Ezras Zimmer und hörte zu, wie sie laut aus ihrem Notizbuch vorlas, in dem sie viele politische Tiraden der Junketts festgehalten hatte. Es machte mich nervös, Ezra die Ideen von Miss Irene in ihren eigenen Worten wiedergeben zu hören. Doch jenseits von Salt Point gab es eine Welt, die unseren Mut und unseren Willen zur Veränderung verlangte; und wir mussten uns die Dinge, die uns als Rüstzeug dienen würden, selbst beibringen.

Das erste Problem bestand allerdings darin, dass Ezra und ich nirgendwo hingehen konnten.

Wir spazierten mit hoch gerecktem Kinn bis ans Ende der Clove Road, drehten um und kehrten zurück zu unserer Veranda. Wir taten so, als hielten wir handgeschriebene Plakate in den Händen, über unseren Köpfen. Auf den kargen Winterfeldern ließen wir einen Grundriss des Capitols in Washington entstehen. Wir beschworen Fußwege, Promenaden und Hauptstraßen herauf, auf denen wir stampften und sangen und uns an anderen Schwarzen Menschen festhielten, wenn das Tränengas oder die Hunde gegen uns eingesetzt wurden.

In der Kälte marschierten wir doppelt so schnell, bis wir es konnten, ohne zu keuchen. Es war ein Spiel, sagten wir uns. Ezra zeigte mir einige der Handgriffe zur Selbstverteidigung, die Ernest ihr beigebracht hatte. *Aber die sind doch nicht gewaltfrei. Für so was wirst du umgebracht*, erinnerte ich sie. Der Blick meiner Schwester war abwesend, als sie meine Worte mit einem Schulterzucken quittierte.

Manchmal nutzte Ezra ihre schöne Stimme und sang ein Spiritual, um mich abzulenken: »Wade in the Water«, »Lay Down Body«, »Amazing Grace«.

Ich konnte mir nie die Texte merken, also konnte ich nicht mit einstimmen. Doch wenn ich sie hörte, stiegen Flammen in mir auf, eine Spur von Rauch auf meinen Lippen.

Zu Hause war ich zu sehr mit Mamas Gesundheit beschäftigt und hatte keine Zeit, um darüber nachzudenken, warum ein Mensch wie meine alte Lehrerin sich für das Sterben entschied. Ich machte mir Sorgen um meinen Vater und dachte oft daran, dass er sich fast geopfert hätte, um mich zu retten. Wenn ich mich leise zu ihm in sein Arbeitszimmer setzte, während er Aufsätze korrigierte und seine alten Blues-Platten hörte, verscheuchte er mich nicht oder sagte, dass Blues nur etwas für Erwachsene sei. Ich hatte diese Musik noch nie zuvor bei ihm gehört und spürte, dass sie mir etwas über die Sorgen meines Vaters erzählte.

…

In diesem Winter war Ezra stiller als sonst; ich wusste nicht, ob es die Kälte war, die sie verstummen ließ, oder die Tatsache, dass sie akzeptieren musste, eine junge Frau zu sein. Sie sprach, wenn es nötig war, doch davon abgesehen schien sie ihre Energie und Kraft für etwas aufzusparen, das vor ihr lag. Ich vermisste sie.

Nachdem ich an einem Dezemberabend das Geschirr weggeräumt hatte, stand ich allein in der Stille des Flurs. Ezra hatte ihre Tür geschlossen, womit sie mir signalisierte, dass ich sie in Ruhe lassen sollte. In mir breitete sich eine Einsamkeit aus, die ich nicht beschreiben konnte, doch das ganze Haus schien einsam zu sein.

Meine Eltern, die ihre Schlafzimmertür für gewöhnlich schlossen, wenn sie ins Bett gingen, bemerkten offenbar nicht, dass sie noch einen Spalt offen stand. Leise bewegte ich mich näher heran, um ihr Gespräch zu belauschen. Ich war es leid, dass sie sofort aufhörten zu reden, wann immer Ezra oder ich den Raum betraten.

»Bis heute verweigert sie mir eine Entschuldigung«, hörte ich meine Mutter sagen.

»Wir können uns unsere Mütter nicht aussuchen«, entgegnete Daddy sanft. Er klang müde, aber nicht schlecht gelaunt. Ich sah ihn vor mir, in seinem weißen T-Shirt und einer bequemen Hose. Er saß vermutlich gerade in dem Ohrensessel, dessen Polster einmal ein farbenfrohes Rosenmuster geziert hatte.

»Deine Mutter hat dich wenigstens nicht allein gelassen«, sagte Mama.

»Sie hat mich auf andere Art allein gelassen.«

»Wer *tut* denn so was – ein Neugeborenes auf den Stufen vor einer Kirche liegen lassen«, sagte Mama, als hätte mein Vater gar nichts gesagt. »Ich hätte sterben können, und es wäre Ginny egal gewesen, Hauptsache, ihre Tanzkarte war gut gefüllt. Unglaublich. Mein ganzes Leben lang habe ich in ihr eine hochmütige Frau gesehen, die sich selbst über alles und jeden stellt, sogar über ihre Tochter. Das würde ich Cinthy oder Ezra niemals antun. Oder dir. Weil ich weiß, wie man liebt. Meine Mama hat keine Ahnung, wie das geht.« Der Hustenanfall meiner Mutter verhinderte eine Antwort meines Vaters. Ich hörte, wie Mama das Wort *Wasser* hervorbrachte. Ich stellte mir vor, dass mein Vater vom Sessel auf das Bett wechselte und Mama in seinen Armen hielt, bis der Husten nachließ.

»Liebling, du regst dich auf, und das ist so ziemlich das Schlimmste, was du tun kannst«, sagte Daddy. »Es geht dir nicht gut genug für diese Wut. Sie wird die Symptome verschlimmern. Wir müssen dafür sorgen, dass du stark genug für die Operation bist. Wenn Ginny uns ihre Hilfe anbietet, sollten wir sie vielleicht annehmen. Bis es dir besser geht.«

»Besser?«, fragte Mama verbittert. »Ich schließe Frieden mit Gott und treffe schon letzte Vorkehrungen.«

»Sag so was nicht«, erwiderte er.

»Ich kann nicht anders. Ich habe nicht erwartet, dass mein Leben –«

»Dein Leben ist *hier.*«

»Heron«, sagte Mama. Ihre Stimme war klar. »Ich weiß nicht, ob ich meiner Mutter jemals die Chance geben will, mich wieder zu verletzen. Auch wenn ich sie tatsächlich brauche.«

»Ruf deine Mutter an, vergib ihr, arrangiere dich mit ihr und lass ihre Liebe endlich zu«, sagte mein Vater. Seine Worte klangen gedämpft. Vielleicht hatte er seinen Mund an Mamas Wange gelegt, wie er es oft tat. Er räusperte sich und es hörte sich an, als würde er sich anders hinsetzen. »Vielleicht ist sie bereit, dir alles zu erklären.«

»Hat deine Mutter das je getan?«

»Was getan?«

»Erklärt«, sagte Mama.

»Das konnte sie nicht«, sagte er. »Ich habe ihren Augenstern auf dem Gewissen.«

»Gott hat ihn zu sich geholt«, sagte Mama. »Du warst doch noch ein Kind.«

»Ich saß am Steuer«, sagte mein Vater.

# Alma Elizabeth Kindred

Alma Elizabeth Kindred, meine Großmutter väterlicherseits, wurde immer bloß *Comfort*, Trost, genannt. Wenn ein Kind zu früh einen Spitznamen bekommt, kann dies verhängnisvoll sein. Schon als Baby war meine Großmutter zur Gegensätzlichkeit bestimmt. Bevor sie eigene Tränen weinen konnte, legten die Bewohner von Damascus all die Tränen in ihr ab, die sie für ihre ermordeten Eltern und die verlorenen Kinder vergossen. Gesalbt durch dieses Erbe, wurde sie zu einer lebenden Toten, zu einem atmenden Geist. Wer auch immer sie hätte werden können, war verloren.

Innerlich seufzte Comfort, wenn die Bewohner von Damascus ihr mit dem Himmel, der Hölle und dem Paradies kamen. Erlösung und Sünde, Satan und die Heiligen langweilten sie. Zu dramatisch, solipsistisch und kindisch, dachte sie. Das verstaubte Pendel zwischen Strafe, Aufopferung und Belohnung ließ sie niesen. Vielleicht war sie allergisch gegen die Luft im Gelobten Land.

Manchmal stand meine Großmutter im Altarraum der Kirche *Hinder Me Not,* betrachtete die gerahmte Fotografie ihrer jungen Eltern und versuchte zu weinen, doch ihr fehlte die Vorstellungskraft, um den Tod der beiden nachvollziehen zu können.

Comforts sonderbarer Charakter, so anders als das Temperament ihrer gütigen Mutter Callie, beunruhigte die Frauen von Damascus. Sie strahlte eine Kraft aus, die man nicht definieren konnte. Doch auch wenn die Frauen ihr Missfallen gegenüber Comfort nur halbherzig verbargen, begegneten sie ihr mit Loyalität. Wörter wie *Göre*, *Luder* und *Schnepfe* wurden heruntergeschluckt, weil sich die Ohren der Alten noch an das hellgrüne Lachen von Calliope Kindred erinnern konnten. Gelegentlich ertappten sie sich bei dem Gedanken, dass Alma Kindred das Unbehagen der anderen vielleicht sogar ein wenig genoss.

Comfort wuchs heran. Anmutig, abseitig. Die Frauen zogen sie auf, bis die Kirchendiener meiner Großmutter eines Tages einen Metallring mit den glänzenden Schlüsseln zu ihrem Elternhaus überreichten, das sauber und in Ehren gehalten worden war. *Du bist jetzt groß und musst deinen Weg finden*, sagte man ihr.

Anstatt das Haus weiterhin wie eine Art Museum zu bewahren, stieß Comfort die Fenster auf, um den abgestandenen Geruch von Mottenkugeln, alten Ringelblumen und Putzmittel zu vertreiben.

Zuallererst wollte sie atmen können. Als Nächstes wollte sie ficken. Wie sollte sie diese Dinge tun, wenn doch an nahezu jeder Wand ein Kruzifix hing, im großen Schlafzimmer sogar gleich drei? Würde sie vorsichtig genug mit dem Porzellan ihrer Mutter umgehen, wenn sie doch beim Zeitunglesen Whisky daraus trinken wollte? Wo sollte sie ihre eigenen Kleider unterbringen, eng anliegend und auffällig, in Rot- und Goldtönen, wenn sie die ausgeblichenen Baumwollkleider ihrer Mutter nicht aus dem geschnitzten Kleiderschrank entfernte?

Der Schweiß und die Unterwerfung beim Ficken (wobei sie nie diejenige war, die sich unterwarf) verwandelte jeden Atemzug in Verzückung. Nach dem Sex seifte sie ihren Körper ab und seufzte erleichtert, weil sie nichts aufgegeben, nichts abgegeben hatte. Sanftheit konnten Männer nur auf ihrer Haut finden. Nichts anderes an ihr gab nach.

Als sie zwei Söhne von zwei verschiedenen Männern bekam, richtete sich ihr Blick kurzzeitig nach außen, kehrte dann aber wieder zu der Insel ihres Inneren zurück, wo ihre Gedanken heranreiften wie unberührte Früchte, bis sie in stillen Hainen zu Boden fielen. Manchmal betrachtete sie die Wesen, die sie erschaffen hatte, und erschrak. Sie brachte es nicht über sich, ihnen ehrlich zu sagen, dass es sie im Grunde nicht interessierte, was das Schicksal für die beiden bereithielt.

Es war also nicht verwunderlich, dass sich mein jugendlicher Vater und sein kleiner Bruder aus dem Staub machen wollten und das Auto von Comforts Ex-Freund stahlen, das verlassen und verlockend neben dem Schmetterlingsstrauch stand.

Sie kamen nicht sehr weit.

Jede Zeitung in der Gegend berichtete über den Unfall. Der Name des verstorbenen Jungen wurde nie gedruckt, weil der wunderschöne Name die Schwarzen zum Weinen brachte. Sogar weiße Menschen unterbrachen ihre Unterhaltungen, um mehr über die tragische Geschichte zu lesen.

Der ältere Junge, mein Vater, wurde halb durch die Windschutzscheibe geschleudert, mit so viel Wucht, dass die Muskeln in seinen Armen rissen und seine Knochen unter dem glänzenden Lenkrad brachen. Der kleine Junge, der Comforts Liebling war, weil er ähnlich spröde war wie sie, wurde in den Ästen eines Baumes abseits des Autowracks gefunden, ohne Kopf. Seine Arme waren ausgestreckt wie die hölzernen Flügel eines Kreuzes. Der Kopf war ein ganzes Stück weitergerollt, und es würde noch dauern, bis man ihn fand.

Die Alten von Damascus weinten und schüttelten die Köpfe. Heron Kindred hatte sein Erbe und das Erbe aller Bewohner zerstört. Seinen Bruder getötet. Hinter seinem Rücken nannten sie ihn Kain. Und diejenigen, die der Asche von Theodore und Calliope Kindred huldigten, wagten es nicht anzudeuten, dass Comfort eine Mitschuld an der Tragödie traf. Dass ihre beiden jungen Löwen Zuwendung gebraucht hätten.

Von diesem Tag an musste mein Vater, Heron Theodore Kindred, für zwei Söhne leben.

Der Autounfall ereignete sich im Sommer vor dem letzten Schuljahr meines Vaters. Daddy ruhte sich aus – seine Genesung dauerte fast das ganze Schuljahr – und arbeitete währenddessen allein zu Hause den Stoff nach. Ein- oder zweimal pro Woche kam ein Mitschüler oder einer der Kirchendiener vorbei, holte die Aufgaben ab und brachte sie seinem Lehrer. Wenn ein Mädchen geschickt wurde, konnte er das Wort *Sonderling* auf ihren Lippen lesen. Bei den Erwachsenen schmeckte er förmlich das Wort *Mörder* in ihren Mündern.

Seine Mutter, Comfort, fütterte ihn. Sie zeigte ihm, wie er sich selbst waschen, anziehen und heilen konnte, indem er den Alten gegenüber kühl und unnahbar blieb, die sagten, er solle in der Hölle schmoren. Diese Lehrstunden wurden eilig absolviert, bevor Comfort sich wieder auf die einsame Insel in ihrem Inneren zurückzog. Daddy versuchte, ihr nicht zu sehr zur Last zu fallen, bis er begriff, dass er seine Mutter aufgrund ihrer Leere gar nicht verärgern konnte.

Sie sprachen nie über den jüngeren Bruder, da sich beide bewusst waren, was passieren könnte, wenn sie es täten. Mein Vater hoffte auf Vergebung, wenn er den Namen erwähnen würde. Doch die Stille meiner Großmutter sagte ihm, dass es keine echte Versöhnung gab. Er versuchte es weiter, probierte andere Herangehensweisen, doch irgendwann sahen beide ein, dass es aussichtslos war.

Also suchte er Zuflucht in Büchern.

Mein Vater legte seinen schlaksigen, zarten Körper in Sätze, Geschichten, Wörterbücher, Almanache, Astronomie und die bizarre Anatomie gefährdeter Lebewesen. In seiner Fantasie besuchte er indigene Dörfer und die Horizonte anderer Kontinente. Je mehr Kilometer er über das Papier wanderte – Geschichten über Weltkriege, unvorstellbare Genozide, rätselhafte Seiten voller verlorener Sprachen –, desto mehr misstraute er der ganzen Sache mit Gott, bei der die Menschen zu viel vergessen und vergeben mussten.

Er spürte es besonders deutlich, wenn sich die gesamte

Gemeinde einmal im Jahr hinter der neuen Kirche versammelte, um auf dem Stück Land zu beten, auf dem die alte Kirche *Hinder Me Not* gestanden hatte. Sie riefen die Namen der Kinder, die Calliope Kindred in ihren brennenden Armen gehalten hatte. Sie gruben ihre Hände in die Erde und sagten, sie könnten Gottes Knochen fühlen.

Niemand forderte meine Großmutter oder meinen Vater auf, etwas zu sagen, und dennoch war es wichtig, dass die letzten lebenden Kindreds anwesend waren, als Zeugen der Andacht. Sie sprachen über Theodore Kindred, einen großartigen Mann, dessen Leben die weißen Männer ein zu frühes Ende gesetzt hatten. Sie wischten sich die Tränen aus dem Gesicht und betonten, wie viel Callie Kindred, eine in jeder Hinsicht gute Frau, für ihren Ehemann und seine Vision von Damascus gegeben hatte. Das ganze Schaudern und Wehklagen dauerte nie länger als ein paar Minuten und dann wurden Kekse und Limonade verteilt.

Ein Jahr war vergangen, und mein Vater hatte seinen Schulabschluss, war körperlich und geistig angeschlagen und versuchte, sich eine Zukunft auszumalen. Der Sommer hatte die Elemente des Jungseins wiederbelebt, die gegen seinen Willen in ihm tobten.

Er strahlte nicht die Leichtigkeit und Kraft aus, die andere Jungen in seinem Alter besaßen. In der Schule legte er nie lässig den Arm um die schmalen, in Angorawolle gehüllten Schultern eines Mädchens. Man sah ihn nie bei den arroganten Jungen stehen, die über irgendetwas lachten, das sie getan oder beobachtet hatten. Nie fragten sie ihn, ob er mit in die Toilettenräume kommen wollte, wo sie ihre langen, jungen Schwänze verglichen. Er wurde nicht in den derben, aber geschmeidigen Wortschatz der anderen eingeführt. Wenn er das wundersame Wort *Muschi* hörte, wandte er sich beschämt ab.

Schloss Daddy nach dem Unfall zu lang die Augen, erkannte er, was die hübschen Mädchen in Damascus sahen, wenn sie ihn überhaupt beachteten: einen unnahbaren, einarmigen Sonderling, der seinen eigenen Bruder auf dem Gewissen hatte und auf dessen Familie ein so schlimmer Fluch lag, so sagten es die Eltern der Mädchen hinter verschlossenen Türen, dass es besser für sie gewesen wäre, wenn alle bei lebendigem Leib in der Kirche verbrannt wären.

Eines Tages im Frühsommer erspähte mein Vater nach der jährlichen Gedenkfeier zu Ehren seiner Großeltern eine besondere Schönheit am Rande des Kirchenrasens. Sie hielt die Arme vor der Brust verschränkt und betrachtete die Kirche. Die Blicke der beiden trafen sich und vertieften sich verschwörerisch ineinander.

Als die junge Frau ihre Arme bewegte und er sah, dass sie ein Buch an ihre Brust gedrückt hielt, blieb ihm die Luft weg. Mein Vater beobachtete, wie eine auffallend schöne Frau auf das Mädchen zutrat und mit ihr sprach. Gemeinsam drehten sich die beiden um und verschwanden auf dem Weg zum Parkplatz.

Daddy kannte die Frau. Sie hieß Virginia Abbott, wurde jedoch im Ort oft nur Ginny genannt. Ginny Abbott war bekannt für ihre köstlichen Kuchen. Er fragte sich, wo sie eine so wunderschöne Tochter versteckt gehalten hatte. Wie hatte sie ihm bisher entgehen können?

An diesem Nachmittag blitzte inmitten seiner Melancholie ein Flügelschlag der Hoffnung auf.

Auf dem Friedhof der Vision seiner Großeltern hatte mein Vater plötzlich das Gefühl, dass am Beten vielleicht doch etwas dran war, wenn er nur das reizende Mädchen wiedersehen könnte.

Alma Elizabeth »Comfort« Kindred starb an einem Herzinfarkt, nachdem meine Eltern Ezra bekommen und kurz darauf nach Salt Point gezogen waren. Mein Vater hatte Angst gehabt, dass die Flammen seiner Vergangenheit sein neues Glück bedrohten, dass sie noch immer hell genug brannten, um ihren alten Fluch wahr zu machen.

# 16

An einem Dienstagabend, etwa eine Woche vor Weihnachten, kamen die Junketts zu uns zum Essen.

Im Radio lief Sam Cookes »You Send Me«, und als es vorbei war, rannten Ezra und Lindy ins Wohnzimmer, um die Platte aufzulegen. Ich drehte und wirbelte die Zwillinge, an jeder Hand einen, während Ernest mit meiner Schwester tanzte. Sie hatte ein neues Lachen, das ich nicht kannte, und ich hörte es nur, wenn Ernest ihr etwas ins Ohr flüsterte. Als Nächstes spielten wir Eartha Kitt für Mr Caesar. Er nahm Mama vorsichtig in die Arme und sagte Dinge, die sie zum Lachen brachten; Miss Irene und Daddy segelten so elegant durch den Raum, dass es aussah, als würden sie schweben. Der Duft von reichhaltigem Essen, Butter und Zucker erfüllte die Küche. Unsere Probleme rückten in die Ferne. Die Kerzen brannten, und am Ende der Woche würde man durch das große Fenster die flimmernden Umrisse unseres Weihnachtsbaums sehen.

Als die Junketts schließlich gegangen waren, schlug Daddy vor, wir sollten uns ins Wohnzimmer setzen. An diesem Abend, erzählte er uns, würde es die letzte Sendung der *Nat King Cole Show* geben. Er hatte es in der Zeitung gelesen, und auch wenn wir keinen Fernseher besaßen, hatten wir doch jede Menge Schallplatten von Cole. Wir konnten den Mann trotzdem feiern, sagte unser Vater.

Mama saß am Klavier, als ich die Nadel auf die Platte setzte, wobei ich aufpasste, dass ich sie nicht zerkratzte. »Forgive My Heart« sang Nat King Coles Stimme in unser Wohnzimmer hinein. Sie spielte leise dazu, ließ ihre langen Finger über die Tasten gleiten.

Daddy forderte Ezra zum Tanz auf. Kichernd nahm sie seine Hand und begann mit einem hübschen Two Step, bevor sie sich zu mir drehte und mir ihre andere Hand reichte, damit wir beide mit unserem Vater tanzen konnten.

Er sang lautlos mit. Sein weißes Hemd und die schwarze Krawatte schimmerten im gedämpften Licht des Wohnzimmers. Barfuß folgten wir einem Pfad um unseren Vater herum. Mit geschlossenen Augen drehte er sich langsam und lächelnd im Kreis. Ezra huschte zum Klavier, damit sie an Mamas Stelle weiterspielen konnte.

Mama stand auf, wackelig auf den Beinen, und ich drückte ihre Hand in die von Daddy. Ohne die Augen zu öffnen, küsste er Mamas Hand, hielt sie an seine Lippen.

Nachdem ich kurz nach dem Feuer geschaut hatte, setzte ich mich auf einen niedrigen Hocker am Fenster, um meinen Eltern zuzusehen. Es machte mich glücklich, wie sie tanzten, als würden sie sich nie mehr loslassen. Wie konnten sie so stark und gleichzeitig so zerbrechlich aussehen? Mein Vater beugte seinen Kopf so, dass er ihn auf Mamas Haare legen konnte, die Ezra und ich für sie in Locken gelegt hatten. Ihr dunkelblaues Kleid war fast schwarz und die langen Beine glitten wie etwas Flüssiges unter dem Seidenstoff dahin.

Ezra stand vom Klavier auf, kam zu mir ans Fenster und setzte sich auf den Boden, sodass sie sich an mich lehnen konnte. Dem sanften Takt der Musik folgend, versuchte ich mir vorzustellen, wie sich Nat King Cole mit seinem wunderschönen Lächeln winkend von den unsichtbaren Zuschauern verabschiedete, die sich überall in Amerika vor den Fernsehern versammelt hatten. Ich hoffte, dass sie zum Klang seiner herrlichen Stimme tanzten.

»Morgen ist Schule«, sagte mein Vater und öffnete die Augen.

»Was für ein wundervoller Abend«, sagte Mama.

Ohne zu murren, standen Ezra und ich auf.

»Wartet«, sagte mein Vater. Seine Stimme brach ein wenig. Er hob den Arm, und wir gingen zu ihm und Mama. Sein Arm war lang genug, um uns zu umfassen. Wir wiegten uns gemeinsam, wurden eins in der Umarmung. Ich hielt mich an der Schulter meines Vaters und der Taille meiner Mutter fest. Ich konnte Mamas Haaröl und ihr Parfum riechen. Wir alle waren warm und weich. Ich vergaß die letzten Wochen und Monate. Sie waren nicht wichtig. Unser Glück behütete uns.

»Ich liebe meine Mädchen«, sagte mein Vater. Dabei weinte er ein bisschen.

...

Ezra erlaubte mir, in ihrem Zimmer zu übernachten. Wir konnten unsere Eltern im Schlafzimmer am anderen Ende des Flurs murmeln hören.

»Sie lieben sich wirklich«, sagte Ezra gähnend.

»Ja«, sagte ich.

»Vielleicht wird ja alles gut.«

»Was meinst du?«

»Sind doch schwierige Zeiten gerade, oder hast du das nicht mitbekommen? Wie geht's deinen Händen?«

Sie kletterte aus dem Bett und kam zu mir. Plötzlich war sie ganz nah. »Zeig mal her.« Sie knipste die Lampe auf dem Nachttisch zwischen unseren Betten an.

»Ist schon gut.«

»Hör auf«, sagte sie und schob ihre Hände unter die Decke, um meine darunter hervorzuziehen. »Das war mutig, was du gemacht hast. Tut es noch weh?«

»Manchmal«, sagte ich, ohne ihr ins Gesicht zu sehen. »Ich denk nicht darüber nach.«

»Natürlich denkst du darüber nach.«

»Nicht heute Abend«, sagte ich, und ein stechender Schmerz

fuhr durch meine Hand. »Heute Abend hab ich kein bisschen darüber nachgedacht.«

»Gut«, sagte sie. »Ich denk jeden Tag darüber nach. Auch heute Abend. Weißt du noch, als Daddy ein Junge war? Sein Arm flog durch die Glasscheibe, und er hat ihn verloren.«

»Tja, meine Hände sind noch da«, sagte ich. »Ich hab sie nicht verloren.«

»Aber es hätte passieren können.«

»Ist es aber nicht.«

»Ich hoffe, du machst nie wieder so was Dummes«, sagte meine Schwester. Sie legte meine Hände an ihr Gesicht, rieb mit der Wange über die Narben. »Du hast uns einen Schreck eingejagt, Cinthy. Wir hätten dich verlieren können.«

»Aber Mr Caesar –«

»Ist ein erwachsener Mann«, erwiderte sie.

»Ja«, sagte ich.

»Es gibt nicht viele Dinge, vor denen ich Angst habe«, sagte Ezra, »aber als ich all das Blut gesehen habe, hatte ich Angst. *Dein* Blut. Das hat mir Angst gemacht. Als sie dich ins Krankenhaus gebracht haben, dachte ich –«

»Es hat wehgetan«, sagte ich leise.

»Ich weiß«, sagte sie.

Sorgsam legte sie meine Hände ab und zog die Decke bis zu meinen Schultern hoch. Anstatt in ihr eigenes Bett zu schlüpfen, blieb sie bei mir. Sie schaltete das Licht aus und legte sich neben mich. Ich seufzte unter dem Gewicht ihres Arms auf der Bettdecke, als hätte ich wochenlang die Luft angehalten. Meine Eltern lachten am Ende des Flurs, und ich lächelte im Dunkeln. Mama hatte genug Kraft, um zu lachen, also hatte Ezra womöglich recht. Vielleicht würde alles gut werden. Außerdem hatte ich Ezras Bewunderung und ihre Anerkennung für mich in ihrer Stimme gehört. Damit konnte ich alles schaffen. Aus dem Radio auf Mamas Nachttisch drang leise Musik bis zu uns. Ich schloss die Augen, lauschte Ezras Atem und stellte mir vor, dass meine Eltern langsam durch das Schlafzimmer tanzten.

»Ich würde alles für dich tun«, sagte meine Schwester und es klang, als hätte sie es im Traum gesagt.

...

Am Montag war der dreiundzwanzigste Dezember und damit der letzte Schultag vor den Weihnachtsferien. Nach der Schule wollte mein Vater Ezra und mich nach Hause bringen und dann wieder an die Hobart fahren, um einige Bücher und andere Dinge einzupacken, die er brauchte. Mr Caesar und die Kinder der Junketts waren noch da, denn Mr Caesar wollte so gründlich putzen, dass er über die Feiertage nicht an die Schule und an Weiße würde denken müssen. Als meine Schwester und ich neben dem Auto standen und winkten, lachte Mr Caesar laut und erzählte von Miss Irenes Glücksbohneneintopf. »Ihr seid immer herzlich eingeladen, wenn es ums Glück geht«, hatte er gesagt. Mein Vater wollte nicht, dass wir bei ihm in der Schule blieben, weil er wusste, dass Mama dann zu Hause alleine putzen und kochen würde. »Helft eurer Mama«, sagte er. »Wie ihr wisst, meint sie, Weihnachten ganz allein auf die Beine stellen zu müssen.«

»Wir werden ihr helfen«, sagte Ezra. »Keine Sorge, Daddy.«

Das gut aussehende Gesicht unseres Vaters war in gelbes Licht getaucht, das aus den Fenstern im ersten Stock zu uns herunterschien. Ich konnte sein Lächeln im Halbdunkel sehen. Ein wunderschönes Gefühl überkam mich. Ich fühlte mich sicher, auch wenn meine Mutter und mein Vater die Welt nicht immer von uns fernhalten konnten. Ich spürte Liebe. Eine Liebe, die die Welt mir und meiner Familie nicht wegnehmen konnte.

»Gebt eurer Mutter einen Kuss von mir«, sagte er lachend. »Und seht zu, dass das Feuer noch brennt, wenn ich nach Hause komme.«

…

Der Dezemberwind war eisig und konnte einem innerhalb von Minuten die Körperwärme rauben. Mein Vater stellte unser Auto auf einem der Stellplätze zwischen dem Hauptgebäude der Schule und Mr Caesars Holzschuppen ab, damit der sehen konnte, dass Daddy auch noch arbeiten musste. Als er aus dem Auto stieg und den Kragen seines dunkelblauen Wollmantels hochschlug, wurde mein Vater von fröhlichen Rufen begrüßt. Er drehte sich um und sah die Umrisse dreier Kinder im Licht des Hausmeisterschuppens: Lindy, Rosemary und Empire. Ernest war zu Hause geblieben, denn der Schwarze Zimmermann aus Gunn Hill, bei dem er eine Lehre machte, hatte ihm Urlaub gegeben. Miss Irene war zum Abendgottesdienst in die Kirche nach Gunn Hill gefahren, wo sie anschließend Chorprobe und ein Abendessen mit den Gemeindefrauen hatte, um das jährliche Silvestergebet zu besprechen.

Daddy rief den Kindern zu, sie sollten besser im Schuppen bleiben. »Schließt die Tür ab«, sagte er. Der Neffe von Mr Hobart drehte oft noch eine Runde über das Schulgelände.

Er betrat die Schule durch den Seiteneingang. Für einen Moment blieb er stehen, blickte in den dunklen Flur und hatte Sorge, jemand könne ihm plötzlich zurufen, dass er nicht mehr hierhergehöre. Dass er nie hierhergehört habe.

Seit dem »Diebstahl« von Miss Alleys Handtasche durften Mr Caesar und mein Vater sich nicht mehr ganz so frei in der Schule bewegen. Mr Hobart hatte die Lehrerinnen, die auf dem Schulgelände wohnten, dazu animiert, »ein Auge« auf das Kommen und Gehen der Männer zu haben. Er hatte sogar einige der Werkzeuge von Mr Caesar zurückverlangt, die er mit nach Hause hatte nehmen dürfen und die er brauchte, um Gelegenheitsarbeiten in der Umgegend zu verrichten.

Auf Mr Caesars Pfeifen oder sein Radio lauschend, ging mein Vater eilig zu seinem Klassenzimmer. Das Licht war an und das zitronige Putzmittel auf dem frisch gewischten Boden roch nach Sonnenschein. Mein Vater war wieder einmal dankbar für seine Freundschaft mit Mr Caesar. Anfangs hatte er noch unterschieden zwischen sich selbst, einem Mann der Bücher, und Mr Caesar, einem Mann der Besen. Doch die Atmosphäre im Dorf hatte die beiden Männer gleich gemacht und, in den Augen der weißen Bewohner, gleichermaßen minderwertig. Sie waren engere Freunde geworden, seit der Deputy Mr Caesar unrechtmäßig festgenommen hatte. Da das Kollegium meinen Vater aus nahezu allen Gemeinschaftsräumen ausgeschlossen hatte, war ihm bewusst geworden, wie unsere Zukunft in Salt Point aussah. An vielen Abenden hatten Mr Caesar und Miss Irene davon gesprochen, wieder in den Süden zu gehen. Sie erzählten von ihrer Heimatstadt Royal und stellten meinem Vater Fragen über Damascus. Er wich ihnen meistens aus, doch nun dachte mein Vater ernsthaft über den Vorschlag nach, sie könnten gemeinsam als eine Familie in den Süden gehen und eine Stadt finden, die groß genug war, schwarz genug und sicher genug für ihre Kinder. Mein Vater glaubte nicht, dass so ein Ort existierte. Nicht in Amerika. Vielleicht nirgendwo. Miss Irene hatte sofort das Wort *Afrika* in den Raum geworfen, doch mein Vater mochte sich die Anstrengungen eines solchen Umzugs nicht vorstellen, nicht mit einer so kranken Ehefrau.

Seufzend legte mein Vater die Finger, die noch im Handschuh steckten, an seine rechte Schläfe. Er würde Kopfschmerzen bekommen, wenn er sich nicht auf seine Aufgaben konzentrierte: das Klassenzimmer aufräumen, die Bücher sortieren, versteckte Weihnachtsgeschenke für seine Familie einpacken und Mr Caesar bei allem helfen, was noch zu tun war, damit sie so bald wie möglich nach Hause fahren konnten.

In diesem Moment huschte eine große Maus über den Fußboden. Laut fluchend dachte mein Vater daran, wie penibel Mr Caesar war, wenn es um Nagetiere in seiner Schule ging. Aber das hier war nicht mehr *ihre* Schule. Man musste den Tatsachen ins Auge sehen.

Der kräftige Wind von der Steilküste rüttelte an den Fenstern und mein Vater fröstelte. Mr Caesar hatte vermutlich die Heizung heruntergedreht, um Kosten einzusparen. Er dachte an die Kinder draußen im Holzschuppen, wo es sicher wärmer war.

Daddy hängte seinen Mantel an den Haken der Garderobe, den er immer wählte. Er malte sich aus, was das Jahr 1958 für ihn und seine Familie bereithalten würde. Daddy spürte, dass Veränderungen auf ihn zukamen und er seine übliche Achtsamkeit noch würde steigern müssen. Er betrachtete die leeren Tische vor sich. Das fehlende Geschworenengericht aus weißen Kindern löste kurzzeitig ein beklemmendes Gefühl in ihm aus, das er nie zuvor verspürt hatte. Er befreite sich von dem Gedanken, beobachtet zu werden, schimpfte mit sich selbst und griff nach der abgenutzten Schachtel, in der er seinen geliebten Federhalter aufbewahrte. Er wollte sich etwas Zeit zum Lesen nehmen, und um Fragen und Feststellungen in ein Notizbuch zu schreiben. So besann er sich auf den vertrauten, zerfaserten Trost des logischen Denkens und ließ sich von Vernunft und Fakten leiten, wie er es immer getan hatte.

…

Von irgendwoher drang beißender Rauchgeruch zu meinem Vater durch, der ihn abrupt aus der Kammer seiner Gedanken vertrieb. Durch die alten, verzogenen Fenster des Klassenzimmers konnte er einen riesigen Heiligenschein aus orangefarbenem Licht ausmachen. Er sprang auf und stürzte hinaus auf den Flur. Laut rufend hoffte er, seine Stimme möge den Freund erreichen. »Caesar! Caesar! Caesar!«

Mein Vater hörte nichts. Er rannte durch die schaurig beleuchteten Flure, seine Füße polterten wie Hufe über den unebenen, gebohnerten Holzfußboden. Als er keuchend am Seiteneingang ankam, war die Tür bereits abgeschlossen. Das war ungewöhnlich, da Mr Caesar das Auto meines Vaters gesehen haben musste und sich denken konnte, dass er sich noch im Gebäude befand.

Noch brach Daddy nicht in Panik aus. Er wusste nicht genau, was er durch das Fenster gesehen hatte. Doch was hätte dieses Leuchten sonst sein sollen? Draußen beim Holzschuppen. Der Holzschuppen.

Daddy machte auf der Stelle kehrt und rannte einen langen dunklen Flur entlang, der ihn zum Haupteingang der Schule führte. Er konnte sehen, dass die großen Türen geschlossen waren, wusste aber, dass Mr Caesar sie für gewöhnlich zuletzt abschloss.

Mein Vater stieß eine der Türen mit seiner Schulter auf. Der schneidende Wind von der Küste warf ihn beinahe um, pfiff ihm entgegen wie ein Schrei.

Er stolperte auf den Parkplatz und das leuchtend gelbe Licht zu. Mein Vater hätte nicht erklären können, warum ihm dieser Moment so bekannt vorkam, wie ein Traum, als habe er diesen Wettlauf schon mehrfach durchlebt und sei immer aufgewacht, bevor er erfuhr, ob er gewonnen oder verloren hatte.

Als er eine Reihe von niedrigen, gestutzten Büschen umrundet hatte, blieb er schlagartig stehen. Unter einem schwarzen Baum sah er den Schatten eines Mannes, der auf einem großen Pferd mit flammenden grünen Augen und einem brennenden Schweif saß. Das Gesicht des Mannes, stellte mein Vater erstaunt fest, sah haargenau so aus wie seines, nur dass es jünger war. Die Traurigkeit in den Schultern des Mannes, auf denen seltsame, gekrümmte Formen zu sehen waren, wie Hunderte Flügel oder Hände, trieb meinem Vater augenblicklich die Tränen in die Augen. Denn er kannte diesen Mann. Mein Vater blinzelte einige Male und die Gestalt war verschwunden. Er schüttelte den Kopf und rannte direkt auf das helle Licht zu.

Es war ein Inferno. Der Holzschuppen brannte. Mein Vater

konnte die Schreie der Kinder hören, die noch im Schuppen waren. Er wusste, dass Mr Caesar die Fenster im Winter verriegelte, um zu verhindern, dass sein Werkzeug beschädigt oder gestohlen wurde. Er dachte an die aufgereihten Kanister voller Benzin, Kerosin, Terpentin und Propan, die sein Freund sorgfältig beschriftet hatte. Die Massen an Streichhölzern, gestapelt zu kleinen Türmen aus Pappkarton. Der Schuppen war ein Pulverfass.

Mein Vater konnte die dünnen schwarzen Schatten der Kinder hinter den Fenstern tanzen sehen. Ein Teil des Dachs stand lichterloh in Flammen, und die Funken stoben wie groteske Festtagslichter hoch in die trockene, klirrend kalte Luft.

Er rief erneut nach Mr Caesar, auch wenn ihm bewusst war, dass sich der Mann in einem weit entfernten Gebäudetrakt befinden konnte.

Mein Vater rannte zum Schuppen, der ihn an eine Kirche erinnerte, die er nie gesehen hatte.

Das Getöse des Feuers ließ ihn an das Meer tief unterhalb der Steilküste denken. Er brauchte all seine Kraft, um die Tür aufzudrücken, die die Kinder auf seine Anweisung hin abgeschlossen hatten. Drinnen spürte er, wie sie ihn umklammerten, und seine Gedanken kreisten nur noch um ihre Rettung. Es hing dichter, giftiger Rauch in der Luft.

Mit einem Blick über die Schulter sah mein Vater, dass er die drei Kinder nicht durch die Tür würde hinausbringen können, durch die er hereingekommen war. Er würde die Fenster benutzen müssen. Sein Gesicht schützend, schlug er mit dem Ellbogen gegen die heiße Scheibe. Die Schlösser schmolzen bereits. Zwei der Fenster waren unerreichbar. Die Kinder kreischten, und er sah, wie das Feuer sich schicksalhaft in ihren glänzenden Augen widerspiegelte.

Mein Vater hob Rosemary auf seine rechte Schulter und Empire auf seine linke. Mit lauter Stimme wies er Lindy an, sich an ihm festzuhalten, komme, was wolle.

Als er das letzte Fenster erreicht hatte, trat mein Vater die Scheibe mit dem Fuß ein. Er schubste Empire nach draußen in die eisige Umarmung der frischen Luft. Dann Rosemary. Er hob Lindys halb bewusstlosen Körper hoch, flüsterte dem stöhnenden Mädchen beruhigende Worte zu. Sie war ohnmächtig geworden und hatte es dennoch geschafft, sich an ihm festzuhalten. Als er Lindy durch das Fenster schob, spürte er überraschenderweise zwei starke Hände, die das Mädchen packten und nach draußen zogen.

Mein Vater lächelte, als er jemanden seinen Namen rufen hörte. Es war das Feuer oder sein Freund Caesar oder der Rauch in seinem Blut, der auch nach vielen Jahren nicht verschwunden war. Der Wind blies ihm glühende Hitze entgegen, und er konnte deutlich die Stimme einer Frau hören, die ihn in ihrem Namen begrub. *Alma*, sagte die Stimme wieder und wieder, bis er auch wirklich zuhörte, sich erinnerte. Die Vision einer Frau, die Comfort genannt wurde und doch nie Trost fand, loderte in seinem wild klopfenden Herzen auf. Er glaubte zu schmelzen. Das Feuer tanzte über seinen verschwitzten Rücken und die weißen Ärmel seines guten Hemds. *Alma, Alma*, rief er voller Hoffnung zurück. Seine Mutter und deren Mutter und die Mutter davor würden ihn retten.

Als er die Hand ausstreckte und glaubte, Gottes eigene berühren zu können, krachte ein brennender Holzbalken auf ihn nieder und zerschlug den Verstand meines Vaters.

# 17

Am Montag vor Weihnachten stiegen Ruby und ihre Eltern in eine Limousine, die sie nach Amity bringen würde. Rubys Papa hatte einem Weihnachtsessen mit Miss Alley und den Hobarts zugestimmt. Ihr Vater betonte, wie »selbstlos« von ihm es doch war, diese Einladung anzunehmen und räumte ein, dass es nett von den Hobarts sei, Ruby ihre Hilfe anzubieten. Seine Laune hatte sich verbessert, seit er Ruby mitgeteilt hatte, dass er Miss Alleys gute Absichten für die Zukunft seiner Tochter akzeptierte. Ihr Papa warf ihr nicht mehr vor, heimliche Liebschaften mit Jungen aus dem Dorf zu haben, doch Ruby hatte furchtbare Angst, dass die flüchtige Affäre mit Cullen ihr Leben tatsächlich so verändern würde, wie es ihr Vater immer prophezeit hatte.

Als ihre Ma von dem besonderen Abendessen in Rubys Ehren erfuhr, schmollte sie einige Wochen lang und konzentrierte sich nur auf ihre eigene »Einführung in die Gesellschaft«. Ihre Augen brannten, wenn sie daran zurückdachte, wie Miss Alleys Onkel sie und Ruby damals behandelt hatte. Doch sie war immer noch der Meinung, Mr Hobart sollte dafür »bezahlen«, dass er es versäumt hatte, ihr in ihren besten Jahren Komplimente zu machen. Rubys Mutter ließ sich nicht von ihren Plänen abbringen, scherte sich kaum darum, was ihr Ehemann trieb, auch wenn ihre Schwestern behaupteten, Rubys Vater wäre unten am Leuchtturm mit einer Frau gesehen worden, die ganz sicher mehr war als eine lüsterne Dörflerin, die ihm einen Gefallen tat. Die Familie Scaggs hatte immer mit unangenehmen Gerüchten und Anspielungen leben müssen, also konnte keine hässliche Lüge über sie verbreitet werden, an der die Dorfbewohner nicht schon irgendwann ihre Freude gehabt hatten.

Doch auch Ruby hatte sich gefragt, ob die Verderbtheit ihres Vaters etwas mit Miss Alleys Großzügigkeit zu tun hatte. Sie wollte nicht glauben, dass ihre Lehrerin sie oder ihren Vater ausnutzte. Allerdings hätte Ruby gern gewusst, ob die Lehrerin sie wirklich als Tochter oder Schwester »adoptieren« wollte. Was, wenn das alles bloß der Unterhaltung einer übereifrigen Wohltäterin diente? In den Zeitschriften ihrer Mutter hatte Ruby Geschichten über Frauen gelesen, die so reich waren, dass sie sich arme Menschen kauften, sie wie Trophäen behandelten und dann wieder verließen. Vor nichts hatte Ruby mehr Angst, als davor, verlassen zu werden.

Sie machte sich zu viele Sorgen, dachte zu viel über ihre Zukunft nach, um herauszufinden, ob Miss Alley ihretwegen mehr Zeit mit ihrem Papa verbrachte. In der Limousine bemerkte Ruby, dass ihr Vater vor nicht allzu langer Zeit heimlich beim Friseur gewesen sein musste.

»Alles nur für dich«, sagte er. »Wenn du das nächste Mal an mir zweifelst, denk dran, dass ich versuche, dir zu helfen.« Seine Haare, seine Sprache, sein Temperament waren unnormal glattgebügelt. »Damit du eine Chance hast.«

»Sie hatte ihre Chancen«, sagte Rubys Mutter mit gereizter Stimme. Sie zog den struppigen Pelzmantel enger um sich und rutschte hin und her, bis sie kerzengerade wie auf einem Thron zu sitzen schien. »Die hatten wir alle.«

»Ruby ist anders als wir«, sagte ihr Vater mit einem gequälten Lächeln.

»Ich nehm jede Chance, die ich kriegen kann«, sagte Ruby. Es war ihr unangenehm, dass ihr Papa sie für anders hielt, aber vielleicht glaubte er es wirklich. Ihr Blick fiel auf das schlecht sitzende Wollkleid ihrer Mutter. Ruby hatte Ma für das Abendessen entschuldigen wollen, doch Miss Alley hatte darauf bestanden, beide Elternteile im Haus der Hobarts zu begrüßen, da sie etwas bekanntzugeben habe.

»*Ich* hatte mal eine Chance«, sagte Ma. »*Ich* hätte woanders leben können, eine andere sein können. Dann wär ich todsicher auch mit einem anderen Mann zusammen. Mit einem, der mich verdient hätte. Aber jetzt sitze ich hier.«

»Halt den Mund«, sagte ihr Vater, »und denk zur Abwechslung mal nicht nur an dich.«

»Immerhin kann ich *überhaupt* denken.«

»Sagt wer? Fang jetzt nicht mit deiner dämlichen Nummer über die verlorene Schönheitskönigin an. Den Scheiß will keiner hören.«

Rubys Mutter drehte den Kopf zum Fenster. Sie hatte ihr dünnes Haar zu einer grässlichen Frisur aufgetürmt. Ruby konnte ihre zarten Knochen unter den Hängebacken und Grübchen sehen, die keine Cold Cream der Welt verbergen konnte. Wenn man sie im Profil sah, erkannte man trotzdem deutlich, dass sie einmal eine Schönheit gewesen war.

»Ich weiß nicht, was diese Leute von Ruby wollen. Sie müssen doch irgendwas wollen. Und was auch immer das ist, sie wollen es mit Sicherheit umsonst haben. Ich versteh das einfach nicht – warum Ruby?«

»Natürlich verstehst du das nicht«, sagte ihr Vater.

»Ich bin so gut wie jede andere«, sagte Ruby. »Keine ist besser als ich. Und keine ist schlechter.«

»Du kannst nicht erwarten, dass irgendwer dir sagt, ob du gut bist oder nicht«, sagte ihr Vater knapp.

»Ich kann mich auf mich selbst verlassen, Papa.«

Er verpasste Ruby eine kräftige Ohrfeige. Er musterte seine Hand wie ein unbekanntes Gesicht und bekam traurige Augen. Dann schlug er noch zweimal zu. »Du verlässt dich gefälligst auf das, was ich dir sage.«

Als die Limousine die weichen Hügel von Amity erreichte,

verwandelte sich der raue Boden von Salt Point in eine gepflegte Landschaft mit zur Jahreszeit passenden Sträuchern, noblen Hecken und vergoldeten Laternen, die bereits brannten. Ein schmaler roter Streifen aus Sonnenlicht verband sich mit der Dämmerung. Dann wirbelte wie aufs Stichwort glänzender Pulverschnee durch das Zwielicht. Es war unglaublich, dass die beiden Ortschaften nur etwa dreißig Kilometer voneinander entfernt lagen.

Amity sah aus wie eine Filmkulisse, nur dass das hier echt war. Ruby hatte noch nie zuvor etwas Ähnliches gesehen, außer im Kino, das sie früher mit ihrer Ma besucht hatte. Ruby hatte diese Ausflüge immer gehasst, weil sie sich ständig mit ihrer Mutter stritt – Ruby stellte zu viele Fragen, oft mitten im Film, oder wollte Popcorn, Bonbons und andere Süßigkeiten, die ihre Mutter sich nicht leisten konnte. Mit ihrer Fragerei zerstörte das Mädchen den Zauber des Films für ihre Mutter. Und als Ruby eines Tages sagte, sie wolle nicht mehr ins Kino gehen, warf ihre Ma ihr vor, sie habe kein Talent fürs Träumen.

Ruby widerstand der Versuchung, ihr Gesicht an die Scheibe der Limousine zu pressen. Sie konnte den Blick schweifen lassen und gab sich Mühe, diese neue Welt ganz genau zu studieren. Der Anblick von Vorhängen in warm beleuchteten Fenstern löste ein Stechen in ihr aus. Ihr missfiel die tiefe Sehnsucht, die in ihr anschwoll.

In die hinterste Ecke des Sitzes rutschend, konnte Ruby das Leder unter dem zerknitterten Reifrock ihres Kleides spüren, das Miss Alley in ihrem Alter nicht mehr tragen konnte, wie sie gesagt hatte. Es war das schönste Kleid aus zweiter Hand, das Ruby je besessen hatte. Es lag ein leicht versengter Geruch in der Luft, denn Miss Alley hatte Rubys Haare mithilfe eines Lockenstabs zu Ringellöckchen geformt. Ruby dachte daran, wie fein und etwas unheimlich es sich angefühlt hatte, sich Locken machen zu lassen. Wie sanft Miss Alley auf jede einzelne Locke gepustet hatte, wie Ruby in den Spiegel über Miss Alleys Schminktisch geschaut und das Lächeln ihrer Lehrerin darin gesehen hatte. Trotz der vertraulichen Stimmung hatte sie Cullen mit keinem Wort erwähnt, während Miss Alley kichernd über Männer redete. Sie hatte ganz unverblümt über Mr Hobart gesprochen, den Mann ihrer Tante. Ruby konnte nicht sagen, ob Miss Alley selbst gern so einen reichen, unaufmerksamen Ehemann gehabt hätte, oder ob sie sich nach einem echten Herzensbrecher sehnte, einem verwegenen Frauenschwarm, wie ihre Ma ihn gern im Kino anhimmelte.

Bei einem früheren Treffen in Miss Alleys Wohnung hatte sie Ruby verschwörerische Fragen zu ihrer Periode gestellt. Ruby hatte gelogen, weil sie fand, dass eine Lehrerin solche Dinge nicht fragen sollte, was wiederum bedeutete, dass sie nicht verpflichtet war, die Wahrheit zu sagen. Doch die Wahrheit war, dass Rubys Periode seit Anfang September ausgeblieben war.

Inzwischen wusste Ruby, dass Cullen ein verlogener Süßholzraspler war. Er hatte ihr das Fliegen nicht beigebracht. Er hatte ihr gar nichts beigebracht, außer wie man die Beine spreizte. Seine Berührungen waren forsch, kräftig, hastig und, wie Ruby sich eingestehen musste, von so kurzer Dauer, dass sie sich fragte, warum die Erwachsenen einen solchen Wirbel um etwas machten, dass schneller vorbei war als Zähneputzen. Es war nett gewesen, *Sonnenschein* genannt zu werden, aber sie hätte lieber etwas über den Pilotenschein erfahren. Sie hatte ihn ausgefragt, ob ein Mädchen wie sie Chancen hatte, eine Harriet Quimby oder eine Amelia Earhart zu werden. Wie lange würde es dauern?

Als Cullen ihr sagte, er werde sich gut um sie kümmern, hörte Ruby nur mit halbem Ohr zu. Bei ihrem letzten Treffen in dem kleinen, heruntergekommenen Hangar bettelte sie, er möge sie wenigstens einmal kurz in einer seiner Maschinen mitfliegen lassen. Doch wie sich herausstellte, gehörte ihm keine davon. Sie entdeckte einen Wartungsbericht in dem Büro des Hangars, auf dem der Arbeitgeber Cullens Fähigkeiten und Arbeitsleistung bewertet hatte und unter dem Cullens krakelige Unterschrift zu sehen war. Er war bloß dafür zuständig, die Flieger zu waschen und zu reparieren. Wie Autos. Er war nichts weiter als ein Mechaniker der Lüfte. Trotzdem flehte sie ihn an, heimlich mit ihr durch die Wolken zu segeln. Es wäre doch vermutlich sicherer, als mit einem Auto davonzubrausen, das einem nicht gehörte, hatte sie gesagt, ohne zu bemerken, dass sie ihn damit beleidigte und auf unschickliche Art bat, seinen Job für diesen einen Wunsch zu riskieren. Sie versuchte, ihre Scham zu unterdrücken, als er einen Wetterwechsel als Ausrede vorschob. Als sie sich erkundigte, wann es denn besser passen würde, wurde seine Stimme kalt, und in seinen grünen Augen schimmerte der Abschied. Es war vorbei mit *Sonnenschein.* Cullen zuckte nur mit den Schultern und sagte: »Gar nicht.«

In diesem Moment kamen die Gefühle aus dem Frühling wieder hoch, als Ezra sich, genau wie Cullen, von ihr abgewandt hatte, während die Bäume noch in weiße Blüten gehüllt waren und etwas in der Luft lag, das Ruby fälschlicherweise für Hoffnung gehalten hatte. Ruby und Ezra hatten sich über ihre erste Periode ausgetauscht, die innerhalb von wenigen Tagen bei beiden eingesetzt hatte. Und dann kam die Trauer, als sie ihre Körper betrachteten, nur um festzustellen, dass sie im Grunde gleich und doch ganz verschieden waren. Die Trauer entstammte der Tatsache, dass die Mädchen weder ihre eigenen Körper ignorieren konnten noch die Bewertung ihrer Körper von außen. Sie würden nie auf die gleiche Art bewertet werden. Es war unmöglich für sie, Schwestern zu sein.

Der Teil von Ruby, der Ezra vermisste, war der letzte unschuldige Teil eines jungen Mädchens, das Bilder von Pilotinnen, kühn und mit verschränkten Armen vor Flugzeugen posierend, aus der Zeitung ausgeschnitten hatte. Das die Bilder mit den

Zähnen zermahlen hatte, um die Freiheit der Frauen in sich aufzunehmen.

...

In der Klinge des Messers und im Griff der Gabel spiegelte sich der schimmernde Kronleuchter über dem langen Tisch, auf dem die Bediensteten nahezu lautlos die mit Monogramm versehenen Teller abstellten.

Obwohl Ruby schon viele Jahre auf Mr Hobarts Schule ging, blickte er sie und ihre Eltern abwesend und desinteressiert an, während er an seinem Cocktail nippte. Seine letzten schwarzen Haarsträhnen hatte er quer über den Kopf gekämmt und mit schleimiger Pomade fixiert. Er trug einen Smoking. Sie saßen drinnen, und zu jeder Seite des Raumes brannte ein Kaminfeuer, doch Mrs Hobart zog ihren Pelz nicht aus.

Das prachtvolle Speisezimmer mit der Tapete aus Samt und der gläsernen Lichtkuppel nahm Ruby völlig ein, und sie bemühte sich, den Inhalt ihres geschliffenen Champagnerglases nicht hinunterzustürzen. Als man Rubys Papa Whisky anbot, nickte er etwas zu gierig. Ruby versuchte, Miss Alley mit Blicken vor ihrem Vater und seinen Trinkgewohnheiten zu warnen, doch es gelang ihr nicht. Zum ersten Mal spürte sie, dass ihre Lehrerin sie bewusst *nicht* ansah. Miss Alley, die behauptet hatte, Ruby so nahezustehen wie eine Schwester, zeigte nun ein anderes Gesicht, das Ruby an eine Maske erinnerte. Das Gesicht war stark geschminkt und kam ihr fremd vor. Sie trug ein rosafarbenes Chiffonkleid, das auch in einen Nachtclub in Hollywood gepasst hätte.

Rubys Mutter hatte nur Augen für die Lehrerin. Als sie den Blick schließlich von Miss Alleys gepuderter Haut, dem funkelnden Schmuck und den seidigen Schuhen mit Pfennigabsätzen löste, sah Ruby die geballte Traurigkeit ihrer Mutter, wie sie sie noch nie gesehen hatte. Ihr drehte sich der Magen um. Sie erinnerte sich an die schallende Ohrfeige, die ihre Ma ihr damals verpasst hatte, bevor sie den Rest des Tages heulend am Tisch gesessen und ihr Gesicht mit Cold Cream bearbeitet hatte. Ruby wurde bewusst, dass es Mr Hobart gewesen war, der die Wut und Verzweiflung in ihrer Ma ausgelöst hatte. Scham und ein Funke Verärgerung blitzten in Ruby auf. Würde der Millionär sich an diesen Tag erinnern, oder waren Ruby und ihre Ma so unbedeutend, dass er die unangenehme Szene sofort vergessen hatte? In ihrem Kopf hörte Ruby ihren Papa, der Mr Hobart immer für einen Betrüger gehalten hatte. Warum hatte er seine Meinung geändert?

Als zwei gepflegte karamellbraune Spaniel gebieterisch in den Raum mit den hohen Decken trabten, ging Rubys Ma in die Knie, um sie zu streicheln, und quietschte dabei affektiert. Alle konnten sehen, dass ein großes Loch im Strumpf ihrer Mutter klaffte und dass sie keine Unterhose trug. Der Champagner in Rubys Mund schmeckte sauer, aber sie konnte ihn ja schlecht ausspucken.

Kurz darauf setzten sich alle an den Tisch. Ruby spürte, dass die Hobarts den Abend so schnell wie möglich hinter sich bringen wollten. Es kam ihr vor, als würden alle Anwesenden, sie selbst eingeschlossen, die Luft anhalten. Immer wieder sah sie zu Miss Alley und hoffte, die Lehrerin würde ihr sagen, was zu tun war, welche Gabel und welches Wasserglas sie benutzen sollte – alle hatten jeweils vier Gläser vor sich stehen. Letztendlich trank sie einfach weiter Champagner, da sich das tulpenförmige Glas am besten von den anderen unterscheiden ließ.

Ruby beobachtete, wie die Hobarts kauten, wie ihre Eltern schmatzten, wie kritisch Miss Alley das fettige Stück Gänsefleisch auf ihrem Teller hin und her schob. Ihr Blick huschte zu einer Standuhr in der Nähe des Kamins. In Anwesenheit der Hobarts konnte Ruby ein wenig hinter die Fassade ihrer Lehrerin schauen. Miss Alley wechselte immer wieder Blicke mit

Mr Hobart. Ruby erschrak, als sie plötzlich die Hand ihres Papas an ihrem Bein, oberhalb des Knies, spürte. Er verwechselte Ruby mit Miss Dinah Alley. Sie stieß die Hand weg, redete sich ein, dass es ein Versehen gewesen war, doch ihr Papa war betrunken und dachte wohl tatsächlich, er würde das Bein ihrer Lehrerin streicheln.

Niemand sagte ein Wort, aber das Klappern des Bestecks hallte ohrenbetäubend laut durch den langen Raum. Wenn Miss Alley versuchte, Rubys Zukunft anzusprechen, furzte oder fluchte ihr Papa dazwischen. Ihre Ma nutzte die Gelegenheit, um sein Scheitern als Mann und als Vater zu betonen. Sie verlor sich in ihrer Vergangenheit, wiederholte, dass sie für ihre Schönheit ausgezeichnet worden war und es ihren Mann immer zu schönen Frauen hingezogen hatte.

Später, als eine Schwarze Frau den Raum durch eine Schwingtür betrat, begriff Ruby, wie betrunken ihr Vater wirklich war. In mürrischer Stille starrte er die Schwarze Frau an, die Mrs Hobart Marvella nannte und die so dunkel war, wie Ruby es noch nie gesehen hatte. Je näher sie der steifen weißen Tischdecke kam, desto dunkler wirkte ihre Haut. Im Schein des Kaminfeuers erinnerte ihr ovales Gesicht Ruby an die Fotografien von Frauen aus dem afrikanischen Busch, die Ezra ihr einmal in Mr Kindreds Arbeitszimmer gezeigt hatte. Als die Frau Rubys Vater einen Löffel reichen wollte, packte er sie am Handgelenk und drückte sie unsanft zurück.

Marvella starrte ihn an, ihre Augen wanderten von seiner Hand zu seinem Gesicht und zurück. Die Frau wirkte beleidigt, gelangweilt und sehr sicher, dass Papa den Blick als Erster senken würde. Marvellas Haltung ließ vermuten, dass sie nie den Blick senkte, außer wenn sie schlafen ging.

»Von dir lass ich mir nix auftischen.«

Miss Alley lächelte nervös. Dann schien sie ihre Tante und ihren Onkel eindringlich zu bitten, Rubys Vater zu ignorieren, da dieser, wie sie es bereits erwähnt hatte, als sie noch unter sich gewesen waren, ein primitiver Kerl war, der nichts von gehobener Esskultur verstand.

»Marvella, bitte bring Ruby noch ein Glas Champagner«, sagte Mrs Hobart. Sie betätschelte ihren Haaransatz, als hätte sie nur noch wenig Toleranz, wenig Barmherzigkeit übrig. Als Mrs Hobart sie anlächelte, zuckte Ruby zusammen. Vielleicht war Miss Alley genau wie ihre Tante, und Ruby war tatsächlich nur ein Prestigeobjekt, ein Symbol der Wohltätigkeit.

»Meine Nichte lobt dich in den höchsten Tönen«, sagte sie. »Deshalb sind wir heute Abend hier. Es freut mich sehr, dass deine arme Familie bereit ist, über deine Zukunft nachzudenken. Nicht alle Eltern gehen so vernünftig mit einem Angebot um, das so großzügig ist wie das unsere.«

»Noch hat uns keiner was angeboten«, sagte Rubys Vater, die Schwingtür anstarrend. Wie einer seiner Hunde behielt er Marvellas Bewegungen im Blick, aber sie hatte offenbar beschlossen, ihn zu ignorieren. Sie hatte eine Schüssel in der Nähe seines Tellers abgestellt, sodass er sich selbst bedienen konnte. Ruby konnte die angespannten Muskeln in ihrem Gesicht sehen. »Wir können nich ja sagen, wenn man uns nich ordentlich fragt. Wir wollen das Beste für unsere Ruby, aber das Angebot muss stimmen.«

Der Champagner, den Ruby nicht hätte trinken sollen, brodelte in ihrem Magen. Ihr Körper war randvoll mit Kohlensäure. Die Nähte ihres Kleides spannten. Ruby senkte den Kopf und betrachtete den kleinen, runden Bauch unter der rosafarbenen Schärpe, die zu eng um ihre Taille geschnürt war. Sie trug die gleiche Farbe wie Miss Alley. Ruby begriff, dass sie passend zu Miss Alleys Kleid ausstaffiert worden war. Als würde sie zu ihrer Lehrerin gehören und nicht zu ihren eigenen Eltern.

Dann fragte Mr Hobart lallend, für wen er den Scheck ausstellen solle, und Rubys Mutter buchstabierte ihm sofort ihren vollen Namen. Mr Hobart wollte wissen, warum der Mann des Hauses das Geld nicht auf sein Konto überwiesen haben wollte.

»Der hatte noch nie ’n eigenes Konto«, sagte Rubys Mutter. »Um so was kümmert der sich nich. Weiß nich mal, wie ’n Sparschwein aussieht. Stimmt’s, Ruby?«

Ruby stieg die Hitze ins Gesicht, während sie hilflos mit den Schultern zuckte und ihre Mutter anstarrte. Was passierte hier gerade? Niemand hatte sie gefragt, wie ihre Zukunft aussehen sollte.

»Papa?« Ihre Stimme zitterte, Tränen schossen ihr in die Augen, als sie ihn ängstlich ansah. »Papa, *bitte*, was ist hier los?«

»Meine Frau ist ’n Biest«, sagte Mr Scaggs, ohne zu zögern. »Eine Königin, die ihre eigene Tochter verkaufen würde, *unsere einzige Tochter*, und die denkt, ich nehm das kampflos hin.« Er hielt inne und zeigte mit dem Finger auf Ruby. »Haste alles geplant, oder? Du, deine Ma und das Miststück da drüben, das kaum ihren Namen schreiben kann. Ich weiß, ich war nich immer der beste Vater, aber immerhin bin ich kein Betrüger. Der Teufel soll euch holen. *Ruby, das ist kriminell.* Das ist Kindesentführung.«

Ruby spürte nur die goldenen Bläschen, die in ihrem Kopf platzten und zischten. Panisch dachte sie an ein Baby, das womöglich irgendwo unter ihrer Haut, in ihrem Blut heranwuchs. Konnte man als Mutter Pilotin werden? Sie hatte Cullen nur zweimal nah an sich herangelassen, aber vielleicht reichte das aus? Er hatte nicht einmal nach ihrem Namen gefragt, sie immer bloß Sonnenschein genannt und seinen Mund auf ihren gedrückt, sobald sie etwas sagte, das nicht seinen Vorstellungen entsprach.

Doch Ruby konnte dieses Schamgefühl gerade gar nicht zulassen, denn das, was sich vor ihren Augen am Tisch abspielte, war noch viel schlimmer. Wie es aussah, hatten ihre Eltern – oder vielmehr ihre Mutter – einen Preis, einen begrenzten Wert für ihr eigenes Kind festgelegt.

Rubys Ma forderte Marvella mit einer Handbewegung auf, ihr

mehr Wasser zu bringen. Dabei stieß sie gleich mehrere Weingläser um. Hicksend trank sie einen Schluck und leckte sich die Lippen, bevor sie verkündete, dass sie die Summe für angemessen hielt.

Ruby starrte ihre Mutter an, deren Gesicht von jahrelangen Fehlschlägen und Frustration gezeichnet war. Der Betrag stand für Vergeltung, denn Mr Benedict Hobart schuldete ihr etwas, das sie nie bekommen hatte – Respekt. Der Preis ihrer Wertschätzung war hoch, und Ruby kam es vor, als müsste sie sowohl ihre Mutter als auch ihren Vater auf wackeligen Beinen einen steilen Hang hinauftragen. Die beiden hatten damit kein Problem, ihre Tochter schien es ihnen schuldig zu sein. Sie musste an den Mann denken, der bei der Flugshow durch sie hindurchgesehen und ihr gestohlenes Geld genommen hatte, als könnte ihr der Traum vom Fliegen gefährlich werden.

Rubys Ma, Miss Alley, Mr und Mrs Hobart redeten nun durcheinander, verhandelten mit unangenehm kühlen Stimmen über Rubys Potenzial, die menschliche Ware. Sie benutzen das Wort *Investition*. Niemand lächelte.

Die Wut brodelte in Ruby und verwirrte sie gleichzeitig. Miss Alley hatte sie gerade aus ihrem Leben herausgekauft.

Als Mr Hobart eine kleine Glocke läutete, brachte Marvella einen Stapel Dokumente und ein neues Scheckbuch an den Tisch, und Rubys Mutter stieß ihren Mann mit dem Ellenbogen an. Nicht etwa, weil er die Summe zu niedrig finden und dagegen protestieren könnte, dass Miss Alley ihre Tochter adoptierte, sondern um zu verhindern, dass ihr betrunkener Ehemann bei ihrem ersten und letzten feierlichen Weihnachtsessen als Familie mit dem Gesicht im Hauptgang landete.

...

Am nächsten Morgen lag Rubys unglücklicher Kopf auf einem Seidenkissen. Sie hatte noch nie so schlecht geschlafen wie in dieser Nacht. Ihren Träumen missfiel die Feinheit und Förmlichkeit von Seide. Sie hatte Bauchkrämpfe wegen des vielen Essens und des Champagners. Sie hatte das Gefühl, sich übergeben zu müssen, als ihr Körper von heftigem Schwindel erfasst wurde. Langsam hievte sie sich hoch und lehnte sich gegen das kunstvoll verzierte Kopfteil aus Messing.

»Guten Morgen, Ruby«, sagte Miss Alley, als sie in das Gästezimmer kam. Sie zog die schweren taubenblauen Samtvorhänge beiseite, sodass sie in einer Wolke aus pudrigem Licht stand.

Marvella folgte ihr und trug achtsam ein gebügeltes dunkelblaues Kleid mit elfenbeinfarbenem Kragen, Manschetten und Spitzensaum herein. Es passte zu dem dunkelblauen Seidenkleid, das Miss Alley trug.

Miss Alley musterte Ruby, sprach aber erst nur mit Marvella. Dann begutachtete die Lehrerin Rubys Haare und schimpfte, weil sie auf ihren hübschen Locken geschlafen hatte. Warum hatte sie Marvella nicht gebeten, ihr ein Kopftuch anzulegen, um die schöne Lockenpracht zu schützen? Ruby wollte erklären, dass sie feines Haar hatte, in dem sich Locken nie lang hielten, doch Miss Alley unterbrach sie und forderte Marvella auf, Rubys Haar hochzubinden. Ruby hasste Hochsteckfrisuren, doch als sie protestieren wollte, lachte ihre Lehrerin bloß laut auf. Sie wollte Ruby in einen Salon in Boston schicken, wo eine Dame ihr einen Bob schneiden sollte. Marvella würde den Termin so schnell wie möglich vereinbaren. Eine Kurzhaarfrisur wäre einfacher und passte besser zu der Ruby, die sie sich vorstellte. Als Nächstes, sagte Miss Alley, brauche Ruby ein morgendliches Bad.

»Ich will mich nicht vor irgendjemandem waschen«, murmelte Ruby. »Erst recht nicht vor ihr.«

Miss Alley drehte sich vom Fenster weg und widmete sich ganz Ruby. Ihre Füße steckten in weißen Kalbslederstiefeln mit glänzenden Absätzen, die Ruby an ein Foto ihrer Heldin Harriet Quimby erinnerten. »Das musst du schon mir überlassen«, sagte ihre Lehrerin. »Je mehr du dich wehrst, desto schwieriger wird die Sache für dich.«

»Welche Sache?«

»Das wirst du schon sehen«, sagte sie mit einem kalten Lächeln. Sie nickte Marvella zu und verließ den Raum.

»Miss Marvella, ich will mich nicht waschen«, sagte Ruby und schlug die Bettdecke mit einem Ruck zurück.

»Wie Sie wollen, Miss Ruby. Dann eben nicht.«

»Gut.«

»Aber Sie werden jetzt trotzdem in diese Wanne steigen«, sagte Marvella. »Sie bezahlen mich nicht. Miss Dinah und ihre Familie schon. Und da Sie niemanden bezahlen und keine Ahnung haben, mit wem Sie sich eingelassen haben, sollten Sie genau überlegen, wem Sie vertrauen.«

»Wie heißt du eigentlich richtig?«

Die große Frau sah auf Ruby hinab. »Marvella. Punkt. Das ist mein Name. Ich arbeite nicht für Sie. Es interessiert mich nicht, wie Sie sich fühlen, und ich bin ganz sicher nicht Ihre Freundin.«

»Woher hast du den Namen?«

Marvella legte stirnrunzelnd den Kopf schief. Sie verstand, dass Ruby keine Ruhe geben würde. »Niemand hat meinen richtigen Namen benutzt, seit meine Mama gestorben ist«, sagte sie mit leiser Stimme. »Ich will nicht, dass irgendjemand in diesem Haus meinen Namen in den Mund nimmt, erst recht nicht der weiße Abschaum.«

»Was hab ich dir denn getan?«

»Und nennen Sie mich nie wieder *Miss* Marvella«, sagte sie schroff. »Was stimmt denn nicht mit Ihnen? Mit so was erzürnen Sie noch das ganze Haus. Verschwenden Sie keinen Gedanken an mich. Kein Mitgefühl. Gar nichts. Sie denken vielleicht, es ist gut gemeint, wenn Sie respektvoll sind oder das, was Sie für respektvoll halten, aber ich habe genug Respekt für mich selbst.«

Ruby traten die Tränen in die Augen, als könnte sie den Grund für den säuerlichen Gesichtsausdruck der Frau riechen. »Wenn ich Abschaum bin, was bist dann du?«

»Ich bin ich selbst, Miss Ruby«, sagte Marvella seufzend und rollte mit den Augen. »Und das ist jede Menge mehr, als Sie oder einer von diesen Dummköpfen hier je sein werden.«

# 18

Mr Caesar und einige Männer aus der Kirchengemeinde in Gunn Hill saßen rauchend auf unserer Veranda. Die Kälte hielt sie nicht davon ab, einen Flachmann herumgehen zu lassen. Auf der anderen Straßenseite hörte man die Kinder der Junketts kreischend im Schnee herumtollen. Das Spukhaus war mit einer weißen Schicht bedeckt. Es war Heiligabend.

Ich saß im Nachthemd in meinem Zimmer am Fenster, obwohl Mama und Ez mir gesagt hatten, ich solle fertig angezogen sein, wenn sie das nächste Mal nach oben kämen. Ich hatte kaum geschlafen. Es war ein einziger Albtraum. Die Bilder vom Abend zuvor schossen mir durch den Kopf. Immer wieder hörte ich den Schrei, den meine Mutter ausgestoßen hatte, bevor sie zusammenbrach. Mr Caesar war mit unserem Auto gefahren. Auf der Rückbank lag, in Plane gewickelt, der Körper meines Vaters. Ein Feuer aufgrund einer elektrischen Fehlschaltung, die Mr Caesar noch nicht hatte reparieren können. Mein Vater hatte Lindy, Rosemary und Empire gerettet. *Er hat meine Kinder gerettet*, sagte Mr Caesar immer wieder. Er war voller Schmutz, Rauch, Schweiß. Mr Caesar hatte sich Wasser über den Kopf gegossen, war durch das Fenster geklettert und hatte meinen Vater aus dem brennenden Schuppen gezogen. Als er die hintere Tür des Wagens öffnete, schlug mir der Geruch von verbranntem Fleisch entgegen, und mir wurde so übel, dass ich beinahe das Bewusstsein verlor. *Ihr zwei geht jetzt besser ins Haus*, hatte er sanft gesagt.

Dann hatte Miss Irene direkt hinter ihrem Ehemann geparkt,

und ihre drei rußverschmierten Kinder waren zu uns gerannt, hatten uns umarmt, uns umsorgt. *Er hat unsere Kinder gerettet, unser Leben*, sagte Mr Caesar immer wieder zu sich selbst.

Die Übelkeit war wieder da, ich rieb mir mit dem Saum meines Nachthemds die Augen. Meine Füße steckten in den Wollsocken meines Vaters, die ich aus den ordentlich neben seinem Schrank aufgestellten Schuhen genommen hatte. Ich dachte an seine letzten Worte, bevor er weggefahren war, wie er uns gebeten hatte, für das Feuer zu sorgen. Wir hatten Mama zu Hause bei den Weihnachtsvorbereitungen geholfen, wie er es uns aufgetragen hatte.

Plötzlich standen Ezra und Ernest in meinem Zimmer. Ich hatte sie nicht hereinkommen gehört. Es fiel mir schwer, Worte oder Stimmen zu hören, es sei denn, sie waren ganz in meiner Nähe.

»Cinthy, *bitte*«, sagte Ezra. »Wir brauchen dich unten.«

»Wo ist er?«

Sie wusste, dass ich Daddy meinte.

»Miss Irene hat gesagt, Mr Caesar und die Männer von der Kirche nehmen Daddy mit nach Gunn Hill, damit er angezogen werden kann.«

»Angezogen wofür?«

»Momma sagt, der Schwarze Bestatter in Gunn Hill arbeitet an dreihundertfünfundsechzig Tagen im Jahr«, sagte Ernest. »Sogar an Heiligabend.«

»Kann ich mitfahren?«, fragte ich.

»Er ist in Gottes Händen«, sagte Ernest. Seine Stimme brach am Ende des Satzes. In diesem Bruch lag noch ein Hauch der Kindheit, die er gegen seinen kratzigen, männlichen Bariton eingetauscht hatte. Er hielt die Hand meiner Schwester.

»Mama braucht Hilfe«, sagte Ezra. »Miss Irene und Mr Caesar sagen, sie mussten schon ihr ganzes Leben lang Verwandte beerdigen. Sie sagen, es tut zu sehr weh, wenn man es alleine macht, und sie freuen sich, wenn sie uns helfen können.«

Das Wort *freuen* hatte einen eigenartigen Klang. Ich zitterte wieder.

Ernest kam zum Fenster, wo ich mich zusammengerollt hatte. Seine Männlichkeit, intensiv und deutlich wie der Duft von Zimt, ließ mich noch mehr weinen. Ich wollte meinen Daddy. Ich wollte seine Stimme hören. Stattdessen redete Ernest leise auf mich ein. Obwohl ich lange Beine hatte und viel zu groß war, um getragen zu werden, legte Ernest die Arme um mich und hob mich hoch. »Komm schon, Kleines, sei stark. Ich weiß, es tut furchtbar weh.«

Durch einen Vorhang aus ungekämmten Haaren sah ich, wie Ezra sich die roten Augen wischte. Ihre Tränen lösten etwas in mir aus. Mit leiser Stimme bedankte ich mich bei Ernest und stellte mich hin.

»Ez, kannst du mir helfen?«

»Immer«, sagte sie mit einem schwachen Lächeln. Ihre Arme hingen kraftlos am Körper, doch unter den geröteten Lidern leuchtete es in ihren Augen.

»Mein Lieblingspullover liegt im Schrank.«

»Wir kommen gleich runter«, sagte sie zu Ernest.

»Okay«, sagte er. Seine Fingerspitzen berührten die Haare meiner Schwester, als er an uns vorbeiging. Er drehte sich noch einmal um und ich konnte Mr Caesars Augen im Gesicht seines Sohnes erkennen. »Das mit eurem Daddy tut mir leid. Er war wirklich klug. Und ein guter Mann. Mein Daddy meint, so eine Mischung gibt's nicht oft. Wir sind eine Familie, kleine Schwester. Das waren wir immer. Vergiss das nicht.«

…

Unser Haus war voller Stimmen, die wir kannten und denen wir vertrauten. Doch es war schwer, einer Welt zu vertrauen, die mir ohne Vorwarnung einen der wichtigsten Menschen genommen hatte. Weinend lauschte ich den beruhigenden Männerstimmen vor dem Haus. Es war bitterkalt, doch ihre Stimmen erhoben sich in warmer Harmonie. Sie sangen alte Worte, Lieder, mit denen sie groß geworden waren – »Roll, Jordan, Roll«. Ihr Glaube schwebte durch die kahlen Äste der Eiche vor meinem Fenster. Ich fragte mich, welche Lieder mein Vater in Damascus gesungen hatte, wo er geboren worden war. Ich dachte daran, dass er kurz vor seinem Tod oft Blues gehört hatte.

Als Mr Caesar und die Männer verstummten, stellte Ezra sich hinter mich. Liebevoll strich sie mir mit einem Kamm die Haare aus dem Gesicht. Die Berührung ihrer Hand an meinem Nacken war so sanft, dass ich wieder hätte weinen können. Ich schluckte die Tränen jedoch hinunter, ließ sie an andere Orte in meinem Inneren fließen. Ein vorsichtiger Blick zur Seite, und ich konnte das Profil meines Vaters im Spiegel sehen. Die Lippen sprachen mit der Stimme einer Frau.

»Was wird jetzt aus uns?«

# 19

Der Anblick unseres künstlichen Weihnachtsbaums am nächsten Morgen war grotesk. Das steife Geäst war beladen mit fröhlichem Schmuck, Lametta, Girlanden aus hartem Popcorn und einer klobigen bunten Lichterkette. Wenn ich daran vorbeistarrte, konnte ich sehen, wie Daddy sich zur Baumspitze streckte, in der Hand den grob geschnittenen, golden glitzernden Pappstern mit drei Zacken, den ich vor Jahren gebastelt hatte, unsere geliebte Krone. Wegen seiner Größe war es stets Daddy, der die Spitze schmückte, und er zog mich auf, weil ich mich weigerte, einen neuen, wohlgeformten Stern zu basteln.

Dort stand Daddys Sessel mit dem hohen, öligen Abdruck an der Stelle, wo er den Kopf angelehnt hatte, wenn er ein Nickerchen machte. Dort unser glänzendes schwarzes Klavier, ein hübscher Stutzflügel, auf dem Mama immer seltener spielte, je älter wir wurden. Vor sechzehn Jahren hatten meine Eltern das Klavier gemeinsam als Hochzeitsgeschenk gekauft. Der Schock war überwältigend. Wir hatten den Baum erst letzte Woche zusammen geschmückt. Daddy hatte gelacht. Als wir fertig waren, hatte Ezra uns heiße Schokolade gekocht. Wir hatten vor dem Kamin gesessen und das Album von Nat King Cole gehört. Durch die unverbrauchte, blinkende Freude, die das Ende eines Jahres und die Geburt des Sohn Gottes mit sich brachten, schauten wir uns jedes Mal in unserem Wohnzimmer um, als hätte es sich verwandelt.

Es war der Weihnachtsmorgen, doch ich würde meinen Vater nie wieder ein Wort sagen hören.

Das Feuer war heruntergebrannt, aber die kühler werdende

Luft war nicht unangenehm. Ich saß auf dem Sofa zwischen meiner Schwester und meiner Mutter, die beide mit geschlossenen Augen weinten, und zwang mich, nicht an Daddy zu denken, dessen Körper, eingehüllt wie eine Mumie, im Arbeitszimmer lag.

In wenigen Augenblicken würden Mr Caesar und Miss Irene vom frühen Gottesdienst in Gunn Hill zurückkommen. Normalerweise blieben sie den ganzen Weihnachtstag dort. In diesem Jahr würden die Junketts die Feiertage mit uns verbringen. Sie würden ihr Festessen und ihren Gesang mitbringen. Miss Irene meinte, wir sollten etwas zu Essen griffbereit haben, um bei Kräften zu bleiben, auch wenn wir es bloß anschauten oder uns übel war. Der Moment werde kommen, versicherte sie uns, in dem ein Teller mit hausgemachtem Essen genau das Richtige wäre, um die angestauten Tränen in uns zu lösen. Miss Irene sagte, sie werde frischen Kaffee und Tee bereithalten. Sie sagte, sie und Mr Caesar würden Mama bei dem helfen, was alle nur »das Organisatorische« nannten.

Mama war zu katatonisch, um zu protestieren, und Ezra nahm die Güte der Junketts an, weil sie Miss Irene vollkommen ergeben war. Sicher hatte auch die Tatsache, dass Ernest in sie vernarrt war, etwas damit zu tun. Er war ernst und schüchtern, doch seine Blicke wurden weniger verstohlen, als er begriff, dass sie sich über sein Lächeln und die sachten, respektvollen Berührungen seiner Hände freute. Ich wusste jedenfalls, dass alle unglücklich gewesen wären, wenn ich gesagt hätte, dass wir Zeit für uns bräuchten. Doch ich hatte Gefühle, die ich nicht aussprechen konnte – mein Vater war gestorben, weil er die Kinder der Junketts gerettet hatte. Ich wollte keinen *Helden*, ich wollte meinen *Daddy*.

Mr Hobart hatte Mr Caesar wegen Fahrlässigkeit und der Zerstörung von Schuleigentum entlassen. Ich hatte gehört, wie Mr Caesar, Miss Irene und meine Mutter sich leise unterhielten.

*Wir sollten von hier weggehen, bevor die uns auch noch anzünden,* hatte Mr Caesar gesagt. *Ich könnte sowieso nicht mehr an dieser schrecklichen Schule arbeiten, selbst wenn die mir eine Million Dollar zahlen würden.*

Ich ließ meinen Blick durch das Wohnzimmer wandern.

Unsere Tapete war ozeanblau und übersät mit elfenbeinfarbenen Blumen, die aus grün- und goldblättrigen Schlingpflanzen wuchsen. Dazwischen sah man Silhouetten von Tieren, eine harmonische Sammlung von stolzen Pferden, Ziegen, Füchsen, Vögeln und blassen Hirschen. Mama hatte einmal eine ähnliche Tapete bei einer Versteigerung in Amity gesehen. Daraufhin hatte sie nach einem günstigeren Imitat gesucht und es schließlich in einem Katalog entdeckt. Da auch diese Version noch recht teuer gewesen war, hatte sie nur die Hälfte des Wohnzimmers tapezieren können, was den Raum immer unfertig wirken ließ. Mama erzählte, dass man in fast jedem Haus in Damascus irgendwo eine blaue Zimmerdecke oder eine blaue Wand finden konnte, da die blaue Farbe Geister abschreckte. Das war auch der Grund, fügte Mama hinzu, weshalb die meisten Grabsteine auf dem kleinen Friedhof in Damascus in verschiedenen Blautönen angestrichen waren.

Ich sagte mir, dass Daddy noch hier bei uns im Haus war, seine Seele noch von den Büchern umgeben, die er studiert und geliebt hatte. Ich stellte mir seinen stummen Kopf vor, in einen dicken Schleier gehüllt, auf dem Lager, das Mr Caesar und Miss Irene für ihn errichtet hatten. Sie hatten saubere Leinenstreifen benutzt, um seinen Körper fest einzuwickeln. Unter dem Stoff hatten sie eine Kräuterpackung aufgetragen, die stark nach Lavendel und nach etwas wie Weihrauch roch, ohne dass ich es genau bestimmen konnte. Doch gegen den Geruch des Verbrennens konnten auch die Kräuter nichts ausrichten.

...

»Sie sind da«, sagte Ezra und öffnete die Augen. So wie das wässrige Licht durch unser Fenster fiel, musste es ungefähr Mittag sein.

Statt wie üblich laut zu rufen, betraten die Junketts unser Haus flüsternd. Lindy und die Kleinen trugen Papiertüten voller Lebensmittel am Wohnzimmer vorbei direkt in die Küche, als hätte Miss Irene die Aufgaben bereits verteilt. In ihren goldenen und cremefarbenen Kleidern sahen die Zwillinge aus wie Engel. Lindy trug Lippenstift, durch den ihr Mund schmutzig aussah. Anstatt uns zu begrüßen, blieb sie still. Miss Irene sagte, Lindy gebe sich die Schuld am Tod unseres Vaters. Schließlich habe sie ihm nicht helfen können, die Zwillinge durch das Fenster zu befreien, weil sie vor lauter Angst und Rauch ohnmächtig geworden war. Mama erhob sich und bestand darauf, dass Lindy sich nicht die Schuld für das geben dürfe, was passiert war. Ich wusste nicht, was ich zu Lindy sagen sollte, aber ich wollte nicht, dass sie sich schlecht fühlte, weil sie überlebt hatte. Draußen lenkten Mr Caesar und ein weiterer Mann eine Art Lieferwagen rückwärts die Auffahrt hinauf. Sie stellten das Fahrzeug seitlich am Haus ab, ganz in der Nähe der Glastür, die zu Daddys Arbeitszimmer führte.

Ich musste nicht lange überlegen, was dieser Wagen zu bedeuten hatte, doch als ich ihn sah, wurde mir schwindelig, so als würde ich in einem Auto mitfahren, das kein Lenkrad hatte, keine Bremsen, keine Frontscheibe.

...

Gegen drei Uhr nachmittags stellte Miss Irene mit Lindys Hilfe das Essen in der Küche bereit. Mit wehendem Kleid und einer goldenen Seidenblume hinter dem Ohr wirbelte sie umher. Dann rief sie uns alle zu sich.

Ich öffnete die Tür der Abstellkammer. Ich war ganz steif, weil ich dort so lange auf dem harten Stuhl gesessen hatte. Mein Kopf tat weh, aber ich versuchte zu lächeln, als die Kinder beim Anblick der glänzenden Heiligenscheine aus Ananas auf dem glasierten Schinken vor Freude durch die Küche sprangen. Ihre Augen strahlten vor Verehrung, als sie die herrlich gebräunten Marshmallow-Gipfel auf den cremigen Süßkartoffeln entdeckten.

»Herr Gott, von deiner Gnade leben wir, und was wir haben, kommt von dir«, sagte Miss Irene mit geschlossenen Augen. »Möge unser geliebter Bruder Kindred in seinem neuen Frieden an der langen und ewig währenden Tafel Gottes speisen. Mögen wir niemals vergessen, welchen Mut und welche Güte unser Bruder uns gab. Erinnern wir uns an ihn, den neuen Engel, der uns beschützt in einer Welt, die Gottes Liebe vergessen hat. Mögen wir uns für immer und ewig daran erinnern, dass Gott Liebe ist, und mögen wir einander stets diese Liebe schenken, so wie Gott uns heute diese Speisen geschenkt hat. Amen.«

»Amen«, sagte Mama vor allen anderen.

»Die werden alles aufessen, wenn du dir keinen Teller holst, Cinthy«, sagte Lindy sanft.

Miss Irene streckte mir die Hand entgegen. Ihre Armreife aus Messing und Holz klackerten melodisch aneinander. »Probier die Süßkartoffeln, ja? Die sind unwiderstehlich. Dein Daddy konnte nie Nein sagen, wenn ich sie für ihn gemacht habe«, sagte sie. Bevor ich etwas erwidern konnte, belud sie meinen Teller.

»Setzt euch irgendwo hin«, sagte sie, und alle verteilten sich.

Ich hatte nie woanders essen dürfen als am Esstisch, doch jetzt setzte ich mich auf die Stufen der Hintertreppe, meinen Teller auf den Knien balancierend. Abends mochte ich die Treppe wegen ihrer geheimnisvollen violetten und olivgrünen Schatten. Sobald der Morgen anbrach, wurden die verputzten Wände zu einem grellen Tunnel des Lichts. Ich saß so still da und nahm die Perfektion von Miss Irenes Süßkartoffeln in mich auf, dass die Erwachsenen mich nicht bemerkten, als Mama und Mr Caesar zu Miss Irene in die Küche kamen.

»Caesar, Irene, vielen Dank für alles, was ihr beide tut«, sagte Mama. »Ich dachte, ich würde vor ihm gehen. Wir hatten meine Operation für Anfang Januar geplant. In einer Klinik in Boston. Wir wollten es den Mädchen sagen, nachdem der Krebs entfernt worden wäre. Ich weiß, ihr denkt, ich sollte es nicht hinauszögen, aber ich werde noch warten. Wenn es zu Komplikationen kommen sollte, müsste ich wer weiß wie lange in Boston bleiben. Die Mädchen brauchen mich.«

»Ich weiß nicht, ob du dieses Spiel mit der Zeit spielen solltest«, sagte Mr Caesar. »Krebs kann sich bewegen, wie die Flammen, die uns unseren Bruder Heron genommen haben.«

Miss Irene nickte und sprach zögerlich. »Kann man den Krebs nicht behandeln? Diese Ärzte zücken so schnell das Messer, da bleibt einem ja gar keine Zeit, über alle Möglichkeiten nachzudenken. Hab ich in meiner eigenen Familie erlebt. Ich will dich nicht leiden sehen.«

»*Leiden?*« In Mamas Ton schwang Verwunderung mit.

»Hast du dich entschieden?«, fragte Miss Irene und wechselte damit das Thema. »Wegen Heron?«

Mamas Stimme schwankte. »Ich weiß, ihr meint es alle nur gut, aber wir, er – war nicht so gläubig wie du und Caesar. Können wir ihn nicht hier auf unserem Grundstück begraben? Dann wäre er immer in unserer Nähe. Das Land *gehört* uns.«

»Der Boden ist gefroren«, sagte Mr Caesar. »Und die Gegend ist nicht für Knochen gemacht. Jedenfalls nicht für unsere. Weiße gehen überall gegen uns vor, und der Tod ist da keine Ausnahme. Unsere Knochen sollten sicher ruhen. In guter Gesellschaft. Wenn du mit den Mädchen aus irgendeinem Grund in den Süden ziehst, muss ich ihn wieder ausgraben. Und ich hole niemanden aus der Erde.«

»Verstehe«, sagte Mama. Sie hatte den ganzen Tag schon *Verstehe* gesagt, aber es war bloß eine hohle Phrase. Wie bei einer Person, die sagt *Es geht mir gut*, obwohl ihr Haus mit allem, was ihr lieb und teuer war, niedergebrannt ist. »Gibt es denn noch andere Möglichkeiten?«

»Einäscherung?«

»Oh nein, das kann ich nicht tun.«

»Hör zu«, sagte Mr Caesar, nahm einen Teller von Miss Irene entgegen und bugsierte ihn auf die Arbeitsplatte. »Lass mich ihn nach Delaware bringen. Ich bringe ihn nach Hause.«

»Ihn zurückgeben«, sagte Mama in einem seltsam abwesenden Ton, den ich noch nie von ihr gehört hatte. »In Damascus werden sie ihn zurückgeben. So nennen sie es, wenn jemand beerdigt wird. Für sie ist der Tod so vertraut wie das Leben. Und wenn die Seele ›zurückgegeben‹ wird, dann ist es, als würde sie an einen Ort gehen, die sie schon kennt. Die Alten sagen, es muss bis zur Mittagsstunde am Tag nach dem Tod passiert sein, aber dafür ist es schon zu spät.«

Miss Irene warf Mr Caesar einen Blick zu.

»Warren ist draußen im Wagen. Gib ihm ein bisschen Geld für seine Zeit, er kann Caesar helfen«, sagte sie. »Wir brauchen einen Anzug, gute Schuhe, und dann bereiten wir alles vor. Hast du eine Straßenkarte? Die Männer verfahren sich sonst. Aber wenn Damascus so ähnlich ist wie Royal, wo Caesar und ich aufgewachsen sind, dann findet man es wohl auf keiner Karte.«

»Das stimmt, Irene. Du wirst es auf keiner Karte finden, so viel ist sicher. Ich rufe Mama an.«

»*Moment*«, sagte Miss Irene. »Willst du damit sagen, deine Mama *lebt* noch? Herr erbarme dich, du hast mir in all den Jahren nie von deiner Mutter erzählt!«

»Ja, sie lebt noch«, sagte Mama. »Auch wenn sie es vermutlich anders ausdrücken würde.« Sie ging zum Herd und schenkte sich etwas Kaffee ein. »Meine Mutter wollte nie eine Tochter haben, also habe ich mich nie wie eine benommen.«

»Der Kaffee ist kalt, Liebes«, sagte Miss Irene. »Komm, ich wärme ihn dir auf.«

»Irene, ich schmecke sowieso kaum was. Ist schon in Ordnung.«

»Kommen die Mädchen zurecht?«

»Es sind gute Kinder.«

»Natürlich, das weiß ich«, sagte Miss Irene. »Ich will wissen, wie es ihnen *geht.*«

»Sie stehen unter Schock, so wie ich.«

»Es tut uns *so* leid«, sagte Mr Caesar. »Was er für uns getan hat – Heron konnte nicht wissen, dass er sein Leben für das meiner Kinder geben würde, als er ins Feuer ging. Nur Gott wusste das.«

»Vielleicht hast du recht«, sagte Mama. »Ich bin dankbar, dass ich nicht das Wissen Gottes habe. Damit könnte ich unmöglich weiterleben.«

»Sag so was nicht, Lena«, sagte Miss Irene. »Das ist die Trauer, die da spricht.«

»Ich rufe meine Mutter an. Vielleicht kann sie morgen früh hier sein, je nachdem, wie stark der Sturm ist. Dann könnte sie mit Caesar zurückfahren und ihm den Weg nach Damascus zeigen. Ich weiß nicht, ob meine Erinnerung für eine gute Wegbeschreibung ausreicht.«

»Ja, natürlich können wir sie mitnehmen, wenn es so einfacher ist«, sagte Mr Caesar. »Außer du möchtest sie noch eine Weile hier bei dir und den Mädchen haben.«

Mama lachte trocken und schüttelte den Kopf.

»Möchtest du noch mehr Süßkartoffeln, Liebes?«, fragte Miss Irene, die mich endlich bemerkt hatte. »Im Ofen sind noch Käsemakkaroni. Und Maisbrot.«

Ich schüttelte den Kopf und hörte mich sprechen. »Das ist nicht Daddys Zuhause. Unser Haus – *wir* – sind sein Zuhause.«

»Hyacinth Kindred, dieses Gespräch ist nur für Erwachsene«, sagte Mama. »Du bist noch zu klein. Ich bin die Mutter. Du bist das Kind. Ist das klar?«

»Entschuldigung.«

Miss Irene nahm mir vorsichtig den Teller aus der Hand und strich mir über den Scheitel.

Ich hätte gern gesagt, dass die Klarheit der Erwachsenen bedeutungslos war, nutzlos. Nicht einmal die Luft, die durch unsere Körper strömte, hielt lang genug an, um klar zu sein.

...

Anstatt nach oben zu Ezra, Ernest und Lindy zu gehen oder mich allein auf dem Sofa einzurollen, schlüpfte ich durch die Haustür nach draußen. Mr Warren hatte seinen dunklen, schlafenden Kopf an die Scheibe gelehnt. Ich huschte die Stufen hinunter und lief, die Arme um den Körper geschlungen, zur anderen Seite des Hauses, wo ich durch die Glastür in Daddys Arbeitszimmer kam. Ich ging zu dem Tisch, auf dem der Körper meines Vaters lag und küsste seinen verschleierten Kopf. »Du fehlst mir jetzt schon«, flüsterte ich.

In diesem Moment wird der Tod meines Vaters sichtbar.

Sein Körper ist in seinen feinsten Anzug gehüllt, der Kragen eines gestärkten Hemds umfasst seinen Hals. Sein Kopf verbirgt sich unter einem Schleier aus schwarzem Samt. Daddys einzige Hand steckt in einem weißen Handschuh und ruht auf seiner Brust. In den Duft seines Rasierwassers mischt sich ein sterbender, verbrannter Geruch, und ich rümpfe die Nase. Obwohl mein Vater liegt, kann ich an nichts anderes als an seine Größe denken. Als ich ein kleines Mädchen war, fiel sein Schatten wie der eines Hochhauses auf die Erde. Ich höre seine Schritte, wie er mit den Beinen das hohe Gras teilte. Ich höre sein leises, vergnügtes Summen, wenn wir Jahr für Jahr in dem kleinen, robusten Boot über den Teich trieben, Orangen schälten und uns Geschichten erzählten, während die Sonnenstrahlen über unsere Haut flossen. Ich denke an die Wünsche, die er im Laufe der Jahre für meine Schwester und mich ausgesprochen hatte, und auch wenn mir seine genauen Worte nicht einfallen wollen, halte ich noch immer den Rhythmus seiner Zuversicht und seiner Stimme in mir fest. Mein Vater ermutigte mich, auf hohe Bäume zu klettern, alten Ästen zu vertrauen. Er gab mir Küsschen für meine Kratzer und kitzelte mich an den Füßen. Er nannte mich seinen Stern und seine Lieblingsgeschichte. Wie wundervoll es doch gewesen war, mit einem Menschen zu leben, der wusste, was eine Geschichte war und was sie zu heilen vermochte. Oft sagte er, wir seien seine wahren Wunder.

Ich sehe seine ruhige, motivierte Hand, die mit einem Zauberstab aus Kreide über die Tafel rauscht. Mein Vater gab sich einer Einrichtung hin, die weder seinen Intellekt noch sein Lachen verdient hatte. Dieses Lachen ließ mein Herz leicht werden, in einer Sprache, die ich an keinem Ort der Welt wiederfinden werde.

In dem gedämpften Raum, in dem mein Vater träumte und las und seine Ideen mit mir teilte, betrachtete ich nun sein persönliches Museum aus Steinen, Federn, Knochen, getrockneten Flügeln und Blumen, gesprungenen Kaleidoskopen, kaputten Kompassen und einem Teleskop, den wundersamen Relikten seines Körpers und seiner Vorstellungskraft.

Ich küsste seine stille Hand mit der Liebe einer Tochter. Es war diese sanfte Hand, die es mir erlaubt hatte, alles zu wissen, was eine Tochter über das Herz ihres Vaters wissen konnte.

Dann setzte ich mich auf das kleine, ausgeblichene Sofa. Der Druck der Sprungfedern unter den Kissen beruhigte mich, und ich legte den Kopf auf meinen Arm. Sein schwarzer Umriss verschwamm vor meinen Augen, und ich sank in einen Traum, der mich zum Waisenkind machte, denn ich wusste, ich würde meinem Vater später nicht davon erzählen können, wie ich es sonst immer getan hatte.

Ich wünschte, ich hätte ihm mehr von meinen schönen Träumen erzählt, und ich war dankbar, dass er mir seine Bücher über Traumdeutung gegeben hatte, damit ich meine Visionen darin nachschlagen konnte. *Du scheinst ein Talent dafür zu haben*, hatte er einmal gesagt, als wir die Erscheinung einer Farbe oder eines Tiers oder einer Zahl suchten, die ich aus dem Traum in meine morgendlichen Gedanken gerettet hatte. Wenn ich ihn nach seinen eigenen Träumen fragte, räusperte er sich bloß und berief sich auf sein schlechtes Gedächtnis, sein Bedürfnis, mit klarem Kopf einzuschlafen. *Wenn eure Mama mir einen Gutenachtkuss gibt, habe ich immer das Gefühl, zu träumen*, hatte er meiner Schwester und mir einmal erzählt. Dann hatte er jeder von uns ein Küsschen gegeben und gesagt, wir wären die besten Träume, die sich ein Mann wie er nur wünschen konnte.

…

Der Anblick meines Vaters verwirrte mich, als ich wieder aufwachte. Kurz dachte ich, er würde unter dem schwarzen Stoff laut rufen, doch es war die Stimme eines anderen Mannes. Die Stimme von Mr Caesar. Der Lärm im Haus näherte sich meinem Vater und mir. Das Geräusch schneller, harter Schritte. Ich hatte Angst, denn ich konnte meinen Vater nicht bewegen, und ich hastete mit eingezogenem Kopf in eine Ecke, bevor die Tür zu Daddys Arbeitszimmer so kräftig aufgestoßen wurde, dass der Türknauf im Putz der Wand stecken blieb.

Miss Irene und Mama stolperten gleichzeitig herein, stürzten und hatten Mühe, wieder auf die Beine zu kommen. Die Kerzen flackerten. Miss Irene hatte sie zusammen mit Kräutern und Räucherstäbchen überall im Zimmer verteilt. Der beruhigende Duft lud die Luft auf, säuberte sie, und doch zog sich mein Brustkorb zusammen, als würde Rauch in das Zimmer eindringen. Flach an die hintere Wand gedrückt, fiel es mir leicht, meinen Körper zu verlassen, zu verschwinden wie eine Spinne im Reich ihres Netzes.

Der Deputy stand im Arbeitszimmer meines Vaters und beugte sich über dessen Körper.

»Bitte«, sagte Mama. »Bitte verlassen Sie sofort mein Haus.«
»Halt den Mund.«
»Beweg deinen weißen Arsch hier raus, oder ich *helfe* dir dabei«, zischte Miss Irene.

Deputy Charlie blickte irritiert auf den Körper meines Vaters hinab. »Man hat uns gesagt, er sei bei lebendigem Leib verbrannt. Keine Überreste. Was ist das? Wer hat euch erlaubt, die Leiche vom Grundstück meines Onkels wegzuschaffen?«

Niemand antwortete. Langsam wanderte sein Blick zu jedem von uns, in seinen Augen glänzte die Erkenntnis, dass er uns nicht kontrollieren konnte. Nachdem er ein weiteres Mal die Runde gemacht hatte, lag Grausamkeit in seinen Augen. Sie verband sich mit der Verachtung, die seine bösen Lippen umspielte.

Der Deputy begutachtete die ordentlichen Regale des Arbeitszimmers. Als er mit einem weißen Briefumschlag gegen den eingehüllten Kopf meines Vaters tippte, verzog sich sein Gesicht zu einem Grinsen. Später erfuhr ich, dass der verschlossene Umschlag die offizielle Entlassung meines Vaters enthielt, die persönlich bei meiner Mutter abgegeben werden musste. Mr Hobart hatte Sorge gehabt, Mama könne ihn womöglich verklagen oder, noch schlimmer, der Schule eine Art Ausgleichszahlung abverlangen. Am Nachmittag hatte ich gehört, wie Mama mit Miss Irene und Mr Caesar über Daddys Lebensversicherung gesprochen hatte. Ich fragte mich, ob die Ankunft dieses weißen Mannes bedeutete, dass man sie uns auch noch wegnehmen würde. Doch es war der Wagen der Kirchengemeinde, der die Neugierde des Deputy geweckt hatte. Er wusste, dass unsere Familie dem Glauben noch nie besonders zugetan war.

»Für solche Dinge gibt es gewisse Regeln«, sagte er jetzt.

»Meinen Sie Gesetze?«, fragte Mr Caesar. »Wir haben gegen kein Gesetz verstoßen.«

»Das entscheide immer noch ich.«

»Sagen Sie, was Sie zu sagen haben, und dann lassen Sie uns

in Ruhe«, sagte Mama. Ihr Blick war tödlich. »Lassen Sie mich meinen Mann in Frieden beerdigen.«

Der Deputy zuckte mit den Schultern. »Die Leute im Ort haben schon seit einer Weile genug von euch. Es könnte sein, dass sie ein Wörtchen mitreden wollen.«

»Ist das alles?«, fragte Mr Caesar.

»Nein«, sagte er. »Das ist nicht alles.« Ohne Vorwarnung riss er das Tuch vom Kopf meines Vaters und spuckte auf ihn. Er wischte sich den Mund ab, taumelte ein paar Schritte zurück und schlug sich dann die Hände vor die Augen. »Meine Güte.« Als der Deputy seine Hände senkte, lag der Lauf von Miss Irenes Pistole an seiner Schläfe.

Hastig zog Mr Caesar sie zurück, den Arm um ihre Taille gelegt, und flüsterte ihr eindringlich ins Ohr. Ernest, Lindy und die Zwillinge standen an der Tür. Wir starrten gemeinsam auf das schwarze, verbrannte Loch, das das Gesicht meines Vaters gewesen war.

»Ihr wisst schon, dass man euch hier oben für den Mord eines weißen Mannes anzünden würde wie die Kerzen am Weihnachtsbaum.« Deputy Charlie sah erst die Kinder an und dann Ernest, der näher getreten war, die Hände zu Fäusten geballt. Der Polizist rückte sein Holster zurecht und verließ fluchtartig den Raum. Wir konnten ihn würgen hören, als er die Haustür hinter sich zuschlug.

»Herr, erbarme dich«, sagte Miss Irene weinend. Sie eilte zu meinem Vater und versuchte das zu bedecken, was wir nicht hätten sehen sollen. Mama rutschte an der Wand, die sie aufrecht gehalten hatte, nach unten.

»Feigling«, sagte Mr Caesar. »Keinen Respekt vor unseren Toten.«

Lindy brachte die Zwillinge aus dem Zimmer, und Ernest umarmte Ezra, drückte ihren steifen Körper an sich. Von dort, wo ich stand, konnte ich ihre Augen sehen; die Wut darin war so unergründlich wie das Feuer, das meinem Vater das Gesicht genommen hatte. Wir sahen uns an, mein Feuer traf auf ihres, bis ich blinzelte und mir bewusst wurde, dass ich früher erwachsen werden würde, als ich gedacht hatte. Als Ezra schließlich die Augen schloss, strömten Tränen über ihre Wangen. Über dem Kerzenschein und dem intensiven Geruch der Räucherstäbchen schwebte Miss Irenes Stimme im Gebet durch den Raum.

Ich ging zu Mama und kniete mich neben sie, um ihr eine Stütze zu sein.

# 20

Nach dem Besuch des Deputy bestand Mr Caesar darauf, mit seiner Familie bei uns zu übernachten. Er und Miss Irene fuhren zu ihrem Haus und brachten Schlafanzüge für die Zwillinge und Lindy sowie zwei Schrotflinten mit, die er bei sich trug, als er sich vor unserer Tür den Schnee von den Arbeitsstiefeln stampfte. Drinnen hörte man in den Stunden darauf die rhythmischen Schritte von Mr Caesar und Ernest, die zwischen Haustür und Hintertür patrouillierten. »Er wird wiederkommen, und wenn es so weit ist, wird er versuchen, mich umzubringen. Dieser Mann will mich zu gern neben unserem Bruder Kindred liegen sehen«, sagte Mr Caesar. »Aber er kann nichts gegen den Willen Gottes tun. Ich muss unseren Bruder in den Süden bringen, damit er bei seinen Vorfahren zur Ruhe kommen kann. Ich werde ihn nicht im Stich lassen. Er hat meine Kinder gerettet, meine Familie. Sohn, zeig mir noch mal, wie du die Waffe nachlädst, als würde dein Leben davon abhängen. Du wirst deiner Momma helfen müssen, bis ich wieder da bin.«

Obwohl es bereits weit nach Mitternacht war, hatte Miss Irene noch mehr Kaffee gekocht. Es war eigenartig, so spät in der Nacht den Duft von Kaffee zu riechen. Er wehte durch unser Haus, als wollte er uns mobilisieren. Ich wusste, er sollte uns ein Gefühl von Sicherheit geben. Als ich nach unten kam, um mir etwas davon einzuschenken, hatte Miss Irene eine der Macheten in der Hand, die normalerweise in ihrem Wohnzimmer an der Wand hingen.

Sie legte die Waffe beiseite, um mich zu umarmen. »Komm

mit nach oben und hilf mir mit deiner Mama«, sagte sie. Es musste schon zwei oder drei Uhr morgens sein. Ich folgte ihr nach oben, sah zu, wie behutsam sie Mama zudeckte, die schlafend und mit tränennassem Gesicht dalag. Dann brachte sie mich und die anderen Kinder, die noch wach waren, ins Bett, betete für uns und setzte sich, wie eine Soldatin im Nachtdienst, ins Arbeitszimmer zu dem Körper meines Vaters.

...

In den blauen Morgenstunden wurde ich von dem Geräusch knirschender Reifen im Schnee geweckt. Ich behielt das Nachthemd an, schlüpfte aber in meine Jeans und streifte einen alten Pullover über. Mit gelben Gummistiefeln im Arm stieg ich über Empire hinweg, der sanft schnarchend unter seiner Decke lag. Im Flur zog ich die Stiefel so leise wie möglich an. Ich beschloss, die Hintertreppe in der Nähe von Mamas Schlafzimmer zu benutzen, damit nicht alle aufwachen würden. Doch in der Küche stand schon frischer Kaffee, und der Wind, der durch die geöffnete Tür hereinwehte, verriet mir, dass ich nicht die einzige Frühaufsteherin war.

Mr Caesar und Miss Irene standen ohne Mäntel auf der Veranda. Sie blickten einem schnittigen Wagen entgegen, der langsam die Straße hochfuhr.

Der Wagen hielt vor unserem Haus. Als die Beifahrertür geöffnet wurde, schepperte die Musik einer Brass-Band aus dem Radio.

Eine warm eingehüllte Frau stieg aus. Der Fahrer, ein gut gekleideter Mann, stieg ebenfalls aus und verfluchte den Schnee. Er stolperte zum Kofferraum, ohne dass die Frau ein Wort sagen musste. Sie war groß und hatte einen flaschenförmigen Körper. Sie machte sich nicht die Mühe, die Beifahrertür zu schließen und hob zum Gruß den Arm, der in einem roten Jackenärmel steckte. Auch ihre Lippen waren weihnachtlich rot geschminkt.

Als sie auf uns zukam, fing sie an, sich aus ihrer Reisekleidung zu schälen. Erst die Handschuhe, dann zwei Schals, während sie geräuschvoll die Stufen erklomm.

Miss Irene begrüßte sie freundlich und die Frau nickte lächelnd. Ich konnte Miss Irenes Tonfall nicht recht einordnen und wartete ab, ob sie auch etwas zu mir sagen würde.

Der Mann schleppte den Koffer bis zu den Stufen vor unserem Haus. Er setzte ihn auf einem Haufen Schnee ab und drehte sich dann mit ausgestreckten Armen um, um nicht das Gleichgewicht zu verlieren. Im heller werdenden Licht sah man das Flattern der kessen Feder an seinem schicken roten Hut.

»Danke, Jeremiah«, rief sie.

Wie verzaubert von ihrer Stimme, hörte ich auf zu zittern.

»Guten Morgen und Gottes Segen. Sind Sie Lenas Mutter?«, fragte Miss Irene höflich. »Sicher sind Sie das – es verirrt sich selten jemand in diese alte Sackgasse. Lena und die Mädchen werden sich freuen, dass Sie da sind.«

»Wer ist *Lena*? Mein Baby heißt Jolene.«

Die letzten Worte hätten ein Bluessong sein können, der Gesang einer Amsel, die Mitleid mit der Nachtigall, dem Hahn und dem Papagei hat.

»Mein Baby heißt Jolene«, wiederholte sie mit hochgezogener Augenbraue. »Und als mein Baby mich anrief, kam ich so schnell ich konnte. In Damascus bespricht man schlechte Nachrichten nicht am Telefon. Fragen Sie mich nicht, warum. Aber sobald wir aufgelegt hatten, wusste ich, dass es etwas Schlimmes war. Hab Jeremiah angerufen und meinen Koffer gepackt. In Damascus hört man die unausgesprochenen Dinge genau so deutlich wie das, was gesagt wird. So ist es eben«, verkündete sie und segelte an Mr Caesar und Miss Irene vorbei ins Haus. Ihre Stimme zog sich durch die Luft wie ein Sonnenstrahl. »Ich weiß nur, dass sie nicht tot ist, denn sie hat mich ja gestern Abend angerufen, aber ich sehe sofort, dass der Tod in diesem Haus ist.«

Ich dachte, sie hätte mich nicht bemerkt, doch als sie weiterging, verzog sie das Gesicht. Sie holte tief Luft und atmete aus, als hätte sie eine weite Strecke laufen müssen.

»Herr, o Herr.« Sie drehte sich im Kreis, blieb stehen und fixierte mich. Ich hätte nicht sagen können, ob sie lächelte oder böse guckte. Sie hatte Lippenstift an den Zähnen.

»Daddy ist in einem Feuer umgekommen«, sagte ich. »Am Tag vor Heiligabend.«

Sie nickte und löste mehr Kleidung, in die sie eingepackt war. *Diese Frau war meine Großmutter?*

»Scheiße, dann hat er länger durchgehalten, als ich dachte«, sagte sie zu sich selbst und warf ihren Mantel quer durch das Wohnzimmer, direkt auf einen Stuhl, als hätte sie sich bereits eingeprägt, wo alles stand. Mein Magen zog sich zu einem Eisklumpen zusammen, als ich sie so über Daddy reden hörte. Sollten sie und ihre Meinungen doch auf der Stelle kehrtmachen und wieder dahin verschwinden, wo sie hergekommen waren.

»Ich bin Ginny«, sagte sie. »Für die Regierung bin ich Virginia, aber ich halte mich von der Regierung fern, so gut ich kann.« Sie beäugte mich, schnalzte mit der Zunge. »Verdammt, was ist denn los mit dir?« Meine Antwort interessierte sie nicht, oder sie hatte keine Geduld, darauf zu warten – aber was hätte ich auch auf eine solche Frage antworten sollen? –, also ging Ginny schnurstracks in die Küche.

Mit lauter Stimme verlangte sie nach Kaffee und Toast. Ungefragt fing sie an zu erzählen, verwickelte Miss Irene, Mr Caesar und mich in ein Gespräch über ihre Zahnprobleme, die Winterglätte auf der Schnellstraße, die Fahrweise von Weißen im Vergleich zu der von Jeremiah, wie wunderbar Jeremiah sein Tempo anpasste, wie genau er wusste, wann er langsamer werden musste. Besonders im Bett.

Sie sagte etwas zu Mr Caesar, was ihn zum Lachen brachte, und redete weiter, als käme sie regelmäßig zu Besuch. Sie sagte, unser Haus erinnere sie an die Häuser von Weißen, in denen die Heizung heruntergedreht wurde, obwohl man sich die Wärme leisten konnte. Dieses Haus sei zu kalt für ihre Arthritis, und wenn sie in zu kalten Häusern sitzen müsse, wirke sich dies manchmal auf ihre Verdauung aus und könne zu Verstopfung führen. Genau genommen sei unser Haus eine einzige Verstopfung, sagte sie, öffnete Mamas Schubladen und begutachtete unser Besteck. Sie kniete sich vor den Küchenschrank und inspizierte Mamas Töpfe und Pfannen. Sie fuhr mit dem Finger über Mamas gusseiserne Bratpfanne und prüfte, ob sie ölig war. Mit demselben Finger drehte sie dann am Knopf von Mamas Radio, bis ein leiser Strom fremder, offiziell klingender Stimmen in den Raum floss. Wir hörten einen Beitrag über Elvis Presley, der einberufen worden war, und neue Informationen über den Schlächter von Plainfield, einen Mörder, der eine Frau getötet und enthauptet hatte.

Als sie aus dem hohen Fenster über der Spüle blickte, kam sie mir vor wie eine reifere Version von Mama. »Mädchen, bist du schwer von Begriff? Geh ins Wohnzimmer und mach den Kamin an, bevor das Blut in meinen Adern gefriert«, sagte sie, als sie meine Blicke bemerkte. »Das Gör steht hier und glotzt mich an wie eine Große. Dabei ist sie noch klein. Mach schon, Mädchen, kümmer dich um das Feuer, sonst fallen mir die Zähne aus. Hier zieht es ja wie Hechtsuppe. Ich sehe dir an, dass du für die Wärme in diesem Haus verantwortlich bist, stimmt's? Als ich klein war, lange bevor es deinen Daddy gab, erzählte man sich schon, dass die Kindreds was mit Feuer zu tun haben.«

»Möchten Sie Bruder Kindred sehen?«, fragte Miss Irene. »Bevor Ihre Tochter runterkommt?«

Ginny wusch sich in der Spüle die Hände unter dampfendem Wasser. Als sie über die Schulter schaute, hatte sie Tränen in den Augen. Sie weinte genau wie Mama. Sie sprach auch wie Mama, klang jetzt erschöpft und vertraut. »Himmel, Schätzchen, so früh am Morgen meide ich den Tod, wenn es irgendwie geht«, sagte die Frau, die meine Großmutter sein sollte. »Wenn du morgens den Tod anschaust, darfst du dich nicht wundern, wenn der Kerl abends mit in dein Bett steigen will. Ich hab zwar gern männliche Gesellschaft, aber mein Kissen teile ich mit keinem. Verstehen Sie? Zum Teufel, ich werd mir sicher nicht den Tod ins Bett holen.«

# 21

Ginny verbrachte den Vormittag in Mamas Schlafzimmer.

Ich schlich mich zur Tür und drückte mein Ohr dagegen. Ich wollte bei Mama sein, neben ihr auf Daddys Platz liegen.

Unten in der Küche waren Ez, Lindy und Miss Irene damit beschäftigt, das Essen für die Kleinen aufzuwärmen und den Proviant vorzubereiten, den Mr Caesar und Mr Warren für die stundenlange Fahrt nach Damascus brauchten.

Miss Irene blickte auf und begrüßte mich mit einem Lächeln, als ich in die Küche geschlurft kam, nicht zuletzt wegen des köstlichen Dufts, der vom Herd aufstieg. Sie trug einen fliederfarbenen Pullover und gestreifte Männerhosen in einem dunklen Orangeton. Miss Irene sah oft aus wie eine Künstlerin oder eine Frau, die an einem Ort wie Harlem lebte, wo man Kleidung auswählte, weil sie schön oder gewagt war und nicht etwa wegen ihrer Nützlichkeit. Ihr wundervolles Lachen beruhigte den Teil von mir, der nicht mit der Frau da oben, die Mama zur Welt gebracht hatte, warm werden wollte.

Miss Irene erzählte uns von ihrem Geburtsort – Royal – und beschrieb, wie gut Ginny zu den Frauen aus dem Ort gepasst hätte. Deswegen konnten Miss Irene und Mr Caesar auch lachen, wenn meine Großmutter etwas Anstößiges sagte.

»Schneid noch mehr vom Brot ab, Ezra. Lindy, hast du diese Kartoffel geschrubbt? *Wirklich*? Schrubb sie noch mal, und wenn du sie nicht sauberer kriegst, leg sie da drüben zum Brot. So eine traurige Kartoffel kommt mir nicht in den Salat. Wo sind die Zwillinge?«

»Auf der anderen Straßenseite«, sagte ich.

Miss Irene nickte. »Sollen sie ruhig spielen. Wir hatten noch gar keine Zeit, ihnen die neuen Spielsachen zu geben.«

»Wir könnten sie nach Hause bringen, damit sie ihre Geschenke auspacken können«, sagte meine Schwester und schob sich die Haare aus dem Gesicht, um sich darauf zu konzentrieren, gleichmäßig dicke Scheiben vom Brotlaib zu schneiden.

»Wo ist Ernest?«, fragte Lindy.

Miss Irene warf Ezra einen Blick zu, die sofort rot geworden war, als sie den Namen des Jungen gehört hatte. »Er wacht mit deinem Vater bei Bruder Kindred. Mr Warren kommt gleich zurück von der Kirche.«

»Sie nehmen Daddy *heute Abend* mit?«, fragte ich mit unnormal hoher Stimme.

»Sie bringen ihn *nach Hause*, Kleines. Damit er bei euren Vorfahren zur letzten Ruhe gebettet werden kann. Versuch, es so zu sehen«, sagte Miss Irene. »Wie du siehst, wird der Schneesturm immer heftiger. Schade, dass sich deine Großmutter direkt wieder auf den Weg machen muss. Ihr konntet ja kaum eine Tasse Tee zusammen trinken.«

»Wird er nicht zur Kirche in Gunn Hill gebracht?«, fragte Ezra und schloss die Tür der Abstellkammer.

Miss Irene schüttelte den Kopf. »Dieser Sturm ist hartnäckig. Wir haben keine Zeit. Wir müssen uns beeilen. Caesar und Mr Warren werden aufpassen müssen, um nicht stecken zu bleiben.«

Mama und Ginny kamen in die Küche.

Mir fiel sofort auf, dass Ginnys Augen rot waren. Ihre kleinen gefärbten Locken hingen matt herunter. Einige dünne Strähnen am Ansatz lagen schon nicht mehr so, wie sie sollten. Auch die rote Lippenstiftfarbe war verblasst und hatte sich in die spröden Lippen gegraben. Verwischte Striche eines Kajalstifts rahmten ihre echten Wimpern ein. Die falschen Wimpern, die meine

Großmutter bei ihrer Ankunft getragen hatte und die mich an Spinnenbeine erinnerten, waren verschwunden.

»Würdest du deiner Großmutter bitte ein Glas Wasser einschenken?«

»Ich mach das, Mama«, sagte Ezra und lächelte Ginny schüchtern an.

»Lieber Gott, Mädchen, wenn das nicht dein Kind ist«, sagte sie, die Augen auf Ezra gerichtet. Sie sah meine Schwester zum ersten Mal. »Jolene, ich hoffe, du nimmst es mir nicht übel, aber ich weiß nicht, welches deiner Mädchen seltsamer ist.«

»Ach Mama, *bitte.*«

»Bitte was? Und ich hab dir doch gesagt, du sollst mich nicht Mama nennen, wenn andere Leute dabei sind. Das sind doch meine Enkeltöchter, oder? Keine von ihnen hat mich umarmt oder auch nur ein nettes Wort zu mir gesagt. Ich bin nicht zu alt für Freundlichkeit.« Sie sah mich schmollend an. Rollte mit den Augen. »Die da drüben ist ungefähr so nett wie ein Schlaganfall.«

»Meine Töchter sind gut so, wie sie sind«, sagte Mama. »Sie *kennen* dich nicht. Es sind schüchterne Mädchen, sehr klug und sehr liebevoll.«

Mein Herz beruhigte sich für einen Moment, doch meine Großmutter hatte es gleich wieder auf mich abgesehen.

»Hyacinth, bist du ein braves Mädchen?«

»Ja«, sagte ich in der Hoffnung, sie möge mir glauben.

Mit einem Stirnrunzeln reichte meine Schwester Ginny das Wasserglas und sah Miss Irene Hilfe suchend an. Im Gegensatz zu Miss Irene oder Mama waren wir nicht an einem Ort wie Royal oder Damascus aufgewachsen. Wir waren es nicht gewohnt, die kraftvollen Stimmen von Frauen wie meiner Großmutter um uns zu haben, deren Laune sich innerhalb weniger Sekunden von Zucker in Säure verwandeln konnte. Diese Frauen, deren prunkvoller Glanz für andere unsichtbar war, setzten eine Miene undurchdringlicher Stärke auf, wobei sie sich über die

Tatsache beschwerten, dass niemand außer ihnen in der Lage war, die Welt zusammenzuhalten. So etwas lernte man nicht in der Schule. Dennoch war es spürbar, dass die Welt diese älteren Schwarzen Frauen verletzt, manche sogar getötet hatte, obwohl sie voller Liebe und Loyalität gewesen waren. Wie konnten sie so loyal sein, sich ihrer Souveränität und ihrer Anmut so *sicher* sein? Welches Leid hatte ihre Träume aufgerieben, als sie in meinem Alter waren?

Wir lebten in Salt Point und begegneten solchen Frauen höchstens, wenn wir zu Weihnachten Lebensmittel in Sweet Bay verteilten oder zu einem herrlichen Abendessen der Kirchengemeinde in Gunn Hill fuhren.

»Ich habe hier etwas zu Essen für Sie, meine Liebe« sagte Miss Irene. »Sie sind bestimmt Besseres gewohnt, aber mein Mann und unser Freund Mr Warren von der Kirche werden gleich zurück sein. Ich will nicht, dass Sie hungrig abreisen, wo sie doch so eine weite Anreise hatten. Sie werden wahrscheinlich erst spätnachts oder in den Morgenstunden zu Hause sein, je nachdem, wie frei die Straßen sind.«

»Ist Mr Warren alleinstehend?«

»Er ist Witwer, glaube ich«, sagte Miss Irene und zwinkerte uns zu, als Ginny sich am Küchentisch niederließ.

»Ich hätte gern eine Tasse Tee mit etwas Zitrone, wenn ihr welche habt«, sagte sie mit vollem Mund. Mit unverhohlener Abscheu beobachtete ich ihren schmatzenden Mund länger, als es sich gehörte. Meine Großmutter streckte mir die Zunge heraus, auf der feuchte Bröckchen klebten, bevor sie sich umdrehte und nach Mama rief, die sich aus dem Raum geschlichen hatte.

»Sie hat sich zu Heron gesetzt«, sagte Miss Irene leise. »Wir müssen uns wirklich beeilen. Dieser Schneesturm hat es in sich. Kann gut sein, dass wir einige Tage keinen Strom haben werden. Stromausfälle gibt es hier jedes Jahr, aber Lena und die Mädchen sind jetzt allein.«

»In Damascus haben wir solche Stürme nicht. Da gibt es nichts, was auch nur ansatzweise so schlimm ist, jedenfalls, was das Wetter betrifft«, sagte Ginny und schluckte das Essen herunter. Auf ihrem Gesicht erstrahlte das breiteste Lächeln, das ich je gesehen hatte. Sie leckte sich die Lippen und quietschte vor Freude. »Oh, Schätzchen, das ist ja das beste Maisbrot überhaupt! Ezra, Kleines, pack mir den Rest ein. Ja, *alles*. Diese reizende Frau hat mich geknackt, und das ist nicht leicht. Meine Güte, für dieses Maisbrot würde ich glatt in den Norden ziehen, und dabei hab ich immer gesagt, dass mir alles nördlich von Baltimore gestohlen bleiben kann.«

Lachend zeigte Miss Irene auf die gekochten Eier, die Ezra und Lindy pellen sollten.

»Er war ein gut aussehender Junge«, sagte Ginny mit sanfter Stimme und wischte sich mit der Serviette über die plötzlich feuchten Augen. »Bin froh, dass Alma diesen Tag nicht mehr miterleben muss. Großer Gott, das eigene Baby begraben zu müssen, ist unerträglich. Keiner kann einem helfen, das zu verstehen.«

»Amen«, sagte Miss Irene.

»Jolene ist nicht einfach, aber für die Liebe hatte sie immer ein Händchen«, sagte Ginny. »Ich hatte ihn so lang nicht gesehen, so lang. Jetzt ist es zu spät. Er hatte Ähnlichkeit mit seinem Großvater, Theodore Kindred. *Der* war vielleicht eine Augenweide.«

»Ich gehe Mama helfen«, sagte ich.

»Nein«, sagten Miss Irene und Ginny wie aus einem Mund.

»Du kümmerst dich besser um das mickrige Feuer im Kamin, bevor wir hier noch alle in dem Wagen enden, der deinen Daddy nach Hause bringen soll«, sagte Ginny und lehnte sich auf ihrem Stuhl zurück. Sie zeigte mit einem manikürten Finger auf mich. »Seit ich die Treppe runtergekommen bin, tun mir die Zähne schrecklich weh. Drinnen sollte es sich nicht wie draußen anfühlen, verstehst du? Mit meiner Arthritis war die lange Fahrt hierher schon der reinste Höllenritt. Herr im Himmel. Leg meine Schals und den Mantel zum Aufwärmen auf die Heizung. Nicht dass ich mir bei dieser ganzen Misere auch noch eine Lungenentzündung weghole.«

Miss Irene nickte mir zu.

Ich entschuldigte mich und hörte, wie Ginnys blecherne Stimme sich in das Schnurren einer Tigerin verwandelte, als sie anfing, Ezra und Lindy von der Zukunft zu erzählen.

»Das Einzige, was euch von euren Zielen im Leben abhält, ist das Gefühl, über alles Bescheid zu wissen. Die größte Gefahr liegt darin, zu glauben, ihr hättet es nicht verdient, an euch selbst zu denken. Aber ihr müsst für euch selbst an erster Stelle stehen, und das ist leichter gesagt als getan, egal, wie man lebt. Du musst die Eier pellen, ohne sie kaputt zu machen, Ezra, hörst du? Großer Gott, wie ist meine Tochter auf den Namen *Ezra* gekommen, und dann auch noch für ein Mädchen? Konzentrier dich auf die Eier und verdreh gefälligst nicht die Augen, sonst sorg ich dafür, dass sie dir gleich aus dem Kopf fliegen. Ich schaue nach hinten, nach vorne und mittenrein. Mir entgeht nichts, lass dir das gesagt sein.«

# Virginia »Ginny« Abbott

Meine Großmutter mütterlicherseits, Virginia Abbott, war sechzehn und hatte eine schöne Stimme, als sie ihr einziges Kind zur Welt brachte. Bei ihr klang die Geburtsgeschichte meiner Mutter wie ein Liebeslied oder der Blues, besonders die Stelle, wo meine Großmutter ihr Neugeborenes verließ, um einer Traumwelt nachzujagen, in der ihre vier Oktaven umfassende Stimme auf jeder Bühne und in jedem Nachtclub zwischen Paris und Tangier zu hören sein würde.

Doch bevor das passierte, erzählte sie jedem, dass die Geburt ihrer Tochter sie aufs Schlimmste zerrissen habe. Sie habe genäht werden müssen und eine Narbe im Intimbereich davongetragen. Sie erinnerte sich, wie die Scheiße aus ihr herauslief und die Bettlaken ihres Vermieters besudelte. Mit zusammengebissenen Zähnen hatte meine Großmutter gekeucht und gepresst. *Stell dir vor, du bringst ein Kind auf die Welt, lässt Leben entstehen, und dir gehören nicht mal die Laken, auf denen du schläfst*, hatte sie fassungslos gesagt. Die Hebammen, die sowohl Gesprächspartnerinnen als auch Orakel gewesen waren, hatten gelächelt und das Bett umringt, als sie den ersten Schrei des Kindes hörten: »Gelobt sei der Herr, Schwester. Lobe Gott für dein Leben und das Leben, das er erschaffen hat. Gott ist gütig.«

Ginny lachte, Tränen sammelten sich auf ihrer Zunge und quollen aus ihren Augen, als sie ihr Gesicht an das ihrer weinenden Tochter drückte. Sie hob den Kopf, das Wunderwerk ihres Körpers schmerzte, und sie sagte, »Scheiße! Gelobt sei *wer*? Lobt gefälligst *mich*. Gelobt sei Ginny. Mein ganzer gottverdammter Körper!«

In den ersten Wochen sang meine Großmutter ihrem Baby ständig etwas vor, während sie durch das Fenster auf die verlassene Straße vor dem Haus starrte, in dem sie lebte und auf ein Zeichen wartete. In der Zeit des Wartens gab meine Großmutter ihrem Kind den Namen Jolene Abbott. Sie schenkte dem Baby ihre Aufmerksamkeit, bis ihre Wunden verheilt waren.

Damals bestand der Ortskern von Damascus aus wenigen Straßen, von denen nur eine oder zwei befestigt waren. Die Hauptstraße war bis zur Fourth Street gepflastert, wo sie zu Schotter und Staub wurde, bevor sie in einen steinigen Weg und dann in einen von Bäumen gesäumten Pfad überging, der am Ufer des rückwärtsfließenden Flusses endete. Auf dieser Seite des Flusses gab es das Booby's, ein Lokal, in dem Ginny schon gesungen hatte, seit sie dreizehn war. Den Pearsons gehörte nicht nur die Bar, sondern das ganze Gebäude, und sie vermieteten meiner Großmutter ein Zimmer, das sie sich mit einem Mädchen namens Ernestine teilte. Die Pearsons zogen meiner Großmutter die Miete und alle möglichen Extrakosten von der Gage ab, bis auch sie ihnen gewissermaßen gehörte.

Doch als Jolene zur Welt kam, mischte sich die Kirche ein.

Die Männer und Frauen von Damascus hatten sofort ein Wort im Kopf, wenn sie meine Großmutter sahen. Manchmal sagten sie es ihr ins Gesicht, doch meistens tauschten sie sich bloß untereinander aus: *Das leichte Mädchen. Leicht. Mal-eben-ein-Baby-gekriegt. So leicht. Na ja, wenn sie schon so geboren werden, was will man machen? Kann man nichts machen. Sie ist immer ein leichtes Mädchen gewesen. Wessen Kind ist das überhaupt? Kind Gottes, ja sicher, aber sonst? Wer hat es ihr gemacht, und warum sollten wir es akzeptieren? Komisch, dass sie noch nicht weggeflogen ist, wo sie doch immer schon so leicht war. Wisst ihr noch, als sie klein war und sich auf der Kirchenbank angefasst hat? Darüber geredet hat, wie gut sich Gott anfühlt? Ihre Mama war ein Engel, aber bei ihr müsste man die Flügel ankleben.*

Doch nun gab es ein Baby und dessen Unschuld durfte man nicht den Heiden überlassen, die ihre Hüften schwangen und sich die goldbezahnten Mäuler zerrissen. Die Kirchengemeinde *Hinder Me Not* ließ den Klingelbeutel herumgehen und sammelte Spenden. Es waren schwierige Zeiten in Damascus, im Grunde schon, seitdem das Gotteshaus 1902 niedergebrannt war. Dennoch kam genug Geld zusammen, um das Baby an einem sicheren Ort unterzubringen.

Und dann zog eine Gruppe Musiker durch die Stadt und ruinierte alles.

Sobald es Abend wurde, drückte Ginny Ernestine das Kind in die Arme und kehrte erst am Morgen zurück. Ihre Haare waren schwer vor lüsternem Mondlicht, aus den Poren tropfte Whisky oder Schlimmeres, und die Sehnsucht nach Harlem, Chicago, Detroit, St. Louis ließ Ginny heiser werden. Alle Städte diesseits des Atlantiks und Rom und Kairo fesselten sie. Champagnertrunkene Träume füllten den Kopf meiner Großmutter, spülten die Pflichten der Nabelschnur davon, die sie mit meiner Mutter verbanden. Ginny hörte nicht auf, Ernestine von ihren Träumen zu erzählen, während sie sich akkurate Wasserwellen von ihr legen ließ. Sie zog ihren Hüfthalter zurecht und ignorierte ihr weinendes Kind in der Wiege. Das Baby bekam ein Fläschchen, sie hingegen schenkte sich ein Glas von dem Selbstgebrannten ein, den sie im Schrank versteckt hielt, und beschrieb weiter die Musik, die ihre Stimme in das sternbeglänzte Leben ihrer Träume mitnehmen würde – ein Leben frei von Mutterschaft. Unterdessen schimpften die Kirchenfrauen, Ginny Abbott sei leicht, einfach gestrickt und nur in der Lage, sich um einen Menschen auf der Welt zu kümmern, nämlich um sich selbst.

Ginny lechzte nach Pailletten, Sex und langsamen Songs, die sie zum Lächeln brachten, damit sie ihre Zähne zeigen konnte. Ihre Stimme, ihre Beine, ihr perfekter, runder Hintern über den unermüdlichen Schenkeln. Meine Großmutter war ein Hauptgewinn! Das sagten Jimmy, Johnny, Eddie, vielleicht Freddy. Sie hatte es sich zur Gewohnheit gemacht, jede Nacht einen anderen Mann mit ins Bett zu nehmen, und rollte mit den Augen, wenn die Frauen der Kirche sie an ihre Narbe, ihre Pflichten erinnerten. Ginny konnte die heimeligen Wiegenlieder über Jesus nicht ausstehen. Zu Ernestine sagte sie, dass die alten Frauen Jesus gegen sie verwendeten wie die Hacken ihrer Sonntagsschuhe gegen die Kakerlaken.

Anspruch auf sich selbst zu erheben, war der köstlichste und gefährlichste Diebstahl. Sie packte ihre Eigenständigkeit und entriss sie dem Allmächtigen und all den verkniffenen Mündern, die jeden Sonntag ihr eigenes Leid und ihre Sünden anbeteten, womit sie den Erlöser weniger beleidigte als mit den bedrückenden Gebeten, die sie beschützen und erretten sollten. Manchmal hatte Ginny den Eindruck, der Pastor unterschied sich kaum von einem Polizisten. Der Widerstand meiner Großmutter galt in einem Altarraum, dessen Luft vom Leben der Gemeindemitglieder durchzogen war, fast schon als kriminell.

An einem Donnerstagnachmittag wiegte Ginny ihre Tochter im Arm. Der Anblick der beiden kleinen Zähne in ihrem Mund rüttelte sie wach, als hätte es zur vollen Stunde geschlagen. Als sie die weiche Miniaturausgabe ihres eigenen Gesichts betrachtete, die goldigen, runden Augen und nassen Lippen bewunderte, wusste sie, dass sie gehen würde, sobald etwas Glänzendes in Krokodillederschuhen die verlassene Straße entlanggetanzt käme.

Der jungen Frau war bewusst, wie die Kirche ihre Tochter großziehen würde, doch sie zuckte bloß mit den Schultern und wünschte dem Mädchen viel Glück.

Ginny dachte darüber nach, Ernestine das Baby für ein oder zwei Jahre zu überlassen, doch sie bezweifelte, dass die Kirche sie als Vormund akzeptieren würde.

Ernestine war als Ehebrecherin bekannt. Ginny wusste, dass

ihre Freundin zu viele verheiratete Männer küsste, dass sie feuerrote Kleider zum Gottesdienst trug, auch wenn kein Feiertag war, und dass man seine Handtasche oder Geldbörse besser nicht in ihrer Nähe ablegte. Ernestine verstellte sich nicht. Wenn man sie aufforderte, etwas zurückzugeben, was sie gestohlen hatte, sah sie ihr Gegenüber mit großen Augen und verletztem Blick an und gab es zurück – wenn es denn noch in ihrem Besitz war. Außerdem weinte sie, wenn sie eine platt gefahrene Feldmaus auf der Straße entdeckte, und schluchzte laut, wenn ein Vogel gegen ein Ladenfenster prallte und tot auf den Bürgersteig fiel. Ernestine fütterte die Tauben auf dem kleinen Dorfplatz, und alle regten sich darüber auf, denn das machten eigentlich bloß die Weißen. Wer hatte so viel Brot und Cracker übrig, dass er Vögel damit füttern konnte, die schließlich auf all die schönen Dinge kackten, die dann geputzt werden mussten? Wer hatte schon Zeit, über die Sinnlosigkeit des Todes nachzudenken? Anstatt sich nützlich zu machen und die Amsel, die gegen ein Schaufenster geflogen war, mit einer Schaufel oder einem Besen zu beseitigen, hob Ernestine den Vogel vorsichtig auf und hielt ihn in den Händen. Die Frauen und Männer, die Tag und Nacht arbeiteten und anderen nebenbei noch in ihren Küchen die Haare schnitten, sahen dabei zu und hätten ihr zu gern eine Ohrfeige verpasst.

Ernestine war genau wie diese Vögel. Ihr ganzes Leben lang war sie gegen Spiegel gekracht, obwohl sie dachte, nichts stünde ihr im Weg. Manchmal war es nicht ihre Schuld, doch irgendwann redete man über die junge Frau, die ihr eigenes Spiegelbild nicht erkennen konnte, obwohl sie von Licht umgeben war.

Meine Großmutter betrachtete das schläfrige Püppchen in ihrem Arm. Vielleicht würde sie zurückkommen, wenn es passte. Jimmy-Johnny-Eddie-Freddy sagten, sie würde dieses Kaff vergessen. Doch wenn sie sang, war es wieder da. Dann schimmerte die Erinnerung an Damascus in ihrer Musik durch, wie eine

Vene. Aus diesem Grund wollte meine Großmutter neue Musik kennenlernen, neue Melodien, die sie befreien würden.

Für meine Großmutter war es an der Zeit, das Ihrige zu finden – Erlösung, Verzückung und ein schnittiges, glänzendes Auto voller gut aussehender Schwarzer Männer, deren prachtvolle Körper sangen und pfiffen wie zu Ostern oder Juneteenth. Sie freute sich über ihr sorgloses Lachen und die zwischen den Beinen verborgene Härte. In diesen Tagen des Summens und Seufzens schaute Ginny nach vorn und wartete auf das Zeichen für ihr Solo.

Beim Gottesdienst am Donnerstagabend ließ Ginny ihre Tochter auf ihrem Schoß hüpfen und sang *Jesus, oh Jesus*. Sie wischte sich am Kopf ihres Babys die Tränen ab. Als sie aus der Kirche trat, zog sie ihren roten Lippenstift nach, dessen Spur wie ein schicksalhaftes Mal an der Augenbraue meiner Mutter klebte. Ginny fühlte sich so lebendig, dass sie hätte brüllen können. Das Baby auf ihrem Arm war so schwer wie die Handtasche einer alten Frau. Ginny wollte es ablegen und singen gehen. Summend nickte sie den Kirchengängern zu, die sie schief ansahen, als sie vielleicht zu laut und zu impulsiv flüsterte: »Lieber Gott, ich hab sie gemacht, also pass auf, dass ihr nichts zustößt. Denn ich liebe, was ich gemacht habe.«

Als Ernestine am Freitagmorgen aufwachte, war Ginny verschwunden.

…

Ernestine fragte Miriam Pearson, ob sie ihr Auto leihen dürfe, da sie mit Ginnys Baby zum Arzt fahren wolle. Die Frau würdigte Jolene keines Blickes und erlaubte es Ernestine mit einem Kopfnicken. Ernestine legte das Kind in Miriams Wagen auf den Beifahrersitz. Da die Bewohner von Damascus damit beschäftigt waren, zu arbeiten, sich um die eigenen Angelegenheiten zu kümmern, Bohnen für das Sonntagsessen einzuweichen und sich auf den Weltuntergang vorzubereiten, bemerkten sie nicht, dass Ernestine am Steuer saß.

Auf der Schnellstraße las sie dem eingewickelten Baby, das neben ihr schlief, jedes Ortsschild laut vor. Vielleicht dachte Ernestine, dass meine Mama die Namen behalten, sich an den Klang ihrer liebevollen Stimme erinnern würde, die nun das unaufmerksame Gesinge meiner Großmutter ersetzte.

Ernestine ließ den Motor laufen, als sie in einer Gasse neben einer Kirche mit buntem Rosenfenster hielt. Die Stadt hatte einen biblischen Namen, den sie sofort vergaß – Golgotha, Hagar, Bethlehem oder New Christ.

Die Kirchentüren standen offen, was Ernestine das Gefühl gab, den richtigen Gott, den richtigen Eingang für ein Waisenkind gefunden zu haben. Sie schrieb *Jolene* auf ein Stück Papier und setzte dann ihren sowie Ginnys Namen darunter. Sie waren ihre Mütter. Ihre drei Namen fanden einen Platz in den Tiefen der schlichten weißen Babydecke, und Ernestine schaukelte das Bündel entschuldigend in ihren Armen. Dann legte sie meine Mutter an der Eingangstür zur Herz-Jesu-Kirche ab. Ernestine hoffte, es möge ihr verziehen werden, dass sie Jolene in Gottes Hände gab. Sie verspürte Schuldgefühle, zog einen Bleistift aus ihrer Handtasche und kritzelte noch das Wort Damascus und die Postleitzahl unter den Namen des Babys.

Als sie davoneilte und das leise Wimmern einer Tochter hinter sich ließ, die nicht ihre war, betete Ernestine, dass niemand sie sehen möge. Ihr Herz raste, ihr wurde schlecht, wenn sie an die möglichen Vorwürfe dachte. Sie verfluchte Ginny dafür, sie und das Baby überhaupt erst in diese missliche Lage gebracht zu haben. Sie hatte keinen Brief dagelassen, keine Bitte, Ernestine möge Geduld haben. Und auch kein Geld.

Ernestine dachte wieder an das Kind, ein süßes neues Leben, das nicht ohne die Fürsorge und Liebe eines anderen Menschen überleben könnte.

Der Wagen war vollgetankt. Ernestine kam zu dem Schluss, dass Miriam wohl kein Problem damit haben würde, etwas zu verlieren, das sie ersetzen konnte. Die Pearsons kauften sich alle zwei Jahre ein neues Auto. Sie trat das Gaspedal durch. Während der Fahrt las sie verträumt die Ortsschilder vor, die Fenster waren heruntergekurbelt, das Radio laut aufgedreht.

…

Als Mama vierzehn war und zu bluten anfing, bekundeten die Töchter der göttlichen Liebe, die sie aufgezogen hatten, dass es Zeit für sie war, zu ihren Leuten zurückzukehren. Das einzige Blut, das sie ehren konnten, war das weiße Blut von Jesus, dem Sohn Gottes. An ihre eigenen Perioden konnten sie sich nur noch schwach erinnern, da die meisten Frauen in der Ordensgemeinschaft weit über sechzig waren, und die Töchter der göttlichen Liebe waren sich insgeheim einig: Das Blut eines Schwarzen Mädchens bedeutete nichts als Ärger. Hatte sie erst einmal zu bluten begonnen, flüsterten sie, neigte ein Schwarzes Mädchen dazu, zu stehlen, Unzucht zu treiben, zu tanzen, sich herauszuputzen und ihnen ins Gesicht zu lügen.

Als Mama zum allerersten Mal ihre Periode bekam, hatte sie ihre Laken waschen können, ohne dass es jemand bemerkte. Doch im Monat darauf erwischte Schwester Loretta sie in der Waschküche. Erneut war Mama noch vor der Morgendämmerung aufgewacht, weil sie etwas Nasses unter sich gespürt hatte. Im Dunkeln und mit klebrigen Fingern war ihr bewusst geworden, dass sie kein Kind mehr war.

Schwester Loretta und Schwester Prudence fiel zudem auf, dass Jolene die Aufmerksamkeit der Kirchengänger auf sich zog. Sie nahmen die wässrigen Augen der Priester und Monsignores wahr. Diakone hielten inne, wenn Jolene den Altarraum verließ. Die Schwestern beobachteten Mama. Sie waren besorgt, weil sie nicht benennen konnten, warum Mamas dunkle Haut ihnen

Angst machte, obwohl sie behaupteten, auch sie sei eine Tochter Gottes. Diese Spannungen ließen sich nicht wegbeten, also machten sie insgeheim den intensiven Geruch des Blutes verantwortlich für ihre vielen Ängste.

Angesichts der guten Ausbildung, die Jolene Abbott bei ihnen genossen hatte, und ihrer Fähigkeiten in Bezug auf das Schrubben, Beten und Orgelspielen, hielten die Schwestern es für das Beste, wenn sie heiraten und sich einem Pastor und seiner Gemeinde anschließen würde. Meine Mutter sprach Französisch und konnte etwas Deutsch lesen. Sie hatte die Tische für Bischöfe und Kardinäle gedeckt, deren schwere, edelsteinbesetzte Ringe mit den verzierten Messern um die Wette glänzten, die die Männer benutzten, um ihr Fleisch in dünne Scheiben zu schneiden, während die Töchter Gottes in der Küche schwache Brühe schlürften und trockenes Toastbrot kauten.

Die Töchter der göttlichen Liebe hatten Mama wie ein Haustier behandelt, sie entgegen ihres eigenen Kopfes, ihrer Gefühle und ihres Körpers erzogen. Sie zwangen Jolene so oft wie möglich in die Knie, da sie sich von ihrer rasch zunehmenden Größe bedroht fühlten. Als sie einfach weiterwuchs, fanden sie andere Möglichkeiten, um meine Mutter klein zu halten. Es lag eine stille Befriedigung in den Verbrennungen an den Händen und Armen, die sie sich beim Kochen und Backen in der riesigen, sonnendurchfluteten Küche zuzog. Als stumme, nützliche und sanfte Frau, beschlossen die Schwestern, würde Jolene Abbott eine gute Botschafterin der Schwarzen abgeben.

...

Eines Tages, als Mama im privaten Büro der Mutter Oberin Staub wischte, öffnete sie einen Metallschrank, in den sie nie einen Blick hatte werfen dürfen. Die Mutter Oberin, die neuerdings etwas zerstreut war, hatte den Schlüssel im Schloss stecken lassen, anstatt ihn an der Kette um ihre Hüfte zu tragen, an der viele glänzende Schlüssel klimperten. In dem Schrank lag eine olivgrüne Mappe mit der Aufschrift *Jolene X.* Die Mappe war so dünn wie ein Fingernagel. Das erste Blatt Papier war ihre offizielle Aufnahme mit Informationen, die die Nonnen ihr nie vorenthalten hatten. In femininer Handschrift und großen Buchstaben stand dort *Jolene, Schwarz, ausgesetzt.* Doch auf dem zweiten Blatt stand eine Adresse mit einem Postfach in einem Ort namens Damascus. Keine Telefonnummer. Darunter waren mit Bleistift zwei Namen notiert worden: *Ernestine* und *Ginny.*

Mamas Blick verschwamm bei dem Wort *Damascus.* Warum hatten die Töchter der göttlichen Liebe diese Adresse vierzehn Jahre lang vor ihr geheim gehalten? Leise machte sie sich wieder an die Arbeit. Später würde sie nachschlagen, wo der Ort lag und wie man dorthin gelangte. Jeden Morgen, wenn man sie zwang, auf die Knie zu gehen und zu beichten, kämpfte meine Mutter gegen die Wut an, die wie heilige Zungen über ihrem Kopf tanzte. Die Frauen mit ihren Schleiern der Ordnung, der Bestimmung, der Unantastbarkeit hatten die Welt vor ihr versteckt. Wie Pflaster waren diese Schleier nun so ruckartig heruntergerissen worden, dass ihr die Luft wegblieb.

Da die Schwestern dafür geschult waren, moralische Unsicherheiten zu erkennen, spürten sie die Veränderung in meiner Mutter. Die Wut, die das Mädchen kaum zu unterdrücken vermochte, irritierte sie. Einige der jüngeren Schwestern waren Mama ehrlich zugetan, und sie waren traurig, weil sie wussten, was als Nächstes passieren würde.

Eines Abends spielte Schwester Loretta beim Abendessen indirekt auf Mamas Stimmung an, indem sie sich nach der Wetterlage ihres Herzens erkundigte.

»Ihr hattet eine Adresse für mich«, sagte Mama ohne Umschweife. Sie hatte genug von den kryptischen Dialogen über Wetterberichte und den Willen Gottes. »Ich komme aus einem *echten* Ort.«

Sie schürzten die schmalen Lippen, um die dampfende Suppe zu schlürfen, ohne vorher zu testen, ob sie sich daran verbrennen würden. »Wir glaubten, hier hättest du ein besseres Zuhause, Liebes.«

»Wo ich Tag und Nacht für euch koche und putze?«

»Nicht für uns, Liebes«, sagte Schwester Anne. »Wir verrichten Gottes Arbeit. Wir legen im Namen des Vaters ein Gelübde ab.«

»Aber ich bin nicht wie ihr«, sagte Mama.

»Nun, du bist eine Schwarze. Das haben wir immer mitgedacht«, sagte Schwester Maria und legte stirnrunzelnd ihren Löffel beiseite. »Wir können es ruhig offen aussprechen. Du hast hier Bildung und Erziehung genossen, die deine Leute dir nie hätten geben können. Als du zu uns kamst – von deiner eigenen Mutter verlassen –, sahen wir eine andere Vision, eine andere Möglichkeit für unsere Mission als Dienerinnen Gottes. Im Rahmen unserer Gelübde haben wir dir gegeben, was wir konnten. Wir gaben dir das Leben, das Gott dir gegeben hätte, wenn du anders zur Welt gekommen wärst. Wenn du mit unseren Möglichkeiten geboren worden wärst.«

Mama hörte, was nicht ausgesprochen, aber angedeutet wurde. Wäre sie als weißes Mädchen zur Welt gekommen, hätten die Schwestern ihr ein anderes Leben, vielleicht eine neue Familie ermöglichen können. Doch eine Schwarze zu sein, bedeutete, dass niemand, nicht einmal Gott, sie haben wollte. Die Schwestern meinten, sie wären der letzte Ausweg für sie.

»Jolene, du musst dich jetzt entscheiden«, sagte Schwester Loretta. Ihre sonst so klangvolle Stimme war tonlos. »Du kannst bei uns bleiben, das einfache Leben unter diesem heiligen Dach mit uns teilen und an unserer Seite weiterarbeiten, um Gott zu dienen. Oder du gehst zu deinen Leuten und wir werden Briefe schreiben. Wir werden dir helfen, dich an einem guten College für Schwarze Frauen irgendwo im Süden einzuschreiben. Wir haben schon Mädchen wie dich in Tuskegee, Atlanta und Mississippi untergebracht. Du hast gute Chancen auf ein Stipendium, Liebes.«

»Oh ja, ein Stipendium«, sagte eine der älteren Schwestern. »Ein Stipendium ist eine feine Sache.«

Schwester Loretta räusperte sich. »Die dritte Möglichkeit würde bedeuten, wir schicken dich zurück in den Staub der Armut, aus dem du gekommen bist. Solltest du dich dafür entscheiden, können wir dir nicht mehr helfen.«

»Ihr bestraft mich, weil ich wissen will, wer ich bin?«

»Gott ist unser Zuhause«, sagte Schwester Loretta. »Gottes Wille bestimmt, wie wir leben, wo wir leben und wofür. Wir leben nicht für die Früchte dieser Welt. Wir wissen, dass es eine weitere gibt.«

»Damascus«, sagte Mama und hatte den Mund voller Blut, als sie das Wort und die Erinnerung daran schmeckte, »liegt nur dreißig Kilometer entfernt.«

»Der Himmel liegt näher«, sagte eine andere Schwester. Sie lächelten und nickten. »Der Himmel liegt viel näher.«

...

Die Töchter der göttlichen Liebe hielten vor dem Postamt.

Mr Davis saß auf einer Bank und hob den Blick von der Zeitung, um zu beobachten, wie meine hübsche, langbeinige Mutter aus einem schlichten Wagen stieg, in dem vier weiße Frauen saßen. Sie brausten davon, sobald das Mädchen ihren Koffer aus dem Kofferraum genommen hatte, als befürchteten sie, mit einer Schusswaffe bedroht zu werden oder Schlimmeres.

Amüsiert schlug sich der alte Mann die Zeitung auf das Knie und ließ mit der Zunge den Zahnstocher wandern, der seit Sonnenaufgang zwischen seinen Zähnen ruhte. Er hatte gesehen, wie eine der religiösen Frauen ihr knittriges Gesicht in einem weißen Taschentuch vergrub, als das Mädchen zum Abschied winkte.

Mr Davis begrüßte Mama.

Die einzigen Männer, die in den letzten vierzehn Jahren mit Mama gesprochen hatten, trugen Halskragen und hatten belegte Stimmen. Natürlich hatte sie auch gelegentlich mit Kirchengängern geredet, oder einer der Boten hatte eine Frage wegen Reparaturen oder Lebensmitteln gehabt, doch sie war nie mit einem Mann allein gewesen, erst recht nicht mit einem Schwarzen.

»Guten Tag, Schwester. Besuchst du hier jemanden?«

Mama nickte und wischte sich über das Gesicht.

»Hast du deine Zunge verschluckt? Gedanken lesen kann hier keiner.«

»Die Schwestern sagen, das hier ist mein Zuhause«, sagte Mama. »Ich wurde in Damascus geboren, Sir. Ich bin vierzehn. Glaube ich.«

»Du bist groß für vierzehn«, sagte er lächelnd. »Das ist was Gutes. Große Frauen sind starke Frauen.«

Sie musste lächeln, hielt den kleinen Handkoffer fest umklammert.

»Wie heißt du, Mädchen?«

»Jolene, Sir«, sagte sie. »Ich heiße Jolene Abbott, glaube ich. Hab versucht, meine Mutter im Telefonbuch zu finden, bevor sie mich hergebracht haben. Sie heißt entweder Ernestine oder Ginny.«

Er lehnte sich zurück, rückte die alten, weichen Schenkel zurecht und schüttelte den Kopf. »Hm, es gibt hier eine Abbott. Die ist vor langer Zeit abgehauen und dann wiedergekommen. Virginia. Aber wenn du sie so nennst, gibt's Ärger. Nennt sich Ginny. Hab gehört, sie hat eine Weile in Alabama eingesessen, bevor sie nach Hause gekommen ist. Wohnt weit draußen an der Owl Mill. Schon lange. Hab aber nie gehört, dass sie irgendwelche Kinder hat.«

»Vielleicht ist das die falsche Frau«, sagte sie und wurde rot bei dem Gedanken, ihre Mutter könnte eine Kriminelle sein. »Dann muss Ernestine meine Mutter sein, Sir«, sagte sie. »Ernestine Abbott.«

Sie sah, wie sich sein Gesicht verdunkelte.

»Unmöglich«, sagte er. »Dafür bist du zu hübsch.«

»Die Schwestern haben gesagt, es gab zwei Namen – Ginny und Ernestine. Ich hab den Zettel selbst gesehen. Sie haben gesagt, eine von ihnen muss meine Mutter sein.«

»Warum hörst du drauf, was die sagen? Denen bist du doch egal, so schnell, wie die sich aus dem Staub gemacht haben. Haben nicht dafür gesorgt, dass du was zu Essen oder 'nen Schlafplatz hast. Solche Nonnen erzählen dir das Blaue vom Himmel. Aber ich? Verdammt, ich weiß Bescheid.«

»Ich muss meine Mama finden.«

»Und ich weiß, wer das ist.«

»Sie lebt noch?«

»Du bist das Baby, das verloren ging, als Ernestine das Auto von Bobby Pearson geklaut hat. Keiner hat nach dir gesucht, alle dachten, sie hätte dich in den Fluss geworfen und wär weiter nach Chicago gefahren, oder sonst wohin. Aber du warst nicht ihr Kind. Du gehörst zu Ginny Abbott. Das seh ich sofort.«

Mama blickte zu Boden.

»Ginny hat sich verändert, seit sie wieder da ist«, sagte er. »Weniger Funken und mehr Rauch, aber sie ist ein Original durch und durch.«

»Original?«

»Wirst schon sehen«, sagte der Mann. Glucksend stand er auf und zog einen Schlüsselbund aus seiner Tasche. Er klopfte sich auf den Bauch, der über den Bund seiner verdreckten Jeanshose hing, und lächelte sie wieder an. »Hast du schon gegessen, Mädchen? Deine Größe ist in Ordnung, aber an deiner Breite musst du noch arbeiten. Das kriegen wir hin.«

»Ich will nach Hause«, sagte meine Mutter. »Ich war vierzehn

Jahre lang weg, Sir. Meine Mama vermisst mich bestimmt. Hoffentlich vermisst sie mich.«

»Tja«, sagte er, »auch das wirst du sehen. Alle hier wissen, dass Ginny Abbott eine großzügige Frau ist. Singt wie ein Engel. Die meisten kommen erst kurz vorm Sterben wieder. Wundert mich, dass sie es früher geschafft hat. Hat jetzt einen Job drüben in der Fabrik. Hat auch ein paar Männer, heißt es. Und backt nebenbei Kuchen, die sie verkauft. Die Kuchen von Ginny sind die beste Medizin – die einzige Frau in der Gegend, die so kochen kann wie früher. Heutzutage geizen alle mit echter Butter und kippen überall Salz drauf, bis die Tomate wie 'n Steak schmeckt und man nicht weiß, ob man Spaghetti oder Schokoladentorte im Mund hat. Die Frauen sind zu müde, um lange in der Küche zu stehen. Kann's ihnen nicht verübeln.

Sie war im Gefängnis und sonst wo. Wenn Ginny Abbott wirklich deine Mama ist, bist du ein Glückspilz. Die wird dir den ganzen Nonnen-Blödsinn austreiben. Ginny Abbott ist 'ne herrliche Frau, und keiner wird was anderes behaupten. Solche Frauen müssen bleiben, wie sie sind.«

# 22

Mr Caesar, Mr Warren und meine Großmutter hatten Daddy mitgenommen und waren in dem hässlichen Lieferwagen davongefahren. Es kam mir vor, als hätte man unsere Stromleitung gekappt und uns im Schein des Feuers allein gelassen.

Meine Großmutter hatte sich schimpfend für die Reise und das Wetter gewappnet, und ich fragte mich, ob ich sie je wiedersehen würde. Es hatte mich berührt, wie liebevoll sie mit Mama umgegangen war, und es fiel mir schwer, sie als Feindin zu sehen. Zweifellos brauchten die beiden sich. Als sie Mama zuflüsterte: »Wir sehen uns, Baby«, musste ich an eine traurige Ballade von Billie Holiday denken, die wir oft gehört hatten, als ich klein war. Ginny hatte die Worte gerade ausgesprochen, da nickte Mama und schlang die Arme um ihre Mutter, hielt die Augen fest geschlossen und formte die Lippen zu einem *Ich hab dich lieb, Mama*.

Nachdem sie meine Mutter mit Essen versorgt hatte, wischte Miss Irene den Boden von Daddys Arbeitszimmer, entfernte die Kerzen, die letzten Räucherstäbchen und die getrockneten Blumen. Sie warf einen Blick in den Kühlschrank, um auch wirklich sicher zu sein, dass wir gut versorgt waren, sollten wir Hunger bekommen, und erklärte Mama dann, sie müsse die Kinder nach Hause bringen. Die Kleinen brauchten ein Bad und ihre eigenen Betten. Miss Irene machte sich Sorgen um Lindy, die noch immer glaubte, für Daddys Tod und Mr Caesars Arbeitslosigkeit verantwortlich zu sein. Ihre Kinder würden noch oft Albträume wegen des Feuers haben. Und sie wollte dafür sorgen, dass ihre

Vorräte für den drohenden Sturm ausreichten. Sie bot an, Ernest bei uns zu lassen, doch Mama lächelte dankbar und winkte ab. »Ernest sollte bei dir und den Kleinen sein, Irene«, sagte sie. »Mach dir keine Sorgen. Der Deputy wird sich nicht blicken lassen. Das Risiko ist zu hoch. Sogar für ihn.«

Mit einem Nicken gab Miss Irene den Zwillingen und Lindy zu verstehen, dass sie ins Auto steigen sollten, und reichte Ernest die Schlüssel, der uns umarmte und nach draußen ging, um den Motor warmlaufen zu lassen. Ich gab vor, nicht bemerkt zu haben, dass er meiner Schwester etwas zugeflüstert hatte. Es gefiel mir, wie er sie zum Lächeln brachte.

»Er fährt?«

»Der Junge ist sechzehn«, sagte Miss Irene. »Und benimmt sich wie sechzig. Ich sollte mich wohl nicht beschweren. Er arbeitet hart. So war er schon immer. Er ist geduldiger als ich, so viel steht fest. Schon als Baby hat er gewartet, bis ich begriffen hatte, was es heißt, eine Mama zu sein. Hat kaum geweint oder mir sonst irgendwelche Umstände gemacht.«

Ezra schmiegte sich an Mamas vogelzarte Schulter. Ihre Augen waren geschwollen, die Lippen spröde. Die Tatsache, dass sie mit Daddy weggefahren waren, hatte ihr die Sprache verschlagen.

»Bevor wir fahren«, sagte Miss Irene mit tiefer Stimme. Sie holte eine kleine, glänzende Pistole hervor und legte sie auf den wackligen Tisch, auf dem sich früher die Bücher und Papiere unseres Vaters gestapelt hatten.

»Irene«, sagte Mama leise, als sich ihre Blicke trafen. »Oh, Irene, ich –«

»Ezra weiß, wie man schießt. Ich hab es ihr beigebracht.«

»Auf was soll sie schießen?«, fragte ich nervös.

»Vor langer Zeit hat meine Mama – Ginny – es mir auch beigebracht. Ich war froh, es wieder vergessen zu können, als wir weggezogen sind«, sagte Mama. »In Damascus wurde viel geschossen. Ist vermutlich heute noch so. Damals waren es hauptsächlich die Weißen, die geschossen haben. Die Schwarzen Männer schossen beim Jagen und um ihr Eigentum zu verteidigen. Als ihnen nichts anderes übrig blieb, weil die Weißen es auf ihre Frauen und Kinder abgesehen hatten, setzten sie ihre Waffen auch anders ein.«

»Nun, meine Schwester, hoffen wir, dass wir das heute Nacht nicht tun müssen.« Miss Irene gab Mama einen Kuss auf die Wange und uns jeweils einen auf den Scheitel. Sie ließ den Blick über unsere sauberen Wände schweifen, auf denen sich das Licht des Feuers abzeichnete. Dann fuhr sie mit ihren Kindern davon. Die schweren Autoreifen machten ein lautes, knirschendes Geräusch, als sie über die dichte Schneeschicht rollten.

...

Das abendliche Kaminfeuer knisterte matt in unserem Wohnzimmer, wo es sehr heiß war. Ich musste an die Wackelzähne meiner Großmutter denken und ließ ein kurzes Lächeln zu. Heute hätte sie sich nicht über die Kälte im Haus beschweren können, obwohl sie offensichtlich dafür gemacht war, sich über alles und jeden zu beschweren.

Ich saß in dem ausgefransten Sessel meines Vaters und versuchte, meinen schmerzenden Kopf in die dunkle Mulde zu legen, die sein Schädel hinterlassen hatte und die bewies, dass er noch bei uns war. Ezra gähnte und bemühte sich, wach zu bleiben. Mamas erschöpfter Körper lag in leichten Schlaf gehüllt auf der anderen Seite der alten Couch.

Die Stille, lediglich durchbrochen vom Knacken des Feuers, löste ein unangenehmes Rumoren in mir aus, als hätte ich zu viel gegessen. Anstatt mich mit meiner Schwester und meiner Mutter in der Wärme treiben zu lassen, war ich bei klarem Verstand und fragte mich, wie wir die Abende ohne Daddy jemals aushalten sollten. In meinem Kopf explodierten die Fragen, eine entzündete die nächste. Wann würde Mamas Krebs operiert werden? Wie viel Zeit blieb uns, bis sie ins Krankenhaus nach Boston fahren musste? Vielleicht würden Ez und ich dann bei den Junketts bleiben. Allerdings arbeitete Mr Caesar nicht mehr an der Hobart, also würde die Familie wahrscheinlich umziehen müssen. Vielleicht zurück nach Royal, das würde Miss Irene freuen. Ich versuchte mir vorzustellen, wie ich mein letztes Schuljahr dort beendete. Daddy wollte, dass meine Schwester und ich zum College gingen, aber wir konnten Mama auf keinen Fall allein lassen, erst recht nicht hier in Salt Point.

Das erneute Geräusch von Reifen auf Schnee riss mich aus meinen Gedanken. Sofort flog mein Blick zu der Pistole. Sie war so blank und schwarz wie der Lack auf Mamas Klavier. Ezra war bereits aufgesprungen und hatte den Kopf in Richtung des Geräuschs gedreht. Sie war angespannt. Mit dem Zeigefinger vor dem Mund signalisierte sie mir, dass wir Mama nicht aufwecken sollten. Dann hob sie die Pistole hoch und schob sie in die Tasche ihres Kleides. Wir drängten uns am Weihnachtsbaum vorbei zum Fenster, um das hintere Ende unserer Auffahrt überblicken zu können.

»Ist das ein *Leichenwagen*?«

»Pst! Weck Mama nicht auf«, sagte Ez und zog mich aus dem Wohnzimmer. Sie öffnete die Haustür, und wir standen nebeneinander im Türrahmen.

»Es sieht aus wie ein Leichenwagen, aber es ist keiner«, sagte ich und blinzelte durch den Schleier aus Schnee, der wie ein Glitzertuch vor unserer Veranda schwebte. Unsere Sicht war eingeschränkt. »Ist das Deputy Charlie?«

Ich dachte an die Pistole in der Tasche meiner Schwester. Ezras Kiefer verkrampfte sich wie Daddys. Die feinen Muskeln rund um ihre Augen zuckten und bebten. Jeder Nerv war in Alarmbereitschaft, hektische Übermittlungen von der Schaltzentrale in den Tiefen ihres rasenden Kopfes. »Es ist eine Limousine«, sagte Ezra schließlich.

Wir hatten sie nicht gehört, doch die Hitze, die von Mamas Körper ausging, loderte hinter uns. Ich drehte mich um, und unsere Blicke trafen sich. In der dunklen, klaren Luft sah ich, dass Mama, Ezra und ich das gleiche unbeugsame Feuer in den Augen trugen. Sie nickte, als dürfe ich es nicht vergessen.

Dann legte sie die Hand auf meine Schulter, während wir drei versuchten zu erkennen, wer sich unserem Haus näherte.

Miss Alley.

Aus irgendeinem Grund hatte die Frau beschlossen, inmitten eines Schneesturms von Amity nach Salt Point zu fahren. Sie strahlte so etwas wie Freude aus, als sie aus dem Luxuswagen stieg, nachdem ein Schwarzer Mann mit weißen Handschuhen ihr die Tür geöffnet hatte.

»Guten Abend, Miss Dinah, was führt Sie bei diesem gefährlichen Wetter zu uns? Wollen Sie reinkommen?« Mama sprach klar und deutlich, ihre Nervosität verhärtete sich zu einem metallischen Ton, der uns nahelegte, still zu bleiben. Unsere Mutter mochte am Tod unseres Vaters zerbrechen, aber Miss Alleys Dreistigkeiten würde sie sich nicht gefallen lassen.

Ezra und ich blieben draußen auf der Veranda stehen; mit unserer bunt gemischten Kleidung sahen wir aus wie Landstreicher. In der Nähe des Autos standen zwei Schwarze, ein Mann in einer Chauffeuruniform und eine Frau, deren dunkle Augen unser Zittern wahrnahmen. Sie betrachtete unser Haus und nickte uns dann dezent zu.

Ezra versuchte durch das Fenster zu spähen, doch der hässliche, leuchtende Weihnachtsbaum verdeckte die Sicht auf das, was zwischen Miss Alley und Mama vor sich ging.

»Kann sie uns von der Schule verweisen?«

»Cinthy«, seufzte meine Schwester. »Ihrer Tante und ihrem Onkel gehört Hobart, also gehört es praktisch auch ihr.«

»Aber das ist nicht fair. Wir sollten nicht von der Schule fliegen, weil das mit Daddy passiert ist. Er ist *gestorben.*«

Ezra schüttelte den Kopf. »Das ist doch der *Punkt*, Dummerchen. Die müssen absolut nichts mehr für uns tun. Wir haben jeden Einfluss verloren, und wir hatten eh nicht viel. Wenn Mr Hobart nicht so ein Gauner wäre, hätte Daddy den Job überhaupt nicht so lange behalten können. Es kommt selten vor, dass ein Schwarzer Mann weiße Kinder unterrichtet. Miss Irene hat mal gesagt, unsere Situation war schon immer ein Kompromiss. Und sie hat recht behalten.«

Ich konnte Daddys Stimme hören. Bildung war alles für ihn gewesen. Er hatte immer gesagt, er habe der Bildung sein Leben zu verdanken und Wissen sei das Einzige, was uns retten würde. Sollten wir der Schule verwiesen werden, stünde alles auf dem Spiel, was Daddy uns hatte geben wollen, wofür er gearbeitet hatte. Also konnte ich es nicht einfach so hinnehmen, doch das sagte ich nicht.

Jemand öffnete erneut die hintere Tür der Limousine. Ich befürchtete, es könnten Mr und Mrs Hobart sein oder, noch schlimmer, Deputy Charlie.

Stattdessen schaute ein Mädchen in einem langen Mantel mit Pelzkragen aus dem Wagen. Der Fahrer rutschte beinahe aus, als er zur Tür eilte, um sie für das Mädchen aufzuhalten.

Sie hatte seine Hilfe nötig, denn ihre Hände steckten in einem Pelzmuff. Dunkle Ringellocken umspielten ihr Gesicht, die Szene wirkte so künstlich wie in einem Film. Sie trug polierte Lederstiefel, die kaum einen Abdruck im Schnee hinterließen. Sie schien darauf zu warten, erkannt zu werden, und ging erhobenen Hauptes einige Schritte auf uns zu. Kurz dachte ich, sie wäre eine der Töchter aus dem Spukhaus, die man nie wiedergefunden hatte.

Einen Moment lang lauschten wir alle dem Wind.

Ich beobachtete die Atemluft der Schwarzen Frau, die sichtbar aus ihren Nasenlöchern strömte. Sie musste halb erfroren sein. Ich fragte mich, wie ihr Leben aussah und warum es ihre Aufgabe war, wie eine Soldatin in der Kälte zu stehen und auf dieses verwöhnte Mädchen aufzupassen.

Ruby stieg die Stufen hinauf, als würden sie ihr gehören, als würden *wir* ihr gehören. Sie setzte sich auf einen der Schaukelstühle, auf denen Mr Caesar und die Männer von der Kirche am Heiligabend gesessen und Lieder über Jesus gesungen hatten. Ihre Stimme kämpfte gegen die eiskalte Luft an.

»Ich dachte, ich komme vorbei und spreche euch mein Beileid aus, weil ihr euren Daddy verloren habt«, sagte sie. »Tut mir leid, dass er tot ist. Ein echter Held, wo er doch die Kinder gerettet hat.«

Ezra schüttelte den Kopf. »Was fällt dir ein?«

»Hör auf, über unseren Vater zu reden«, sagte ich und überlegte, ob meine Spucke gefrieren würde, bevor sie sie treffen würde.

»Vorsicht«, sagte Ruby und erhob sich wieder. »Ich friere viel zu sehr, um mich auf diese Weise beleidigen zu lassen. Marvella, kommst du mal? Ich kann es mir nicht erlauben, dass diese ~~Nigger~~ meine Nerven strapazieren.«

»Was gibt es, Miss Ruby?«

Die Frau kam die Stufen hoch, offensichtlich verärgert über Rubys Anweisung, und stellte sich in einiger Entfernung auf die andere Seite der Veranda. Die Vorstellung, dass Ruby eine erwachsene Schwarze Frau herumkommandieren konnte, ließ heiße Wut und Scham in mir aufsteigen, obwohl die Luft schneidend kalt war.

»*Miss Ruby?*«, fragte ich spöttisch.

»Mein Leben hat sich verändert, und das hättet ihr mitgekriegt … Also, ihr hättet es *zur Kenntnis genommen*, wenn wir noch befreundet wären.«

»Was hat sich denn verändert?«, fragte Ezra. »Dreck bleibt Dreck.«

Ruby blinzelte ungläubig. »Ich bin wegen *euch* hier! Die Sache mit Mr Kindred tat mir leid. Wenn er nicht mehr an der Schule ist, könnt ihr es euch vielleicht nicht mehr leisten, hier zu leben. Dann muss eure Mama wohl endlich arbeiten gehen, aber das hängt wohl von ihrer Gesundheit ab, oder?«

»Niemand ist so arm dran wie du«, sagte ich.

Sie nickte lächelnd. »Ez ist hart im Nehmen, so wie ich, aber *deine* kleine Welt bricht doch jetzt zusammen. Du hast die Schule mehr gebraucht als wir; du weißt doch gar nicht, wer du bist, wenn du keine Bücher vor der Nase hast.«

»Die Lehrerin hat dir ja schon einiges beigebracht«, sagte Ezra. »Du willst darüber reden, wer was braucht? Dann lass uns darüber reden. Du brauchst eine weiße Frau, die dir zeigt, wie man weiß ist, oder? Weil die weiße Haut deiner Ma nicht gereicht hat? Oder du wusstest schon immer, was du warst, und Miss Alley hat dir gesagt, dass du es ruhig zugeben kannst. Du brauchst sie, damit sie dir sagt, wer *du* bist, und du glaubst wirklich, sie kümmert sich auch noch um dich, wenn sie bekommen hat, was sie will – was auch immer das ist«, sagte Ezra.

Anstatt auf Ezras Worte zu reagieren, sprach Ruby mit einer erwachsenen Stimme weiter. Es war die Stimme einer Person, die sich nur für sich selbst interessierte. In meinem Kopf hörte ich meinen Vater etwas über Mitgefühl sagen. Ich sah Rubys traurige Augen vor mir, damals bei der Flugshow. Sie hatte sich immer nach etwas gesehnt, das sie nicht mit uns teilen konnte, obwohl wir in der Wildnis von Salt Point so viel miteinander geteilt hatten. Doch vielleicht hatte Ruby endlich begriffen, dass wir unser Schwarzsein nicht mit ihr teilen konnten. Wir konnten ihr weder das geben, was zwischen unseren Beinen lag, noch die Liebe, die wir füreinander empfanden. Wir konnten Ruby nicht das Blut unserer Vorfahren und den Gesang aus ihren Kehlen geben. Ruby musste allein singen, und das war traurig und bedauerlich. Aber wir waren ihr und uns selbst keine Rechenschaft schuldig.

Ruby war jetzt Teil einer neuen Wildnis, und ich bemühte mich um ein wenig Mitgefühl, ein wenig Hoffnung, dass sie es überleben würde. Aber sie weigerte sich, uns in Ruhe zu lassen, was ich für erbärmlich hielt. Man hatte mich nicht dazu erzogen, die andere Wange hinzuhalten.

»Bald ist Schluss mit der Wohltätigkeit«, sagte Ruby. »Mr Hobart hat gleich nach Silvester wichtige Verhandlungen, weil er die Schule verkaufen und nach Westen ziehen will. Das wird schwer für die Dorfbewohner, aber sie werden es überleben. Er hat so viel Geld in diese Schule gebuttert, um sie über Wasser zu halten. Er meint, Kalifornien ist der richtige Ort für ihn. Eines Tages ziehe ich auch dahin. Vielleicht werd ich Filme drehen.«

»Du willst über Wohltätigkeit reden? Wir haben gerade den Müll rausgebracht, falls du hungrig bist«, sagte Ezra. »Du dachtest, ich wusste nichts davon, oder? Wie schlecht es mir ging, weil ich so tun musste, als würde ich deinen Hunger nicht bemerken. Und jetzt stehst du hier. Besitzt die Dreistigkeit, die weiße Dreistigkeit, hier aufzukreuzen. Wo ist dein Papa, und warum lässt er es zu, dass du Miss Alleys Schoßhündchen bist?«

»Miss Alley interessiert sich für mich«, sagte Ruby. Im bernsteinfarbenen Licht, das vom Kamin durch das Fenster zu uns floss, reckte sie ihr zitterndes Kinn vor. Die Bemerkung über unseren Müll hatte einen feinen Riss in Rubys neuer Fassade hinterlassen. Sie wandte sich uns zu. »Sie hat Ma und Papa Geld gegeben, um in meine Zukunft zu investieren. Es ist die Rede von Adoption. Miss Alley wollte schon immer eine Tochter wie mich haben.«

»Also haben sie dich *verkauft*«, sagte Ezra. »Na los, erzähl noch mehr Lügen. Wäre ja nicht das erste Mal, dass du dich selbst belügst.«

»Meine Zukunft ist wertvoll! Ich werde mit Miss Alley nach Europa reisen. Wir gehen auf einen schicken Ball in New York, und von dort machen wir uns auf zu neuen Abenteuern. Ich werde alles haben, was ich wollte, und ich muss nie wieder herkommen, wenn ich nicht will.«

»Was ist mit dem Fliegen?«, fragte ich. »Ich dachte, Pilotin werden ist alles, was du wolltest. Frei sein.«

»Ich habe meine Freiheit gefunden«, sagte Ruby. Mit gesenktem Kopf drückte sie den Muff gegen den Filzgürtel, der um ihre Taille geschlungen war. »Und noch mehr.« Der Wind frischte wieder auf, als hätte Ruby ihre Bekanntmachung mit den Elementen abgesprochen. Ihr Gesicht strahlte vor Zuversicht, als sie fünf deutliche Worte durch die Eiseskälte warf.

»Ich bin in anderen Umständen.«

»Was für Umstände?«, fragte ich.

Sie antwortete nicht, sondern fixierte Ezra, als würde sie sich an der Möglichkeit ihrer Liebe festhalten.

»Ich werde eine Mama sein, und bald wird es etwas Süßes auf der Welt geben, das sich auf mich verlässt. Miss Alley hat heute in Amity einen Arzt für mich kommen lassen. Ich bin noch nie von einem Arzt untersucht worden. Ihr hättet Miss Alleys Gesicht sehen sollen! Sie haben immer wieder gefragt, aber es tut nichts zur Sache, *wer* der Vater ist. Je mehr ich über dieses Baby nachdenke, desto höher schwebe ich. Ich werde frei sein, weil ich mein Baby liebe. So einfach ist das. Ich weiß nicht, warum ich das nicht früher verstanden habe.

Hört zu, ich kann euch helfen. Ich kenne mich mit schweren Zeiten aus, und glaubt mir, die kommen jetzt auf euch zu. Wir können zu eurem Teich gehen und Wünsche aussprechen. Wie Schwestern! Es kann noch eine Weile dauern, bis die Sonne wieder für euch scheint«, sagte Ruby. »Der Dreckskerl Charlie behauptet, man wird euch und die Junketts noch vor Silvester aus dem Ort jagen. Als Miss Alley mit ihrem Onkel geredet hat, war er auch dafür, weil alle Sorge haben, Mr Caesar könnte der Vater meines Kindes sein.«

Ezra schubste Ruby. »Das ist eine verdammte Lüge!«

Anstatt sich schnellstmöglich wieder aufzurappeln, ließ Ruby sich Zeit, um wieder auf die Beine zu kommen. Die Stimme der

Frau, die Ruby Marvella genannt hatte, schoss über die Veranda. »Wehe, du fasst Miss Ruby noch mal an, Mädchen. Man stößt niemanden zu Boden, der Leben in sich trägt.« Marvellas Ton und ihre Rolle als Rubys Beschützerin ließen uns rätseln, ob Ruby vielleicht doch keine Lügen erzählte, jedenfalls nicht, was das Baby betraf.

»Hat *er* es dir gemacht?«, fragte Ezra, die Arme vor der Brust verschränkt. »Lindy hat erzählt, dass deine Ma dich ständig mit deinem Papa allein gelassen hat. Vielleicht hat er dich mehr geliebt als sie.«

»Meine Ma hat mich nicht im Stich gelassen!«

Ez starrte auf Rubys Bauch, als könnte sie durch den modischen Kaschmirmantel, durch Rubys blasse Haut hindurch auf den winzigen Lebenspunkt blicken, der sich umgeben von Wasser zusammenzog und wieder weitete. »Wo ist dein Vater, Ruby? Warum rettet er dich nicht vor dir selbst?«

»Liegt völlig betrunken neben dem Holzofen, wie jedes Jahr zu Weihnachten«, sagte Ruby. »Papa ist durchgedreht. Seit ich ihn verlassen habe, um nach Amity zu ziehen, musste Dreckskerl Charlie ihn fast jeden Tag wegen Trunkenheit einsperren. Papa sagt, dass Ma ihn manipuliert hat. Behauptet, dass ich entführt wurde und dass er Rechte hat.«

»Bekommst du wirklich ein Baby?«

Ruby dachte kurz nach und hob dann das Kinn. »Vielleicht. Also, ja. Ich – ich blute nicht mehr.«

»Ich dachte, du liebst deinen Papa«, sagte Ezra. »Er wird im Gefängnis landen, in einer richtigen Strafanstalt, wenn du ihm nicht hilfst.«

»Wenn ich Glück hab, landet er im Grab«, sagte Ruby und klang wie Miss Alley.

»Wir würden alles tun, um unseren Daddy hier zu haben«, sagte ich. »Und du stehst hier und wünschst deinem Papa so was Schreckliches.«

»Marvella, hilf mir zurück zum Auto«, sagte Ruby und verriegelte das dunkelblaue Fenster ihrer Augen. »Hier draußen friert man sich ja den A… Diese Luft hier draußen *tut mir nicht gut.*«

»Ja«, sagte Ezra, die Augen schmal. »Verzieh dich und wag es nicht, dich jemals wieder in dieser Straße blicken zu lassen.«

»Miss Dinah kommt«, sagte Marvella.

»Könnt ihr mir keine guten Wünsche mitgeben?«, fragte Ruby zitternd. »Euch für mich freuen? Ich weiß nicht, wann ich wieder zurückkomme, wenn wir erst mal nach Europa unterwegs sind. Miss Alley sagt, wir feiern Silvester auf hoher See. Vielleicht komme ich nie zurück. Warum sollte ich. Ich dachte nur –«

»Für dich freuen?«, sagte ich.

»Man geht weiter oder man geht unter«, sagte sie und stützte sich auf Marvellas Arm.

»Lässt du deinen Vater untergehen?«, fragte Ezra. »Zusammen mit allem, was dir wichtig war?«

»Kommen Sie jetzt endlich mit zum Auto …«, sagte Marvella und zog an Ruby. »Ich verlier wegen Ihnen nicht meinen guten Job.«

»Wir haben es nicht auf die gleiche Weise gesehen, oder, Ez?«

»Wovon redest du?«

»An dem Tag, als wir geschaut haben«, sagte sie. »Wir hätten es nie auf die gleiche Weise gesehen.«

Es war Rubys Wildheit, die meine Schwester angezogen hatte, diese beunruhigende und unvorhersehbare Loyalität. Ihre Coolness. In Ruby und Ezra war eine fremdartige Weiblichkeit herangewachsen, irgendwann zwischen dem späten Frühling und dem Ende des Sommers. Im grellen Sonnenlicht war ihre Kindheit auf den Felsen verblasst. Den beiden blieb kaum genug Zeit, um sich von ihrer Kindheit zu verabschieden. Eine neue Sprache schob sich schlagartig zwischen sie, wie ein Stacheldrahtzaun, durch den sie sich nur noch undeutlich wahrnehmen konnten.

Rubys Periode zeigte an, dass sie heiratsfähig war, bereit für eine eigene Familie. Obwohl sie arm war, würde sie aufgrund ihrer Hautfarbe immer reich sein.

Für meine Schwester bedeutete das Heranreifen ihres Körpers eine Gefahr für uns alle. Meine Eltern hatten Sorge, dass sie plötzlich sichtbar wurde, in die Schusslinie geriet, schreckliche Geschichte schrieb. Für meine Schwester gab es kein Anrecht auf Würde und Respekt, keine Garantie für Sicherheit, nicht einmal in ihrem eigenen Zuhause.

Ich erinnerte mich an Rubys Verachtung für die Welt, als sie damals unsere klammen Unterhosen in den Händen gehalten, uns die persönlichsten Kleidungsstücke weggenommen hatte. Keine von uns hatte geahnt, dass wir das Gesehene nie wieder vergessen würden, als wir den dünnen Stoff wieder überstreiften und einen Teil unseres Körpers bedeckten, den wir als Waffe zu verstehen hatten.

Ruby ließ sich anstandslos von Marvella abführen. Kurz bevor sie in die Limousine stieg, hob sie den Kopf. Mit den Händen im schwarzen Muff sah sie aus, als hätte man ihr eine Zwangsjacke angelegt.

»Er konnte nie der Vater sein, den ich brauchte. So traurig und wild und gemein. Manchmal verlassen dich die wilden Dinge, oder du lässt sie gehen«, sagte sie. »Auch wenn sie zu dir gehören.«

# 23

Am nächsten Morgen umgab uns der Geruch meines Vaters im Bett unserer Eltern wie eine unsichtbare Membran. Ich war mit dem Rücken nach außen auf Daddys Seite eingeschlafen. Mamas Brust hob und senkte sich sanft. Sie atmete langsam und lag eingerollt wie ein Embryo. Es war tröstlich, in der Erinnerung an das Gewicht meines Vaters zu ruhen. Ich war in ihrem großen Gänsefederbett zur Welt gekommen. Als wir klein waren, hatte Mama uns oft in genau diesem Bett an sich gedrückt, bis Daddy schließlich darauf bestand, dass wir allein schliefen.

Jetzt lag Ezra zwischen Mama und mir. Als wir am Abend zuvor in den Schlaf gesunken waren, hatte Mama uns etwas vorgesungen, als hätte man uns ihr wieder an die Brust gelegt. »Goodnight, Irene« war unser Trauergesang und Schlaflied zugleich. Die melancholische Beschwörung des Namens zog an uns wie wogende Wellen. Mama säuselte *I'll see you in my dreams, I'll see you in my dreams*, bis wir zu flüssigen Träumen verschmolzen, beschützt vor allem, was uns jenseits ihrer trauernden Stimme bedrohte.

Als ich in die morgendliche Stille blinzelte, hörte ich Rubys Warnung wie einen eiskalten Wassertropfen, der meine warmen Gedanken durchbrach. *Man wird euch und die Junketts noch vor Silvester aus dem Ort jagen.*

Als Ezra ihre Augen aufschlug, war ich in eine Schockstarre verfallen. Obwohl ich sie nicht hatte weinen sehen, lieferten ihre geschwollenen Augen den Beweis für ihren Kummer, den sie vor mir verstecken wollte. Ihre Augen, die genauso aussahen wie

Daddys, betrachteten mich, und sie tippte mit ihrem Finger gegen meinen Mund. Dann legte sie mir die Hand an die Wange und gab ihre Wärme an mich ab. Sie strich mir über Nase und Augen, dann über mein ganzes Gesicht, bevor sie sich den Mund zuhielt und mit den Augen lächelte. Als ich klein war, hatte meine Schwester das ständig gemacht. Ich konnte mich sogar daran erinnern, in der Wiege zu liegen und ihre großen braunen Augen über mir zu sehen, während ihre Fingerspitzen liebevoll über mein Gesicht glitten.

Hellwach schwang ich die Beine aus dem Bett. Ez rutschte auf meine Seite, stand ebenfalls auf und streckte ihre langen Arme. Gemeinsam zogen wir die Decken über Mama, die im Schlaf stöhnte und ihre Wange am Kissen rieb. Vielleicht lag sie im Traum auf der atmenden, unversehrten Brust meines Vaters.

...

Ezra kochte Kaffee und ich warf einen Blick auf die sonnengelben Quadrate aus Maisbrot im Backofen. Ich stellte frische Butter auf den Tisch und war dankbar, Miss Irenes Anwesenheit zu spüren. Durch das Essen, das sie für uns gekocht hatte, konnten wir ihre Stimme in der Küche hören. Das Radio lief leise im Hintergrund. Wir lauschten angestrengt, als eine eindringliche Männerstimme die Wettervorhersage wiederholte: Durch den bevorstehenden Schneesturm war an der Küste mit Stromausfällen zu rechnen.

»Das Feuer brennt gut«, sagte meine Schwester.

»Wir haben jede Menge zu essen«, sagte ich. »Die Taschenlampen liegen bei der Haustür.«

»Falls die Rohre einfrieren, können wir Schnee reinholen und schmelzen.«

»Die Streichhölzer sind da drüben«, sagte ich und zeigte auf die rechteckige Schachtel mit der rauen Fläche am Rand.

»Wir schaffen das, bis Mr Caesar wiederkommt«, sagte Ezra. »Im Schrank sind noch Batterien, also können wir Radio hören.

Wir haben, was wir brauchen. Nachher gehen wir raus und schippen so viel wie möglich weg. Wir können Salz auf die Stufen vor der Haustür und auf die Auffahrt streuen. Auch hinten auf die Stufen, falls sie vereisen …«

Sie verstummte. Wir dachten beide an Daddy. Anstatt aufzugeben, bemühten wir uns, das zu tun, was Daddy von uns verlangt hätte. Man sprach oft so über die Toten, als hätten sie noch etwas zu sagen, als könnte man ihre Stimmen aus der Dunkelheit hören und ihren Rat beherzigen.

»Sie wird den Schneesturm wahrscheinlich verschlafen«, sagte Ezra. »Vielleicht geben wir ihr lieber warme Milch und keinen Tee. Passt besser zum Maisbrot, und sie bleibt schläfrig.«

»Gut«, stimmte ich zu und ging vor dem Küchenschrank in die Knie, um den geliebten, verbeulten Topf zu finden, den wir für warme Milch oder Suppe benutzten.

»Aber was ist, wenn wir weggehen müssen?«

»Weggehen?«, fragte Ezra, auf den Kaffee konzentriert.

»Aus Salt Point«, sagte ich. »Was ist, wenn der Deputy versucht, uns aus unserem eigenen Haus zu vertreiben?«

»Wir wohnen in einem unbedeutenden Kaff«, sagte meine Schwester. »Die können uns nicht vertreiben, außer wir lassen es zu. Überall im Land wehren sich die Schwarzen. Hast du das vergessen? Sie protestieren und setzen ihr Leben aufs Spiel, damit wir nicht von dem vertrieben werden können, was wir mit dem eigenen Herzblut gebaut haben. Wir nehmen uns die Macht, anstatt vor ihr wegzulaufen. Wir können keine Minute länger darauf warten, dass die Weißen uns eine Freiheit schenken, die sie uns nie geben wollten. Und weißt du was? Miss Irene sagt, die haben selbst keine Freiheit, keine *echte* Freiheit, ohne uns. Wir haben den Willen. Wir sind das Handeln. Die Weißen müssen ihre Schulden bezahlen, nicht wir. Und wenn wir unseren Schulabschluss nicht an dieser dämlichen Schule machen. Wir sind alt genug, um uns alles selbst beizubringen. Vergiss nicht, dass uns die beste Bibliothek weit und breit gehört. Daddy hat sie für uns zusammengestellt. Seine Bücher sind hier. Wir können unsere eigenen Lehrerinnen sein. Wir bestimmen über unser Leben. Die wollen nicht, dass wir die Heldinnen der Geschichte sind? Wir haben eigenes Land. Eigene Geschichten. Ist vielleicht besser so.«

Sie war sich unseres Schicksals so sicher, aber mir war noch immer schlecht. Kurz musste ich daran denken, dass Miss Burden ertrunken war und die Welt – oder das Schicksal – meinen Vater bei lebendigem Leib verbrannt hatte. Die klügsten Menschen in meinem Leben waren tot. Ich wollte nicht meine eigene Lehrerin sein. Ich hatte Sorge, dass ich nicht so stark war wie meine Schwester und dass sie mich, wenn sie erst einmal frei wäre, zurücklassen würde.

»Ist vielleicht besser so«, wiederholte Ezra und berührte meine Hand, die einen Löffel hielt.

Die Milch würde anbrennen, wenn ich nicht weiter umrührte. Ich nickte und fragte mich, wie ich jemals die Bücher meines Vaters aufschlagen, geschweige denn aus ihnen lernen sollte, ohne in Tränen auszubrechen.

…

In Daddys Arbeitszimmer marmorierte das Licht seine stummen Bücher. Die Uhr schlug zwölf. Mama hatte erzählt, dass die Toten in Damascus immer zur Mittagsstunde zurückgegeben wurden. Ich versuchte, mir Daddys Grab vorzustellen, in einem winzigen Ort, den ich nie gesehen hatte. Die Bewohner von Damascus würden seinen Namen in blauen Stein ritzen, wo seine Knochen zwischen den Gräbern unserer Vorfahren zur Ruhe kommen konnten.

…

Das Klavierspiel meiner Schwester endete plötzlich. Sie lenkte sich nicht mehr mit komplizierten Akkorden ab. Sie schrie.

Ich rannte in den vorderen Teil des Hauses, wo die Haustür offen stand. Kalte Luft rauschte mir entgegen, und ich sah die Umrisse einer Gestalt, die sich gegen das grelle Tageslicht abzeichnete. Für einen Augenblick sah sie aus wie unser Vater. Doch dann kam Mama die Treppe herunter, eilte an mir vorbei, und sie und Ezra zogen den Schatten ins Haus, denn sie hatten erkannt, dass es Ernest Junkett war, der da in unserem Wohnzimmer stand und weder sein linkes Auge noch den Mund öffnen konnte. Er roch nach Angst und Schnee.

»Was ist passiert?«, fragte Mama.

»Momma«, sagte er schließlich.

»Irene?«, fragte Mama.

»O Gott«, sagte er. »Momma.«

»Wo sind deine Geschwister?«

Schluchzend schüttelte Ernest den Kopf und schlug sich die Hände vor den Mund. Meine Mutter schlang ihre Arme um ihn, damit er nicht zu Boden ging. Ihre Stimme war klar, sie geleitete den eigenen Schmerz durch Augen und Mund hinaus. »Ernest. Wo? Sind? Deine? Geschwister?«

»Der Deputy kam angefahren und meinte, Rubys Daddy sagt, seine Tochter wurde entführt. Der saß auch im Truck.«

»War er nicht mit dem Streifenwagen da?«

»Nein, Ma'am« sagte Ernest. »Mit 'nem Truck. Der von der Schule, den Daddy für seine Arbeit benutzt hat. Die sind ins Haus gekommen, haben behauptet, dass Daddy Ruby entführt hat. Als wir gesagt haben, dass Daddy nicht da ist, haben die gesagt, er wäre weg, weil er das Mädchen irgendwo hingebracht und Gott weiß was mit ihr angestellt hätte.« Zitternd hielt er inne, als würde er es nicht vor uns aussprechen wollen. »Ich hab versucht zu erklären, dass Daddy gestern losgefahren ist, damit Mr Kindred ordentlich begraben werden kann, aber die meinten, sie würden die Wahrheit kennen«, sagte er bitter. »Das macht alles keinen Sinn, der Deputy muss doch wissen, dass Ruby bei seinem Onkel ist. Scheint ihm egal zu sein, weil er meinte, er würde sie zurückholen. Und Rubys Daddy ging es gar nicht gut. Sein Blick war völlig betrunken und wild. Der Deputy meinte, wir hätten nicht das Recht, das Dorf mit Mr Kindred zu verlassen. Hat irgendwas von Papieren und unbezahlten Bußgeldern geredet, und dass die Sterbeurkunde nicht unterschrieben war. Da hat Momma gesagt, dass Mr Kindreds Leiche nicht denen gehört. Und dass wir nicht die Sklaven von Bullen sind. Als sie das gesagt hat, hat der Deputy sie geschlagen.«

»Nein«, sagte Ezra.

Er holte schluchzend Luft. »Momma ist aufgestanden, als hätte sie im Leben schon schlimmere Prügel bekommen. Hat gesagt, dass wir nicht wissen, wo Ruby ist. Da hat Mr Scaggs furchtbar angefangen zu schimpfen. Hat uns ~~Nigger~~ genannt, hat gesagt, dass er uns alle umbringt, aber dass wir auch tot nie so viel wert sein würden wie seine Ruby.«

Mama musste sich schnell in Daddys Sessel setzen.

»Momma hat ihre Machete geholt, und ich hatte Daddys Pistole – aber ich hab noch nie wirklich abgedrückt und –«

Ezra vergrub ihr Gesicht in den Händen. Ich hatte das Gefühl zu schweben, hoch an die Decke zu steigen.

»Die haben Lindy gepackt. Der Deputy hat seine Pistole an ihren Kopf gehalten. Hat gesagt, wenn Momma sich weigert mitzukommen, bläst er meiner Schwester vor uns allen den Kopf weg.« Ernests Stimme war kaum mehr als ein Flüstern. »Also hat Momma die Machete auf den Tisch gelegt. Ich die Pistole daneben. Sobald ich das gemacht hatte, hat der Deputy sie sich geschnappt und gesagt, das wäre ein gutes Beweisstück, wenn Ruby nicht wieder auftauchen würde. Hat mit Daddys Pistole auf mein Gesicht eingeschlagen, so fest er konnte, bis Momma geschrien hat, sie würde mitkommen, wenn sie uns in Ruhe lassen. Die haben Momma mitgeschleift und in den Truck geworfen.«

»Wo sind sie hingefahren?«

Frische Tränen liefen über Ernests Gesicht. Er zuckte mit den Schultern wie ein kleiner Junge. Wenn man ihn ansah, war es schwer, nicht daran zu denken, was der Deputy uns angetan hatte, als er in unser Haus eingedrungen war und das Tuch vom Gesicht meines Vaters gerissen hatte.

Ezra hob den Kopf. »Sie hat immer eine Waffe in der Tasche. Das wissen die nicht.«

»Ja«, sagte Ernest. »Aber die sind zu zweit. Sie ist alleine.«

»Sie ist eine gute Schützin«, sagte Ezra.

»Ich hab meine Geschwister zu Hause gelassen.«

»Du bist so hierhergefahren?«

»Ja, Ma'am.«

»Ich will nicht, dass du noch irgendwohin fährst. Dein Auge sieht schlimm aus, Schätzchen. Ich will nicht, dass du es verlierst. Lass es mich nähen. Cinthy, bring mir die Tasche mit dem Peroxid. Sobald der Sturm sich gelegt hat, bringen wir dich ins Krankenhaus nach Gunn Hill. Ich hatte damit gerechnet, dass Caesar zum Abend wieder hier sein würde, aber dieses Wetter ändert alles.«

»Was ist mit Miss Irene?«, fragte Ezra. »Was ist mir ihr, Mama? Was machen die –«

»Oh, Ezra, wir können nicht – wir können ihr nicht helfen. Irene ist auf sich allein gestellt«, sagte Mama. »Gott wird sie nicht im Stich lassen. Irene wird das durchstehen. Er holt sie noch nicht zu sich. Alles, was ich tun kann, ist das, worum sie mich bitten würde, nämlich mich um ihre Babys zu kümmern. Mehr können wir gerade nicht tun.«

»Das reicht nicht«, sagte Ezra mit vor der Brust verschränkten Armen.

Mama nahm Ernests Hand. »Cinthy, du musst Ernest zurück ins Dorf fahren. Ich kann gerade nicht darauf vertrauen, dass deine Schwester tut, was ich sage.«

»*Fahren?*«

»Du schaffst das«, sagte Ezra, bevor ich noch etwas erwidern konnte. »Holt die anderen her, bevor es mit dem Schnee noch schlimmer wird.«

»Es *ist* doch schon schlimmer.«

»Ich sag dir, was du machen musst«, sagte Ernest. Er klang verzweifelt und dennoch entschlossen. »Und wenn ich zurück ins Dorf krabbeln muss, ich mach es. Empire und Rosemary können in dieser Kälte nicht weit laufen. Bei Lindy weiß ich's nicht. Sie haben so geweint, wollten nicht, dass ich überhaupt wegfahre. Aber ich hab gesagt, sie sollen sich im Haus verstecken und auf mich warten. Ich war nicht sicher, ob der Deputy mich irgendwo abfangen würde. Deshalb wollte ich lieber alleine fahren. Ich hab gesagt, dass ich wiederkomme. Ich will da sein, bevor diese Männer noch mal auftauchen. Mein Daddy hat mir gesagt, was zu tun ist.«

»Herr, erbarme dich, ich muss ein paar Leute anrufen«, sagte Mama. »Den Pastor in Gunn Hill. Ernest, hast du seine Nummer?«

Ezra schnalzte laut mit der Zunge. »*Anrufen*, Mama? Das ist *alles*?«

»Kind, du redest nicht in diesem Ton mit mir.«

Mamas Gesicht verzog sich zu einer Maske. »Irene wird es schaffen. Wir müssen bereit sein, falls sie etwas braucht oder die Kinder etwas brauchen. Hast du verstanden, Ezra? Verlier jetzt nicht den Verstand. Wir brauchen dich hier.«

»Sobald ich den Jungen verarztet habe«, fuhr Mama fort, drehte sich schwungvoll zu mir um und sah mir in die Augen, »musst du abfahrbereit sein. Durchatmen, Cinthy. Ihr Mädchen geht jetzt raus. Streut Salz auf die Straße. Schaufelt das Auto frei. Es hat noch nicht allzu viel geschneit, das sollte schnell gehen. Wir müssen unsere Sinne beisammenhalten. Wer weiß, was wir später im Dunkeln noch alles tun müssen.«

»Im Dunkeln sitzen wir doch hier wie auf dem Präsentierteller«, sagte Ezra.

»Es reicht!« zischte Mama und führte Ernest in die Küche.

Ezra starrte mich konzentriert an. Ihre Augen waren Bienenstöcke. »In der Bibel gibt es Jäger«, sagte meine Schwester, und die Bienen in ihrem Blick befreiten sich.

...

Ich konnte meinen Vater in der Wolle seines Pullovers riechen, den ich unter einer langen Regenjacke trug, die ebenfalls ihm gehört hatte. So um meinen Körper gehüllt, war Daddys Geruch mein Talisman. Den Großteil meiner Haare hatte ich unter eine von Mamas Strickmützen geschoben, aber Schnee und Schweiß vermischten sich zu feuchten Perlen auf meiner Stirn und im Nacken, wo die Mütze immer wieder verrutschte.

Im eisigen Wind hieb ich mit unserer rostigen Schaufel auf den Schnee ein. Keuchend umkreiste ich das Auto und attackierte die makellosen Dünen. Mit Handschuhen konnte ich den Stiel nicht richtig halten, also zog ich sie aus. Bald darauf waren meine Handflächen rot und voller Blasen. Meine Hose war feucht und kalt. Wasser war in meine gelben Gummistiefel getropft. Ich verlor das Gefühl in den Füßen und war gezwungen, auf zwei gefrorenen Stummeln zu stehen. Die Angst hatte meinen Magen und meine Blase fest im Griff. Ich bemühte mich, gerade zu stehen, mich der Panik zu erwehren. *Tu, was Mama gesagt hat. Das Auto frei schaufeln. Losfahren. Tu, was Mama gesagt hat. Das Auto frei schaufeln. Losfahren.*

Mit tränenden Augen schwang ich die Schaufel. Der Wind fing meine Erinnerungen an die Stimme meines Vaters, verwandelte das Klagelied seines Atems in einsame Wolken. *Weiter so, Cinthy, mein Mädchen. Weiter so.*

Als ich schließlich die Schaufel fallen ließ, blickte ich unsere Straße entlang, die inzwischen unter einem Schlachtfeld aus weißen Hügeln verschwunden war. Auf der anderen Straßenseite sah ich das Spukhaus, der Verfall so faszinierend wie immer, gedrungen und schwarz trotz des Schnees, und Ezra, die gerade aus der Ruine kam.

Ich hatte nicht bemerkt, dass sie nach draußen gekommen war, und fragte mich, warum sie dort drüben herumstöberte, wo Mama uns doch gesagt hatte, was wir zu tun hatten.

»Setz dich ins Auto«, sagte sie zu mir.

»Was?«

Doch sie ging schon zur Beifahrertür, ohne auf meine Frage zu antworten. Meine tauben Finger tasteten nach dem verchromten Türgriff. Als ich es endlich geschafft hatte, die Tür zu öffnen und mich auf den Fahrersitz gleiten zu lassen, musste ich wieder an Daddy denken. Draußen heulte der Wind, und die Stille im Inneren war seltsam. Wir atmeten kleine Wolken aus, die sich schnell auflösten. Ezra hielt mir den Schlüssel hin. Stumpf und vertraut lag er auf ihrer Handfläche, und er fühlte sich warm an, als ich ihn berührte.

»Schmeiß endlich die Heizung an«, sagte sie und bewegte sich, sodass etwas Platz zwischen uns blieb.

Wir waren stumm, und das Auto erwachte stotternd zum Leben. Ich konnte es nicht ertragen, auf den Rücksitz zu schauen und daran erinnert zu werden, wie Mr Caesar mit Daddys verbranntem Körper vor unserem Haus angekommen war.

»Versuch, nicht daran zu denken«, befahl meine Schwester. »Ich muss mit dir reden, aber ich muss sichergehen, dass du mir auch zuhörst. Dir spuken zu jedem Zeitpunkt hundert Gedanken gleichzeitig im Kopf rum, aber jetzt musst du für einen Moment ganz bei mir sein. Schaffst du das, Cinthy?«

Nickend blies ich mir warme Luft zwischen die Finger. Mein Gesicht war heiß. Ich wollte nicht, dass sie wütend auf mich war, aber sie hatte ja recht. Es fiel mir schwer, mich zu konzentrieren, auch wegen der Kälte, aber hauptsächlich wegen des Sturms der Erinnerungen, der mich mitzureißen drohte.

»Ich werde Miss Irene suchen«, sagte meine Schwester. Dann

zog sie die Pistole aus dem Mantel, die Miss Irene unserer Mutter gegeben hatte. Sie legte die Waffe in ihren Schoß, hielt sie aber fest umklammert. Ich fing an zu zittern, denn Ezras neue Weiblichkeit schien sie – uns beide – als Geisel genommen zu haben.

»Mama hat gesagt –«

»Ist doch völlig egal, was sie gesagt hat«, sagte Ezra. »Ich will, dass du mir zuhörst, und du fängst gleich wieder mit Mama an. Kann ich dir nicht vertrauen?«

»Doch«, sagte ich sofort, auch wenn mein Blick auf die Pistole gerichtet war. Die fürchterliche Stille erfüllte das Auto ebenso wie der Tod meines Vaters.

»Du weißt, dass ich dich mehr lieb habe als alles andere, oder?«

»Was?«

»Ich hab dich lieb, Cinthy«, sagte sie. »Du weißt, wer ich bin.«

»Ich *glaube* schon.«

»Dann weißt du auch, dass ich nicht einfach vor dem Kamin sitzen bleibe, wenn Miss Irene bei diesen weißen Teufeln ist«, sagte Ezra und steckte die Pistole wieder ein. »Ich geh da raus und hol sie zurück. Aber ich brauche deine Hilfe.«

»Wie soll ich dir helfen?«, fragte ich ängstlich. »Wie soll ich dir helfen, wenn du doch weißt, was passieren kann?«

»Es ist mir egal, was mit mir passiert«, sagte sie. »Wenn ich lügen muss, lüge ich. Wenn ich töten muss, töte ich. Wenn ich erfriere, erfriere ich eben. Aber ich bringe Miss Irene nach Hause. Sie ist auch unsere Mutter.«

»Du würdest jemanden töten?«

»Ohne zu zögern.«

»Miss Irene ist erwachsen, wie Mama gesagt hat«, erwiderte ich. »Du könntest *sterben.* Sie kann auf sich allein aufpassen, Ez. Sie wird die nicht gewinnen lassen.«

»Mit gewinnen hat das nichts zu tun«, sagte Ezra. »Es geht hier um *Leben und Tod.* Das ganze Gerede, das ganze Gelerne, von dem wir denken, dass es hilft. Wir sollen Ideen verteidigen und beschützen, die wir nicht mal sehen können, weil wir einander kaum anschauen können, ohne Angst zu haben oder wütend zu werden. Miss Irene hat schon vieles überlebt, und ich werde es nicht zulassen, dass dieser Polizist oder Rubys Vater sie uns nehmen. Ich kann hier nicht rumsitzen und weinen und beten. Ich sag ja nicht, dass mein Weg der richtige ist, aber er ist der beste Weg für mich, weil ich ihn für *mich* ausgewählt habe.«

»Aha«, sagte ich und nickte, als wüsste ich genau, was sie damit meinte. »Denkst du, Miss Irene hätte gewollt, dass du das tust? Sie sagt doch immer, wir sollen unsere Seelen mit Licht umgeben. Was soll denn aus deiner werden?«

»Ich will nicht mehr darüber sprechen«, sagte Ezra. »Je weniger ich dir erzähle, desto besser.« Sie nahm meine Hand und drückte sie an ihr Gesicht, bevor sie sie auf das Lenkrad legte.

»Du kannst das«, sagte sie. »Daddy ist bei dir.«

# 24

Mama und Ernest räumten Daddys Arbeitszimmer um, da es der einzige Raum in unserem Haus war, in dem die Kinder der Junketts zusammen übernachten konnten. Ernest folgte Mama auf Schritt und Tritt, lief von links nach rechts und bestand darauf, die schweren Möbelstücke allein zu heben. Es war sein Adrenalin gewesen, das uns über holprige Wege bis zum Haus der Junketts geführt hatte. Ernest und Lindy hatten Empire und Rosemary nach draußen in die Kälte getragen und hinten in unser Auto gesetzt, während ich zitternd am Steuer saß und Wache hielt. Ich sollte auf der Stelle losfahren, hatte Ernest mir befohlen, wenn sich ein Auto näherte.

Nun lief Ezra die Hintertreppe auf und ab, brachte Decken, Bettlaken und zusätzliche Kissen in Daddys Arbeitszimmer. Ihr Gesicht war eine steinerne Maske. Wenn ich sie ansprach, sah sie mich bloß an, als wollte sie sich mein Gesicht einprägen. So nervös ich auch war, wussten wir doch beide, dass ich Mama nichts verraten würde. Was hätte ich auch sagen sollen; Mama brauchte ihre ganze Kraft, um die Kleinen zu versorgen, die sich der Gefahr, in der wir schwebten, kaum bewusst waren.

In der Küche gossen Lindy und ich heißen Kakao in die Becher der Kinder, wobei wir achtgaben, jeden Becher nur bis zur Hälfte zu füllen. Sie hielten ihre süßen Gesichter über den Dampf und lauschten gebannt der Radiomusik, die sie hatten auswählen dürfen. Im schwachen Licht sah ich die Ähnlichkeit zu ihren Eltern. Der Anblick schmerzte.

»Lindy«, rief ich leise.

Sie tauchte aus ihren Gedanken auf und sah erst mich an, dann den Teller mit Maisbrot in meiner Hand, den ich ihr entgegenstreckte, und schüttelte den Kopf.

»Ich esse nichts, bis Momma hier ist«, sagte sie. »Nichts.«

Sie verweigerte eine ihrer Leibspeisen und brachte damit ein persönliches Opfer, sprach ein Gebet, damit ihre Mutter wieder heil zu ihr zurückkehrte. Wenn Gott nur ihre Mutter brächte, dann würde sie sich trösten lassen.

»Wenn alles umgeräumt ist, können wir die Decken ausbreiten. Das Zimmer warm werden lassen«, sagte sie automatisch. »Momma wird frieren, wenn sie kommt. Es war kalt, als die sie geholt haben.«

Ich konnte und wollte mir nicht vorstellen, wie Miss Irene durch ihre eigene Haustür gestoßen, an den Haaren durch den Schnee gezerrt und von diesen weißen Männern in den Truck geworfen wurde. Doch ich sah in Lindys Gesicht, dass sich genau das immer wieder in ihrem Kopf abspielte.

Als ich mit den letzten Kissen in das Arbeitszimmer ging, drückte ich sie mir fest gegen den Bauch. Ich war noch nicht bereit dafür, Daddys Zimmer verändert zu sehen.

Deckenstapel sollten die Zugluft an den Türen abhalten. Ein Tisch bildete eine Barrikade vor der Glastür. Sein Schreibtisch war ganz in die Ecke geschoben worden. Auf dem Boden zeichnete sich ein Rechteck ab, wie die Umrisse einer Tür oder eines Grabs, wo der Schreibtisch über Jahre in die Holzdielen eingesunken war.

»Wir haben nichts weggeworfen«, sagte Mama, als sie mich sah. Sie schnaufte leicht, während sie fegte und Ordnung machte. »Wir haben bloß ein paar Möbel verschoben. Bitte mach nicht so ein Gesicht, Cinthy.«

Ich nickte und trat einen Schritt zurück.

»Sag Ezra, dass wir mehr Decken brauchen. Sie soll auch die aus meinem Bett holen. Ich kann auf dem zweiten Bett in ihrem

Zimmer schlafen. Ernest und ich können die große Matratze runterschleppen, wenn ich den Staub hier beseitigt habe. Mr Caesar sollte vor Mitternacht hier ankommen. Er wird müde und hungrig sein.«

»Ja, Mama.«

»Lindy soll einen Teller für ihn vorbereiten und zugedeckt auf dem Herd stehen lassen. Dann kannst du deiner Schwester helfen. Die Decken sind schwer. Und lasst sie nicht über den Boden schleifen.«

»Ja, Mama.«

Sie bückte sich, um einen von Daddys dünnen Läufern einzurollen. Als sie sich aufrichtete, klangen ihre Worte hell und heiß wie Feuer, und sie stemmte eine Hand in die Hüfte. »Mädchen, ich hab gesagt, du sollst die Decken holen!«

Ich wirbelte herum, sauste durch die Küche und die Treppe hoch. Auf dem Treppenabsatz blieb ich kurz stehen, um mir die Tränen aus dem Gesicht zu wischen. Doch ich konnte meine Übelkeit nicht länger unterdrücken, und so rannte ich mit einem sauren Geschmack im Mund ins Badezimmer, wo ich mich vor der Toilette auf die Knie fallen ließ.

Maisbrotbrocken und geronnene Butter blieben mir im Hals stecken. Ich schlang die Arme um meine Knie, rollte mich zu einem Ball zusammen.

Mama hatte recht und unrecht.

Alles, was ich einmal gekannt hatte, war verschwunden, stand nicht mehr am eigentlichen Platz. Alles war schwer. Klug sein konnte dich umbringen, dich ertränken, dich ohne ersichtlichen Grund verbrennen lassen. Intelligenz konnte Krebs in deinem Inneren wachsen lassen. Die Welt konnte dir weismachen, sie würde dich kennen, bevor du dich selbst kanntest. Die Flammen des Todes konnten dich zu einem Helden machen. Dich selbst zu lieben, konnte bedeuten, dass ein weißer Mann dich im Namen des Gesetzes und vor den Augen deiner Familie aus deinem eigenen Haus zerrte. Nichts und niemand konnte dich retten.

Nachdem ich mir den Mund ausgespült und mein Gesicht gewaschen hatte, ging ich in mein Zimmer, wo mir die eisige Luft mit der flachen Hand ins Gesicht schlug. Mein Fenster stand offen. Es konnte nur von innen geöffnet worden sein.

Am Rand meines Sichtfelds tauchten dunkle Punkte auf. Mein Herz tönte aus den flüssigen Tiefen meines Körpers. Langsam atmend schaute ich mich um, bevor ich zurück in den Flur ging und das große Deckenlicht einschaltete.

Ich versuchte, mit den Lippen ihren Namen zu formen, ein einziges Wort. Der Schreck schoss durch mich hindurch wie Wasser durch ein sinkendes Schiff.

Es war nur eine Frage der Zeit, bis Mama Ezra rufen und sie unten erwarten würde. Ich wollte nicht darüber nachdenken, was dann passieren würde, ob ich verschweigen konnte, was ich wusste, oder Mamas Überraschung nachahmen musste, wenn sie feststellte, dass Ezra sich aus dem Haus geschlichen hatte. Selbst wenn Mama mich verhörte, würde ich ihr niemals verraten, dass Ezra bereit war, einen weißen Mann zu töten, um Miss Irene in Sicherheit zu bringen. Ich wurde von schrecklicher Angst erfüllt und versuchte die Vorstellung zu verdrängen, einer dieser Männer könnte womöglich meine Schwester umbringen. Ich faltete die Decken so sorgfältig, wie Mama sie haben wollte, und konnte kaum über den Stoffhaufen hinwegsehen, während ich benommen die Treppe zur Küche hinabstieg.

Lindy saß mit Empire und Rosemary am Tisch. Sie sah mich irritiert an, als ich flink an ihr vorbeihuschte, damit sie mich nicht fragen konnte, wo Ezra steckte.

Ich atmete tief ein, als mein Körper in der Tür zu Daddys Arbeitszimmer stehen blieb. Schweigend stand ich auf der Schwelle und sah, wie Ernest meiner Mutter eine Art Kompresse auf die Stirn legte. Als sie mich bemerkte, ließ Mama die Hand sinken, mit der sie sich ein Taschentuch vor den Mund gehalten hatte. Die Lippen und Zähne waren voller Blut.

»Hab ich nicht gesagt, du und deine Schwester –«

»Ich geh wieder hoch und hole den Rest«, sagte ich. »Mehr konnte ich nicht tragen.«

Mama hustete, bebte. Sie schloss die Augen, das Atmen fiel ihr schwer. Langsam hob sie das Taschentuch wieder zum Mund. Ihre Augen waren noch immer geschlossen. »Warum hilft Ezra dir nicht?«

Ernest starrte mich an. Hatte ich die Wahrheit ausgesprochen? Nein, nein, ich redete so ruhig wie möglich, ahmte den Ton nach, den ich bei Erwachsenen gehört hatte, wenn sie ihren Kindern schlechte Neuigkeiten mitzuteilen hatten. »Wir haben ein System«, sagte ich. »So ist es einfacher.«

Ich musste eine Weile auf Mamas Antwort warten. Anstatt mich anzusehen, schaute Mama in den roten Mund des Ofens und senkte dann den Blick zu dem zerknitterten Stoff, den ihre Finger umklammerten. Sie betrachtete die scharlachrote Sprache, die auf dem Tuch blühte und trockene Flecken hinterließ.

»Du weißt, dass ich es merke, wenn du mich anlügst.«

Ich beschloss, alles zu geben, was mir noch blieb, um Ezra zu beschützen. Doch die Lüge brach mir das Herz.

»Mama, das würde ich dir nicht antun.«

…

Ernest kam in Ezras Zimmer, während ich auf einem der Betten saß und den Boden anstarrte. Mama war unten in der Küche. Es roch nach Essen. Im Radio liefen die Nachrichten, und zum ersten Mal war ich sicher, dass Mama sich nicht mit Sam Cooke und ihrem Whiskey in ihr Inneres zurückziehen würde. Sie war nicht wütend auf mich, denn sie wusste noch nicht, was ich wusste – Ezra, ihre älteste Tochter, war bewaffnet in einen tobenden Sturm aus Eis und Rache gezogen. Unten konnte ich kaum ein Glas oder einen Teller anheben, ohne zu zittern, also versteckte ich mich hier oben.

Die kleine Lampe auf Ezras Nachttisch tauchte das Zimmer in ein mädchenhaftes korallenfarbiges Licht. Ich hatte es brennen lassen, damit Mama sich nicht über das dunkle Zimmer wunderte, falls sie nach oben käme. Mama dachte vermutlich, dass Ezra schmollte, weil wir nicht mehr unternahmen, um Miss Irene zu helfen. Sie hatte nicht genug Energie, um sich mit meiner Schwester auseinanderzusetzen.

»Wo ist sie?«

Ich zuckte mit den Schultern und umarmte mich selbst, damit er mein Zittern nicht sah, aber ich konnte Ernest nichts vormachen, er hatte selbst zwei Schwestern. Er lehnte die Tür an und setzte sich neben mich.

»Du wusstest, dass sie abhauen würde, um Momma zu helfen, oder?« Er stand auf und ging zu Ezras Kleiderschrank, den ich auf der Suche nach weiteren Decken offen gelassen hatte. Während ich meine Sorgentränen wegwischte, berührte er die Kleider und Pullover meiner Schwester. Er schaute zu dem Spiegeltablett auf Ezras Schminktisch. Nach einer Weile griff er nach der Muschel, die er ihr geschenkt hatte. Er wirkte nicht mehr so unbeholfen wie früher. Seine Zärtlichkeit ließ mich erröten. Er liebte sie.

»Wir wollten Momma heut Nacht zusammen befreien. Jetzt ist sie wohl ohne mich losgezogen.«

»Von mir erfährst du nichts.«

Sein verletzter Gesichtsausdruck löste Mitleid in mir aus. Ich wusste, dass Ezra viel für Ernest übrighatte. Er war ein Teil von Miss Irene und Ezra liebte Miss Irene. Ob sie ihn so liebte, wie Daddy und Mama sich geliebt hatten, war eine andere Sache. Doch wenn Ernest schon Bescheid wusste, konnte er Ezra und Miss Irene vielleicht helfen, sicher nach Hause zu kommen.

Er wiederholte sich. »Sie ist ohne mich losgezogen, obwohl wir es zusammen machen wollten. Sie hat nicht gewartet.«

»Du weißt, dass sie dir nicht verraten konnte, was sie wirklich vorhat«, sagte ich.

»Was meinst du?«

»Ezra kennt alle Geheimnisse in diesem Ort. Na ja, genügend Geheimnisse«, sagte ich und gab mir Mühe, sanft zu klingen. »Für dich wäre die Gefahr größer als für sie. Das weiß Ezra. Du bist ein Schwarzer Mann. Der Deputy hätte zuerst auf dich gezielt.«

»Aber sie wär wenigstens nicht allein da draußen. Was da alles passieren kann.«

»Ja«, sagte ich. »Aber Ezra ist nicht allein. Sie ist wie deine Mutter. Miss Irene sagt, sie hat immer ihre Vorfahren und eine Extraportion Menschenverstand dabei. Deine Momma hat so ein Urvertrauen. Das kann man nicht lernen. Weißt du noch, was meine Mama über Miss Irene gesagt hat? Gott wird sie nicht im Stich lassen. Bestimmt gilt das auch für Ez. Mach dir keine Sorgen um sie.«

»Wir könnten ins Auto steigen und sie suchen.«

»Es ist schon dunkel«, sagte ich. »Bei diesem Wetter fahren wir noch über eine Klippe.«

»Wir brauchen Licht«, sagte er, wie zu sich selbst.

»Du weißt genauso gut wie ich, was passiert, wenn Deputy Charlie uns beide auf der Straße erwischt …« Ich hielt inne. »Da wäre es besser, über die Klippen ins Meer zu stürzen.«

»Wenn sie hinter dem Polizisten her ist«, sagte er, »dann ist sie schon tot.«

»Auf den hat sie es nicht abgesehen«, sagte ich.

»Was zum Teufel soll das heißen?« Seufzend begriff Ernest, dass ich nicht mehr sagen würde, schloss Ezras Kleiderschrank und ging zu ihrem Schreibtisch. Er nahm ein gerahmtes Foto in die Hand und hielt es sich dicht vor das Gesicht, als könnte es ihm verraten, was er tun sollte.

Es handelte sich um einen Schnappschuss meiner Familie.

Daddy hielt mich auf seinem Schoß fest, Ezra lehnte sich lachend bei Mama an. Es war so lang her, ich konnte damals noch gar nicht laufen, hatte Mama gesagt. Daddy hatte mich überallhin getragen. Verträumtes Sonnenlicht verwischte jeden Hinweis darauf, wo das Foto entstanden war, und Mama meinte, sie könne sich nicht mehr erinnern. Daddy war es egal, für ihn zählte nur, dass wir zweifellos glücklich waren.

»Mann, seid ihr 'ne schöne Familie gewesen«, sagte Ernest.

»Ist lange her«, sagte ich.

...

Mit dem Schürhaken häufte ich die Kohle auf, bevor ich Streifen aus Zeitungspapier in den Kamin warf. Mir wurde bewusst, dass ich die letzten Zeitungen verbrannte, die mein Vater gelesen hatte. Sie waren ihm immer wichtig gewesen, und nun würde er sie nie wieder brauchen. Dann zog ich Mamas Decke bis an die Rundung ihres Kinns hoch – sie war auf dem Sofa im Wohnzimmer eingeschlafen – und setzte mich neben sie, auf Ezras angestammten Platz.

Ernest saß mit verschränkten Armen in Daddys Sessel. Obwohl seine Augen geschlossen waren, wusste ich, dass er wach und aufmerksam war.

Zu dieser späten Stunde, die so lang und leer war wie eine ausgestreckte Hand, warteten wir auf die Rückkehr unserer Familienmitglieder. In der unerbittlichen Dunkelheit lauschten wir dem Geiz der verstreichenden Zeit.

Ich versuchte, mich in meine Schwester hineinzuversetzen, aber ich scheiterte an der ihr angeborenen Verschlossenheit. Ich wusste, dass Ezra mich lieb hatte, dennoch kam ich mir neben ihr manchmal sehr einsam vor.

Ich malte mir das Dorf unter einem Schleier aus Schnee aus. Sie konnte überall sein – am Leuchtturm, in der Schule, im Wald, oder oben an der Steilküste. Es hätte mich nicht einmal überrascht, wenn sie bewaffnet in der frostigen Luft der Ruine auf der anderen Straßenseite kauern würde.

Das Wilde in meiner Schwester hatte sie überzeugt, dass sie Miss Irene vor weißer Gewalt bewahren konnte. Jahrelang hatten Miss Irenes eigene radikale Glaubenssätze Ezra begleitet, weshalb sie keine Angst vor dem Benehmen, den Fantasien oder Systemen weißer Menschen hatte. Insbesondere, wenn es um Schwarze Frauen ging. Miss Irene gehörte zu uns, so wie wie zueinander gehörten, und das würde immer so bleiben.

…

Als ich das nächste Mal die Augen öffnete, kam Mama gerade ins Wohnzimmer. Mit dem Zeigefinger auf den Lippen deutete sie auf Ernest, der inzwischen schnarchte. Ich stand auf und folgte meiner Mutter in die Küche. Sie hatte Kaffee gekocht und einen Teekessel aufgesetzt.

»Ich habe mit Mr Caesar telefoniert«, sagte sie und strich sich die Haare aus dem Gesicht. Ihre Augen konzentrierten sich auf den Teekessel, als könne er mehr als nur Wasser kochen. »Durch den Sturm verzögert sich seine Rückkehr.«

»Hast du ihm von Miss Irene erzählt?«

»Ich musste es ihm nicht erzählen«, sagte Mama. »Er hat es an meiner Stimme gehört. Er wird ein paar Männer aus Gunn Hill zusammentrommeln. Die werden sie finden. Einige sind schon auf dem Weg hierher. Es gibt eine Art Geheimbund unter den Männern von *Rising Star*, der sich um solche Angelegenheiten kümmert. Die nehmen die Sache selbst in die Hand.«

»Was ist mit der Polizei in Gunn Hill, Mama? Die können doch nicht alle so sein wie Deputy Charlie.«

»Die sind noch schlimmer«, sagte meine Mutter. »Jeder in der Umgebung weiß, wie die für Recht und Ordnung sorgen. Verstehst du?«

»Ja, Mama.«

»Dein Daddy und ich wollten das alles von euch fernhalten«, sagte sie und goss dampfendes Wasser in meinen Becher, in dem ein Beutel ihrer hausgemachten Teemischung hing. »Und jetzt sitzen wir hier.«

…

Mama trank ihre zweite Tasse Kaffee, als es an der Tür klingelte. Ihr Blick hob sich schnell, aber unkonzentriert, als hätte man sie gerade aus dem Tiefschlaf geholt. Ich umklammerte meinen lauwarmen Teebecher. *Mehr halten wir nicht aus*, dachte ich und fragte mich, wer vor unserer Tür stehen mochte. Wir wohnten ja praktisch am Ende der Welt. Ich erhob mich und lief hinter Mama her, weil es zu meinen Aufgaben gehörte, mich um sie zu kümmern.

…

Die Kälte kam herein wie ein wütender Vermieter, dessen eisige Finger über mein Gesicht strichen, als ich die Tür zudrückte. Ich schloss ab und versuchte, tief einzuatmen. Das Herz in meiner Brust fühlte sich an wie ein Kasten aus Metall.

Im Wohnzimmer lagen sich Mama und Miss Irene in den Armen. Es ging eine solche Kälte von Miss Irenes Körper aus, dass ich mich fragte, ob sie ein Geist war. Doch als sie Mama losließ und mich umarmte, spürte ich ihre warmen Tränen und ihren Herzschlag.

Mama schickte mich nach oben ins Schlafzimmer, um frische Kleidung und Handtücher zu holen. »Aber weck mir die Kinder nicht auf«, sagte sie leise. Ihr Atem ging flach. Doch es war zu spät.

Die Zwillinge kamen hereingerannt, Lindy und Ernest waren direkt hinter ihnen. Lindy schluchzte, als sich alle vier um ihre Mutter scharten und sie mit Liebe überschütteten. Sie weinten, und Miss Irene, in Decken eingehüllt, flüsterte ihre Namen. Es sah aus, als hätten Zweige ihr das Gesicht zerkratzt, und das Wetter hatte ihr zugesetzt.

»Was ist passiert, Irene?«

»Die haben versucht, mir Angst einzujagen«, sagte sie zu Mama. »Ist ihnen nicht gelungen.«

»Brauchst du einen Arzt? Caesar hat ein paar Männern von der Kirche Bescheid gesagt, die schon hierher unterwegs sind. Der Sturm ist stärker geworden.«

»Es geht mir gut«, sagte Miss Irene. »Die sind mit mir durch die Gegend gefahren. Bis runter zum Leuchtturm. Diese Feiglinge haben mich einfach aus dem Wagen geworfen.«

»Du hättest sterben können«, sagte Lindy unter Tränen.

»Aber ich bin nicht gestorben«, sagte Miss Irene und küsste sie. »Als ich am Haus ankam und es leer war, wusste ich, dass ihr hier sein würdet. Ich musste zu euch. Und ich hab es geschafft. Die Vorfahren haben mich hergetragen.«

»Oh, Irene«, sagte Mama und schlug die Hand vor den Mund. Sie war blass.

»Ich muss diese Kälte aus mir rausbekommen.«

Lindy sprang auf und zog mich mit sich. »Komm schon! Hilf mir mit den Handtüchern und den Kleidern. Wir brauchen heißes Wasser.«

»Ich hole auch die Wundsalbe. Und Verbandszeug«, sagte ich. »Wir können Suppe aufwärmen.«

»*Cinthy!*«

Miss Irenes Stimme war tief, aber sie schoss auf mich zu wie ein Pfeil. Sie hielt die Zwillinge im Arm. Ihre Augen waren schläfrig. Ich war froh, dass sie sich später vielleicht nicht mehr an diese Zeit erinnern würden. Lindy blieb stehen und ließ mich los.

»*Cinthy*«, wiederholte Miss Irene und richtete sich auf, »wo ist deine Schwester?« Die dunklen Augen funkelten mich an. »*Wo ist Ezra?*«

Ihre Stimme brach vor Zorn, als sie Ezras Namen aussprach. Das Licht der Flammen, das an der Wand tanzte, wurde plötzlich heller, als stünde es unter ihrem Bann.

»Sie wollte dich retten«, flüsterte ich. »Sie hat gesagt, sie würde es schaffen.«

# 25

Ezra lief durch die kahlen Bäume bis zur Steilküste. Das Blut in ihren Adern wehrte sich gegen den kalten Wind auf ihrer Haut. Ihre Gedanken ballten sich zu einer Faust. Sie verbot sich, an ihren Vater zu denken, der ihr Vorhaben nicht verstanden hätte. Er war ein sanftmütiger Mann gewesen, Vergeltung war ihm zuwider, Wut stieß in ab. Sie hatte sich schon oft gefragt, ob sie in die falsche Familie hineingeboren worden war. Dabei hinterfragte sie nicht die Liebe zu ihren Eltern und ihrer Schwester, sondern erkannte, wer sie wirklich war. Ezra würde nie die andere Wange hinhalten oder es still ertragen, dass die Welt ihre Existenz ablehnte. Sie *existierte* und benötigte dafür nicht die Zustimmung ihrer Lehrerinnen, der Dorfbewohner, nicht einmal ihrer Familie. Es mochte ungewöhnlich sein, aber es war eine Wahrheit, die sie mit ihrer ganzen Kraft, mit ihrem Leben, zu verteidigen bereit war. Vielleicht war es das, was sie mit Ruby Scaggs verbunden hatte und gleichzeitig das, was sie von Ruby wegzog, als sie langsam begriff, dass ihre Lebenswege kaum parallel und ganz sicher nicht identisch verliefen. Sie hatte es an dem Tag verstanden, als sie, Cinthy und Ruby blinzelnd im Sonnenlicht gesessen und sich schweigend angestarrt hatten. Ezra hatte versucht, die Unterschiede zwischen sich und Ruby zu ignorieren – Ruby war arm, sie suchte in der Mülltonne der Kindreds nach Essensresten, und was ihre Eltern ihr antaten, war mehr als nur Vernachlässigung. Manchmal hatte Ruby gesagt, es müsse sich um eine Verwechslung handeln – sie hätte Ezras Leben haben sollen, weil es ein Leben war, das man sich eher für ein weißes Mädchen vorstellte: voller Fürsorge, Aufmerksamkeit und Schutz. Rubys allgemeine Meinung über Freiheit, Freundschaft und Schwarze Menschen war ignoranter und gefährlicher, als es Ezra bewusst gewesen war, bis sie beide zu bluten angefangen hatten.

Ezra verübelte es ihren Eltern, dass Stille in ihrem Haus herrschte und sie sich an den äußersten Rand des Dorfes hatten drängen lassen. Sie wollten nicht von den anderen Bewohnern wahrgenommen werden, doch Ezra fragte sich, wie sie jemals glauben konnten, die Macht zu besitzen, ihre Unsichtbarkeit aufrechtzuerhalten. Sie störte sich an dem Verlangen nach Bildung in ihrem Haus, von dem ihr geliebter Vater sich hatte unterjochen lassen. Sie verabscheute die staubigen Bücher, verfasst von weißen Autoren, die annahmen, dass die meisten Schwarzen sowieso Analphabeten waren.

Ezra stand auf der Lichtung und hielt im dichten Schneegestöber Ausschau nach Rubys Hütte. Ihre dunkelroten Haare klebten an ihrem Kopf. Der schwere, durchnässte Mantel zog sie beinahe zu Boden. Mit gefrorenen Fingern tastete sie nach ihrer Manteltasche. Sie dachte an Miss Irene, die immer so etwas wie eine Seelenmutter für sie gewesen war. Von Miss Irene hatte sie gelernt, sich selbst zu lieben und mit dem Mut einer Kriegerin auf das Gute und das Böse zuzugehen.

Jetzt stand sie dem Bösen gegenüber. Sie musste immer wieder an Ernests Bericht denken, wie der Deputy Miss Irene geschlagen und aus dem Haus gezerrt hatte. Hatten er oder Mr Scaggs sie umgebracht? Diese Möglichkeit war für Ezra so unerträglich wie der Tod ihres Vaters. Sie musste daran glauben, dass es in ihrer Macht lag, die Dinge zu ändern, die ihr Vater und ihre Mutter als Schicksal akzeptiert hätten. Ezra war bereit, dem Schicksal zwischen die blauen Augen zu schießen.

Sie würde von Rubys Vater verlangen, dass er ihr erzählte, wo Miss Irene war und was sie ihr angetan hatten. Auf ihrem Weg durch die Schneewehen dachte Ezra an den verhüllten Kopf ihres Vaters, den Duft von Miss Irenes ägyptischem Haaröl und das Versprechen, dass Gott für ihre Sicherheit sorgte. Ezra würde jetzt nachhelfen.

Durch eines der Fenster schimmerte Kerzenlicht. Schaudernd erinnerte sie sich daran, wie oft sie mit Ruby auf dem lehmigen Platz vor der Hütte gespielt hatte. Ruby wollte auf einem Schiff in ein neues Leben reisen, ohne zurückzublicken. Sie konnte alles werden, vielleicht sogar sie selbst. Ezra wusste, dass Ruby niemals nach Salt Point zurückkehren würde. Und sie würde es vermutlich auch nicht tun, denn sollte Rubys Vater die falsche Antwort geben, war Ezra zu allem bereit. Sie dachte an den Mann und seine traurigen Augen und daran, dass Ruby ihn trotz allem liebte.

Miss Irene hatte Ezra geholfen zu verstehen, dass es immer Unterschiede zwischen Ezra und Ruby geben würde. Es ließ sich nicht ändern. Miss Irene hatte in ihrer Küche Geschichten über ihre Kindheit in Royal erzählt, hatte Ezra erklärt, dass die Befreiung der Schwarzen Menschen nur durch Schwarze Menschen und grüne Geldscheine herbeigeführt werden konnte, und dass Ruby sich unweigerlich verändern würde. In Ezra hatten sich dann lauter Gefühle ausgebreitet, die sie mit niemandem teilen konnte, nicht einmal mit Cinthy. Ihre Schwester war zu sensibel, zu jung, trotz ihrer weisen Augen, zu sehr der Folgsamkeit verschrieben, die Ezra nie verstanden hatte.

Sie hörte das entfernte Jaulen der Hunde hinter der Hütte. Das Blut rauschte in ihren Ohren, als sie die schneebedeckten Stufen hinaufstieg.

Er war da. Schlurfte torkelnd über den schmutzigen Fußboden. Schnee wirbelte durch ein offenes Fenster herein. Neben dem kleinen Holzofen, der überraschend viel Wärme abgab, lag eine umgestürzte Truhe. Sie hatte damit gerechnet, die gefesselte Miss Irene oder Schlimmeres an diesem Ort vorzufinden. Stattdessen war Mr Scaggs allein. Als er sich umdrehte, sah Ezra, dass er eine klaffende Wunde im Gesicht hatte. Eine seiner Hände war ganz und gar rot. Ezra nahm den scharfen Geruch von Alkohol wahr und sah den Mann vor Schmerzen wanken. Wut stieg ihr die Kehle hoch. Miss Irene musste ihn verwundet haben, aber hatte er sie auch verwundet? Ezra griff in die Tasche. Sie hörte das Summen von Bienen, schmeckte Rauch.

»*Lily?* Besuchst du mich mal wieder?«

»Wo ist sie? Was habt ihr mit ihr gemacht?«

»Kann mich nicht erinnern«, sagte er. Das Blut gluckerte in seinem Mund. »Ich glaub, Charlie hat sie ins Meer geworfen.«

Ezra zog Miss Irenes Pistole aus der Tasche. Ihre Hand war ruhig, obwohl ein Beben durch ihren Körper ging.

Seine metallenen Augen blitzten, als er zu lachen anfing.

»Bringste mich jetzt endlich um? Das haste doch schon vor langer Zeit erledigt, verdammte Scheiße.«

»Wer ist Lily?«

Rubys Vater spuckte Blut auf den Boden. »Du weißt verdammt gut, wer du bist. Du kennst mich, dir hab ich diese Schmerzen zu verdanken.«

»Sie haben keine Ahnung, was Schmerzen sind«, sagte Ezra.

»Hat Ruby dich geschickt? Die kommt nich wieder. Hab ich in ihren Augen gesehen.«

»Ich bin nicht Ruby. Und ich bin nicht Lily. Ich bin Ezra Kindred.«

»Biste nicht ihre Freundin? Willste mich umlegen?«

»Ich bin hier wegen Miss Irene.«

»Haste bei der Entführung geholfen? Ihr seid kriminell. Ich hab dem reichen Scheißkerl gesagt, ich kann arbeiten und Ruby zurückkaufen. Kann sein Sklave sein. Aber es ist zu spät.«

»Ich bin nicht wegen Ruby hier oder wegen ihnen. Ich will Miss Irene zurück.«

»Das Miststück hat versucht, mir das Gesicht aufzuschneiden«, sagte er und nahm die Hand von dem tiefen Schnitt an seinem Kiefer. Blut tropfte von seinen Fingerspitzen. Er fuhr leise fort: »Schieß mir ins Herz, Lily, damit ich die Wahrheit nich mehr sehen muss.«

»Ich hab immer gedacht, meine Tochter würde mich irgendwann umbringen. Das war in Ordnung für mich. Ich hab Rubys Träume zerdrückt, hab sie mit Fäusten geschlagen, und sie hat mir trotzdem gesagt, dass sie mich lieb hat, bis sie es irgendwann nich mehr getan hat. Was sagste dazu? Ich bin nich wie mein Daddy oder mein Opa. Mein Leben lang wurde ich bestraft, weil ich nich in ihre beschissenen Fußstapfen getreten bin. Wollte mein Leben nich mit Opas Sünden bezahlen. Hab versucht, mich vom Schicksal meiner Familie zu lösen, aber alles, was ich selbst anpacken wollte, ist in die Binsen gegangen. Ist ziemlich leicht, ein Nichts zu sein, einfacher, als man denkt. Alles, was ich wollte, ist in meinem Mund zerflossen, bevor ich's schmecken konnte. Hab's nie zu was gebracht, weil es mit allem und überall dasselbe war.«

»Sie haben zugesehen, wie er sie ins *Meer* geworfen hat«, sagte Ezra und ging einen Schritt auf ihn zu. »Sie haben nichts getan. Weil sie nichts sind. Wissen Sie, was Sie verdienen?«

»Lily, erinnerst du dich an den Sonntag? Am Straßenrand? Herrgott, du warst stumm, weil du gewusst hast, dass mich das verletzen würde. Ich hätte dich umbringen können, das war uns beiden klar. Die hätten dich zu dem anderen ~~Nigger~~ auf den Scheiterhaufen geworfen, aber ich hab unser Geheimnis für mich behalten. Ich hätte nie zugegeben, wie sehr ich dich brauchte. Warum hast du mir gezeigt, was ich war?«

Plötzlich drehte er sich ruckartig um wie ein Peitschenhieb. Mr Scaggs hielt ebenfalls eine Pistole. Die andere Hand ballte er zu einer roten, tropfenden Faust.

Ezra wich schreiend zurück. Als sie ihr Gesicht schützen wollte, sah sie, dass Rubys Vater nicht auf sie zielte, sondern sich die Waffe in den Mund steckte und abdrückte.

Der Raum war erfüllt von Silberstaub, dem Geruch von Blut, dem Gestank von Schießpulver.

Vor Schreck sank Ezra zitternd zu Boden. Sie war allein durch den Schneesturm gewandert, glaubte, die Macht über das Leben eines weißen Mannes zu haben. Doch die hatte sie nicht. Er hatte die Macht bei sich behalten. Sie ließ die Pistole fallen und betrachtete ihre Hände, als hätte sie sie zu lange über eine heiße Flamme gehalten. Sie dachte an das behütete Leben, das sie und ihre Schwester geführt hatten. Sie war fünfzehn. Ihre Eltern hatten ein Zuhause geschaffen, einen Traum in einer vollkommen entzündlichen Welt. Miss Irene war vermutlich tot, ihr Vater ebenfalls, und Ezra befürchtete, ihre Mama würde es nicht bis zum Frühling schaffen. Wut erhitzte ihre durchnässte Kleidung. Jeder von ihnen hatte ihr so viel gezeigt, doch in Ezras Augen war es nicht genug. Das Leben bestand nicht aus Unterrichtsstunden, die man in seinem Herzen ablegte. Sie spürte das wilde Klopfen in ihrer Brust. Sie atmete das letzte Bisschen Kindheit mit einem süßen, milchigen Hauch aus. Es hätte auch ihre Seele sein können.

Ezra kroch durch den Raum zu Rubys Vater. Sein Mund war ein blutbeflecktes Loch. Als sie sich über seinen Körper beugte, sah sie Rubys Augen, die blonden Wimpern in Blut getaucht. Sein leerer Blick ging stumm an ihr vorbei, als hätte er dort etwas Gerechtes entdeckt, ein Schicksal, das nur ihm gehörte. Er hatte eine Sache zu Ende gebracht. Jonah Reuben Scaggs III konnte seine Vergangenheit hinter sich lassen, indem er sich selbst zur Rechenschaft zog. Vom Leben verfolgt, konnte er nun weiterziehen, vielleicht in seine Zukunft. Seine toten Augen glänzten bei dem Gedanken an die bevorstehende Reise.

# DREI

# 26

Es war wieder Sommer – Juli.

Obwohl wir seit sechs Monaten bei Ginny wohnten, hatten Mama und ich uns noch nicht an ihre Art gewöhnt. Damascus verwirrte uns, wenn es in den langen Stunden der Traurigkeit überhaupt zu uns durchdrang. Ich dachte oft an Ezra, die weit weg von uns ein neues Leben mit den Junketts in Royal führte.

Nach Mr Scaggs' Selbstmord beschlossen Mr Caesar, Miss Irene und Mama, dass wir uns nicht länger einreden konnten, wir wären in Salt Point sicher. Sie hatten Sorge, der Deputy würde Miss Irenes Pistole bei Rubys Vater finden.

Doch bis dahin wären wir alle längst fort. Mr Caesar überzeugte Mama davon, dass es für Ezra sicherer wäre, wenn wir uns aufteilten. Sie würde mit seiner Familie nach Royal gehen, während Mama und ich nach Damascus reisten, um bei Ginny unterzukommen.

Seit Januar rief Mr Caesar alle zwei Wochen bei meiner Großmutter an, um mit Mama zu sprechen. Zur Sicherheit rief er aus unterschiedlichen Städten an. Er hatte uns davon abgeraten, Briefe zu schreiben oder andere mögliche Spuren für die Behörden zu hinterlassen. Er sagte, dass Ezra uns vermisse, dass sie rasant an Größe und Bewusstsein zunehme, und dass sie sich kaum je beklage. Ernest habe beschlossen, sich am College zu bewerben, und Miss Irene stelle Steppdecken her und könne sich vor Aufträgen kaum retten. Sie bringe Ezra bei, die eigenen Hände zu benutzen und sich mit Nadel und Faden, Teig kneten und Gemüse waschen die Zeit zu vertreiben.

Ich konnte den Moment nicht vergessen, als Ezra zu uns zurückkam und dachte, Miss Irene sei umgebracht worden. Sie hatte zitternd das Haus betreten und war fassungslos gewesen, als sie Miss Irene mit offenen Armen hatte dastehen sehen. Ezra war weinend zu ihr gerannt und hatte sie mit ihrer stürmischen Umarmung beinahe umgeworfen. Schließlich weinten wir alle, als Ezra beschrieb, wie sie es nur knapp nach Hause geschafft hatte. Wir weinten noch mehr, als Ezra uns erzählte, dass Rubys Vater die Gnade seiner eigenen Waffe geschluckt hatte. Ich sprach es nie laut aus, aber ich fragte mich, ob es etwas bedeutete, dass wir unseren Daddy verloren hatten und Ruby nun auch ihren.

...

Im Mai war ich vierzehn geworden und war damit genauso alt wie Mama, als die Ordensschwestern sie zurück nach Damascus brachten. Ich versuchte, mir Mama als junges Mädchen an diesem Ort vorzustellen. Viele Nachmittage hatte ich bereits an den Ufern des rückwärtsfließenden Flusses verbracht und im Frühling seine Schmelze beobachtet.

An einem sonnigen Tag, als die Erde wieder gnädiger geworden war, fuhr Ginny mit uns zur Kirche *Hinder Me Not,* sodass wir Blumen auf Daddys Grab ablegen konnten. Auf dem blauen Grabstein stand sein voller Name – *Heron Theodore Kindred* –, so wie Mama es gewollt hatte. Ihn dort zu lesen, war niederschmetternd.

Etwas in meinem Inneren fiel mit einem dumpfen Aufprall zu Boden und bewegte sich nicht mehr. Danach fing ich an, viel mit mir selbst zu reden. Ich hatte eh niemanden, der mir zuhörte.

Anfang Juni hatte Ginny mir verboten, so viel Zeit auf dem Friedhof zu verbringen und so zu tun, als sei ich nicht aus Fleisch und Blut. »Du liegst noch lange nicht unter der Erde, kleine Schwester«, hatte sie gesagt. »Wehe, es erzählt mir wieder jemand, er hat dich auf dem Friedhof sitzen sehen. Denk dran, die

Knochen deines Daddys sind da, aber nicht seine Seele. Seine Seele steckt in dir und in deiner Mama, die oben liegt und um ihr Leben kämpft. Seine Seele ist auch in deiner Schwester, wo immer sie gerade ist.«

Trotz des schönen Wetters, das mich normalerweise fröhlich stimmte, trauerte mein Herz. Ich konnte das Sonnenlicht nicht lange ertragen, ohne dass mir schlecht wurde. Meine unmittelbaren Erinnerungen an Salt Point fingen an, sich an den Rändern zu wellen, wie die Familienfotos, sie ich aus den Alben gerissen hatte, als Mama gesagt hatte, wir könnten nur mitnehmen, was in unser Auto passte.

Auch wenn unsere Flucht aus Salt Point schon Monate zurücklag, neigte ich noch immer dazu, mich wie eine Flüchtige zu verhalten. Ich hatte Angst, zu viel zu sagen. Ich hatte furchtdurchflutete Albträume, in denen Deputy Charlie oder andere weiße Männer Ezra in Royal fanden und ihr und den Junketts etwas antaten. Doch soweit wir wussten, suchten die Behörden nicht nach uns.

*Wir gehen zurück, wenn es sicher ist*, hatte Mama anfangs oft gesagt.

Doch das war eine Lüge.

Ich hatte es schon gewusst, als ich unser Hab und Gut in Koffern verstaute.

Ich füllte meine Tage in Damascus mit unbeantwortbaren Fragen und Erinnerungen, während Mama in ihrem Zimmer dahinschwand und ihren Kopf kaum aus der Vertiefung ihres Kissens hob. Manchmal lag Mama so regungslos im Bett, dass Ginny einen kleinen Spiegel auf dem Nachttisch bereitlegte, um prüfen zu können, ob meine Mutter noch atmete.

Also verbrachte ich so viel Zeit wie möglich auf der Veranda.

Im Juli flimmerte die heiße Luft in Damascus wie brennbarer Stoff. Die Fliegen brummten um mein Gesicht, und ich schlug nach Mücken, bis mir so heiß war, dass es mich nicht mehr kümmerte, ob sie meine Arme und Beine mit Stichen übersäten. Überall war das Zirpen von Heuschrecken und Grillen zu hören. Schmetterlinge umkreisten die Vasen voller Wildblumen auf der Veranda. Wenn eine Libelle im Flug innehielt, schaute ich benommen zu ihr auf und bestaunte sie, so wie mein Vater es immer gern getan hatte. Meine Großmutter hatte eine Sammlung verschiedener Flaschen hier draußen aufgestellt, alle aus blauem Glas, weil ihr gefiel, was der Regen mit ihnen machte und wie es sich anhörte, wenn eine leichte Brise über die Öffnungen pfiff. Diese gewöhnlichen Gegenstände wurden zu einem grandiosen Orchester, das Farben in meinem Kopf lebendig werden ließ. Im Haus meiner Großmutter fand man in jedem Raum eine blau gestrichene Wand oder Zimmerdecke.

Als ich Mama zu Beginn des Jahres gefragt hatte, warum wir nach Damascus ziehen mussten, sprach sie von ihrem Wunsch, zurückgegeben zu werden. Sie konnte die Stimme, die sie nach Hause rief, nicht länger ignorieren, und hatte zu lange gewartet, um die Operation durchführen zu lassen, die ihr mehr Zeit verschafft hätte.

Auch ich beharrte längst nicht mehr darauf, dass wir etwas tun konnten, um ihr Leben zu retten.

…

Es war Backtag. Ginny musste ihre Kuchenbestellungen abarbeiten. In der Küche klirrte und schepperte das Geschirr. Als ich meine Hilfe anbot, so wie ich es seit Monaten tat, verdrehte sie bloß die Augen oder sagte *Auf gar keinen Fall*, ohne zu sehen, wie sehr es mich kränkte. Da ich in der Küche meiner Großmutter nicht willkommen war, nahm ich wieder meinen Platz auf der Veranda ein.

Die Sonnenstrahlen zeichneten Schweißperlen auf meine Stirn, während ich auf der Hollywoodschaukel vor und zurück schwang. Ich konzentrierte mich darauf, möglichst weit zu schwingen, ohne dass die Schaukel gegen das Geländer krachte, denn dann würde meine Großmutter mit mehlbestäubten Wangen nach draußen kommen und schimpfen. So lenkte ich mich von all den Dingen ab, die wir zurücklassen mussten.

Ich versuchte, nicht daran zu denken, was Ezra zu mir gesagt hatte, kurz bevor sie mit ihrem braunen Handkoffer in das überladene Auto der Junketts gestiegen war. Sie hatte Mamas grünen Wollmantel mit dem samtweichen Futter getragen. Inzwischen versank sie nicht mehr in dem Stoff. Sie trug die gleiche Größe wie Mama. Es war zu viel. Ich konnte noch immer spüren, wie sie ihre Hand an meine Wange gelegt, meine Tränen aufgefangen hatte.

»Sollte ich es nicht zu euch schaffen, bevor Mama –«

»Bitte bleib bei uns«, schluchzte ich. »Bitte.«

»Ich bin immer bei euch.«

»Hab dich lieb, Ezra«, sagte ich und spürte ihren warmen Atem auf meiner Haut.

»Du bist nicht dein Schmerz«, sagte sie und umarmte mich. Sie blinzelte ihre Tränen fort, und ihr Lächeln war der Sommer. »Die Welt verspricht uns Leid, und das lässt sich nicht ändern, aber du musst den Mut haben, dein Leben zu lieben.«

...

Damascus war eitel. Das ganze Tal, in dem Ginnys Haus stand, prahlte mit seiner Schönheit. Die Blumen erzitterten nicht, sondern lockten den Wind und füllten ihn mit süßem Duft. Die grünen Blätter an den Bäumen warfen herrliche Schatten zwischen die Flecken aus Sonnenlicht. Morgens, bevor es zu heiß wurde, lösten die üppigen Pfingstrosen ein Kribbeln in mir aus. Ich wusste, dass ich den Wandel vom Mädchen zur jungen Frau bald erleben würde. Ich folgte meiner Schwester und wünschte mir, ihre Stimme hören zu können. Sie tauchte im Flüstern und Rascheln der sich wiegenden Äste auf. Samen wimmelten und tanzten in der Luft. Im Dämmerlicht verschmolz die saftige Vielfalt der Landschaft mit dem Horizont. Die Schönheit schmeckte köstlich.

Doch ich vermisste Salt Point: den Geruch des Meeres, den die raue Luft zerrieb, und den aufschäumenden Sommer, der die langen Tage mit Wirbeln aus goldenem Licht füllte. Ich dachte an meinen Vater und meine Schwester, bis mein Hals wehtat und sich mein gebrochenes Herz in mir drehte wie die klimpernden Windspiele an Ginnys Veranda.

Seit einigen Monaten erlaubte mir Mamas Kraftlosigkeit, einfach zu verschwinden, unsichtbar zu werden. Ich hegte einen tiefen Groll gegen die vielen Erwachsenen, die Schmerz einfach zu tolerieren schienen, egal, wie heftig er war, bis er alltäglich wurde und sie ihn als weiteren Beweis dafür anführen konnten, wie wenig Kontrolle man über die Welt hatte. Der Blick meiner Mutter verriet, dass sie auf etwas Endgültiges wartete.

# 27

Ginny wohnte so weit entfernt vom Ortskern, dass jeder Botengang einen langen Fußmarsch erforderte. Mama zuliebe versuchte ich, meinen Platz in Damascus zu finden. Im Februar hatte Ginny den Direktor der örtlichen Schule informiert, dass ich erst im Herbst mit dem Unterricht weitermachen würde. In der Zwischenzeit sollte ich jeden Tag etwas lesen, was für mich kein Problem darstellte. Als ich meiner Großmutter danken wollte, winkte sie bloß ab. »Abbotts haben nichts mit diesem Dankbarkeitskram am Hut. Wir bevorzugen gesunden Menschenverstand. Jeder vernünftige Mensch kann sehen, dass du nicht in der Verfassung bist, um in einem Klassenzimmer zu sitzen. Du hast zu viel Trauer in dir. Ich und Jolene sind die einzigen Abbotts, die es noch gibt. Armes Ding. Sie hat niemandem was zuleide getan. Ist mit viel Wärme durchs Leben gegangen, und sie und dein Daddy haben sich geliebt.«

Ginny schaute nach oben zur Zimmerdecke. »Am besten verbringst du so viel Zeit mit ihr wie möglich. Wein ihr da oben nichts vor und mach kein großes Theater. Versuch, ihr deinen Schmerz zu ersparen. Zeig ihr dein strahlendes Lächeln, wenn du kannst, Kleine. Erzähl ihr von der Welt hier draußen. Jolene strebt auf das nächste Leben zu, aber sie hält sich noch fest. Wegen dir und deiner Schwester. Erzähl ihr vom Sonnenlicht, von den trällernden Vögeln, und von all dem Blau, das es hier zu sehen gibt. Erzähl ihr von den Obstgärten und dem Fluss. Erzähl ihr von der frischen Luft, und vor allem musst du deiner Mama sagen, dass du sie lieb hast und immer lieb haben wirst. Sag ihr, dass sie weiterziehen kann. Sing für sie zum Abschied. Sag ihr, dass es in Ordnung ist loszulassen.«

…

Ich erkundete die Ufer des rückwärtsfließenden Flusses. An den meisten Nachmittagen waren die Wellen auf dem Fluss golden, mit grünweißen Kronen. Das Wasser trug eine kühle Brise mit sich. Man hatte mich davor gewarnt, im Fluss zu schwimmen, weil ich seine launischen Strömungen nicht kannte. Doch als ich zum ersten Mal meine Finger hineintauchte, wurde ich von einem eindringlichen Gefühl gepackt. Der Fluss erkannte mich und begrüßte mich mit herzlicher Wärme.

Mama erzählte mir, dass sie und Daddy sich in den Wogen des rückwärtsfließenden Flusses zum ersten Mal geküsst hatten. Sie hatten sich nach Sonnenuntergang getroffen, weil Daddy damals schüchtern war und etwas unsicher wegen seines fehlenden Arms. Im kühlen Licht des Mondes waren sie nackt in den Fluss gewatet. Ihre Schatten wurden zu silbrigen, flüssigen Formen auf der glatten Wasseroberfläche. Mama sagte, als sie sich küssten, nahmen sie etwas von dem Mondlicht in sich auf, konnten es schmecken. Wenn ich allein zum Fluss ging, dachte ich gern an Mama und Daddy, lebendig und verliebt. Dass sie nackt gewesen waren, hatte Mama mir nicht erzählt, doch als ich am Flussufer stand, verriet das Wasser es mir.

Um mich herum gab es nur Vögel, Insekten und Schatten. Als ich mich flach auf die nassen Steine legte, stieg die Erde durch den Fluss zu mir auf und ging in mich über. Goldener Schaum umspielte meine nackten Füße. Wolken zogen über meine geschlossenen Augen hinweg, ich ließ mich in dieser neuen Welt nieder und nahm zum ersten Mal erleichtert ihre Weisheit an. *Komm zurück*, schien das Wasser zu rufen, wenn ich fortging.

Auf dem Weg zum Haus meiner Großmutter erinnerte ich mich an meinen letzten heimlichen Besuch auf dem Friedhof.

Eine Schaufel hatte an dem blauen Grabstein meines Vaters gelehnt. Ich konnte diese rostige Schaufel nicht vergessen, die wohl einer der Friedhofsgärtner für die rechteckige Grabstelle direkt neben Daddys Grab benutzt und dann vergessen hatte. Die Kirchengemeinde bereitete Mamas Begräbnis vor. Ich wusste, ich konnte den Himmel nicht bitten, Mama abzuweisen. Sie hatte das Tor schon fast erreicht. Diese Tatsache machte mich sprachlos.

...

An einem Abend im Juli saßen Mama und ich zusammen in Ginnys guter Stube. Inzwischen lehnte Mama sich oft an mich, da mein Gewicht zu viel für sie war. Es war seltsam zu sehen, dass mein Körper nun schwerer war als ihrer und er sie müde machte. Wir hielten uns an den Händen. Seit wir aus Salt Point weggezogen waren, hatte ich viele Fragen an meine Mutter, aber ich hatte gelernt, geduldig zu sein. Mamas Hilflosigkeit zuckte durch die Venen in ihren Händen, also gab ich vor, mutig zu sein und an meine Stärke zu glauben, wie meine Großmutter es mir geraten hatte. Mutig sein muss man immer wieder üben. Darum musste ich meine Verletzlichkeit jeden Tag aufs Neue verstecken. Ich rieb Mamas Hände mit Öl ein, um mich nützlich zu fühlen und von ihrem Leid abzulenken.

An diesem Abend bat sie mich flüsternd, etwas für sie zu singen.

»Aber ich bin nicht Ezra«, sagte ich und betrachtete die handgemalten blauen Blumen auf Ginnys blauer Wand. »Ich kann nicht singen, Mama. Ich konnte noch nie gut singen.«

»Du kannst es trotzdem versuchen«, sagte meine Mutter seufzend. »Es fühlt sich gut an, auch wenn man traurig ist. Das ist das Schöne am Singen. Es geht nicht darum, dass eine Stimme schöner klingt als eine andere.«

»Wie lange kann das Blau uns beschützen, Mama? Können die Geister auch auf andere Art ins Haus kommen?«

Mama setzte sich langsam auf. »Deine Großmutter hatte

Angst, dass die Nonnen zurückkommen und mich mitnehmen würden. Oder die vom Kinderheim. Sie hatte auch Angst vor ihren alten Angewohnheiten. Sie hatte Angst, dass ihr altes Ich zurückkommen und ihr das neue Leben wegnehmen würde, das sie sich aufgebaut hatte.«

»Wir haben unseren Frieden damit geschlossen, also muss ich unsere Wunden nicht an dich weitergeben. Meine Mutter hat ihr ganzes Leben lang gearbeitet, um nicht wieder im Gefängnis zu landen. Vielleicht erzählt sie dir eines Tages davon.« Sie sprach leise weiter. »Wenn ich nicht mehr hier bin.«

Ich brachte kein Wort über die Lippen, und als ich wieder zu sprechen bereit war, konnte ich nichts über Mamas Tod sagen, also wechselte ich das Thema.

»Manchmal, wenn ich draußen bin, sehe ich Blau, wo eigentlich kein Blau ist. Es dauert eine Weile, bis ich erkenne, wie die Dinge wirklich aussehen. Ich muss blinzeln und meine Augen anstrengen, bis das Blau verschwindet. Es ist wie Leuchtreklame. Mir wird beinahe übel davon. Vielleicht ist es zu viel.«

»Ist es wirklich zu viel? Es gefällt mir, dass Ginny an Dinge glaubt, die wir nicht immer sehen können. Besonders Dinge, die böse sind. Es ist doch wunderbar, dass alte Leute wie Ginny überzeugt sind, das Böse ablenken oder abwehren zu können wie etwas Greifbares. Aber du siehst ja, was mein Körper mit mir macht.«

»Ich weiß, Mama.«

»Das Einzige, was ich mit all dem Blau anfangen kann, ist, es zu genießen. Denn dieses Blau ist unser Glaube an das Gute. Vielleicht solltest du es auch mehr genießen. Du weißt, dass das hier dein Zuhause sein wird, oder?«

»Ich *kenne* sie gar nicht, Mama. Ich *mag* sie nicht«, sagte ich und hatte sofort ein schlechtes Gewissen, weil ich es endlich ausgesprochen hatte. Es gehörte sich nicht, schlecht von jemandem zu reden, und es gehörte sich erst recht nicht, wenn es sich dabei um die eigene Großmutter handelte. »Sie flucht die ganze Zeit und bindet jedem ihre Meinung auf die Nase, ob man sie hören will oder nicht. Ihre Zähne wackeln und ständig hat sie Blähungen. Sie ist eine komische Großmutter.«

Anstatt mich zu schelten, nickte Mama schwach. »Wenn ich verstanden hätte, was sie durchgemacht hat, wäre ich vielleicht nicht mit deinem Daddy abgehauen.«

»Aber es lag an ihr, dass ihr gegangen seid, oder Mama?«

»Oh, nein«, sagte Mama. »Es lag an der Liebe. Für uns gab es kein Halten mehr. Dein Daddy und ich konnten nicht hierbleiben. Ich kam aus der abgeschiedenen Welt des Klosters nach Damascus. Das missfiel den Leuten hier, sie haben mir nicht vertraut. Ich war unbeholfen, schüchtern und erdreistete mich, wie eine Weiße zu reden. Die anderen Kinder haben mich geärgert. Sogar die Erwachsenen verdrehten ständig die Augen.«

»Nach Daddys Unfall hat er auch nicht mehr dazugehört. Er hatte das Bild zerstört, das man von ihm und den frommen Kindreds haben wollte. Er wollte sein Leben nicht opfern, ohne es je gelebt zu haben. In ihren Augen konnte er nichts anderes sein als ein Held, und Helden haben es oft schwer. Er erstickte fast unter dem ganzen Gerede von Vermächtnis, denn manchmal führt das einfach zu weit. Dann ist man so abhängig von der Vergangenheit und der Zukunft, dass man vergisst, im Hier und Jetzt zu leben.«

»Aber es war doch nicht seine Schuld.«

»Schuld? Oh, das hat nichts mit Schuld zu tun. Bei einer Tragödie hat es das fast nie. Eine Tragödie kennt keine Gerechtigkeit. Auch wenn die Leute hier vielleicht etwas anderes sagen und damit womöglich sogar richtigliegen. Es sind gute Menschen. Sie sind weise. Sie haben mich und deinen Daddy nur ziehen lassen, weil sie wussten, dass wir wiederkommen würden.«

»Aber wir sind hier, weil Rubys Vater sich umgebracht hat und die uns die Schuld geben würden und-«

»Und weil ich sterbe, Cinthy. Wir sind hier, weil ich sterbe.«

…

Am Abend darauf wartete ich den Sonnenuntergang ab, den ich mittlerweile genoss, es aber nur ungern zugab, und ging dann von der Hollywoodschaukel ins Haus. Es war zu still. Im Haus meiner Großmutter lief, wie bei Mama, immer irgendwo ein Radio. Vorsichtig schlüpfte ich aus meinen Sandalen und schlich die schiefe Treppe hoch. Ich hatte Angst, dass Mama gestorben war. Ich hatte oft Angst, dass Mama gestorben war, was mich nervös machte und die üppige Natur um mich herum in eine Art Horrorlandschaft verwandelte.

Oben angekommen, seufzte ich erleichtert auf. Ich konnte ihre Stimmen – Mamas weiche und Ginnys schnarrende – im Schlafzimmer hören. Die Tür war nur angelehnt.

»Cinthy ist ein gutes Mädchen, Mama«, sagte meine Mutter. »Sie ist etwas eigen, aber wenn du sie besser kennenlernst und siehst, wie sehr sie die Welt um sich herum spürt, dann wirst du das verstehen. Sie ist so klug wie ihr Vater. Und so sensibel, wie ich früher war. Weißt du noch?«

»Oh ja, ich erinnere mich«, sagte Ginny. »Du hast wegen allem geweint.«

»Ich hatte meine Gründe«, sagte meine Mutter. »Nach allem, was ich durchgemacht hatte. Ich war als Kind immer allein. Ich will nicht, dass es Cinthy genauso geht. Ich habe unsere Vergangenheit hinter mir gelassen – deine und meine, Mama –, aber ich muss sicher sein, dass ich dir *ihr* Leben anvertrauen kann.«

»Du tust gerade so, als würde ich sie heimlich verprügeln«, sagte Ginny. »Ich bin eine anständige Frau, verdammt. Ich hab meine Fehler wiedergutgemacht, obwohl die Welt mir nichts geschenkt hat. Niemand hat sich bei mir für die ganzen Jahre in der Zelle entschuldigt. Ich wollte doch auch bloß geliebt werden.«

»Ich hab dich lieb«, sagte Mama.

»Jolene, ich weiß, dass ich Mist gebaut hab.«

»Cinthy muss spüren, dass sie *gebraucht* wird«, sagte meine Mutter. »Ich weiß nicht, wann Ezra hier sein kann, aber wenigstens weiß ich, dass sie in guten Händen ist, die so sind wie meine eigenen. Und wenn sie herkommt, musst du sie beide lieben.«

»Mama, ich weiß nicht, wie lang mir noch bleibt. Ich will nicht gehen. Aber ich habe solche Schmerzen. Ich will bei meinem Mann sein. Wenn ich da bin, will ich ihm erzählen, dass unsere Mädchen von starker Liebe umgeben sind.«

»Mach dir keine Sorgen, Baby«, sagte Ginny. »Deine Kleine ist dir so ähnlich. Es wird so sein, als könnte ich die Jahre mit dir nachholen. Und die andere? Zerbrich dir nicht den Kopf wegen Ezra. Man sieht ihr an, wie stark sie ist. Das hat sie von mir.«

»Es war schwer, sie mit Caesar und Irene gehen zu lassen. Aber ich wusste, sie würden sie beschützen, sie unterstützen, wie ich es nie getan habe. In meinen Träumen stehe ich an einem Bahngleis, und sie winkt mir von einem Zugfenster aus zu. Ich sehe ihr Lächeln, aber sie fährt so schnell an mir vorbei, dass ich ihre Augen nicht sehen kann. Ich muss daran glauben«, sagte Mama, »dass mein Baby in Sicherheit ist. Nur so kann ich sterben. Ich muss mich in den letzten Tagen um das Mädchen da unten kümmern, das mit einer viel zu schweren Last aufwachsen muss.«

»So ist es«, sagte Ginny. »Herrgott, die Welt ist Trauer und Unrecht und Wunder.«

»Die Welt ist das und noch so viel mehr«, sagte meine Mutter. »Ich habe alles daran geliebt, trotz der Krankheit.«

»Du glühst ja. Ich werd dir einen kalten Waschlappen holen«, sagte Ginny. »Du hast so viel geredet und dein Herz angestrengt.«

»Ach, ich habe Frieden in mir«, sagte meine Mutter. Ich konnte hören, dass ihre Stimme befreit klang. Sie rief meinen Namen. »Cinthy? Bist du da? Ich hör dich vor der Tür rumlungern, du riechst nach frischer Luft. Komm zu uns rein, bitte.«

Ich betrat das Schlafzimmer. Mama lag wie ein zartes Geschöpf unter der Decke und meine Großmutter saß neben ihr auf der Bettkante. Meine Mutter streckte mir eine Hand entgegen, während sie die andere auf Ginnys legte.

»Mama, ich gebe sie voller Vertrauen an dich ab«, sagte sie mit einem Lächeln und Tränen in den Augen. Ich sah, wie die Hände meiner Großmutter zitterten, doch sie wandte sich zu mir. Ich wollte vor ihren traurigen Gesichtern davonlaufen, aber ich wusste, dass es Mama verletzen würde. »Mama, mein Baby braucht dich. *Aber ich werde immer ihre Mutter bleiben.*«

Meine Großmutter stand wortlos auf und nahm mich in den Arm.

…

Nachdem Ginny meine Mutter gebadet, ihre Haare gebürstet und sie ins Bett gebracht hatte, sah ich, wie sie sich eine Träne von der Wange wischte. Als sie meine Blicke bemerkte, rief sie mich zu sich in die Küche. Der Raum war nicht besonders groß, doch unsere Gefühle nahmen so viel Platz ein, dass es uns vorkam, als säßen wir in einem stickigen Kleiderschrank.

»Hab Durst«, murmelte ich und schämte mich ein wenig für uns beide. Meine Augen brannten, weil ich ihre Tränen sah. Ich drückte an einem Pickel auf meiner Wange herum.

»Ich mag es nicht, wenn man mir in meinem eigenen Haus nachspioniert«, sagte sie. »Ich bin das nicht gewohnt … Ich bin es nicht gewohnt, Familie zu haben. Ich hatte keine Familie mehr, seit deine Mama weggelaufen ist. Hab es nicht anders verdient, schätze ich. Vergeltung, verstehst du?«

»Du bist meine Großmutter«, sagte ich. »Warum muss ich dich Ginny nennen?«

Mit einem tiefen Seufzer nahm sie behutsam die Perücke ab, die sie den ganzen Tag bei der Arbeit in der Fabrik getragen hatte. Es war eine feine schwarze Kurzhaarfrisur mit goldbraunen Strähnchen, wie ich sie früher in den Filmzeitschriften von Ezra und Lindy an Dorothy Dandridge oder Diahann Carroll gesehen hatte.

»Kind, du kannst mich nennen, wie du willst, wenn es dir hilft, dich an den Gedanken zu gewöhnen, dass wir beide sehr viel Zeit miteinander verbringen werden.« Sie fuhr sich mit den Fingernägeln über die Kopfhaut und stieß einen weiteren tiefen Seufzer aus. Ihr Kopf war bedeckt mit einem struppigen silberfarbenen Labyrinth aus Cornrows. »Lieber Gott, ich will nichts mehr über Leben und Tod hören. Ich will *gar nichts* mehr hören. Alles, was ich will, ist meine Ruhe.«

»Warum nimmst du nicht etwas von dem Geld, das wir mitgebracht haben? Dann könntest du nur noch Kuchen backen. Deine Kuchen sind gut«, sagte ich vorsichtig. Als wir uns in Salt Point für die Abreise bereitgemacht hatten, war ich in das Schlafzimmer meiner Eltern gekommen, als Mama gerade dabei war, Geldscheine aus einem Versteck im Kleiderschrank meines Vaters zu holen. *Er hat nie alles zur Bank gebracht*, versuchte sie zu erklären und winkte mich zu sich heran, damit ich ihr zur Hand gehen konnte. *Wir konnten nicht darauf vertrauen, dass die uns fair behandeln würden*. Ich erinnerte mich, wie schwer das Geld war, als würde ich Daddys Träume tragen.

Ginny betrachtete mich. Dann lächelte sie. »Freut mich, dass du über Rechnungen und Ersparnisse nachdenkst, Cinthy, aber ich hab das Haus hier schon vor Jahren abbezahlt, Süße. Mein Leben kostet nicht mehr viel. Jedenfalls dürfen die von der Bank und den Steuern das denken.

Wenn ich nur noch Kuchen backen würde, hätte ich viel zu viele. Dann würde sie keiner mehr haben wollen und ich müsste sie wegwerfen. Und ich weiß von dem Geld, Kleine. Jolene hat es mir erzählt. Ich hab ihr versprochen, es für dich und deine Schwester auf ein Sparkonto zu legen. Vielleicht bleibst du gar nicht allzu lange hier. Wer weiß. Jolene meint, du könntest jetzt schon aufs College gehen, so klug wie du bist.«

Ich sah zu, wie Ginny sich ein Glas Eistee einschenkte.

Sie nippte daran und warf mir einen Blick zu. Sie wirkte beinahe schüchtern. »Ich hab ein kluges Enkeltöchterchen«, sagte sie nach einer langen Pause.

»Und ich habe eine Großmutter«, sagte ich mit einem kleinen Lächeln. »Eine Großmutter, die ständig rumflucht und Schimpfwörter sagt, die sich nicht gehören.«

»Du solltest dich dran gewöhnen, dass ich deine Familie bin«, sagte sie schulterzuckend. »Fluchen ist nicht verboten, und wer sagt, dass ich in einer Welt wie dieser nett sein muss. Zu Hause bin ich ganz zahm. Aber warum sollte ich mich ändern, wenn es mir doch bisher immer als Schutz gedient hat?« Sie stopfte die Perücke in ihre abgewetzte Handtasche aus Lackleder, die sie immer bei sich hatte, sogar im eigenen Haus, und verschloss sie. Einige Strähnen hatten sich im Reißverschluss verhakt und standen wie Federn nach oben ab.

»Geh dich waschen und versuch, ein bisschen zu schlafen, Süße«, sagte sie. »Vielleicht bring ich dir mal bei, wie man einen Cobbler backt. Magst du so was?«

Mir schossen die Tränen in die Augen und ich musste ehrlich lächeln.

»Ja, Ma'am«, sagte ich. »Mama hat oft Cobbler für uns gemacht. Dabei hat sie immer gesungen.«

Ginny schloss die Augen und lehnte sich an die Küchentheke. »Gepriesen sei dieses Kind«, sagte sie und senkte den Kopf. »Lobet den Herrn, dass er sie mir gegeben hat. Er weiß, dass ich sie nicht verdient habe.«

Ginny richtete sich in der himmelblauen Küche zu voller Größe auf. Ihr Schweiß war getrocknet. Im letzten Abendhauch roch ihre Haut nach Hühnern, Staub und Kies.

»Eine Frau sollte lernen«, sagte meine Großmutter, »sich die süßen Dinge im Leben selbst zu nehmen, und nicht darauf zu warten, dass irgendwer ihr das gibt, was sie schon in sich trägt. Merk dir das, kleine Schwester. Soweit ich weiß, bist du eine Kindred *und* eine Abbott. Diese Mischung gibt's nicht oft.«

Ich wandte mich von Ginny ab und ging nach draußen auf die Veranda.

In der Dämmerung schimmerten Glühwürmchen, ein Sternbild aus zarten Lichtern in Grün und Gelb. Pulsierend schwebten sie vor mir wie ein Portal in eine andere Welt. Es mussten Hunderte sein, ihr Leuchten umgab das ganze Haus. Ich hörte Frösche und Insekten in der Nähe.

Je mehr ich mich anstrengte, nicht an Ezra zu denken, desto deutlicher sah ich sie. Wenn ich Verbindungslinien zwischen den Glühwürmchen zog, schwebte ihr Gesicht direkt vor mir. Ich konnte ihre Stimme hören. Ich spürte, wie mir ihr Lächeln unter die Haut ging, und es war gleichzeitig strahlend und schrecklich, weil ich sie so vermisste. Dass sie nicht bei uns war, machte mich wütend, doch ich verstand allmählich, dass wir alle gezwungen waren, uns zu verändern, um zu überleben.

Hinter den Glühwürmchen sah ich die Ranken des Kudzu, die mich an Ezras Haare erinnerten, und daran, wie sie sich immer um meine gekümmert hatte. Ich konnte spüren, wie sie Öl in meine Zöpfe knetete, wie ihre Fingerspitzen meine Ohren umkreisten und sie mein Gesicht zu sich drehte, damit wir einander ansehen konnten wie unser eigenes Spiegelbild. Schwankend dachte ich über mein Leben ohne Ezra nach, ohne Daddy, ohne Mama. Kummer lief wie eine Welle durch meinen ganzen Körper.

»Magisch, oder?«, sagte meine Großmutter und legte ihre Hand auf meine Schulter.

Schwer schluckend nickte ich, als sich Ezras Schattengesicht vor meinen Augen auflöste. »Zu Hause, in Salt Point, gibt es auch welche. Aber nicht solche.«

»Habt ihr sie gefangen? Du und deine Schwester?«

»Ja, Ma'am«, sagte ich. »Wir haben Ohrringe aus ihnen gemacht. Und Nagellack. Wir haben sie in Einmachgläser gesteckt.«

»Hier fangen wir sie nicht«, sagte Ginny. »Wir lassen sie in Frieden. Wir freuen uns einfach über ihre kleinen Lichter. Wehe, du machst irgendwelche Sachen aus ihnen. Dafür bist zu alt. Lass sie fliegen und glühen, so wie die Natur es will.«

»Ich werd sie nicht anrühren«, sagte ich mit Tränen in den Augen. Zum ersten Mal glaubte ich nicht, ich könnte davonschweben und niemand würde es bemerken. Ein starkes Gefühl, das ich in Salt Point nie gespürt hatte, wärmte mein Gesicht wie ein Lufthauch. Vielleicht gehörte ich tatsächlich hierher.

»Die leben nicht lang, diese Leuchtkäfer«, sagte meine Großmutter. »Mit ihren glühenden Hinterteilen locken sie andere an. Sie haben zwei Monate Zeit, um es miteinander zu treiben, bevor sie sterben. Früher hat man gesagt, die Weibchen fressen die Männchen. Nicht immer, aber oft genug, damit es spannend bleibt. Das Weibchen benutzt ihr Licht, um das Männchen mit süßen Versprechungen anzulocken, dabei ist sie in Wahrheit bloß hungrig. Da staunst du, was? Tiere machen die verrücktesten Sachen. Sie wollen überleben. Genau wie wir.«

»Ja, Ma'am«, sagte ich.

»Jetzt, wo das Gewitter aufzieht, werden sie sich bald verstecken«, sagte Ginny. »Magst du Gewitter? Der Regen hier ist perfekt. Oh ja, ich bin auf der ganzen Welt gewesen und doch wieder zurückgekommen, weil ich die Gewitter so vermisst hab. Als die mich eingesperrt haben, als ich in Haft war, wie es so schön heißt, hab ich viel an die Stürme gedacht. In der dunklen Zelle zuckten die Blitze über die Wände und die scheppernden Eisentüren um mich herum klangen ein bisschen wie Donner. Gott fehlte in den Herzen der Wärter, die mich geschlagen, mich ausgehungert und noch schlimmere Dinge gemacht haben. In meiner Zelle gab es keine Bäume. Ich hab so getan, als würde ich Noah mit seiner Arche helfen, wie ich es als kleines Mädchen gespielt hatte. Ich musste stark bleiben und dafür sorgen, dass mein Kopf nicht abschaltete. Ich hatte da drin so gut wie nichts zu essen und hab nur Lumpen getragen. Die wollten ein Tier aus mir machen. Aber das hat nicht funktioniert. Je mehr sie mir schaden wollten, desto weiter bin ich in Gedanken um die Welt gereist.

Ich erinnere mich an die gut aussehenden Jungs, mit denen ich auf direktem Wege ins Nirgendwo gefahren bin, bis ich meine eigene Stimme nicht mehr erkannt hab. Nach den guten Zeiten war ich pleite und ziemlich high. Als ich mit mir fertig war, konnte ich nur noch vom Leben eines Junkies singen. Anfangs ging es in meiner Musik darum, niemanden um Liebe anzuflehen außer mich selbst. Ich wollte keine Songs darüber singen, wie sehr man sich nach einem Mann sehnt. Ich hab gern über die Liebe gesungen, und als ich Hals über Kopf abgereist bin, hab ich nicht begriffen, dass ich vor einer puren Liebe weggelaufen bin, die ich selbst erschaffen hatte.

Hab versucht, Jolenes Vater zu finden, aber ich war nicht sicher, wer er war, woher er kam; und damals hab ich oft die Beine breit gemacht. Das waren übrigens schöne und starke Beine. Oh ja. Ich weiß, du kannst es dir heute kaum noch vorstellen, aber damals hätten die Männer Geld bezahlt, um einen Blick auf diese Beine werfen zu dürfen.

Nach einer Weile ging alles schief. Ich war mit den falschen Leuten zusammen, war oft zugedröhnt. Bekam plötzlich Probleme, die ich vorher nur besungen hatte – jetzt waren sie echt. So echt wie die Strafe, die ich abgesessen hab. Harte Zeiten. Ich will dir damit keine Angst machen, aber wenn Jolene mir vergeben konnte, sollte ich dich wohl auch um Vergebung bitten. In unseren Familien kann Schmerz genauso weitergegeben werden wie neues Leben. Baby, ich will keinen Schmerz mehr an dich weitergeben.«

»Großmutter«, sagte ich beinahe flüsternd. Meine Stimme verschwand im Schwall ihrer Worte. Sie zeigte mir Sterne und Vögel, die ich nicht sehen konnte. Ich musste daran denken, dass

Daddy mir beigebracht hatte, wie man die Welt wahrnahm, wie man über ihre Geheimnisse sprechen, sie allerdings nicht immer anfassen konnte. Mit jedem Wort, das meine Großmutter sprach, fühlte ich mich leichter, stärker, besser. Sie vertraute mir, wie Ezra mir vertraut hatte.

Ginny redete weiter, tauchte aus ihren einsamen Erinnerungen auf.

»Siehst du, Baby, du kannst die Erde riechen, der Regen kommt – meine Güte, wir hatten nicht ansatzweise genug Regen in diesem Sommer. Wenn wir heute Nacht einen ordentlichen Guss bekommen, werden meine armen Tomaten vielleicht überleben.«

# 28

Als ich nach oben kam, beschloss ich, in Mamas Zimmer statt in die kleine Kammer zu gehen, in der Ginny ein Klappbett für mich aufgestellt hatte. Wenn ich dort schlief, würde ich den Regen nicht hören. Ich konnte schon die Elektrizität in der Luft spüren. Ich sehnte mich nach den Blitzen und dem Gebrüll des Donners, denn ich wusste, dass ich in dem alten Haus meiner Großmutter sicher war.

Ich schlüpfte in ein dünnes Nachthemd und schlich an Ginnys Zimmer vorbei, obwohl ich gar nicht auf Zehenspitzen hätte gehen müssen. Ihr Schnarchen machte einer Herde Elefanten Konkurrenz.

Am Ende des Flurs gab es ein Fenster. Wenn es blitzte, ergoss sich grelles Licht über alles, bevor es sofort wieder dunkel wurde. Anstatt ängstlich zu sein, lächelte ich. Ich hatte einige Stürme im Juni miterlebt, doch Ginny und Mama hatten behauptet, dass die Juligewitter ein wahres Schauspiel waren.

Ich trat an das Fenster, um auf den nächsten Blitz zu warten. Meine Augen gewöhnten sich an die Dunkelheit, sodass ich den Vorgarten meiner Großmutter sehen konnte, wo sich ein von Eichen gesäumter Weg bis zur Hauptstraße wand.

Zu meiner Überraschung entdeckte ich zwischen den Bäumen einen Mann auf einem Pferd. Er trug einen Hut, der alt aussah, wie aus einer anderen Zeit, doch als er den Kopf hob und in meine Richtung schaute, winkte ich ihm sofort zu, denn es war mein Vater. Ich hatte ihn noch nie auf einem Pferd sitzen sehen, und dieses Exemplar war ziemlich groß, mit seltsamen menschenähnlichen Augen. Aus irgendeinem Grund wusste ich, dass ich nicht nach ihm rufen sollte. Also legte ich bloß meine Hand an das Glas, wo die zuckenden Blitze meine Bewegung einfingen. Ich fragte mich, ob mein Vater aus dem Himmel gekommen war, oder ob er ein Geist war, sein Körper wieder so unversehrt wie bei seiner Geburt. Doch dann wurde mir klar, dass es nicht mein Vater sein konnte, denn er hielt die Zügel des Pferdes mit zwei Händen. In meinem Inneren hörte ich weinende Kinder und das Geräusch von rauschendem Wasser, lauter als der Regen auf dem Dach. Als ich blinzelte, war nichts mehr zu sehen. Ich schlang die Arme um mich, kam mir unerträglich einsam vor, hatte Angst vor einer Zukunft, in der ich vor Traurigkeit und Unsicherheit kaum Luft bekam.

Um die Gedanken zu verdrängen, glitt ich in Mamas Zimmer und erschrak, als sie mich begrüßte.

»Hallo, meine Kleine.«

»Hallo Mama«, sagte ich. »Ich wollte das Gewitter hören. Und da, wo sie mich einquartiert hat, ist es zu heiß. Kann ich hier bei dir bleiben?«

»Natürlich, Baby«, sagte sie. Sie klang müde, aber ich konnte spüren, dass sie sich über meinen Besuch freute.

»Öffne das Fenster ein Stück, ja? Wenn du hörst, wie der süße Regen auf die verrückten Flaschen fällt, wirst du denken, du sitzt im Konzertsaal.«

»Hast du als kleines Mädchen oft dem Regen zugehört?«

»Oh ja«, sagte Mama. »Wenn ich wusste, dass der Regen kam, hab ich auf ihn gewartet wie auf einen Freund. Ich war richtig aufgeregt!«

»Mochte Daddy den Regen?«

»Ja, auf seine Art«, sagte Mama. Sie verstummte. Dann sprach sie nachdenklich weiter. »In Salt Point habe ich bei Gewitter immer die Fenster weit aufgemacht. Ich saß auf der Veranda oder stand im Garten, damit ich den Regen auf meiner Haut spüren konnte. Dein Vater mochte Wolkenbrüche, weil sie die Welt zum Stillstand brachten. Er las gern, wenn es regnete.«

»Hatten wir Angst bei Gewitter, als wir klein waren?«

»Komm mal her«, sagte sie und bewegte sich ein wenig unter der Decke. »Merkst du, wie die Luft sich abgekühlt hat? Du kannst das Leben im Garten riechen. Du kannst sogar den Fluss spüren.

Vor langer Zeit, auch wenn alle sagen, dass man sich unmöglich daran erinnern kann, wurde ich an einem Regentag in einem Bett wie diesem geboren. Es war nicht genau dieses Bett, aber es war weich. Ich kann mich tatsächlich erinnern, wie sich die Luft angefühlt hat, wie sie roch. Ich kann mich an die Stimme meiner Mutter erinnern. Sie hatte eine stolze Stimme. Hat sie heute noch.«

»Ja, stolz ist sie wirklich«, sagte ich. »Aber wie war das mit Ezra und mir, Mama? Als wir klein waren?«

»Du hast die Unwetter in Salt Point entweder verschlafen oder dich mit irgendwas abgelenkt«, sagte sie. »Aber Ezra … Ezra hat mich manchmal gefragt, ob sie rausgehen dürfe, auch wenn das Gewitter ganz nah war.«

Ich kuschelte mich an Mama. Ihre Stimme kam kaum gegen die grollende Welt vor dem Fenster an. »Hast du dir früher auch mal eine Schwester gewünscht?«

»Ach, ich weiß nicht«, sagte Mama wehmütig. »Ich habe alles bekommen, was ich mir gewünscht habe. Ich habe meine Töchter. Ich habe das Beste aus dem gemacht, was die Welt mir gegeben hat. Wer kann das schon von sich sagen? In einer anderen Welt wären wir Schwestern, du und ich. In einer anderen Zeit wärst du vielleicht meine Mutter. Ich wäre deine Tochter. Es ist mir egal, was im nächsten Leben auf mich wartet, solange du zu mir gehörst.«

»Mama«, sagte ich.

»Du wirst mich immer behalten«, sagte sie. »Weil wir uns lieb haben. Diese Liebe ist in jeder Welt gleich stark.«

»Der Regen ist immer da«, sagte ich gähnend.

»Ja, du hast es verstanden«, sagte Mama. Ich konnte spüren, dass sie lächelte.

…

Am Morgen wogten die Eichen vor dem Fenster. Gewellte Streifen aus Licht überzogen die lavendelblauen Wände in Mamas Schlafzimmer. Ein Windhauch bauschte die feinen Vorhänge, als seufze der hauchdünne Stoff, weil etwas vergangen war. Nach dem schweren Regenguss brachte die Sonne nun alles zum Glänzen. Die Vögel sangen inbrünstig.

Wie an jedem Samstagmorgen, seit wir angekommen waren, zog der Duft von starkem Kaffee durch das Haus. Ich hörte meine Großmutter in der Küche summen, sie klang so ähnlich wie die Vögel in der blau gespülten Luft.

Ohne Mama zu berühren, die noch schlief, drehte ich mich ein Stück, damit die Brise über meine Zehen streichen konnte. Das fröhliche Klimpern der Windspiele wehte zu uns hoch. Ich dachte an den Aufstand der Glühwürmchen am Abend zuvor, an die funkelnde Sternenflotte über uns und daran, wie die Natur mich immer wieder aus meinem Gedankenkarussell befreien konnte.

Es würde ein guter Flusstag werden. Wahrscheinlich hatte der Sturm das Wasser ansteigen lassen. Ich würde draußen bleiben, fern von den Sorgen, die mich nachts wachhielten. Ein paar schöne Stunden am rückwärtsfließenden Fluss mit einem Buch und dem Rauschen um mich herum würden mir reichen. Danach würde ich den langen Rückweg nehmen, um noch Blumen auf Daddys Grab zu legen. Vielleicht würde Mama später wollen, dass ich ihr die Haare bürstete. Wir könnten auf der Hollywoodschaukel sitzen und auf die schwebenden Glühwürmchen warten. Sie würden Mama gefallen.

Ginny kam die Treppe hoch, und an ihrem Schnaufen konnte

ich hören, dass sie ein Frühstückstablett für Mama mitbrachte, was sie samstags oft tat. Sie begann schon zu reden, bevor sie überhaupt die Tür aufgestoßen hatte.

»Jolene, ich kann nicht fassen, dass ihr beide letzte Nacht schlafen konntet! Da hat doch der Teufel persönlich mit seinen hässlichen Zähnen an meinem schönen Dach genagt. Ich bin schon lange wach. Ich muss Mr Davis und seinem Enkel Bescheid geben. Ein paar Schindeln sind runtergefallen und meine kleine Myrthe hat es aus der Erde gerissen. Vorne liegen auch jede Menge Scherben. Das war nun wirklich nicht nötig. Meine Flaschen tun doch niemandem was.«

»Ich sag dir, ich lass mich heute nicht von diesem Unwetter aufhalten. Scheiße. So ein Durcheinander. Als hätte ich an einem Samstag nicht schon genug zu tun.«

Ich schlug die Decke zurück und schwang die Beine über die Bettkante. Ich wollte nicht, dass Ginnys Gemecker Mama weckte, die sich noch nicht geregt hatte.

»Hab ich dir nicht gesagt, du sollst nicht bei ihr im Bett schlafen?«, fragte meine Großmutter und beäugte mich in meinem dünnen Nachthemd. Sie stellte das Tablett ab. »Wer hat das Fenster aufgemacht?«

»Mama hat mich darum gebeten«, sagte ich kleinlaut.

»Weißt du, um was deine Mama dich da gebeten hat? Weißt du nicht, was sie damit bezwecken wollte? Verstehst du den Regen nicht?« Spucke klebte an den wilden, ungeschminkten Lippen meiner Großmutter.

Ich ging beschützend um das Bett herum, zu Mamas Seite. Als ich an ihrer Hand zog, leistete sie keinen Widerstand, sagte kein Wort. Ich konnte ein wenig Wärme spüren, aber nicht viel. Ich drückte meinen Finger auf ihren Puls und lauschte mit geschlossenen Augen. In meinem Kopf rief ich nach ihr. *Mama?* Ich berührte ihre Schulter, nahm die morgendliche Brise in ihren Locken wahr, die sich aus dem dicken Zopf gelöst hatten. Die

Ader an ihrem Hals, die ich monatelang beobachtet hatte wie eine tickende Uhr, war still.

»Jolene?«

Ginny drängte an mir vorbei. Der Raum füllte sich mit ihrem Parfum, geschlagenen Eiern, Pomade, Rohrzucker. Aus der Kehle meiner Großmutter stieg ein Heulen auf, als sie die Decke von Mamas Gesicht zog und ihr über die dunklen Locken strich.

»*Jolene?*«

Meiner Großmutter liefen die Tränen über die Lippen, als sie auf die Knie sank. Ihr Mund stand offen, als sei auch sie bereit für ihren letzten Atemzug. Doch bevor es dazu kam, machte Ginny den Mund zu und schluckte ihren Schrei hinunter. Sie schüttelte mit einer Verletzlichkeit den Kopf, die eine schreckliche Erkenntnis ihn mir auslöste. Dann vergrub sie das Gesicht in der knotigen elfenbeinfarbenen Bettdecke aus Chenille. Obwohl es nur wenige Minuten waren, hätten auch Jahre vergangen sein können, bis eine von uns in der Lage war, sich wieder zu bewegen.

Mamas Augen waren halb geöffnet, wirkten verlassen.

»Jolene *wusste es*«, sagte Ginny und setzte sich auf. »Nichts kann dich aufhalten, wenn deine Zeit gekommen ist.« Ihr Körper wog schwer, die Holzdielen stöhnten. Sie zog sich an der Seite des Bettes hoch, nahm Mamas Schweigen in sich auf. »Großer Gott, ich habe ein hübsches Mädchen gemacht. Hab ich nicht eine Schönheit erschaffen? Sie muss diese Welt nie wieder um irgendwas bitten.«

Dann zog meine Großmutter mich zu sich heran, damit ich die toten Augen meiner Mutter schließen konnte. Sie führte meine Finger an Mamas Gesicht. Ich berührte ihre zarten Lider. Dass sie nicht blinzelte, mich nicht fragend ansah, schnürte mir die Kehle zu.

»Sie muss diesem Leben nichts mehr abringen. Überhaupt nichts«, schluchzte Ginny. »Und ich auch nicht, mit Gottes

Gnade. Wer hätte gedacht, dass Jolenes Frieden mir das Herz brechen würde?«

…

Stunden später verwandelte sich meine Trauer in etwas Hartes, Unbewegliches. Ich hatte kein Interesse mehr daran, meiner Großmutter zuzuhören oder ihre Anweisungen zu befolgen. Wenn ich mich öffnen und zuhören würde, lief ich Gefahr, die Spur von Mamas Stimme zu verlieren, an der ich mich in meiner Wut und Verwirrung festhielt.

Als ich sagte, dass sie nicht meine Mutter sei und mich nicht *zwingen* könne zu duschen, funkelte Ginny mich mit ihren rotbraunen Augen an und schüttelte den Kopf. »Du hast das Bett mit dem Tod geteilt, du wirst dich waschen. Und wenn du denkst, es geht bei Jolenes Tod um dich«, sagte sie, »dann kannst du nicht die Tochter sein, von der Jolene immer geschwärmt hat.«

»Ich habe Angst, nach oben zu gehen«, sagte ich.

Ginny hielt den fleckigen gelben Telefonhörer in der Hand. Daran hing eine meterlange schmutzige Spiralschnur, die bis zur Veranda reichte, falls Ginny beim Telefonieren draußen sitzen wollte.

»Sie hat gesagt, du würdest mir helfen«, sagte sie. »Ich muss ein paar Leute anrufen. Du darfst jetzt keine Angst mehr vor irgendwas haben. Oder dich wegen jeder Kleinigkeit mit mir anlegen. Du hast deine Mama im Leben unterstützt, du musst sie auch bei ihrem Übergang unterstützen.«

»Ja, Ma'am«, sagte ich und hatte ein schlechtes Gewissen, weil ich wütend auf sie war. Ich konnte nicht zugeben, dass ich auch auf Mama wütend war, weil sie mich mit dieser Frau alleingelassen hatte.

»Haben wir uns verstanden?«

Doch ich hatte schon den Rückzug aus der Küche angetreten, entfernte mich von ihrer heiseren Stimme. Ich stand mit einem

Fuß auf der Treppe nach oben, als ich die Standuhr in der guten Stube schlagen hörte. Zornig wirbelte ich herum und rannte in das Zimmer mit den in Plastik gehüllten Sofas und den künstlichen Schwertlilien in ihren billigen Kristallvasen auf dem Fensterbrett. Ich öffnete die Uhr, um sie verstummen zu lassen.

Ginny war mir gefolgt. Schon war sie bei mir und packte meine Hand.

»Nein, Hyacinth, das bringt doch nichts. Das ist *Zeit*. Sie gehört dir nicht. Du musst mit dem Leben weitermachen. Du kannst die Zeit und das Leben nicht anhalten, nur weil sie deine Gefühle verletzt haben. Zum Teufel mit der Zeit und den Gefühlen. Du musst leben.«

...

Ich saß gepudert und ordentlich angezogen auf der Hollywoodschaukel. Meine Kleider waren durchdrungen von Schweiß und Unruhe. Es dämmerte. Die Zeit floss zäh wie Sirup. Ich verschränkte die Arme vor der Brust, stieß mich mit meinen steifen Beinen vom Boden ab.

»Mr Randall und sein Enkel holen deine Mama bald ab«, sagte Ginny hinter der Fliegengittertür. »Ist es dir nicht zu heiß da draußen? So eine Hitze hat man nur auf dem Land. Ich dachte, das Gewitter würde uns runterkühlen, Herrgott, es ist noch schlimmer als vorher.«

Ich schaute weiter geradeaus, betrachtete die Hügel, deren grüne und gelbe Wölbungen sich vervielfachten, bis sie den dunkler werdenden Horizont berührten.

»Ich muss für ein Stündchen weg und mich um die ganzen Kuchenbestellungen kümmern«, sagte Ginny. »Hilf mir die Kuchen aus der Küche ins Auto zu bringen und roll die Fenster runter, damit sie nicht zerfließen. Ich kann nicht auf das Geld verzichten. Ich muss Blumen kaufen, und Louise soll auch ein bisschen bekommen, wenn sie bei der Beerdigung singt. Sie würde das nie einfordern, aber jeder weiß, was der Gesang eines Engels wert ist.«

»Ein Engel wie meine Mutter?«, fragte ich. »Was war sie dir denn wert, als du sie hier zurückgelassen hast, aussortiert wie Müll?«

»Du kriegst jetzt nur keine ordentliche Ohrfeige von mir, weil ich die Augen meiner Tochter in deinem Gesicht sehe«, sagte sie. »Hier geht es nicht nur um deine Trauer. Was ist los?«

»Wirst du mich irgendwo hinbringen und bei fremden Leuten abladen?«, fragte ich leise. »Dann sag es mir einfach.«

»Ich lade dich nirgendwo ab«, sagte Ginny und kam zu mir nach draußen. Ihre Stimme hob sich gegen die Duette der Heuschrecken ab. »Mein Gott, wie gern ich mich hinsetzen würde. So gern. Aber ich kann nicht, noch nicht. Wenn ich mich hinsetze, komm ich vielleicht nie wieder hoch.«

»Ja«, sagte ich zustimmend. Da ich nicht wusste, ob es leichter wäre, aufzustehen oder sich fallen zu lassen, sagte ich nichts mehr.

»Meine Freundin Ernestine hat deine Mama damals zu den weißen Nonnen gebracht«, sagte Ginny. »Ich kann ihr nicht die Schuld zuschieben. Es war nicht in Ordnung, was ich gemacht hab, aber kein Mensch kann mir das mit meinem Baby kaputtmachen. Nicht in diesem Leben und auch nicht im nächsten. Ich und deine Mama haben unseren Frieden miteinander gefunden. Gott sei Dank.«

»Und du reißt dich jetzt besser zusammen und bist gefälligst nicht so frech zu mir. Du bist ein gutes Mädchen. Ich kann mir kaum vorstellen, wie es sein muss, seine Mama und seinen Daddy auf diese Weise zu verlieren. Ich weiß, ein lahmes *Tut mir leid* reicht da nicht aus, kleine Schwester. Aber du musst wissen, dass diese verdammte Welt gar nicht erst versucht, sich für irgendwas zu entschuldigen.«

»Früher sind ständig Schwarze Menschen verloren gegangen.

Einfach verschwunden. Ganze Familien verbrannten zusammen, in Ketten. Ertranken im Meer. Sie bekamen Krankheiten oder ihre Knochen und ihre Namen wurden nach irgendeinem weißen Massaker in ein dunkles Loch geworfen. Manchmal geschah ein Wunder, aber meistens blieb nur ein Fragezeichen. Eine Wunde. Ein namenloses Grab. Man konnte nichts tun, musste weitermachen. Immerhin hast du mich. Du sitzt hier und tust so, als wäre ich wertlos. Aber damit ist jetzt Schluss. So hat mein Baby dich nicht erzogen.«

Ich blickte hinunter auf meine knochigen Knie, ließ meine Arme weich werden und hielt mich am hölzernen Rand der gesprenkelten Schaukel fest.

»Tut mir leid, dass ich respektlos zu dir war, ich –«

»Du musst dich nicht entschuldigen«, sagte Ginny. »Aber tu es nicht noch mal, hörst du? Abbotts pfeifen auf jede Art von Schamgefühl oder Gehässigkeit. Abbotts kümmern sich um ihre Seele. Wenn du in deiner Seele lebst, oder so nah dran wie möglich, dann kannst du alles überstehen. Je früher du anfängst, so zu leben, desto früher wirst du es schaffen, dem Leid mit einem Lächeln zu begegnen, wie der Rest von uns.«

# 29

Einige der Frauen, die zu Ginnys Haus kamen, sagten, Mama werde jetzt *zurückgegeben*, andere nannten es *zurückgerufen*, und mir fiel auf, dass keine von ihnen das Wort Tod benutzte.

Zurückgerufen werden hieß, nach Hause gehen.

Zurückgerufen werden hieß, Mama hatte ein Zuhause, das jenseits dessen lag, was ihr auf der Erde gehörte, was sie für unsere Familie in Salt Point geschaffen hatte.

Zurückgerufen werden hieß, jemand anderes, vielleicht Gott, hatte eine Stimme.

Zurückgerufen werden hieß, Mama hatte diese Stimme ihr Leben lang gehört, sie hatte sie daran erinnert, dass ihr Platz auf Erden bloß ein vorübergehendes Zuhause war.

Die Frauen – Miss Lyrae, Mrs Porter, Miss Tina Lee – waren in einem ramponierten Truck vorgefahren. Als sie ausstiegen, konnte ich sehen, dass sie Weiß trugen. Ihre Füße wirbelten Staub auf, als sie stehen blieben, um die blauen Scherben zu begutachten, die Ginny und ich zu einem Haufen zusammengefegt hatten, damit sich niemand verletzte.

Als Ginny aus dem Haus trat, um die Frauen zu begrüßen, war auch sie ganz in Weiß gekleidet. Was für ein verdrehter Ort. Warum trugen sie nicht Schwarz? Hatte es etwas mit der Hitze zu tun?

Die Frauen gingen durch den Schatten der Eichen auf unsere Veranda zu. Ihre Augen waren feucht und dunkel. Ihre Haut leuchtete im Kontrast zum weißen Stoff. Stumm beobachtete ich, wie sie meine Großmutter umarmten. Ein Hauch von Lavendel erreichte mich, gemischt mit dem Duft von Kräutern, Zitronen, selbst gemachter Seife und Erinnerungen.

»Oh, Liebes«, sagte Mrs Porter, als sie meine Großmutter begrüßte. »Es tut mir so leid. Es muss dir das Herz gebrochen haben.«

»Wo ist sie?«

»Oben im vorderen Zimmer.«

»Wo ist ihre Kleine?«

»Hinter dir, Lyrae.«

Miss Lyrae drehte sich um und kam zu mir. Ich konnte mich nicht in die Ecke der Veranda verziehen, ohne über die Schaukel zu stolpern. Sie drückte mich fest an sich. »Cinthy? Du gehörst jetzt zu einer Gruppe Menschen, die es nicht leicht haben, Baby. Meine Mama ist vor zehn Jahren an einem Herzinfarkt gestorben. Es fällt mir immer noch schwer, es zu akzeptieren. Ich kann sie bei mir spüren – ihre Liebe –, so wie du deine Mama immer bei dir spüren wirst.« Sie wich ein Stück zurück, um mein Gesicht in ihre Hände zu nehmen. »Lieber Himmel, was für ein hübsches Mädchen. Du kannst zu mir kommen, wann immer du willst. Du könntest meine Tochter sein. Ich habe meine beiden Kleinen schon vor Jahren verloren.«

»Wie?«, fragte ich und sah ihr in die Augen.

»Indem ich nicht hören wollte, wer sie wirklich sind. Ich hatte eine bestimmte Vorstellung davon, wie ich sie haben wollte. Jetzt leben sie ihr eigenes Leben und ich bin kein Teil davon. Ich respektiere ihre Entscheidungen, aber ich bereue alles. Ich konnte erst Frieden finden, als ich sie ziehen ließ. Aber Frieden ist keine einmalige Sache. Man ist ständig damit beschäftigt, wie mit Atmen.« Die Frau ließ mich los. Es kam mir vor, als würde sie ein Stück meines Herzens mitnehmen. Miss Lyrae kehrte zu den anderen Frauen zurück, die Ginnys Gesicht und ihre Arme streichelten. Ihre Stimmen klangen beruhigend.

»Wir machen sie jetzt bereit für Mr Randall. Dann fahren wir rüber und öffnen die Kirche«, sagte Miss Tina Lee. »Möchtest du bei der Waschung dabei sein?«

Stirnrunzelnd schüttelte ich den Kopf. Mama hätte nicht gewollt, dass drei fremde Frauen, geschweige denn ihre eigene Mutter, ihren Körper auf so intime Weise berührten.

»Muss ich mir wegen dir Sorgen machen?« Ginny trug ein elfenbeinfarbenes Kopftuch. Ihr Make-up fing an zu zerfließen und tropfte nun vom Gesicht auf ihre weiße Bluse, wo es einen schmalen, schlammigen Fleck hinterließ.

»Du musst auch noch baden«, sagte sie. »Ich hab es nicht vergessen.«

»Ich habe schon geduscht, Ma'am. Ich will nicht baden.«

»Hast du nicht mit deiner Mama in einem Bett geschlafen? *Im Sterbebett?*« Mrs Porters Stimme war unbiegsames Messing. »*Im Sterbebett?*«

»Herrgott, kleine Schwester, ich lass dir Wasser ein«, sagte Miss Lyrae und sah mich an. »Und wenn ich dich rufe, dann benimmst du dich wie eine brave Tochter.«

Miss Lyrae schrubbte mich eigenhändig. Die Borsten zogen Kreise über mein Fleisch und meine Knochen. Meine Haut trug schon jetzt den Geruch schwerer, mutterloser Erinnerung. Ich wollte schreien, seufzen. Weinen. Miss Lyrae hörte nicht auf zu singen.

»Sag kein böses Wort, solange dieses Wasser dich umgibt«, sagte sie. »Das Wasser hört zu. Das Wasser hört alles. Es ist Wasser, das der Fluss geheilt hat. Es wird die Trauer aus dir rausziehen, bevor ich es zurück in den Fluss gieße, aus dem es gekommen ist. Im Fluss wird die Trauer sich reinigen und zu Freude werden, wenn sie sich wieder mit dem Meer vereint.«

Als ich aus der Wanne stieg, erschöpft von dem Widerstand, den ich gegen die gesamte Welt leistete, streckte ich schüchtern die Arme aus und ließ mich von ihr mit einem Stoff abtrocknen, der sich wie Seide und Sackleinen zugleich anfühlte.

»Knie dich hin«, sagte sie, und ich ging auf dem handgenähten Teppich meiner Großmutter in die Knie, damit sie Öl auf meine Haare geben und den minzigen Duft in meine Kopfhaut einarbeiten konnte, bis mein ganzer Kopf kribbelte. Die Berührungen erinnerten mich an Ezra. Ich würde auf Mr Caesars Anruf warten müssen, um ihm von Mama zu erzählen. Mein Magen zog sich zusammen, als mir klar wurde, dass ich es Ezra nicht selbst würde sagen können. Wer würde sie trösten, wenn sie weinte? Der Gedanke, dass es Miss Irene sein würde, beruhigte mich ein wenig. Unsere Eltern waren beide innerhalb weniger Monate gestorben, und Ezra und ich wussten nicht, wann wir uns wiedersehen würden. Wie konnte ich das hinnehmen?

Miss Lyrae zog mir ein weißes Kleid an und wickelte mir ein passendes Tuch um den Kopf. Sie führte mich in Mamas Schlafzimmer, wo die Schatten der anderen Frauen über die Wände wanderten und an der Decke einknickten. Meine Großmutter weinte leise. Überall standen Kerzen, und der Geruch von brennendem Salbei schärfte meine Sinne. Die Düfte und Geheimnisse der Frauen breiteten sich im Zimmer aus, sodass ich kaum atmen konnte, während sie »One Morning Soon« sangen. Eine von ihnen berührte meine Augenlider und riet mir, mich auf mein Inneres zu konzentrieren.

»Öffne deine Hände, Cinthy«, sagte Miss Lyrae. »Schließ die Augen.«

Dann gab sie mir etwas, das sich wie schwere Blumen anfühlte. Die Blütenblätter waren weich und warm. In meinem dunklen Inneren sah ich Mamas leuchtendes Gesicht und prägte mir die Form ihrer Lippen ein, Lippen, die immer ein Lächeln für mich bereitgehalten hatten, wenn ich es brauchte. Ich hörte Mamas Stimme so deutlich, dass mir die Tränen kamen: *Du bist mein Glück.*

Miss Lyrae bat mich, die Augen geschlossen zu halten, damit ich Mamas Frieden dort sehen konnte, wo er einen Platz in mir finden würde. »Du musst lernen, an diesen Ort zu gelangen«, sagte Miss Lyrae, und es klang, als würde sie über mir schweben. »Das Herz deiner Mutter liegt in deinen Händen.«

…

Meine Mutter sieht aus wie der Frühling. Sie haben sie mit Blumen bedeckt, als läge sie auf einer Wiese. Sie ruht in einem Nest aus grünem und blauem Stoff. Sie haben ein schmales goldenes Kruzifix an ihren Hals gelegt. Ihre Haare wurden gekämmt und die Locken umspielen ihre Schultern. Ich nehme Daddys Goldrandbrille aus der Tasche meines weißen Kleides, zerfließe in Tränen und halte die Brille von mir weg, damit ich sie nicht schmutzig mache. Ich berühre die feinen Bügel, die einmal hinter seinen Ohren lagen, erinnere mich, wie behutsam und liebevoll er sie zurechtrückte, damit er gut sehen konnte. Ich wollte, dass Mama etwas von ihm bei sich hatte und dass er bei ihr war, dass sie von jetzt an immer zusammen sein würden.

Ich schiebe Daddys Brille unter ihre gefalteten Hände. Es ist, als würde sie ihn an ihre Brust drücken. Ich hole die kleine Muschel hervor, die Ernest meiner Schwester geschenkt hatte. Ich hatte sie von Ezras Schreibtisch genommen, bevor wir alle unser Haus verlassen mussten. Ich lege sie unter einen von Mamas Fingern. Als meine Knie nachgeben, fangen die Frauen mich auf.

*Küsse das Gesicht deiner Mutter*, sagen die Frauen.

*Präge dir ein, wie schön sie ist*, sagen die Frauen.

*Weine um sie*, sagen sie. *Schau, wie sie leuchtet*, sagen sie. *Das ist das Sonnenlicht im Gelobten Land. Die Freude wird schwer wiegen und ihr dennoch Flügel verleihen.*

# 30

Mr Randall und Ginny besprachen drinnen, wie Mama aus dem Haus getragen werden sollte. Ich bemühte mich, Mr Randalls Enkel so unfreundlich wie möglich anzuschauen, wobei er mich ignorierte und sich über den Teller mit Grillfleisch auf seinem Schoß hermachte.

Miss Lyrae, Mrs Porter und Miss Tina Lee hatten sich bereits auf den Weg zur Kirche gemacht. Miss Tina Lee hatte mich eingeladen, mit ihnen zu fahren, doch ich hatte bloß gemurmelt, dass ich bei meiner Großmutter bleiben wolle. Die Stimmen von Ginny und Mr Randall trugen ihre Unterhaltung problemlos durch das Zirpen der Zikaden. Ich wusste, sobald Mr Randalls Enkel mit dem Grillfleisch fertig war und Mr Randall mit seinem gebratenen Hähnchen, würden die beiden nach oben gehen und die Liege mit Mamas blütenbestreutem Körper über ihre Köpfe heben. Ich starrte den geschlossenen Pick-up und Mr Randalls Enkel an, dessen Namen ich nicht wissen wollte, und Verbitterung breitete sich auf meiner lavendelgetränkten Haut aus wie ein blauer Fleck.

»Gefällt dir das Landleben, Kurze? Hast dich schon dran gewöhnt?«

Sein Ton war warm und männlich, den Kopf hatte er noch immer über das Essen gebeugt. Ich wollte, dass er aufblickte, damit er mein Augenrollen sehen konnte, doch dafür war er zu höflich. Als ich nicht antwortete, sprach er kauend weiter. »Das mit deiner Mama tut mir leid. Das ist echt hart. Ich arbeite mit meinem Opa zusammen, seit ich klein bin, helf ihm dabei, anderer Leute

Mamas und Papas und Tanten aus den Häusern zu tragen. Familienbetrieb und so, aber wie ich das seh, sind wir hier alle Familie.«

»Ich kenne hier niemanden«, sagte ich.

»Hast doch deine Oma«, sagte er und sah mich dabei an, als würde ich Blödsinn reden. »Mann, wie ich meine vermisse. Vermiss sie jeden Tag. Gibt nichts Besseres als 'ne Oma, so viel steht fest.«

»Ich kenne sie kaum.«

»Ist doch egal«, sagte er und schob sich mehr Essen in den Mund.

Ich schnalzte mit der Zunge.

Er schüttelte den Kopf, schluckte. »Weißt du, wie froh du sein kannst, dass du sie noch hast? Bei den Kuchen, die sie backt? Jeder mag Miss Virginia, weil sie sich nichts gefallen lässt.«

»Du willst mir also erzählen, dass du dein Leben lang tote Menschen aus ihren Häusern tragen willst?«

Schulterzuckend leckte er seine Fingerspitzen ab. »Wie alt bist du?«

Ich verschränkte die Arme vor der Brust.

»Genau«, sagte er. »Du verstehst 'nen Scheißdreck vom Leben, außerdem solltest du erst ein paar Jahre hier in Damascus verbringen, bevor du nach den Sternen greifst. Vielleicht willst du es dann gar nich mehr. Ist ziemlich schön hier.«

»Ich hab mich noch nicht daran gewöhnt.«

»Versteh ich«, sagte er, wobei er so leise sprach, als würden wir ein Geheimnis teilen. »Aber wenn du es zulässt, wird's dir hier gefallen, glaub ich. Du und deine Familie, ihr kommt doch hierher. Das ist viel wert.«

Er stellte den Teller behutsam neben seinen Füßen ab. Seine steifen, glänzenden Sonntagsschuhe schienen nicht zu der Ungezwungenheit seines Körpers zu passen. »Mann, ein Stück Kuchen wär schon was Feines«, sagte er lächelnd.

»Möchtest du eins?«

»Kann nicht mehr«, sagte er und klopfte sich auf den Bauch. Seine sanften Augen betrachteten mich. »Die Farbe steht dir. Hast ein hübsches Gesicht.«

»Normalerweise laufe ich nicht so rum.« Seine Direktheit ließ mich erröten. »Die Frauen haben die Sachen für mich ausgesucht.«

»Ich bin Will«, sagte er, richtete sich auf und drückte die Schultern durch.

»Cinthy.«

»Ja, ich weiß«, sagte er und klatschte in die Hände, bevor er ein Paar makellose weiße Handschuhe aus der Tasche seiner gebügelten Hose zog. »Du brauchst 'n paar Freunde hier in der Gegend, Cinthy. Kannst mit mir anfangen, wenn du willst.«

Dann verschwand er wie aufs Stichwort im Inneren des Hauses, als gäbe es einen Glockenschlag, den nur er und sein Großvater hören konnten. Sein junger Schatten trat neben die Silhouette seines Großvaters an die Treppe, bevor sie gemeinsam hinaufgingen.

Ginny tauchte in der Tür auf. Sie öffnete das Fliegengitter und kam zu mir nach draußen. Sie sagte nichts, aber sie zitterte.

Ich bemerkte einige Glühwürmchen und versuchte, mich auf sie zu konzentrieren.

Als ich wieder zur Tür blickte, kamen die Männer gerade heraus, wobei sie hin und wieder leise Worte miteinander wechselten. *Jetzt ganz ruhig. Mach langsam, Junge. Ja, Opa, ich hab sie. Ein Stück weiter nach da, Junge. Meine Arme tun heute weh. Ja, Sir. Ganz ruhig, wie ich es dir gezeigt hab, ja? Sie ist leicht wie eine Feder. Das arme Ding. Bisschen höher, dass keine Blume runterfällt, Junge. Keine einzige. Zieh die Schultern hoch, so wie ich. Siehst du, Junge? Ja, Sir, aber ich kann im Dunkeln nicht viel sehen. Die Dunkelheit hat nichts damit zu tun, Junge. Hab dir doch erklärt, es geht nur darum, dass ein Leben Respekt verdient.*

Sie trugen sie feierlich die Stufen hinab, verlangsamten ihre Schritte, damit wir sie ansehen konnten.

»O Gott«, sagte Ginny. Sie hielt sich an mir fest.

Im Leuchten der ersten Sterne betrachtete ich Mamas verhüllten Schatten. Ich schaute Will an und war überrascht, dass ihm Tränen über die markanten braunen Wangen strömten.

»Ist die Kirche offen?«, fragte Mr Randall.

»Lyrae, Tina Lee«, flüsterte meine Großmutter. »Sie sind alle schon da.«

Die Luft schien in mir stecken zu bleiben wie eine dunkle Glasscherbe. Wortlos schlang ich die Arme um meine Großmutter.

»In Ordnung, Ginny«, sagte er nickend. »Das hübsche Mädchen kehrt nach Hause zurück. Wahrlich eine wunderbare Frau. Vergesst nicht, dass sie uns nie ganz verlassen. Gott passt auf sie auf.«

Der stille Kopf meiner Mutter zitterte ein wenig zwischen seinen Armen.

»Meine Tochter findet den Weg von meinem Haus in das Haus Gottes«, sagte Ginny. »Wir können unsere Toten nicht loslassen und sie können nicht ohne uns. Sie können nicht ohne uns.«

»Amen«, erwiderte Mr Randall. Dann sagte er etwas zu Will, der automatisch in die richtige Richtung steuerte, um Mamas Körper ohne viel Aufhebens auf die Ladefläche des Pick-ups heben zu können.

Nachdem sie die Metallklappe hinten am Truck geöffnet hatten, luden sie Mama ein. Will verriegelte die Klappe wieder. Das Geräusch war so alltäglich, dass ich erschauderte. Sie hatten den Körper meiner Mutter verladen wie ein Möbelstück. Ich musste daran denken, wie Mr Caesar mit Daddys verbranntem Körper auf dem Rücksitz zu unserem Haus in Salt Point gefahren war. Daddy war auch in einem Lieferwagen weggebracht worden. Das Zuschlagen der Autotüren in Salt Point und das Verriegeln des

Schlosses hier in Damascus kollidierten gewaltsam in meinem Inneren.

Ich rannte zu dem Wagen und schlug mit der Faust auf ihn ein. Das Tuch auf meinem Kopf verrutschte. Unter einem wachsenden Baldachin aus Glühwürmchen riss ich büschelweise Gras aus dem Boden. Kratzte die Erde auf. Mit schmerzerfüllten Schritten kam Ginny zu mir, wollte ihre schweren Arme um mich legen. Schweiß lief mir in den Nacken, legte sich um meinen Hals, und ich schlug um mich. Ich schleuderte meine Schreie in den Staub. Die Rücklichter des Trucks flackerten rot, und aus Angst, meine Großmutter umzustoßen, ließ ich mich fallen.

Mama rollte über den Kies vor dem Haus meiner Großmutter aus unserem Leben.

Im Staub der Vorfahren wird mein stählernes Leben über den Feuerstein meiner Erinnerungen gezogen.

Da ist das leuchtende Hemd, das mein Vater einst über seinen Knochen trug, und die Bildung, die seinen Brustkorb umfing wie eine Rüstung. Ich erinnere mich an seine Geduld und an seinen Ratschlag, sich mit jeder Prüfung, jeder Geschichte Zeit zu lassen. Ich bin die Geduld meines Vaters. Da ist Mama, die durch das Fenster entkommt und deren Leid sich im schwachen gelben Mondlicht der Welt auflöst, während weit entfernte Sterne wie Ozeane glitzern. Ich bin das Licht in den Knochen unter dem Meer, zum Himmel aufsteigend; ich erinnere mich, woran diese Knochen glaubten. Die Lieder in den Muscheln, die Kinder, aus denen Korallen, Perlen und Anker wurden.

Sieht du, wie der harte Erdboden funkelt, auf dem das Haus steht, das meine Mutter und mein Vater für mich gebaut haben? Erinnerst du dich an das Blut? Ich bin Theodore, Alma, Calliope. Siehst du, wie meine Urgroßeltern die Schulkinder küssten, die sie nicht vor ihrem Traum retten konnten? Erinnerst du dich an unser Blut?

Es gibt eine alte Erinnerung, die sich davor hütete, uns ihr wahres Gesicht zu zeigen.

Ich bin ein Teil des Blutes, des lodernden Feuers, in das mein Urgroßvater blickte, bevor die weißen Männer ihm zwischen die Augen schossen. Ich bin die Ewigkeit, die er in seinen Armen hielt, als er den Fluss überquerte. Ich bin der Rauch, der von der Erde aufsteigt, während indigoblaue Grabsteine auf Gerechtigkeit und erhabene, ungestörte Ruhe warten. Ich bin nur eine Stimme – und es gibt unzählige dunkle Frauen, die in den Flüssen, Trümmern, Monden und Meeren leben. Ich erinnere mich, wie sie meinen Namen in die Sterne schickten, bis ich mich ausdehnte. Ich erinnere mich, was ich war, bevor ich Fleisch wurde – das Blut des furchtlosen Liebens, der Liebe und ihrem Leben nach dem Tod.

Und irgendwo steht meine Schwester mit ihren blitzenden Augen und der hochgereckten Faust, wie eine schwarze Nova am Horizont, und findet ihren Weg zu uns.

Weißt du, wie lang unser Blut noch die Geschichte beflecken wird? Sie steht unter dem Schutz unserer Väter, unserer Helden und Heldinnen, unserer Mütter, unserer Macht. Sie ist die Stärke eines neuen Erinnerns. Und sie wird zu mir zurückkommen.

Ginnys klare Stimme stieg plötzlich zwischen den Eichen auf. Sie sang ein Lied, das wir erlebt hatten, das wir beide kannten. Und es würde weiterklingen, an der Partitur unserer Schwarzen Knochen entlangfließen. Als sich meine heisere Stimme dem Gesang meiner Großmutter anschloss, streckte ich die Hand aus, und sie berührte Ezras Gesicht in der Nacht. Ich konnte auch sie singen hören, ihre Stimme wanderte über den Abendhimmel zu mir.

Singt, wo Blut vergossen wird.

Ich stand auf, sang unsere Namen in einem alten Lied, das so hell brannte wie das Herz eines Mannes, der uns sein Wort, sein Leben, sein Blut gegeben hatte. Seine Geschichte würde mich eines Tages über den Fluss tragen. Meine Familie glaubte, wusste, dass ich stark genug war, um mich selbst und die Kräfte, die mich an diesen Ort geschickt hatten, zu kennen.

Ich würde weitermachen und, umringt von lohenden Ahnen, den Gesang, das Lachen und den Mut feiern, den es brauchte, um das bittersüße Festmahl der Liebe zu verschlingen.

# Danksagung

Die Liebe meiner Mutter und meines Vaters sind das Rückgrat, das mich aufrecht hält und mich atmen lässt.

Mom, du hast mir beigebracht, wie man liebt. Ich zeige es der Welt.

Dad, deine ehrliche Aufmerksamkeit, Fürsorge und Unterstützung leiten mich auch heute noch, wenn ich ängstlich bin.

Ich werde nie vergessen, wie sehr ihr an ein Leben geglaubt habt, das durch Worte und Taten bestimmt ist. Die Sprache, die ich als Tochter und als Frau spreche, stammt aus eurer Liebe zueinander und zu unserer Familie. Ich liebe euch beide für immer.

Dieses Buch existiert aufgrund der Weisheit und der Wunderkraft der Gemeinschaften, in denen ich aufgewachsen bin:

Meine Familie –

Mom (1952–2014), Dad, Chris und Leigh-Anne, CJ, Michele, Adam und Jeff, Melissa und Eumir, Peggy Manel, Jacqueline Deneen, Ellen, Deborah, Carolyn, Arthur, Darren, Harvey, Elyse, Kandasi, Wanetta, Michelle. Und alle Cousins und Cousinen auf beiden Seiten! Onkel Ronald: Ich trauere um deinen frühen Abschied von der Welt, aber ich weiß, dass du durch die Liebe, die du dieser Familie gegeben hast, immer bei uns sein wirst. Tante Stephanie, meine liebe Patentante: Dein Lachen, dein Vertrauen und die Melodie deiner Armreifen sind meine Talismane. Ich werde deine letzten Worte nie vergessen. Danke, dass du mir gezeigt hast, was es heißt, forsch zu sein und beim Lachen alle Zähne zu zeigen.

Melissa: Die Schwestern in dieser Geschichte würde es ohne

meine Liebe zu dir nicht geben. Dein Strahlen lässt mein Herz tanzen.

Kamilah Aisha Moon: Ruhe in Liebe, meine Schwester. Ich konnte dieses Buch nicht mehr in deine weichen Hände legen, aber sei gewiss, dass ich deine Hand immer halte, verbunden in unserer Solidarität und der Lyrik. Du wirst ewig Stevie Wonderlovely für mich sein. Dein plötzlicher Abschied hat mich für immer verändert. *girl, girl, girlgirlgirl.* Komm trotzdem zu mir auf die Veranda, wenn ich achtzig bin, so wie wir es geplant hatten, und erzähl mir, was du gesehen hast, wo auch immer du bist, schöner Stern.

Meine Vorbilder – James Baldwin, Lucille Clifton, Audre Lord, Toni Morrison – sangen ihre Wahrheiten, Freuden und Visionen in einer Sprache, die sie aus Wort und Leben schmiedeten. Wenn ich ans Aufgeben dachte, hörten sie mir zu, bis ich wieder aufstehen konnte.

Walter Mosley – ich werde nie vergessen, wie viel Güte, Humor und Zuspruch in unserer Freundschaft stecken. Danke, dass du mich an das Handwerk erinnerst. Danke für deine Genialität und dafür, dass du meine Seiten gelesen und gelesen und gelesen und gelesen hast. Die frühen Entwürfe hätten sich ohne deinen klaren Blick und deine Stimme nie vom Fleck bewegt.

Sheldon Itzkowitz, Ph. D., ABPP, und Garrett Deckel, M.D., Ph. D. – Ihr Rat und Ihre Unterstützung haben mein Herz und meinen Kopf geerdet, durch Sie habe ich Resilienz gelernt, Sie haben mir Möglichkeiten aufgezeigt. Dr. Itzkowitz: In unserem Haus werden Sie immer willkommen sein. Durch Ihre Behandlung kann ich an die Wahrheit meiner erlebten Geschichten glauben. Danke.

Ich bin im Laufe der Jahre von vielen Personen und Organisationen aufgenommen und unterstützt worden. Den folgenden Personen möchte ich hier für ihre berufliche und/oder emotionale Unterstützung danken: Chris Abani, Jeffery Renard Allen,

Sarah Arvio, Paul Auster, Jill Bialosky, Nicholas Boggs, Margaret Busby, Mahogany L. Browne, Marie Brown, Jan Castro, Christian Campbell, Rachel Cobb, Edwidge Danticat, Kiran Desai, Natalie Diaz, K Dilday, Barbara Dimitratos, Morgan Entrekin, James Fenton, Nikky Finney, Nick Flynn, Suzanne Gardinier, Aracelis Girmay, Angela Guerra, David Haynes, Siri Hustvedt, Marcus Jackson, Mitchell Jackson, Riis Laurentiis, Nina Angela Mercer, Dante Micheaux, Ella Montclare, John Murillo, Marlon James, Steven und Annie Pleshette Murphy, Darryl Pinckney, Iain Haley Pollock, Maya Pindyck, Katie Raissian, Nicole Sealey, Oberon Sinclair, Safiya Sinclair, Tracy K. Smith, Cheryl Boyce Taylor, Margaret Porter Troupe, Quincy Troupe, Valeria Luiselli, Sally Van Doren, Jenisha Watts, Phillip B. Williams und L. Lamar Wilson.

Verschiedene Versionen, aus denen (letztendlich) dieses Buch wurde, entstanden mithilfe der Unterstützung durch folgende Organisationen: Cave Canem Foundation, Kimbilio, Robert Rauschenberg Foundation, Civitella Ranieri Foundation und Yaddo.

Ich hatte auf dieser Reise das große Glück, den Rückhalt von zwei unglaublichen Lektorinnen zu haben, Robin Desser und Caitlin McKenna. Robin: Du hast *Ja* gesagt. Du hast mich sofort und auf eine Weise gesehen, die entscheidend für eine Debütautorin ist. Dein Verständnis und deine Stimme haben uns durch eine elektrisierende Phase aus Ideen und Fantasie getragen. Für diese Alchemie liebe und respektiere ich dich. Caitlin: Es ist ein unbeschreibliches Geschenk, dich meine Lektorin nennen zu dürfen. Deine Fragen, deine Klarheit, deine Wärme und dein Staunen bilden die Fackel, die ich über die Ziellinie trage. Ich bin voller Dankbarkeit und Stolz. Ich kann mich wirklich nicht oft genug bei dir bedanken. Ein Lob auch an das Team von Random House: Tangela Mitchell, Rachel Rokicki, Clio Seraphim, Noa Shapiro.

Meine Agentin und Freundin Jin Auh nahm mich 2017 unter Vertrag. Ihr unglaubliches Vertrauen und ihr Zuspruch waren ein großes Geschenk. Ihre Fürsorge, ihr Respekt und ihr Scharfsinn haben mir die Fähigkeit verliehen, etwas Größeres vor mir zu sehen, als ich je für möglich gehalten hätte. Jin, welch eine wunderschöne Reise wir erleben dürfen! Für dich brauche ich eine Steigerung des Wortes ›Dankbarkeit‹. Eines Tages finde ich sie. Danke. Ein Dankeschön geht auch an die gesamte Wylie Agency und an Jennifer Bernstein und Tracy Bohan auf der anderen Seite des Atlantiks.

Salman, lass uns dieser unmöglichen Welt mit unserer Liebe beweisen, dass nichts unmöglich ist. Ich liebe dich von ganzem Herzen, mit jeder Geschichte, die je in mir lebte, und mit jeder Geschichte, die noch kommen mag. Salman – meine Freude, mein Zuhause, mein Traum und mein Wunder. *Für immer.*